T0274855

UN
OCÉANO
ENTRE
NOSOTROS

LOS | IMPERDIBLES

GILL THOMPSON

UN OCÉANO ENTRE NOSOTROS

Traducción de María Luz García de la Hoz

DUOMO EDICIONES

Barcelona, 2021

Título original: *The Oceans Between Us*

© 2019, Gill Thompson
© de la traducción: 2021, María Luz García de la Hoz
© de esta edición, 2021 por Antonio Vallardi Editore S.u.r.l., Milán

Todos los derechos reservados

Primera edición: noviembre de 2021

Duomo ediciones es un sello de Antonio Vallardi Editore S.u.r.l.
Av. de la Riera de Cassoles, 20. 3.º B. Barcelona, 08012 (España)
www.duomoediciones.com

Gruppo Editoriale Mauri Spagnol S.p.A.
www.maurispagnol.it

ISBN: 978-84-18538-68-1
Código IBIC: FA
DL B 16.132-2021

Composición:
David Pablo

Impresión:
Grafica Veneta S.p.A. di Trebaseleghe (PD)

Impreso en Italia

A Paul, por su inquebrantable fe y apoyo.
Y a la memoria de James Albert John Marett,
FIIP, FRPS, «Jack» para los amigos.

Prólogo

Incluso después de tantos años le siguen dando miedo los viajes en avión. Lo peor es el despegue: el chirrido de las ruedas sobre el cemento, el rugido de los motores, el aumento de la presión en los oídos.

Nota un ligero roce en la mano. Baja los ojos. Los dedos femeninos sobre sus nudillos blancos.

—¿Todo bien? —dice.

Él dice que sí con la cabeza y luego mira por la ventanilla. El avión se eleva rápidamente, la pista de aterrizaje ya es un borrón del color de una galleta. El tren de aterrizaje se pliega con un lejano chasquido y el ruido del motor se convierte en un zumbido constante y sordo.

Se enjuga la frente con la manga y apoya la cabeza en el respaldo.

Ella le aprieta la mano.

—Bien hecho. Ahora estarás perfectamente.

Sí, estará perfectamente. Siempre ocurre así. Pero esta vez nota otro tipo de ansiedad. No por el viaje, sino por el destino.

Se toca el bolsillo de la chaqueta y siente, bajo la cálida lana, la firmeza del cartón de la invitación de lujo. No hace falta volver a sacarla. Se sabe de memoria lo que contiene.

Y de repente es de nuevo un niño, emocionado por emprender un largo viaje a una tierra llena de esperanza y oportunidades. ¿Cómo iba a saber a los doce años lo que realmente le aguardaba?

Mira a su compañera. Llevan tanto tiempo casados que su rostro le resulta tan familiar como el suyo propio. Aunque ahora lleva el pelo más corto que cuando se conocieron, aún se queda sin aliento al mirarla. Alarga una mano para acariciarle la mejilla.

–Me alegro de que estés conmigo.

–No me lo habría perdido por nada. Ha tardado mucho.

Un nudo en la garganta le impide hablar. Traga saliva y se pasa un dedo por el cuello de la camisa.

–Cuarenta años –dice con voz ronca.

–Media vida. Pero al final ahí lo tienes. Tal.como tú dijiste.

El rótulo de abrocharse el cinturón de seguridad se ha apagado. Ella busca bajo el asiento, se pone el bolso de piel sobre el regazo, saca una botella de agua y se la pasa.

Él bebe un largo trago. Ella siempre sabe lo que hay que hacer.

–Ojalá hubiera llegado antes. Para algunas personas ya es demasiado tarde.

–Todos los que puedan ir, irán. Y recuerda por quién estás haciendo esto.

Él afirma con la cabeza y se vuelve otra vez hacia la ventanilla. El horizonte está lleno de franjas de brillantes colores: turquesa, naranja, verde... todos procedentes de un sol feroz que se está poniendo. Pronto cruzarán el cielo oscuro en aquel tubo de metal durante infinidad de kilómetros, hasta llegar a Camberra. Y a la ceremonia a la que van a asistir.

Este es el día por el que ha estado luchando. Cierra los ojos y los rostros del pasado aparecen frente a él.

Nadie los había escuchado entonces.

Ahora los escucharán.

PRIMERA PARTE

1941-1947

1

Solían llegar por la noche. Entonces daba más miedo.

Molly oyó la sirena bajo las mantas de la cama. Bajó las piernas, haciendo una mueca al tocar el linóleo, fue de puntillas hasta la ventana y apartó la cortina. ¿Podía arriesgarse a mirar fuera? Respiró hondo, levantó una diminuta esquina del papel marrón que cubría el cristal y miró. Haces de luz cruzaban el cielo. Debían de buscar aviones: cargados de bombas y acercándose rápidamente, sin duda. Tendría que despertar a Jack.

Al pasar fugazmente ante el espejo, un borrón grisáceo en la oscuridad, vio su propio fantasma: camisón blanco y el cabello oscuro y rizado enmarcándole el rostro. Pero Jack no se asustaría. Estaba ya acostumbrado a esa rutina.

–¿Mami? –balbuceó el niño medio dormido.

–Vamos, levántate.

Odiaba arrancarlo del acogedor nido, perfumado con el débil aliento que olía a pulgar chupado y a leche. Debería despertarlo del todo y hacerle bajar andando la escalera. Pero necesitaba dormir, pobre criatura, así que se cargó al hombro el cuerpo de su hijo de cinco años y bajó tambaleándose. Cuando llegó a la mesa de la cocina, le pareció que se le iba a romper la espalda, y puso al niño debajo del mueble con más brusquedad de la que pretendía. El niño murmuró y se hizo un ovillo.

Molly sacó del armario la cesta con provisiones que había vuelto a preparar tras el último ataque: un pasamontañas, una linterna, la gorra de plato de Mick y una grasienta baraja a la que le faltaba el dos de corazones.

Lo metió todo bajo la mesa. Jack seguía inmóvil y el ruido de fuera no había aumentado. ¿Se atrevería a preparar té? Encendió la cocina, dando gracias por el calor, llenó la tetera y la puso a hervir mientras buscaba el recipiente. ¿Y algo de comer? Quedaba media rebanada en la panera. Tendrían que comerlo sin nada más. Se había quedado sin mantequilla y la mermelada era un recuerdo lejano. Cuando era niña, la despensa de su madre resplandecía con frascos de conservas: confitura de grosella, mermelada, dulce de membrillo, salsa de tomate. Mamá se pasaba el otoño recogiendo, hirviendo y removiendo, y el aire se volvía dulce con el aroma a fruta y azúcar. Ahora era imposible hacer algo así. La guerra les había robado todos los lujos, incluso los caseros. Pero fue la neumonía la que le robó a su madre, poco después de que naciera Jack. Y la última guerra se había llevado a su padre.

El pitido de la cocina rivalizó con la sirena de la calle. Molly cogió el cazo y echó el agua hirviendo en la tetera. Otra breve vaharada de calor. Lo removió mientras el vapor le subía hasta la cara. No había tiempo de calentar el tarro. Coló el líquido oscuro, añadió un poco de leche de la jarra de la despensa y se metió bajo la mesa, apretando la taza.

Jack se había sentado. Tenía el pelo de punta, como siempre, y a pesar de que la oscuridad lo volvía todo monocromo, Molly sabía que las manchas rojas de sus mejillas estarían desvaneciéndose por el aire frío de la cocina. Siempre estaba calentito en la cama, metido bajo las sábanas como un lirón... Le puso el pasamontañas en la cabeza y ella se caló la gorra.

Jack necesitaba estar abrigado; además, las astillas que sobresalían en la parte inferior de la mesa podían hacerle daño. Se lo acercó y lo apoyó sobre su pecho.

–¿Son los malos? –preguntó Jack, con palabras ahogadas por el camisón.

–Sí, cariño. Bombarderos seguramente. Estaremos a salvo bajo la mesa.

Molly miró la habitación en sombras. ¿Cuántas horas habían pasado allí, noche tras noche, mientras la Luftwaffe cometía sus atrocidades? A veces, si se producía un ataque a la luz del día, los Clark les dejaban compartir su refugio antiaéreo. Si vivieran cerca de Balham, podrían haber ido a la estación. Pero a Molly no le gustaba el metro. Ni la casa de los vecinos tampoco. Era mejor estar en su propia casa. Jack y ella, a salvo en su guarida.

Jack no había vuelto a preguntar por Mick. Ella le había hablado de Dunkerque.

–Papá subió a un barco para venir a casa con nosotros –le había dicho–, pero no consiguió llegar.

–¿Se lo comieron los malos? –había preguntado Jack una vez, mientras le estaba leyendo un cuento para dormir.

–¿Comérselo? ¿De dónde has sacado esa idea?

El niño se había acurrucado junto a ella.

–Bill dice que comen niños.

Molly hizo una mueca. Aquel Bill Clark era demasiado mayor para sus años.

–Pues claro que no. Papá intentó volver con todas sus fuerzas, pero el mar estaba demasiado agitado. Ahora estará cuidándonos desde el cielo.

Parpadeó para alejar la imagen de Mick debatiéndose en las aguas oscuras. Abrió el guardapelo y le enseñó a Jack la foto que conservaba dentro. Mejor que recordara a su padre feliz y sonriente con su cabello moreno, tan oscuro y poblado como sería el de Jack en el futuro, aunque en la foto Mick llevaba el pelo alisado con brillantina. Pero los otros recuerdos se los guardaba para sí: Mick cogiéndole el rostro con las manos para besarla; rodeándola con el brazo mientras encendía un cigarrillo en la oscuridad; y cantando. Siempre cantando. A veces se despertaba oyendo su voz: *In Dublin's fair city / where the girls are so pretty / I first set my eyes on sweet Molly Malone.** Las palabras la acariciaban. Y cuando más tarde se miraba en el espejo, seguía sonriendo.

Fue una noche brutal, como muchas otras. Apenas durmieron por culpa del ruido: el ulular de la sirena, el silbido y el estruendo de las bombas, el estallido y el estrépito de escombros que caían. El aire olía a acre. Hubo un momento en que Molly estaba segura de que les había caído una bomba directamente. Se oyó una explosión terrible y toda la casa tembló. Tapó con las manos los oídos de Jack, con todos los músculos rígidos, y esperó a que el estallido los arrancara de su escondite. Pero no pasó nada. El corazón de Molly latía como una ametralladora y tenía los labios tan secos como el papel. Se los lamió con dificultad.

–¿Estás bien, Jack? –susurró.

Los ojos de Jack eran como faros en la oscuridad. Asintió ligeramente y volvió a acurrucarse contra ella. Molly besó su pelo cálido, inhalando el aroma del niño, y sintió que se relajaba. El ruido fue disminuyendo.

Cuando sonó la sirena que indicaba el final del bombardeo, ya había amanecido. Aunque las ventanas impedían el paso de la luz, Molly oyó los alegres cantos de los mirlos.

* («En la bonita ciudad de Dublín / donde las chicas son tan guapas / vi por primera vez a la dulce Molly Malone».)

También el de un petirrojo, que trinaba tímidamente. Debía de ser el mismo que había visto en el jardín el día anterior, escarbando la tierra en busca de gusanos. Croydon volvía a cobrar vida de nuevo, como siempre, por mucho daño que hubieran hecho al barrio durante la noche.

A veces se preguntaba si debería haber enviado a Jack fuera de Londres. Al parecer, cada semana empaquetaban a un niño de su clase con una máscara antigás y una maleta marrón mientras su madre contenía las lágrimas y lo despedía desde el andén. Seguro que Jack estaría más seguro en Hampshire o en Dorset, los destinos más populares entre los evacuados según la prensa. Pero Molly no soportaba pensar que otra mujer criara a su hijo, lo acunara, cocinara para él. Ya había perdido a Mick; no podía perder también a Jack. ¿Y quién sabía cuándo iba a terminar esta guerra? No, seguirían juntos pasara lo que pasara.

—Despierta, Jack, hijo.

El niño se había vuelto a dormir, en postura fetal sobre la manta, y respiraba ligeramente a un ritmo suave. Se estiró y gimió. Molly salió arrastrándose, con los miembros agarrotados en la fría cocina. Puso la radio y encendió el fogón donde estaba el cazo. Los posos que habían quedado en la taza se habían enfriado. Una taza de té caliente la despertaría. Eso y un poco de música.

La radio crepitó y luego dejó escapar una serie de gruñidos. Winston Churchill estaba dando otro de sus vehementes discursos. Jack dijo que le aburría y Molly estuvo de acuerdo con él. Ninguna cantidad de «sangre, sudor y lágrimas» le devolvería a Mick. Giró uno de los mandos con el oído pegado al aparato para detectar cualquier música. Por fin: «In the mood» de Glenn Miller. Aquello estaba mejor. Necesitaba sacudirse de encima toda la bilis.

—Ven, vamos a bailar.

Metió la mano bajo la mesa, sacó a Jack, que no dejaba de bostezar, y lo ayudó a ponerse en pie. El niño tropezaba cuando ella trataba de hacerle dar vueltas, así que se limitó a sujetarle la mano y a girar de un lado a otro. Y durante todo el tiempo, no dejaba de tararear, disfrutando de la sensación de ligereza cuando el borde de su camisón se agitaba en el aire.

Cuando terminó la canción, Jack se dejó caer en la silla de la cocina.

—Estoy cansado, mamá.

—Entonces, mírame.

Ahora cantaban las Hermanas Andrews. «Don't sit under the apple tree», «No te sientes bajo el manzano». Molly cogió una cuchara de madera y se puso a cantar, adoptando una postura tonta para hacer reír a Jack. Pero en lugar de reírse, el niño frunció el ceño y alargó la mano para apagar la radio, como si hubiera oído algo. Molly se detuvo. Jack estaba en lo cierto. Sonaban golpes muy cerca. Apagó la música. El ruido era tremendo en medio del silencio: bum, bum, bum.

—Cañones —susurró, tragando la saliva que le llenaba la boca—. No te muevas.

Jack ya estaba como una estatua, pero por si acaso, Molly se llevó el dedo a los labios y cruzó la cocina de puntillas. Apartó el visillo y miró por la ventana. ¿Otra vez? ¿Es que no habían tenido bastante? Pero solo vio a la señora Clark, con su turbante, agitando un sacudidor. Una polvorienta alfombra naranja y roja colgaba de la cuerda de tender y su vecina la golpeaba como si le fuera la vida en ello. Molly se echó a reír.

—¡La señora Clark debe de estar haciendo la limpieza de primavera!

Jack corrió a mirar y también se echó a reír. Molly volvió a poner música.

Cuando Bill llamó a Jack para llevarlo a la escuela, Molly se quedó en el umbral mirando la pequeña figura que se alejaba lentamente por la calle, con la chaqueta que le quedaba grande y el zurrón marrón de la máscara antigás.

—Mírame, mamá, soy un colegial —había dicho la primera vez que se había probado el uniforme.

Era doloroso separarse de él tras una noche como aquella. Un sol acuoso iluminó brevemente a Jack antes de desaparecer al doblar la esquina. Molly sintió un escalofrío cuando dio media vuelta para volver a entrar en casa.

Puso a hervir agua en la cocina con aire cansino y luego subió la escalera para recoger el puñado de ropa sucia que había en un rincón del dormitorio. En aquellos días, todo parecía cubierto de polvo o de serrín. Mientras esperaba a que el agua hirviera, se preparó otra taza de té y se sentó a la mesa de la cocina, pensando en Jack, como siempre. Le preocupaba el efecto que le produciría la guerra. Una vez lo había sorprendido cargando un tirachinas con unas bolitas de metal que había encontrado en la vieja caja de herramientas de Mick.

—Lucharé contra los malos cuando lleguen —le había dicho—. Así aprenderán a no llevarse a los padres.

—Tenemos soldados que luchan por nosotros —había respondido Molly, agachándose frente a él y apartándole un mechón de pelo—. Necesito que me ayudes de otra forma.

—¿Cómo?

¿Qué le dices a un niño sin padre que intenta ser un hombre?

—Bailando conmigo, por ejemplo —había dicho Molly finalmente, levantándolo y dándole una vuelta en el aire.

La cocina estaba llena de vapor y las ventanas empañadas cuando se dio cuenta de que el agua estaba hirviendo. Se puso en pie frotándose la espalda, se quitó el anillo de casada y lo dejó en el alféizar de la ventana. Luego empezó la rutina de la colada: poner el jabón, agitar el agua, echar la ropa, hervir, restregar las manchas sobre la tabla de lavar y aclarar. Era un trabajo duro, pero al menos le impedía pensar. Cuando la ropa estuvo lista para tender, notaba la mente más ligera.

Abrió la puerta trasera con el cesto de ropa apoyado en la cadera.

Y se quedó helada.

El jardín era una escena de destrucción: por todas partes había montones de tierra con hierbajos. Las macetas estaban hechas añicos y las plantas desparramadas sobre el poco césped que quedaba. La carbonera estaba destrozada y la cuerda de tender había desaparecido. Y justo en medio había un agujero grande y profundo.

Como una sonámbula, Molly dejó el cesto en el suelo, se acercó y miró el agujero. Cuatro hojas de metal sucio con forma de cruz, unidas por finas varillas. Como si un monstruo enorme se hubiera estrellado de cabeza contra el suelo, dejando visible solo la cola.

Recuperó la conciencia de golpe.

–¡Mick! –gritó. No, Mick no–. ¡Señora Clark! ¡Socorro!

Silencio en la casa vecina. Menos mal que Jack estaba en la escuela. Entró corriendo en la casa y se detuvo en la cocina jadeando, con la mano en el pecho. Dos semanas antes había caído una bomba sin explotar en Fairfield Road. Resultó que la bomba tenía un temporizador. Una unidad de la Royal Navy fue a desactivarla y evitó el desastre. Pero esta podía explotar en cualquier momento. Tenía que conseguir ayuda rápidamente si no quería que Jack se quedara de golpe sin madre y sin casa. ¿Dónde estaba el guardia de la Vigilancia Antiaérea? Cruzó a toda prisa la casa y salió por la puerta principal.

Había recorrido veinte metros por la calle cuando la tierra tembló violentamente y una explosión colosal la levantó por los aires.

2

Kathleen miró su reloj. John llegaría a casa en una hora. Debería estar pelando patatas y no mirando por la ventana. Solo un minuto más y se pondría a trabajar. Había estado lloviendo. Pero ya había salido el sol, que calentaba la hierba húmeda y hacía salir vapor del césped. Miró las gotas de lluvia que caían de las puntiagudas hojas de la menta australiana. Cuando les daba el sol, parecían diamantes.

Los hijos de los Carter estaban jugando en el patio trasero. Scott, tan mandón como siempre, le decía a Chrissie que se diera prisa en bajar del columpio; quería subir él, era su turno. Le dio un fuerte empujón y Chrissie chilló indignada. Kathleen sabía que Chrissie detestaba aquello; le gustaba ir a su aire. Scott sacudió el columpio para obligar a su hermana a bajar. De repente sonó un gemido agudo: Chrissie había aterrizado de golpe en la hierba y se sujetaba un brazo. Kathleen se puso en movimiento, preguntándose si debería avisar a Jenny Carter. Detestaba ver a la pobrecita Chrissie herida en el suelo. La niña necesitaba que la levantaran y le dieran un abrazo. Si hubiera sido su hija, Kathleen la habría cogido en brazos y le habría susurrado hasta que dejara de llorar.

–Levántate y no seas llorica –se limitó a gritar Jenny por

la ventana, con aquel deje neozelandés que contrastaba con el acento australiano de los niños.

Kathleen apoyó las manos en el cristal. Se preguntó qué aspecto tendría desde el otro lado: un rostro triste que miraba, como el de un niño al que han prohibido jugar.

–Deja de meterte en la vida de esos niños –le había dicho John en una ocasión–. Ya tienes aquí suficientes cosas que hacer para que encima quieras meter la nariz en los asuntos de los vecinos.

Pero ¿de verdad las tenía? ¿Qué había allí aparte de interminables faenas domésticas?

El sol dejó al descubierto un diminuto insecto, previamente camuflado por la lluvia, que trepaba por la lisa superficie del cristal. Kathleen sacó un pañuelo del bolsillo y aplastó el pequeño bicho con un crujido. Lo envolvió en el pañuelo, echó el aliento sobre el cristal y lo frotó. Cuando volvió a mirar, la ventana volvía a estar limpia.

Cinco años de matrimonio habían bastado para que las habituales referencias a «los críos y los renacuajos» se disolvieran en un embarazoso silencio. Los amigos dejaban a sus hijos en casa cuando iban a visitarlos. Los parientes dejaron de pedirles que fueran padrinos e incluso de invitarlos a los bautizos. Nadie quería caras largas en su fiesta.

Kathleen utilizó la parte limpia del pañuelo para quitar el polvo a la foto de la boda. Pasó cuidadosamente el tejido sobre la imagen de John: espaldas anchas, labios delgados que sonreían a la cámara, una mano que, con gesto de propietario, rodeaba la cintura de su torpe novia vestida de seda color marfil. ¿De veras fueron una vez tan jóvenes y optimistas? La foto parecía destacar en solitario en la repisa, como si esperase compañeras. Pero no habían llegado más.

No le habrían importado las noches sin dormir, ni los dedos pegajosos sobre los muebles, con tal de tener un hijo propio.

Cada mes traía una espiral creciente de esperanza que a los pocos días se convertía en una sensación de tristeza y pérdida. El dolor era casi insoportable.

El médico le había aconsejado que llevara un diario con sus días fértiles y ella lo utilizaba también para anotar sus sentimientos ante el desengaño de cada mes. A veces escribía cosas sobre John.

«John». Maldita sea. ¿Dónde habían ido a parar los últimos diez minutos? Ya no tenía tiempo para meter el cordero en el horno como era su intención; tendría que freírlo. Se agachó y miró en la fresquera Coolgardie. La carne estaba al fondo: dos diminutas chuletas envueltas en papel de periódico que se quedarían en nada al ponerlas en la sartén. Menos mal que había conseguido unas pocas patatas viejas en la verdulería. Tendría que quitarles la parte verde, pero el puré llenaría un poco más el plato. Y aún debía de quedar algo del colorante para carne que había utilizado esa mañana para broncearse las piernas. Cogió el delantal del gancho que había detrás de la puerta y se lo puso sobre la blusa gris y la falda de mezclilla. Luego sacó el cuchillo del cajón y empezó a pelar patatas.

Tras dejar los trozos de carne frita en un plato, cubiertos con un paño, y las patatas hirviendo en la cocina, subió la escalera a toda velocidad. Tenía el tiempo justo para empolvarse la cara, brillante a causa del vapor de la cocina, y comprobarse el pelo, que por suerte seguía teniendo las ondas de la laca. A John le gustaba que la casa estuviera inmaculada, pero también quería que su mujer pareciera no haber sudado en toda la vida.

En el salón estaba el sofá verde oscuro, con dos cojines de cuadros marrones y blancos en cada extremo. Kathleen los ahuecó, dio un paso atrás para observar el conjunto y luego, movida por un impulso, se adelantó y alejó un poco un cojín de su vecino. El equilibrio se rompió.

A las seis en punto oyó un coche en el camino de entrada. Se atusó el pelo, se quitó el delantal y fue al vestíbulo. John entró con el aire húmedo y fresco del exterior. Le dio un beso en la mejilla y gruñó un saludo. Luego ella fue a la cocina para servir la cena mientras él se dirigía al comedor a prepararse una bebida. Al colar las chuletas de cordero y el puré por el pasaplatos, Kathleen lo vio en el sofá con el entrecejo fruncido, moviendo uno de los cojines para restaurar la simetría. Sonrió para sí.

Más tarde, como de costumbre, se sentaron uno a cada extremo de la mesa de caoba, brillante de tanto frotarla.

John cogió una cucharada de puré. Hizo una mueca. Se la llevó a la boca.

–¿Te has enterado de lo último?

Kathleen negó con la cabeza. Esos días apenas escuchaba la radio. Las noticias rara vez eran buenas.

–Es gordo. –John movió el mantel un centímetro para que el borde quedara alineado con el extremo de la mesa.

Kathleen reprimió el impulso de darle un tirón antes de responderle.

–¿Qué ha pasado?

–Esos malditos nipones han atacado otra vez. Cinco minisubmarinos se colaron anoche en el puerto de Sídney. Hundimos dos de esas ratas de alcantarilla, pero consiguieron lanzar un torpedo contra el malecón del puerto.

Kathleen respiró hondo.

–Primero Darwin, ahora Sídney. Los próximos podemos ser nosotros.

–Perth está demasiado al oeste. De momento estamos a salvo.

–¿Eso es oficial? ¿Lo has sabido en el ministerio?

John adoptó su típica expresión de cautela.

–No puedo decirlo. –Siguió masticando con cara de mártir.

No volvió a hablar hasta que ella sirvió el pudin, preparado con manzanas caídas del árbol de los Carter. Rebañó el cuenco con la cuchara y se aclaró la garganta tosiendo con el estilo que utilizaba para darse importancia.

–¿Y tú qué has hecho hoy? –Miró la habitación como si comprobara su estado de limpieza.

En la mente de Kathleen apareció de súbito una imagen: brazos abiertos y pies bailando. La borró rápidamente. Pluguiera a Dios que él no la encontrara perdiendo el tiempo y pasándoselo bien.

–Comprar... cocinar... limpiar –canturreó.

John asintió con aire de aprobación.

–El postre estaba bueno. –Movió el pimentero levemente, para acercarlo al salero.

–Sí... conseguí algo de azúcar. Suficiente para hacer un bizcocho mañana.

–Bien por ti.

Kathleen puso cara de reproche.

–¡Tu madre te hizo goloso con tanto mimo!

John rio por lo bajo.

–Eso es lo que hacen las madres, mimar a sus hijos. No como en esta casa.

Cuando Kathleen se levantó para recoger los platos, se dio cuenta de lo rígidas que tenía las piernas. Ya notaba en los músculos la clase de gimnasia a la que había asistido en Lacey Street. Aunque llevaban un año dándolas, aquel día era el primero que había reunido valor para ir. Había disfrutado de la camaradería de las otras mujeres y de la oportunidad de quitarse la ropa ceñida para cambiarla por el pantalón corto holgado y la camisa Aertex que había comprado a espaldas de John. La clase había sido divertida. No se había estirado y doblado de aquel modo desde que era una niña sin preocupaciones. Y en lugar de irse a casa directamente tras la clase, había dado una vuelta por el parque para respirar el aire perfumado y empapado por la lluvia. Cuando regresó, la casa parecía haber encogido y corrió a la ventana. La excursión le había recordado lo confinada que estaba en su casa. Necesitaba confirmar que el mundo exterior seguía existiendo.

–¿Alguna posibilidad de tomar una taza de té? –La voz de John la devolvió al presente. Apretando los labios, puso agua a hervir.

Cuando le llevaba el té a John, se dio cuenta de que no le había preguntado por su jornada laboral.

John sonrió con aire de suficiencia.

–No muy mal, querida. He hablado con el ministro y me ha preguntado por ti.

La miraba; era su preámbulo para hablar, pero lo hizo esperar un poco. Colocó las tazas de porcelana en la mesita que había al lado de la silla de John antes de dirigirse a su sitio. Luego se sentó y cruzó las piernas lentamente antes de formular la pregunta.

–¿Te han dicho algo del ascenso?

John alargó la mano y enderezó la cuchara antes de coger la taza y dar un sorbo a la infusión caliente. Se recostó un poco en la silla. Puede que él también estuviera jugando o, más probablemente, saboreando el momento.

–Estará listo muy pronto –dijo.

–Qué bien. Has trabajado mucho, John.

No merecía la pena provocarlo. Si le hacía esperar demasiado el halago, se pondría irritable. Era mejor soportar su vanidad que su mal humor.

–Sí. –John terminó de beber el té y volvió a dejar la taza en el platillo–. Ha dicho que le gusta que lo tenga todo en orden. Al parecer, soy el más equilibrado.

Kathleen inclinó la cabeza hacia él.

–Dame los cacharros sucios. Me los llevaré.

John le pasó la vajilla y ella volvió a la cocina para terminar de fregar. Se tomó su tiempo al lado del fregadero, con las manos metidas en el agua jabonosa. La cocina era de su gusto: armarios verde pálido, paredes crema y baldosas de linóleo color beis y verde en el suelo. Todo era perfecto, menos... Frunció el entrecejo ante los tres patos voladores de la pared. John los había puesto allí, después de pasar horas midiendo y probando posturas. Era lo único de la cocina en lo que había insistido. Cada vez que los veía, pensaba en aquellas pobres criaturas esforzándose por liberarse. Y John inmovilizándolos en la pared.

A las diez de la noche ya estaban listos para irse a la cama. Kathleen se untó la cara de crema fría, deleitándose en la humedad que le empapaba la piel mientras eliminaba la suciedad del día. El familiar aroma la transportó a la época en que su madre hacía el mismo ritual. «Crema evanescente», la llamaba. Cuando era pequeña, Kathleen se sentaba en la cama de su madre para ver si desaparecía.

–Trata de ser una buena esposa –le había dicho mamá a Kathleen el día antes de que se casara con John–. Y una buena madre también, cuando llegue el momento. –Lo había intentado. Lo había intentado de veras. Con desgana, cogió el cepillo del pelo.

John había sido compañero de golf de su padre, aunque era más joven. Su padre había arreglado el matrimonio, igual que lo arreglaba todo, ansioso por tener un yerno con un buen futuro. Al principio Kathleen se había sentido halagada por aquel funcionario entusiasta, deseoso de agasajarla con comidas y bebidas. Aunque le había sorprendido que le propusiera matrimonio tan pronto, había aceptado sin reparos. Él parecía amable y enamorado de ella. Y el matrimonio le permitiría escapar de la estricta disciplina de su padre. Por supuesto, a su padre no le había gustado que se mudaran a

Perth desde Melbourne casi inmediatamente después de la boda. Era una pena que el hijo que siempre había deseado desapareciera de su vida tan pronto. Y Kathleen se dio cuenta demasiado tarde de que se había limitado a cambiar un hombre dominante por otro.

Gracias a Dios, él jamás le había puesto la mano encima. En una ocasión, Kathleen había trabajado con una mujer que se ponía una capa de maquillaje del grosor de un dedo para ocultar los moratones que le había causado su marido la noche anterior. No, el método de John era más sutil. Un comentario despectivo aquí, una mirada reprobatoria allá. Y la comprobación constante de las faenas domésticas. Pero ella había igualado la puntuación un poco antes. Sonrió al recordar el cojín cambiado de lugar. Aunque él volviera a ponerlo en su sitio, había sido una pequeña victoria.

Se miró en el espejo. Sin maquillaje, su rostro era del color de la masa del bizcocho que haría al día siguiente. Quizá debería permitir que el sol le diera un poco más en la piel. Un tono saludable la haría parecer más relajada. Se pellizcó las mejillas. Mejor que el colorete. Su madre le había enseñado aquel truco. La rojez se extendió y su rostro pareció más brillante.

Un sonido le hizo mirar el reflejo de John. Estaba recostado, leyendo un libro, pasando las páginas con impaciencia. El diseño rosa de la tapa le resultó familiar. Dio media vuelta. Estaba leyendo su diario.

—Esta noche parece prometedora. —La lámpara de la mesita de noche hacía que sus ojos parecieran cuencas vacías.

Kathleen se ruborizó, enfadada por la profanación y avergonzada por las palabras de él. Incapaz de decir nada o de criticarlo, su rabia se volvió contra sí misma, contra su estupidez. Era muy descuidada. ¿Qué otra explicación tenía haber dejado el diario, con su revelador sistema de validaciones y cruces, en la mesita de noche?

–Dame eso –dijo, alargando la mano.

John se lo dio con una sonrisa lasciva. Menos mal que no había visto lo que había escrito sobre él. Al menos eso creía. De haberlo hecho, estaba segura de que se habría dado cuenta. Estaría furioso. Por suerte, lo único que vio en su expresión fue lujuria y no cólera.

Intimidad era lo último que tenía en mente, pero no podía retrasar más tiempo el momento de meterse en la cama con él. No había escapatoria. Se alisó el camisón de algodón, se quitó las zapatillas con cuidado y las colocó al lado de la cama para cuando se levantara por la mañana.

Luego se metió lentamente en la cama, a su lado.

3

Abre la mesita de noche y rebusca hasta el fondo. La madera está sin pulir y se araña la mano con pequeñas astillas. Pero allí no hay nada. ¿Por qué nunca es capaz de encontrar lo que pierde?

Sacude la cabeza para reducir el zumbido de los oídos. Las abejas se le han vuelto a colar dentro.

La mujer de la cama de al lado se inclina hacia delante. Tiene los dientes amarillos y el aliento le huele a queso. Sus trenzas grises se agitan.

—¿Qué hace esa, enfermera?

—Vuelve a la cama, Annie. Deja a Margaret en paz. ¿Margaret? Ahí no hay nada. Ya te lo he dicho antes.

—Lleva horas registrando, enfermera. Metiendo las manos dentro de la mesita y murmurando no sé qué sobre abejas en la cabeza. —Annie se arranca una costra de la nariz—. ¿Qué estás buscando, chica? Ya te hemos dicho que ahí no hay nada.

La otra no hace caso a la mujer.

La guerra vuelve a estar dentro de su cabeza. Casas que se derrumban. Humo negro. Madera que arde. Polvo de carbón. Alcantarillas malolientes. Entonces fue cuando llegaron las abejas.

Pensar duele. A veces aparecen imágenes: un hombre, un

niño, una playa. Una mesa con un mantel naranja. Pero no duran. Y vuelve la oscuridad.

El carrito llega traqueteando por el pasillo.

–Margaret, es la hora de tu desayuno –dice la guapa enfermera Sanders, con su brillante cabello rubio y sus alegres andares.

Ella coge la bandeja que le da la enfermera, come las gachas pegajosas y se bebe el té tibio.

–¿Quieres el *Sketch*? –interviene Annie de nuevo–. Ya lo he terminado. Nunca hay noticias buenas. Las viñetas es lo mejor que tiene.

En el extremo de su cama aparecen un montón de hojas desordenadas.

¿De qué sirve leer el periódico? Siempre habla de la guerra. Fotos de soldados y aviones; imágenes de hombres con bombín. Nunca cuenta nada que ella necesite saber. Qué ha perdido ella, por ejemplo. Y cómo encontrarlo. Coge el periódico y lo tira al suelo.

–Vamos, Margaret. A lo mejor alguien quiere leerlo. –El doctor Lee se agacha a recoger el periódico, lo dobla y lo deja a los pies de la cama. Luego se sienta al lado de la mujer–. ¿Cómo te encuentras hoy, Margaret?

La mujer se encoge de hombros.

–La enfermera jefa me dice que no te dejas poner inyecciones.

La mujer vuelve a encogerse de hombros.

–Necesitas ponerte la insulina, Margaret. Te ayudará a ganar peso. –El doctor Lee le rodea la muñeca con los dedos–. Todavía estás muy delgada.

–Las inyecciones duelen.

–Pero harán que te sientas mejor.

Hay algo más. ¿Qué es? Se golpea la cabeza con la mano. Le zumba la cabeza. Eso es.

31

–Sigo teniendo las abejas. ¿Podría sacármelas?

–Hummm. –El doctor Lee coge el gráfico que hay a los pies de su cama y escribe algo en él–. No es fácil, querida. Creemos que tus oídos resultaron dañados durante el bombardeo. El zumbido acabará por desaparecer. Solo tenemos que darle tiempo.

La mujer sacude las mantas con los pies.

–¿Algo más?

El doctor la mira. Tiene hoyuelos en las mejillas, como marcas de dedos en una masa.

–Sigo sin encontrarlo. He mirado por todas partes.

–Sí. Lo he estado pensando. –El doctor Lee juguetea con su pluma–. Me gustaría probar un tratamiento diferente. Electrochoque. Puede que te ayude a recordar algo más.

La mujer se sienta erguida en la cama.

–¿Eso me ayudaría a encontrar lo que he perdido?

–Es posible, sí. Puede que parezca algo extraño, pero creemos que ese tratamiento mejorará tu memoria. Empezaremos mañana.

Calla para escribir algo más en el gráfico y luego lo vuelve a poner en el extremo de la cama. Da media vuelta.

–Y bien, Annie, ¿cómo te encuentras hoy?

El doctor Lee señala una caja de madera que hay en un rincón, de la que sobresalen botones y cables.

–Parece una radio, ¿verdad?

–¿Están ahí las Hermanas Andrews? –pregunta la mujer.

El médico se echa a reír.

–Me temo que no tiene música.

Ella deja caer las manos sobre el regazo.

–Estaré todo el tiempo contigo. Te lo prometo. –El doctor toca un timbre de su escritorio–. Por favor, enfermera, prepare a la paciente con una intravenosa.

—¿Margaret? Voy a pincharte. —Las manos de la enfermera Sanders tiemblan.

—No me gustan las agujas.

—Lo sé, querida, pero esta no te hará mucho daño. ¿Por qué no cierras los ojos?

Margaret siente dolor, luego frío.

—Ya está. He terminado. Ya puedes mirar.

Se oye un crujido en un rincón. La enfermera Sanders lleva una cosa negra que parece una pequeña máscara antigás. Quizá le preocupe que vaya a haber un bombardeo. Pobre enfermera Sanders. Es demasiado joven.

Los ojos castaños del doctor Lee están muy cerca. Huele a tabaco.

—¿Puedes contar hacia atrás desde cien, Margaret? Te ayudaré a empezar. Noventa y nueve... noventa y ocho...

Margaret está buscando de nuevo. El humo ha vuelto. Se atraganta. No puede respirar. Los edificios se derrumban a su alrededor.

Oscuridad.

4

Mientras recorría St George's Terrace, camino de Government House, John Sullivan escuchaba con satisfacción el golpeteo de sus tacones sobre la polvorienta acera. En uno de los pocos escaparates que no tenía tablones distinguió el corte de su traje marrón, el ángulo preciso de su sombrero. Sonrió con aprobación ante su reflejo. La guerra ya duraba cinco años, pero incluso en esos tiempos horribles podía estar a la altura de las circunstancias.

Cuando el portero abrió la ancha puerta de madera, John entró sin mirarlo siquiera. Todos sus pensamientos estaban en la reunión que tenía por delante. Dentro había una chica delgada sentada ante el mostrador de la cavernosa zona de recepción. En cuanto vio a John, se puso en pie y lo condujo a la sala de juntas. John la siguió, mirando sus largas piernas enfundadas en nailon. Se preguntó dónde conseguiría las medias. Kathleen no había conseguido comprarse unas en meses.

–El ministro lo está esperando.

La chica llevaba un sobrio traje azul marino y el cabello apartado de la cara, recogido en un tieso moño, como si quisiera parecer lo más masculina posible. Quizá las medias fueran su única concesión a la feminidad.

John respondió con un breve movimiento de cabeza.

La sala de juntas estaba abierta. La chica habló con el ocupante:

—El señor Sullivan está aquí, señor. —Luego dudó, indecisa—. ¿He de quedarme y tomar nota?

—No —fue la seca respuesta—. Y nada de llamadas, por favor. No quiero que me interrumpan.

La chica de aspecto masculino se fue antes de que John pudiera darle el sombrero y tuvo que apañárselas torpemente con él mientras el ministro, un hombre alto con un traje claro de lino, se acercaba para estrecharle la mano. A John siempre le había parecido que su boca parecía un pez de colores.

—Sullivan. Gracias por venir. —Los labios del pececillo de colores se estiraron.

—Un placer, señor.

John miró la sala de juntas: era una reliquia de tiempos más prósperos. En la delgada alfombra quedaba un rebelde resto del color burdeos original y las paredes de roble estaban llenas de retratos de antiguos mandatarios. La habitación olía a puros y a cuero viejo.

—Siéntese.

John se sentó en una silla de piel un segundo antes de que el ministro también tomara asiento. Su anfitrión le sirvió agua de la jarra de cristal tallado que había sobre la mesa.

—¿Qué tal está? ¿Ha sufrido muchos ataques?

John tomó un sorbo de agua.

—Algunos en la costa, pero tierra adentro estamos bien.

El ministro inclinó la cabeza.

—¿Y Kathleen? ¿Se encuentra bien?

—No está mal. —John dejó el vaso. De repente recordó los dedos de Kathleen en torno a la taza de té que le había dado esa mañana, las uñas casi en carne viva de tanto mordérselas—. Esta guerra se ha cobrado su precio. —Levantó la vista al oír una mosca que zumbaba en el aire.

35

–Demasiado tiempo libre –dijo el ministro–. ¡Déjela embarazada, hombre! Una buena colección de niños lo solucionaría todo. Dios sabe que hay que estimular el aumento de población.

–Quizá.

John puso recto un posavasos marrón que había en la mesa. Notó cómo se le tensaba la mandíbula. ¿Cuándo iban a olvidar aquellas torpes cortesías y pasar al auténtico motivo de la reunión?

El ministro carraspeó y señaló un montón de papeles que tenía delante.

–Como sabe, acabo de volver de un viaje por Europa. Oficialmente, fui allí para ver el daño causado por la guerra y tener algo de influencia en la política europea.

John enarcó una ceja.

–¿Y oficiosamente?

El ministro bajó la voz.

–Extraoficialmente, podemos inclinar la balanza a nuestro favor. Hay muchas personas desplazadas. Cuando la guerra termine, se lanzarán como lobos sobre la oportunidad de tener una nueva vida aquí.

Así que ese era el asunto. Importar extranjeros. Pero ¿no sería una medida muy desesperada? John eligió las palabras con cuidado. Que no fueran muy negativas.

–Pero ¿en qué condiciones se encontrarán?

–Bueno, algunos no estarán muy bien –reconoció el ministro–. Pero no vamos a invitarlos a todos. Elegiremos a quién se le ofrece el permiso. Habrá instrucciones claras: chicos jóvenes, fuertes y sanos. Y también muchas chicas. Preferiblemente con buen aspecto. –Otra sonrisa fugaz.

Durante un segundo, John imaginó el hijo que Kathleen y él podrían haber tenido: el cabello rubio oscuro de Kathleen y la complexión atlética de él. Borró la imagen. No tenía sentido seguir por ahí. Tenía que centrarse en el plan del ministro. Carraspeó.

—¿Y el coste de transportarlos?

—Pediremos algunos barcos a los británicos. Creo que vendrán muchos del norte de Europa... los que han sido más duramente golpeados. Pero también hay una manera de conseguir un cargamento de engendros de la pérfida Albión.

—Evitemos esta vez a los presidiarios —se apresuró a responder John. El ministro apretó los labios y dio un manotazo a la mosca, que ahora revoloteaba alrededor de su cabeza. John pensó que a lo mejor había ido demasiado lejos y habló de nuevo—: ¿Cómo va a hacerlo?

El ministro lo miró con dureza, pero no tardó en relajar las facciones.

—Por decirlo con sencillez, los británicos tienen un problema: demasiados niños. Pobres criaturas cuyos padres cayeron en la guerra y cuyas madres murieron en los bombardeos de Londres... o estaban demasiado ocupadas bajándose las bragas ante los yanquis y ya no cuidaban de sus propios chiquillos.

—Pero necesitaremos muchísima gente si queremos protegernos del peligro amarillo. —John seguía sin estar convencido.

—¡Pues lo vamos a hacer! ¡Poblar o perecer! —El ministro señaló la ventana—. Hay ocho millones de kilómetros cuadrados de terreno ahí fuera. Para que el corazón de nuestro país siga latiendo con fuerza, necesitamos sangre nueva que lo bombee. —Era como si ya estuviera pronunciando el discurso.

John asintió con la cabeza.

El ministro se puso las gafas de montura de carey y cogió unos papeles del montón que había en su escritorio.

—Este es el documento que se ha enviado a los mandatarios de la Commonwealth: «Hay razones especiales y urgentes para que se realice un gran esfuerzo inmediatamente en el campo de la migración infantil...», bla, bla, bla... «la peculiar circunstancia de la guerra ha creado en Europa un número de huérfanos, niños extraviados, "hijos de la guerra", que es mayor que nunca. Todo esto convierte el presente en una época de potencial oportunidad sin parangón para que Australia aumente su población con niños inmigrantes que...» bla, bla, bla... –Levantó la vista–. Usted ya me entiende.

John le entendía. Pero también veía los fallos.

–¿Y los británicos dejarán marchar a esos niños?

–¡No tienen elección! Los orfanatos están atestados y el Gobierno se esfuerza por darles de comer. Les preocupa el impacto en la economía cuando los soldados vuelvan definitivamente. Es una gran oportunidad para nosotros. Y es sencillo... ellos tienen muchos niños y nosotros no tenemos bastantes.

–¿Y de cuántos estamos hablando?

El ministro sonrió.

–¡De cincuenta mil!

–¿Cincuenta mil? –John silbó.

–Llegaremos a un acuerdo. –El ministro se inclinó hacia él y John percibió olor a tabaco–. Los británicos quieren librarse de esos niños. No hay futuro para ellos en su patria. Y nadie los echará de menos, porque son huérfanos. Es una idea maravillosa. Los traeremos en barco hasta aquí... y encima haremos que los británicos paguen el viaje.

Se retrepó en la silla con aire triunfal. La mosca, parada en la mesa delante de él, se frotaba las patas delanteras.

–Pero ¿vendrán? –preguntó John.

–¡Pues claro que vendrán! ¿Por qué no iban a venir? Los atraeremos con el sol, las naranjas y los paseos a caballo. La vida con la que solo pueden soñar.

Su entusiasmo era contagioso. Y estaba claro que había potencial. Aquel proyecto daría a conocer el nombre del ministro. Si John trabajaba con él, su nombre también saltaría a la fama.

–Es una gran idea –dijo–. Los niños comenzarán una nueva vida.

–Y nosotros tendremos una buena cepa de la madre patria. Diecisiete mil al año –dijo el ministro, mientras volvía a consultar el papel–, durante los tres primeros años de paz en Europa, o tan pronto como se pueda.

John ya no tenía que fingir el entusiasmo. Aquello era grandioso.

–Cincuenta mil jóvenes. Muchachos fuertes y robustos para trabajar en las granjas. Chicas que sepan cocinar y limpiar.

El ministro sonrió.

–Veo que lo entiende, amigo. Buen material blanco. Necesitamos que termine esta maldita guerra y luego nos pondremos a ello.

Lleno de optimismo, John levantó el vaso para brindar.

–Entonces, brindo por el fin de la guerra.

–¡Por el fin de la maldita guerra!

El ministro chocó su vaso con el de John, se bebió el contenido y lo puso boca abajo sobre la mesa, atrapando limpiamente la mosca.

5

Estaba allí de nuevo, corriendo por las calles, tratando de encontrar a su madre. ¿Dónde estaba? No había nadie por allí. ¿Quién era el hombre? Uniforme. Guardia de la Vigilancia Antiaérea.

—Ven aquí, jovencito. Está anocheciendo. Te llevaré al ayuntamiento. Allí te ayudarán.

—Jack. ¡Despierta!

Jack se esforzó por alejar la niebla de su mente. ¿Era otro ataque aéreo? Pero no oía la sirena. Si se paraba a pensarlo, hacía tiempo que no oía sirenas. El dormitorio estaba en silencio, exceptuando los habituales ronquidos y resoplidos en la oscuridad.

—Vamos.

Lo estaban sacudiendo. Una figura borrosa se inclinaba sobre él. Bert.

—Muy bien, ya voy.

Jack se sentó un momento, frotándose los ojos. Luego sacó las piernas de la cama y sintió el frío del suelo en los pies desnudos.

Bert ya casi había salido del dormitorio. Se había envuelto en una de las finas mantas grises. Jack deseó haber hecho lo mismo. Los techos de Melchet House eran altos y las ventanas no cerraban bien. Siempre hacía frío, incluso en verano. A veces tardaba una eternidad en dormirse en la estrecha cama de metal. Recordaba con nostalgia su vieja colcha de guata. Seguramente fue destruida junto con la casa. Junto con todo lo demás.

—Espérame.

Jack trató de correr sin hacer ruido. Bert lo esperaba al final del dormitorio, con los brazos cruzados y cara ceñuda.

—Sinceramente, no sé por qué me molesto contigo. ¿Es que quieres mojar la cama?

Jack tiritó. Al principio casi era agradable, cuando la calidez se extendía por la sábana y lo hacía sentirse más confortable, pero por la mañana las sábanas húmedas se le pegarían al cuerpo como un sudario helado y encima le impondrían otro castigo. La hermana Angela tenía un palo con puntera redondeada de más de un metro de largo. Debías alargar el brazo y ella te golpeaba en la mano abierta. Si tenías suerte, el moratón se curaba antes de la siguiente tanda. Bert intentaba librarlo de eso. Mientras seguía a su salvador por el pasillo, camino de los baños, Jack oyó unos gemidos. Pero no sabía si era el viento o un niño que lloraba.

Como de costumbre, se levantaron a las seis. Jack bajó pesadamente la escalera, con la lata de Piccaninny y un trozo de sábana vieja, listo para limpiar el vestíbulo de la entrada. «El doble de brillo en la mitad de tiempo», rezaba la etiqueta de la lata. Debajo se veía la cara de un niño negro sonriendo. Jack levantó la tapa con el pulgar y la lata dejó escapar un olor dulzón a cera. Metió el trozo de tela, se arrodilló y empezó a frotar la madera con movimientos circulares. Se suponía que detrás de él tenía que pasar otro chico para sacarle brillo, pero no vio a nadie. Entonces oyó una risa ahogada.

Bert iba hacia él con un trozo de tela atado alrededor del trasero, como si fuera un pañal.

Jack dejó de frotar.

–¿Qué diablos estás haciendo?

–Rápido. –Bert se sentó en el suelo, delante de Jack–. Tira de mí –dijo, levantando una mano mugrienta.

Jack la cogió, pero tenía los dedos resbaladizos a causa de la pasta. Se los limpió en los pantalones y volvió a intentarlo. Bert pesaba mucho. Jack tuvo que hacer un esfuerzo para tirar de él. Miró ansioso alrededor, pero no vio a ninguna monja. Solo a otro chico, Tom, que avanzaba por el pasillo. Parecía fuerte.

–¡Ayúdame! –gritó Jack.

Tom llegó corriendo y cogió a Bert de la otra mano. Entre los dos, arrastraron a Bert por el suelo. Tras él quedó un camino de madera totalmente pulimentada, tan ancho como las posaderas de Bert.

En los sueños de Jack, «hogar» era una palabra cálida. Aún podía recordar besos y caricias, cuentos susurrados y brazos suaves. Pero Melchet House no significaba nada de eso. Allí, «hogar» significaba ruido, órdenes, largos pasillos de suelo pulimentado, cantos interminables y oraciones incomprensibles. Y por todas partes mujeres vestidas de blanco y negro, como urracas gigantes batiendo sus alas.

Allí vivían cuarenta niños. Al principio Jack era uno de los más jóvenes. La hermana Beatrice solía sentarlo en sus rodillas y cantar «Hail, Glorious St Patrick». Aunque también le propinaba cachetes si pensaba que no era obediente.

Mamá nunca le había pegado, así que la primera vez que la hermana Beatrice le dio un cachete, se quedó atónito. No es que le causara mucho dolor; la monja no estaba enfadada, pero aun así el pequeño sintió un ramalazo de resentimiento. Él no pertenecía a la hermana Beatrice como pertenecía a su madre. ¿Cómo se atrevía una monja a hacer algo así? Ni siquiera lo conocía desde hacía mucho. Mamá le había echado un buen sermón el día que le rompió su mejor tetera con el balón de fútbol con el que le había dicho que no jugara dentro de casa. Luego ella se había sentado a la mesa con la cara entre las manos y había llorado un rato. Aquello dolía más que cualquier golpe.

Lo que más echaba de menos era los abrazos. Los suaves brazos de mamá rodeándolo, apretándole la cara contra su pecho. Sus camisas olían a flores, como un jardín. La hermana Beatrice olía a menta y tenía las rodillas huesudas. Aparte de la hermana Beatrice, nadie de Melchet le daba abrazos.

Al principio miraba por la ventana del dormitorio cada día, poniéndose de puntillas para ver si podía divisar a mamá caminando por el paseo con su abrigo bueno de invierno y el sombrero que la hacía parecerse a Robin Hood. Pero nunca la vio. Le habían dicho que había desaparecido en la explosión y no la habían encontrado. Pero si estaba viva, ¿por qué no había ido a buscarlo?

—Ahora Melchet es tu casa —dijo la hermana Beatrice—. Tienes que dejar de pensar en tu madre.

Y Jack lo había intentado. Pero ¿estaba mal pensar en mamá? Por la noche, mientras yacía en el duro colchón tratando de dormirse, la veía bailando en la oscuridad. *No te sientes bajo el manzano*, cantaba. Y él se daba la vuelta y apretaba el rostro contra la almohada, recreando la escena una y otra vez.

Los domingos iban andando a la iglesia, en una larga columna de dos en fondo. Las monjas iban con ellos y los niños les ponían motes como «la Liebre», o «la Tortuga», según lo rápido que se movieran. Jack fingía ser un soldado en la guerra. «Mírame mamá, soy un hombre». Balanceaba los brazos y miraba al frente. Así debía de haber desfilado papá. Jack estaba orgulloso de su padre. Papá había sido soldado. Pero era difícil recordarlo. Su rostro se había desvanecido. Si pasaba mucho rato pensando, Jack podía recordar algunas cosas: el olor a betún y a brillantina para el pelo, y el tacto áspero de su ropa. Y había algo más: un chasquido, una pequeña llama y olor a quemado. Luego su padre estaba fumando y riendo, y rodeando con el brazo a mamá. Y mamá se reía.

Acabado el desayuno, empezaban las clases. Recibían las lecciones en el mismo edificio. Las monjas no querían que se mezclaran con los chicos del pueblo; además, no había ninguna escuela católica cerca. Bert estaba en un grupo de chicos mayores, pero a Jack y a Tom les daba clases la hermana Immaculata. Se sentaban en altos pupitres de madera que tenían grabados los nombres de ocupantes anteriores. Todos tenían un tintero sucio en la esquina de la derecha. Una vez por semana, aparecía un auxiliar con una botella de Winsor & Newton azul ultramarino y echaba con cuidado un poco en cada tintero. Otro auxiliar pasaba con una caja de plumas. Los niños de delante cogían las mejores; si te sentabas atrás, tenías que conformarte con las que tenían la plumilla estropeada. Si tu plumilla goteaba y la apretabas contra el papel con demasiada fuerza, quedaban borrones en la hoja y te castigaban. Jack siempre ponía mucho cuidado al escribir. Había recibido demasiados pescozones para arriesgarse a recibir más.

Aquella mañana, la hermana Immaculata tenía que anunciarles algo.

–Esta semana haréis el examen de ingreso. Os pondrán pruebas de matemáticas, lengua y problemas. Los chicos más listos darán latín el año que viene. Los más burros ayudarán con la carpintería al señor Evans.

El señor Evans era el conserje. Era viejo y tenía mal carácter, y le gustaba tirarle de las orejas al personal. Jack pensó que prefería el latín, aunque toda aquella jerigonza le recordara la misa.

Fueron al salón en hilera para hacer los exámenes. Jack se sentó en su pupitre para contestar las preguntas, tratando de no hacer caso del ruido que hacían sus vecinos mientras escribían ni del débil roce de zapatos cuando pasaba una monja para comprobar si estaban copiando. La asignatura que más le gustaba era lengua. Había estado esperando este examen. En primer lugar tenían que corregir los errores de las frases mal escritas. Había una pregunta trampa sobre los plurales, pero Jack recordó la norma: las palabras que en singular terminan en ese, también hacen el plural añadiendo la partícula «es». La mies, las mieses. El inglés, los ingleses.

Pero frunció el entrecejo ante la siguiente: «El obispo y otro individuo entraron en el salón». ¿Obispo se escribía con mayúsculas? Jack creía que no. ¿Y el verbo? No, «entraron» era correcto. Se golpeó los dientes con el palillero. Tenía marcas de mordiscos donde otros chicos habían hecho lo mismo con algo más de agresividad. Miró a Tom, sentado junto a él; escribía frenéticamente, con el flequillo caído sobre la frente. En alguna parte de la sala se oía el tictac de un reloj, como un latido. Jack volvió a concentrarse en el examen. Obispo tenía que ir con mayúscula. No se le ocurría nada más. Y así lo escribió.

Cuando terminaron, a Jack le dolían los hombros. Se los frotó mientras salía de la sala.

—¿Lo has hecho bien? —preguntó Tom, que había salido con él.

—Creo que sí. ¿Qué has puesto tú en la frase del obispo?

—¿Qué?

—Esa sobre el «obispo y otro individuo».

–¡Individuo! –Tom se echó a reír–. Un obispo no es un individuo. Lo he cambiado por «caballero».

Jack se golpeó la frente con el puño.

–¡Oh, no! No me he dado cuenta de eso.

–Qué tonto. –Tom sonrió–. Espero que lo hayas hecho bien, Malloy. Normalmente lo haces.

Tom tenía razón. Cuando anunciaron los resultados, la hermana Immaculata le dijo que el año siguiente asistiría a la clase de latín.

«Mírame, mamá. He aprobado el examen de ingreso. Siempre dijiste que era inteligente».

Al principio Jack no notó el cambio en el ambiente. Fue Bert quien le preguntó si no le daba la impresión de que las monjas se estaban comportando de un modo extraño.

–Siempre susurrando y pasándose periódicos.

Jack se dio cuenta de que últimamente había habido más alboroto en la casa.

Los alejaron de la calidez primaveral, los hicieron entrar en la casa y les dijeron que se sentaran y estuvieran en silencio. Subieron a la tarima un aparato de radio muy grande que no habían visto hasta entonces, y la hermana Perpetua lo sintonizó dándose aires de importancia. De repente resonó el vozarrón del señor Churchill. Jack no entendió todas las palabras, pero distinguió unas cuantas: «rendición incondicional... breve período de celebraciones... viva la causa de la libertad... ¡Dios salve al rey!».

Bert estaba sentado a su lado y exclamó en voz alta:

–¡La guerra ha terminado! –le dijo a Jack.

Este sonrió, aunque se sentía extraño por dentro. Había entendido otras cosas: «... la herida... infligida... crueldades aborrecibles... justicia y castigo». Aunque no estaba seguro del significado de todas las palabras, le hicieron pensar en su madre hablándole de papá y de cómo lo habían capturado los malos. Y poco después había explotado la bomba. Jack sintió una opresión en el pecho.

Pero entonces se le ocurrió otra cosa. Quizá su madre no había ido a Melchet por culpa de la guerra. Quizá había tenido que hacer algo importante, como ayudar a Churchill. Por eso no había podido ir a buscarlo. Pero ahora que la guerra había terminado, no habría nada que la detuviera. Llegaría por camino de entrada. Lo recogería. Y luego podrían volver a Croydon y vivir juntos de nuevo. No en la antigua casa, claro está, pero quizás en otra. Quizás el Gobierno les construyera una casa como agradecimiento por todo lo que ella había hecho para detener la guerra. Y todo volvería a ser como antes.

6

Kathleen y John estaban sentados en silencio en el consultorio del doctor Myers. Un gran ventilador daba vueltas en el techo, cortando el aire húmedo y lanzando ráfagas frías. Kathleen era consciente de los puños apretados de John y de la rigidez de su mandíbula. Estiró los dedos encima de la falda, para relajarse. El tictac de un reloj sonaba con fuerza en la pared que había tras ellos. Se preguntó si no lo habrían puesto fuera de la vista adrede, para que a los pacientes no les resultara fácil calcular cuánto pagaban por minuto. El doctor Myers no era barato, pero tenía reputación de ser el mejor. Le había costado mucho convencer a John de que lo visitaran. Él no dejaba de decir que la consulta sería demasiado cara, pero ella sospechaba que la razón real era la vergüenza y no la avaricia. Esperaba que al menos hubiera buenas noticias.

–Señor y señora Sullivan –dijo el doctor. Tenía dientes de castor y un bigote gris que apenas conseguía ocultarlos–. Como saben, hemos realizado una serie de pruebas...

Se detuvo para mirar una hoja mecanografiada que tenía ante sí. Mi futuro está en ese papel, pensó Kathleen. Este doctor sabe si alguna vez seré madre. Kathleen tenía el pecho tan tirante como un parche de tambor. El doctor Myers la miraba intensamente. Veía motas de color ámbar en sus ojos castaños.

–Señora Sullivan. Todas las pruebas sugieren que usted está perfectamente preparada. Podría concebir y llevar el embarazo a término. No encontramos nada defectuoso en su sistema reproductor.

Kathleen expulsó el aire que retenía y se quedó helada al ver que John se ponía tenso. El doctor cambió la dirección de su mirada.

–Señor Sullivan. Parece que hay una serie de irregularidades en su muestra... –Calló para aclararse la garganta, pero antes de que pudiera continuar, John se levantó, apartó su silla y salió de la habitación dando zancadas.

Al cerrarse la puerta de golpe, Kathleen se puso a recoger el bolso y los guantes.

–Gracias, doctor –murmuró–. Tengo que ir con él.

–Venga más tarde, cuando tenga ocasión de hablar. Tal vez podamos hacer algo para ayudar.

Kathleen corrió tras John hasta el aparcamiento, temerosa ya del viaje de regreso. Era obvio que iba a echarle la culpa a ella. John fue a sentarse directamente tras el volante sin abrirle la puerta ni ayudarla a entrar en el vehículo.

Miró por la ventanilla cuando el coche arrancó. No necesitaba mirar a John para saber que tendría el rostro colorado y la boca apretada. Por el rabillo del ojo vio sus manos aferrando el volante, con los nudillos blancos.

–El doctor Myers podría ayudarnos –dijo por fin, apartando la vista de las acacias y eucaliptos que bordeaban el camino–. No te has quedado a escucharlo, pero ha hablado como si la situación no fuera desesperada del todo. Todavía podemos tener hijos.

Silencio.

–John, esto no es culpa mía.

–¡Ni mía tampoco! ¡Ya te dije que no quería ver a un maldito doctor!

–Pero ¿cuál era la alternativa? ¿Esperar años y años sin saber nada?

John redujo la velocidad para cambiar de marcha.

–Estamos bien como estamos.

Kathleen miró su perfil. Tenía manchas rojas y blancas en la mejilla. Por una vez, sintió lástima por él. Ojalá la culpa hubiera sido de ella. Podría haber soportado el tratamiento, implicara lo que implicase. Cualquier cosa por tener un peso cálido y lechoso en sus brazos o por sonreír a unas piernecitas regordetas. John habría sido todo magnanimidad y solicitud mientras en privado se enorgullecía de su fertilidad.

–No voy a perder la esperanza –dijo ella.

Delante de ellos iba un ciclista ocupando gran parte de la calzada. John dio un volantazo para adelantarlo, golpeando el claxon con el puño al hacerlo. El ciclista se tambaleó.

–Maldito idiota –gritó John.

Kathleen abrió el bolso, sacó la polvera y se empolvó la nariz, procurando que no le temblara la mano.

Kathleen se estaba poniendo la blusa y la falda tras una clase de gimnasia especialmente agotadora en Lacey Street cuando oyó hablar a dos mujeres. No sabía sus nombres. Eran muy amigas entre sí, pero rara vez hablaban con ella. Seguro que las dos tenían hijos. Las madres se sentían atraídas por otras madres. Hay tantas cosas de las que hablar cuando tienes hijos... y ninguna de esas cosas tenía que ver con ella.

Había intentado hablar con John varias veces tras la escena del consultorio, pero siempre que lo hacía, él tenía una excusa: una visita urgente al ministerio, un favor para un amigo, incluso un programa de radio que quería escuchar. Al parecer, todo el mundo tenía derecho al tiempo de su marido, menos su esposa. Era desesperante. La esterilidad era como una herida profunda, intratable.

Pero resultó que las mujeres no estaban hablando de sus hijos.

–Esta será mi última clase –dijo una.

El cabello dorado y crespo flotaba alrededor de su cabeza como una nube. Se pasó un cepillo y luego cogió un par de horquillas del bolso.

–¿Y eso por qué? –preguntó la otra, abanicándose con la mano. El sudor y el polvo de tiza cargaban el ambiente de los lavabos.

–Me he presentado voluntaria para trabajar por la victoria. Empiezo mañana. –Se puso las horquillas entre los dientes antes de recogerse el pelo detrás de la cabeza.

Kathleen escuchaba mientras fingía forcejear con los botones de la blusa. Muchas mujeres estaban trabajando por la victoria: llenaban los huecos dejados por los hombres y ponían su granito de arena para ayudar en la guerra. Se preguntó si ella podría hacer algo de eso. Desde luego, tiempo tenía. John cada vez pasaba más horas en el ministerio; podía hacer un trabajo de media jornada sin problemas. Sonrió a las mujeres al salir de los lavabos y ellas le devolvieron automáticamente el gesto.

De camino a casa, compró un ejemplar de *The West Australian* y lo guardó en la bolsa de deportes. Se sirvió un vaso de agua y se sentó a la mesa a leer el periódico, pasando las páginas hasta que un anuncio captó su atención. Estaba encabezado por la foto de un soldado con un casco de las Fuerzas Imperiales de Australia. Parecía cansado y abatido. «¿Cambiarías de trabajo por mí?», decía el anuncio. Debajo había la foto de una mujer. Llevaba un delantal de lunares y el cabello arreglado con una «permanente de la victoria», y se inclinaba sobre una bonita mesa con un plumero en la mano.

Pero no estaba mirando la mesa. Miraba hacia arriba, como si escuchara una llamada lejana. Posiblemente del soldado. «¿Qué importa que el mobiliario tenga un poco de polvo... o los suelos estén un poco sucios? ¿Qué importa... si eso ayuda a que el hombre al que amas vuelva a casa antes y con vida?».

Kathleen tomó un sorbo de agua. ¿Cómo se sentiría si John estuviera luchando en lugar de empuñar una pluma en el ministerio? ¿Y si hiciera años que no lo veía? ¿Habría alguna diferencia en lo que sentía por él? No era culpa suya que no pudiera tener hijos. Pero ella no podía perdonarle que no quisiera volver a visitar al doctor.

Siguió leyendo: «Vamos, ama de casa. Acepta un trabajo por la victoria. No te parecerá más duro que las faenas domésticas. Quizá sea más fácil. De hecho, muchas fábricas de material bélico, con sus limpios comedores, su música alegre y sus descansos cuidadosamente planeados, son más divertidas para trabajar que cualquier casa».

Kathleen dejó de leer otra vez. ¿Alguna vez era «divertido» el trabajo en casa? ¿La interminable tarea de barrer, pulir, lavar y planchar? Pero... ¿qué más había? A veces fantaseaba con otros hombres. Padres para sus hijos.

Volvió al anuncio. «Pero ¿qué importa eso si puedes ayudar a reducir los días de la guerra... y a librarte de esa nube negra, de ese miedo por él que tanto tiempo lleva pesando sobre tu cabeza?». Kathleen nunca había tenido miedo por John. Pero miedo de él... Quizá fuera eso lo que la alejaba de las otras esposas. Estaba claro que ellas temían por sus maridos, que estaban combatiendo lejos. También estaban orgullosas: sus maridos estaban aportando su granito de arena. ¿Dónde encajaba ella entre las madres orgullosas y las esposas perfectas?

«Acércate y ten una charla con otra mujer en la Oficina del Servicio Militar más cercana –decía el anuncio–. Todos

los días encuentra trabajos para personas como tú. Adelante
–terminaba–. Cambia de trabajo por él... ¿querrás?». Al final,
el mismo soldado parecía contento y aliviado. La mujer que
salía a su lado tenía una llave inglesa en una mano y con la
otra se cogía del brazo del soldado. ¿Podría ser yo esa mujer?,
se preguntó Kathleen, recorriendo con el dedo el cuerpo del
anuncio. Sabía demasiado bien cuál sería la reacción de John.
Pero... ¿y si aceptaba un trabajo de media jornada que empezara después de que él saliera a trabajar y terminara antes de
que volviera? Era tentador. Arrancó la página del periódico
y la dobló a conciencia. Al oír que la puerta principal se abría,
la guardó en un cajón.

–¿Un día largo? –preguntó mientras John se dirigía a la
salita y se dejaba caer en un sillón. Ni siquiera se había quitado el abrigo.

–Es todo este plan para traer a los niños ingleses. Es eter-
no. –Se frotó el nacimiento de la nariz–. ¿Qué hay para cenar, querida?

–Estofado de cordero. No tardará mucho. –Kathleen volvió a la cocina.

El tema de los hijos se había cerrado tras la visita al consultorio y ella sabía que no debía mencionarlo. Pero John
parecía más relajado desde que se había ideado el plan para
traer a los niños británicos.

–Voy a dar una cabezada –dijo–. Avísame cuando esté lista la cena.

Kathleen se tomó su tiempo para poner la mesa y hacer
puré con las patatas. Cuando vio que John se estiraba, sacó
los platos del aparador y luego fue a los fogones a remover
la cazuela con el estofado humeante. Sonrió para sí al servir la
carne con salsa. John creía que era el único con responsa-
bilidades laborales. Estaba claro que nunca debía descubrir
que planeaba buscar un empleo. No dejaría de acusarla de

descuidar las tareas domésticas o de desatenderlo a él. Seguro que le haría la vida insoportable hasta que se rindiera de pura frustración. Pero ahora tenía su propio proyecto. Y qué gran secreto iba a ser. Le temblaba la boca de tanto reprimir una sonrisa mientras servía el puré y llevaba los platos al comedor.

El primer día, Kathleen se sentó ante un escritorio de la pequeña oficina económica del Convento del Sagrado Corazón de Highgate. El barrio estaba en las afueras, a poca distancia en autobús; no tenía que empezar hasta las diez y podía acabar a las dos. Era un alivio saber que podía arreglárselas con el trabajo. El cálculo mental se le daba bien... gracias a años de compras y administración de la casa. En la escuela, siempre le habían gustado las sumas, la satisfacción de descubrir la solución de un problema, y el trabajo le pegaba. Cuando, al final de la primera semana, recibió su pequeña paga, la guardó en un monedero que escondía en el fondo del cajón de su ropa interior. John nunca miraría allí. Tras el episodio del diario, había aprendido a ser más cautelosa con sus pertenencias.

Tenía que levantarse temprano para terminar las faenas de casa antes de ir al convento. Era más fácil hacerlas a esas horas, las más frescas de la mañana. John le preguntó un día, pero ella le dijo que esos días se levantaba antes porque no tenía sentido quedarse en la cama inquieta. No dijo por qué estaba inquieta. Que lo imaginara él si quería.

La oficina era pequeña y acogedora. La dirigía el señor Brownlow, un contable que estaba ya jubilado, pero que se había reincorporado cuando habían llamado a filas al anterior director. El señor Brownlow era alto y encorvado, y hablaba con voz suave, tan suave que a veces Kathleen tenía que esforzarse para oírlo. El hombre prefería mirar columnas de números a hablar, pero eso a ella le iba bien. Cuando Kathleen se marchaba, él se levantaba de un salto para abrirle la puerta.

—Adiós, señora Sullivan, y gracias por su trabajo de hoy —decía cada vez.

Nunca la llamaba por el nombre. Su limpio bigote se ensanchaba al esbozar una sonrisa, y hacía una pequeña reverencia que casi resultaba cómica.

La otra oficinista, Mavis, había sido monja. Corría el rumor de que había dejado la orden después de tener una especie de crisis nerviosa. Al parecer, la madre superiora le había encontrado un empleo en la contaduría del convento para no perderla de vista. Mavis parecía tan tímida y desgraciada que Kathleen se preguntaba si no sería mejor que volviera al refugio del claustro. Las monjas los trataban a todos con deferencia, aunque a Mavis la trataban con más frialdad. Kathleen se propuso hablar con ella cuando el señor Brownlow no estuviera.

A veces, cuando tenía que salir de la oficina y recorrer los largos y silenciosos pasillos en busca de alguna hermana, oía retazos de himnos desconocidos y cánticos misteriosos. De niña sus padres la habían llevado a la iglesia anglicana de Forest Hill. Conservaba el vago recuerdo de la luz que caía sobre la imagen de Jesucristo que estaba dibujando mientras el vicario soltaba su sermón. Aquella iglesia era muy diferente de la oscura capilla del convento. Una vez entró a hurtadillas cuando estaba vacía. Olía a pulimento y a incienso. Miró a su alrededor. Había filas de bancos de madera que llegaban hasta el altar mayor. De la pared del fondo colgaba una cruz muy grande, con una efigie de Jesús clavada en ella. Kathleen sintió un escalofrío. Estaba a punto de salir cuando se fijó en una pequeña escultura de la Virgen María que había a un lado, con varias velitas en el suelo, delante de la imagen. Había una encendida y el humo subía deformado a causa de la cera derretida. Se arrodilló. ¿No encendía la gente aquellas velas para pedir algo? María sabía lo que era ser madre. Quizá sintiera compasión por Kathleen y la ayudara a tener un hijo. Recogió la caja de cerillas que había en el suelo de piedra. Encendió una vela y contempló la llama que parpadeaba y temblaba. Luego se fue rápidamente. No quería estar allí cuando se apagara la vela.

7

Los llevaron a Tisbury en autobús para la celebración de la victoria. En medio de la calle habían puesto largas mesas llenas de comida, y entre las farolas danzaban banderas tricolores. Todos los niños de Melchet se sentaron juntos. Jack quedó apretujado entre Tom y Bert. Hacía calor y el aire olía a la grasa de ternera que goteaba de los emparedados. Jack alargó la mano para coger un trozo de tarta.

–Todavía no, Jack, por favor. –La hermana Angela rondaba por detrás de él con algunos de los mayores–. Come primero un trozo de patata asada.

Señaló una bandeja de raciones de color amarillo claro. Jack cogió una y le dio un bocado. Estaba seca y dura. Se le quedó una miga de patata atascada detrás de los dientes. Se la quitó con un dedo y luego tragó con fuerza. Miró detrás de él. La hermana Angela, con la cara brillante bajo la toca, estaba hablando con la hermana Immaculata. Jack cogió el trozo de tarta y se lo metió entero en la boca antes de que ella se diera cuenta.

Miró a lo largo de la mesa. Más allá de la fila de niños de Melchet se sentaban otros chicos y chicas. Un chico grande con un jersey de punto rojo atacaba un cuenco de helado. Detrás de él había una mujer que le acariciaba el pelo y sonreía.

Jack volvió a tragar. Hasta la tarta le sabía seca. Al lado del muchacho había una niña con una corona de papel en la cabeza, abrazando un osito de peluche que solo tenía una oreja. Su madre le puso un cuenco de helado delante. La niña volvió la cabeza, sonriendo encantada, y se abrazó a la cintura de su madre. Jack se puso en pie.

Una mano le apretó el hombro. Otra vez la hermana Angela. Tenía el rostro tenso, como si la piel no le llegara para envolver el cuerpo y necesitase estirarla.

–Nadie ha terminado aún.

–¿Podría comer helado?

La hermana Angela señaló los trozos de patata que salpicaban su plato.

–No hasta que te hayas terminado eso.

Jack se sentó y tomó un sorbo de la limonada que les habían servido en tazas de té. La única forma de comer la patata era empujarla con el líquido. Si mamá hubiera estado allí, le habría dejado comer helado. Ojalá estuviera sentado entre los niños con padres, y no con el gordo de Tom, ni con las monjas que estaban detrás de ellos. Engulló el último trozo de patata. La hermana Angela le dio un cuenco con helado. Cuando aquel dulce frío se le deslizó por la garganta, Jack se sintió mejor. Al menos la guerra había terminado. Mamá llegaría pronto.

Más tarde hubo música y baile. La banda del pueblo tocaba y una mujer con un turbante rojo cantaba aquella canción sobre gorriones azules. Jack esperaba que no cantara nada de las Hermanas Andrews. Aquellas canciones pertenecían a mamá. Se preguntó si las monjas también bailarían, pero se quedaron sentadas en las sillas que habían dejado libres algunos de los niños más jóvenes; hablaban en voz baja y miraban de reojo a los grupos de hombres y mujeres que trataban de bailar «el paso Lambeth».

Les dieron banderines con los colores del Reino Unido para que los agitaran. Cuando sonó el himno nacional, se levantaron todos y lo cantaron a coro. Jack se apretó la bandera contra la cara para olerla a fondo. Puede que cuando la apartara viera a su madre. «¡Sorpresa! –diría–. Siento no haber podido venir antes, hijo. He ido a un baile de la victoria».

Pero después de la fiesta nada cambió en Melchet. Seguía habiendo clases, deberes y castigos. La comida seguía siendo mala y la casa fría, incluso en agosto. Ahora que Jack era mayor, la hermana Beatrice sentaba en su regazo a un niño llamado Stan: se apoyaba su cabeza en el suave pecho y lo consolaba con los brazos que una vez abrazaran con fuerza a Jack. No era justo.

Una noche que estaba en la cama tratando de no odiar a Stan, Jack decidió escaparse a Winchester. Habían ido una vez allí con las monjas a visitar el santuario de no sabía qué santo, y recordaba el camino. Si mamá no iba a venir, no tenía nada por lo que quedarse. Melchet solo estaba a veinticinco kilómetros de la ciudad. Podía coger un tren hasta Londres para tratar de descubrir qué había pasado con su madre.

Durante el té se metió un trozo de pan en el bolsillo, cuando la hermana Constantia no estaba mirando. Cogería manzanas por el camino y encontraría un río donde beber. Estaría perfectamente. Cuando las monjas estuvieran rezando las vísperas y los niños haciendo los deberes, se deslizaría por una puerta lateral, bordearía la casa, treparía por el muro y correría hasta la calle principal.

La primera parte del viaje fue fácil. Mientras andaba se llenó los pulmones de aire fresco y observó a las mujeres que trabajaban en los campos, arrancando repollos y zanahorias que echaban en un carro. Nadie lo detuvo para preguntarle qué hacía. No dejaba de mirar atrás, esperando ver una figura con hábito negro corriendo tras él, pero la carretera estaba desierta.

Cuando llegó a Ampfield, una fina lluvia le empapaba la camisa y el jersey. No había pensado en coger un abrigo; hacía más frío del que había pensado. Quizá debería haber cogido alguna de las verduras que estaban recogiendo las mujeres, pero había apostado por las manzanas y esperaba encontrar ramas cargadas asomando por encima de una cerca o una tapia. Pero si había alguna manzana por allí, no la vio.

Después de masticar el pan, que se había convertido en pulpa en su bolsillo, aún sentía el estómago vacío. Quizá debía beber ese trago de agua del río. El agua le llenaría la barriga. A pesar de que empezaba a oscurecer, salió del camino y se acercó a una franja brillante que cruzaba los campos.

Chapoteó por la hierba húmeda, deseando haberse puesto un buen par de botas en lugar de las sandalias de cuero, que le rozaban los pies. Cuando respiró hondo, el aire húmedo le hizo daño en el pecho. Pero siguió andando hasta que llegó al río.

Tenía que beber rápidamente y ponerse en camino enseguida si quería llegar a Winchester antes de que se hiciera de noche. No tenía sentido ir por el puente; tenía que bajar hasta la orilla del agua. Pero el camino estaba bloqueado por juncos oscuros. Aminoró la marcha sobre el terreno pantanoso hasta que encontró un hueco y, con cuidado, metió un pie en el agua marrón. Lo sacó de golpe. El río estaba helado. Pero había llegado demasiado lejos para rendirse. Lo intentó de nuevo. Introdujo el pie en el espeso barro y luego se agachó para coger agua con las manos.

De repente se le salió la sandalia: se tambaleó... vaciló... y cayó. Antes de darse cuenta, todo él se retorcía en el río helado. Se agarró a los juncos y las ortigas, gritando al notar los pinchazos y los cortes y jadeando de frío.

Mientras se debatía en la orilla, el grito que salió de su propia boca sonó como el de un animal en peligro. Por el rostro le corría agua sucia que le empapaba el cabello, el jersey y los pantalones. El calzado le pesaba como el plomo. Y el tobillo le dolía una barbaridad.

No tuvo más remedio que avanzar cojeando por el campo, limpiándose los mocos y las lágrimas de la cara, con los dientes castañeteándole, mientras la ropa empapada se le pegaba al cuerpo como vendas congeladas.

Tras una eternidad, volvió a la carretera y se quedó paralizado como un bloque de hielo, en la oscuridad.

Qué fácil sería rendirse al frío y el agotamiento, hundirse en la cuneta, hacerse una bola hasta morir de frío.

Pero no podía rendirse tan fácilmente. Le rompería el corazón a su madre.

Mientras daba saltos para entrar en calor, vio una débil luz a lo lejos. Se dio impulso para correr hacia ella.

Por fin le sonreía la suerte. La luz pertenecía a una casita, cuya dueña abrió la puerta ante su desesperada llamada. Lo dejó entrar y le preparó un té caliente mientras él balbuceaba una explicación con los labios entumecidos.

—Llamaré por teléfono al convento —dijo la anciana, ofreciéndole una toalla.

Jack se sentó en su mullido sofá, dejando que la calidez de la habitación y el olor a carne asada se le introdujeran en el cuerpo hasta que oyó el frenazo de un coche en el exterior.

La hermana Angela dio las gracias a la mujer con cierta brusquedad y puso a Jack en el asiento trasero.

—¿Te das cuenta del problema que has causado? —gritó—. Hemos perdido toda la tarde buscándote.

Jack negó con la cabeza, sin decir palabra y sintiéndose desgraciado.

La monja no dijo nada más durante todo el viaje.

Cuando estuvieron de vuelta en Melchet, la hermana lo llevó a la cocina.

–Fuera la ropa –ordenó, arrastrando una tina de estaño. Jack se quitó las prendas empapadas, dejando al descubierto la piel blanca y azulada–. Ahora arrodíllate ahí. No te vuelvas.

El niño se metió en la tina. La hermana Angela cerró de golpe las puertas del armario, murmurando para sí. ¿Qué estaba haciendo? Jack oyó un tintineo metálico cuando la monja dejó algo en el fregadero, seguido del gruñido de las tuberías al abrir el grifo y el chorro de agua que caía sobre algo de metal. Unos sonoros pasos recorrieron el suelo de piedra hacia donde estaba él. Lo que llevaba debía de pesar mucho. Oyó ruido de salpicaduras cuando el agua se salió por un lado y también la respiración silbante de la esforzada monja. Jack se abrazó el pecho, pero no pudo evitar ahogar una serie de exclamaciones cuando la hermana Angela le vació el cubo de agua helada sobre la cabeza.

–Esto te sacará al diablo de dentro –dijo la monja, volviendo a buscar más. Cuando terminó, había llenado tres cuartas partes de la tina.

8

−Bien, Margaret, hoy vamos a hacer algo de cestería. −*Lady* Dawson se sirve de su voz cariñosa y cantarina. Lleva un traje morado de mezclilla y un sombrero del mismo color. Con una pluma−. Venga a sentarse, querida.

Ella se sienta. Delante tiene una esterilla marrón ovalada. Parece hecha de juncos, cuyas puntas sobresalen alrededor.

Lady Dawson le da un puñado.

−Deje que le enseñe. −Coge un junco y lo introduce por un hueco que hay entre los salientes, rodea el de al lado y vuelve a tirar del junco−. Mire, dentro y fuera, dentro y fuera. Siga haciéndolo según el diseño hasta que haya hecho los laterales de la cesta. Mientras sea cuidadosa, los juncos no se romperán. Se doblan bastante bien. Ahora usted.

Margaret coge un junco y lo dobla con los dedos. Se rompe con un chasquido. Bravo. Busca otro.

−Vamos, Margaret, por favor, no haga eso. −La voz cantarina es ahora más cortante−. Sabe que tenemos que hacer cestas para los menos afortunados. Puede que la suya vaya a parar a una familia necesitada. Piense en lo bien que se sentirá.

Coge otro junco. Lo rompe. Y otro. Roto. Otro más. Roto. Roto. La cabeza le zumba después del tratamiento del doctor Lee.

—¡Margaret! —La voz es aguda ya—. Deje de hacer eso. —Una mano firme se posa sobre las suyas.

Se suelta los dedos. Y coge otro junco.

—¡Enfermera! ¿Puede venir enseguida, por favor? No creo que Margaret esté hecha para tejer cestas.

9

La guerra terminó por fin en agosto. Una semana antes, dos gigantescas explosiones habían arrasado Hiroshima y Nagasaki, y los japoneses al final se habían rendido. Australia lo celebró aliviada y agradecida.

John estaba en el despacho cuando llegó la noticia, así que Kathleen salió antes de su trabajo y fue a la ciudad sola en autobús. Con el corazón acelerado de excitación, se unió a la multitud de William Street, respirando sudor rancio y perfume barato mientras veía a la gente reír, saludar y gritar. Dos jóvenes cogidas del brazo llevaban un gran cartel al cuello que decía «Paz» en grandes letras negras. Frente a Kathleen, un joven y una chica se besaban abiertamente, con los cuerpos entrelazados. La chica tenía la cabeza echada hacia atrás, los ojos cerrados y una expresión de felicidad. Kathleen tragó saliva y miró a otro lado.

Se fijó en una conga improvisada de jóvenes oficinistas que se abría paso entre la multitud, riendo como borrachos. Era difícil entender una alegría tan sencilla. ¿Habían olvidado a las víctimas y las privaciones? Si no era así, Kathleen no lo notaba en sus rostros sonrientes.

Delante de ella, un padre llevaba a hombros a un niño que agitaba furiosamente una bandera australiana en miniatura.

Kathleen le sonrió y le dirigió un saludo. A su lado, un policía tocaba un silbato, pero el sonido quedaba ahogado por la multitud. El agente se encogió de hombros ante su propia impotencia. Por encima de su cabeza, miles de trozos de papel caían flotando desde las ventanas de las oficinas, como hojas en otoño.

Mirara hacia donde mirara Kathleen, la gente lo celebraba con desenfreno. Vio un autobús turístico sin capota que avanzaba lentamente por la calle. Sus ocupantes iban disfrazados: dos mujeres jóvenes con brillante pintalabios rojo lucían grandes sombreros de paja con cintas; una de ellas llevaba al cuello una guirnalda de flores de papel. El conductor iba vestido de arlequín. Kathleen se detuvo a admirarlos y un hombre alto tropezó con ella. Se quitó el sombrero para disculparse.

—Lo siento, ha sido culpa mía —dijo Kathleen—. No puedo apartar la vista de ellos. —Señaló el autobús.

El hombre se echó a reír.

—¡Están locos! —Tenía el rostro bronceado por el sol y, al reír, se le formaron arrugas alrededor de los ojos azules.

—¿Dónde diablos habrán encontrado esos disfraces?

—Creo que la gente ha estado recogiendo cosas para celebrarlo. —El hombre parecía ser de la edad de John y Kathleen se cuestionó por qué no iba de uniforme—. ¿Ha visto el ayuntamiento? —preguntó.

Kathleen negó con la cabeza.

—Alguien ha colgado en la torre una enorme V de Victoria.

—Me encantaría verla. Puede que vaya ahora para allí. —Pero no se movió.

El hombre se inclinó hacia delante y le quitó con cuidado algo que llevaba en el pelo. Kathleen percibió olor a colonia. Abrió los ojos de par en par. El corazón le latió con fuerza en el pecho.

–Lo siento. No lo he podido evitar. Tenía un papel enredado. –Le enseñó uno de los que habían caído antes desde la ventana del despacho y carraspeó–. Y... bueno, ¿querría tomar algo conmigo antes? Creo que aún queda algún restaurante abierto.

Estaba muy cerca de ella. Kathleen olía su aliento cálido, veía las motas verdes de sus ojos azules. Pensó en la pareja que había visto besándose. Puede que fueran desconocidos, aunque parecieran tan íntimos. ¿Cuántos amoríos empezarían aquella noche vertiginosa y llena de ansiedad? ¿Cuántos niños se concebirían a consecuencia de aquel cálido y oscuro momento? ¿Y si hacía una escapada con aquel hombre que le sonreía de aquella manera tan incitante? No conocía a nadie allí. Después de todo, quizá hubiera una manera de ser madre.

Se alisó el vestido. Todas aquellas clases de gimnasia le habían adelgazado las caderas y le habían flexibilizado la cintura. Siempre había tenido las piernas bonitas.

«Buenas patas, Kath», decía a veces John cuando se ponía los zapatos azul oscuro de tacón alto. Le había conseguido unas medias de seda y ella había decidido ponérselas para la celebración. Le acariciaban la piel y, durante un segundo, imaginó al hombre subiendo los dedos suavemente por sus pantorrillas, sus rodillas, sus muslos... El deseo la invadió de golpe.

Estaba a punto de acercarse a él cuando una mujer le dio un empujón. Kathleen lanzó un grito.

–¿Se encuentra bien? –preguntó el hombre.

Kathleen asintió con la cabeza, frotándose el brazo. Dio un paso atrás. Volvió a oír los ruidos de la calle y el momento desapareció. Era una locura. John podía ser difícil, pero no se merecía una infidelidad.

–Lo siento, he de irme. –Sonrió educadamente al hombre, que volvió a quitarse el sombrero.

No le resultó fácil dar media vuelta y abrirse camino hasta Barrack Street. Sintió la mirada del hombre durante todo el trayecto.

Cuando Kathleen llegó al ayuntamiento a través de la multitud que se movía lentamente, estaba oscureciendo y el signo de la victoria había desaparecido. Se preguntó si habría subido alguien a quitarlo. Seguro que ahora lo llevaría en alto un grupo de juerguistas. Buena suerte para ellos. Aunque era una pena no haberlo visto. Quizá hubiera merecido la pena ir hasta allí para contemplar el reloj, oscurecido durante la mayor parte de la guerra y que ahora podía brillar en todo su esplendor. En comparación, la luna que se elevaba en aquel momento por detrás parecía transparente. Kathleen vio que los escaparates volvían a tener las luces encendidas. A pesar de la falta de mercancías, seguían pareciendo brillantes cuevas de Aladino. Era como si la Navidad hubiera llegado en agosto, pensó. La Navidad más lujosa que había visto la ciudad en mucho tiempo.

Aunque Barrack Street estaba preciosa, no llegaba a lo que podía haber habido. Abatida, cogió el autobús vacío para volver a Highgate.

Cuando un John borracho intentó hacer el amor con ella esa noche, sintió la fuerza del hombre, las manos cálidas en su cuerpo, vio sus ojos azules, inhaló su embriagadora colonia. Y después notó que John sonreía con aire de suficiencia en la oscuridad, como felicitándose por poder despertar semejante pasión en su esposa.

Al día siguiente fue con John a la ceremonia oficial de la victoria que se celebraba en el paseo marítimo. Se colocó a su lado en posición de firmes junto con el grupo de dignatarios, separados de la multitud por un cordón, con un traje azul anterior a la guerra que le quedaba demasiado grande. Las banderas se movían con desgana bajo la ligera brisa y Kathleen inclinó la cabeza para poder sentir el calor del sol bajo el sombrero. Aquella ceremonia formal le parecía acartonada y solemne tras la excitación palpable de la noche anterior. Detestaba estar en el centro de atención tras el feliz anonimato de William Street. ¿Cómo habrían reaccionado los compañeros de ministerio de John si hubieran visto su encuentro con el hombre de la multitud? Y ya puestos, ¿cómo habría reaccionado John?

La banda empezó a tocar. Cantaron todos el himno nacional y «Australia marches on». Kathleen veía a John sonreír con benevolencia, como si hubiera ganado él solo la guerra, sacando el pecho sin medallas. Era increíble cómo adoptaba el papel de general victorioso a pesar de no haber empuñado nada más peligroso que una pluma estilográfica.

Se preguntó cómo les afectaría la paz. Para empezar, tendría que dejar su último trabajo. El Gobierno había anunciado que los hombres necesitaban trabajar al volver de la guerra. Las mujeres les habían calentado el sitio durante ese tiempo, pero lo decente era despedirse. Al menos John no lo había descubierto. Pero la idea de pasar otra vez todo el tiempo en casa era deprimente. Se había acabado lo de estar temprano en la cama planeando el engaño diario. Los comentarios con aire inocente sobre sus planes de pasar el día lavando y planchando, sabiendo que, camino del convento, dejaría la ropa sucia con aquella discreta señora Markham de Barlee Street para recogerla limpia y doblada al volver a casa. Cuando John llegaba, la ropa estaba ordenada en el armario como si se hubiera pasado todo el día planchando. Y John no se dio cuenta nunca de que la ropa ahora olía a Rinso y no a Lux.

John tampoco tendría que trabajar tantas horas. De todos modos, en cuanto los mares fueran seguros, empezarían a llegar los barcos de los críos anglosajones, así que durante un tiempo seguiría ocupado. Puede que incluso más ocupado. Quizá eso le diera un tiempo extra.

Sus pensamientos volvieron otra vez al hombre de William Street y sintió un escalofrío de placer al recordarlo frente a ella, tocándole el pelo. Quizá estuviera ahora allí mismo, entre la multitud. Empezó a mirar, pero se detuvo en seco. Era ridículo; el día anterior había decidido olvidarlo. No era nada, solo que se había sentido halagada al saber que otro hombre la consideraba atractiva. Estaba casada con John. Había hecho la promesa de rigor en St Mark, la iglesia a la que asistía de pequeña, delante de sus padres y delante de Dios. Y la había hecho convencida. Siempre había creído que John y ella tendrían una familia juntos. Sería un error abandonarlo ahora. Renunciar a todos los hijos futuros.

El doctor Myers había dicho que a veces el estrés hacía a los hombres temporalmente estériles. Una vez que hubiera pasado la presión de la guerra, quizá se quedara embarazada. Si podía tener un hijo, todo lo demás sería soportable. Se hundió las uñas en la palma de la mano. «Por favor, Dios, haz que me quede embarazada», rezó interiormente mientras la banda tocaba a todo volumen.

10

La hermana Perpetua acompañó al visitante hasta el comedor. La comida había consistido en el habitual cordero grasiento con nabos, aunque aquellos días les estaban dando algo más de carne. Todos dejaron los cuchillos y tenedores con un tintineo metálico. Se hizo el silencio al momento. El hombre, alto y delgado, con el cabello ralo y la nariz picuda, sobrepasaba en estatura a la monja. Su larga sotana negra y el alzacuello blanco le recordaron a Jack al padre O'Brian de la iglesia, aunque este sacerdote nunca había ido a Melchet.

–Os presento al hermano MacNeil –dijo la hermana Perpetua. Esta vez no tuvo que levantar la voz ni dar palmadas con las manos–. Ha venido a hablar con vosotros, niños, sobre un proyecto muy emocionante.

Jack se preguntó por qué estaría tan entusiasmada. La hermana Perpetua normalmente solo tenía dos expresiones: devota y enfadada. Y siempre adoptaba esta última cuando trataba con Jack. ¿Sería bueno verla tan contenta? No podía recordarla portándose de forma amable; no creía que aquel nuevo talante redundara en algo que mereciera la pena.

–He venido a invitaros a una aventura –anunció el hermano MacNeil.

Su voz sonaba como si estuviera resfriado, pero el efecto de sus palabras fue eléctrico. Jack intercambió miradas con Tom. Su amigo tenía el rostro colorado.

–Dentro de unos meses embarcaré para Australia.

Calló. Jack se imaginó al hombre alto y picudo en un barco de vela, agarrado al mástil y protegiéndose los ojos del sol, un poco como Robinson Crusoe.

–Me gustaría que algunos de vosotros vinierais conmigo.

Jack se introdujo en la fantasía y trepó por una cuerda hasta la cofa, dispuesto a hacer de vigía, mientras el hermano MacNeil levantaba la cabeza y admiraba con asombro su fuerte torso bronceado y sus brazos musculosos.

–Los australianos nos han invitado a vivir con ellos. Quieren chicos y chicas fuertes para compartir una vida nueva y maravillosa.

Se detuvo para mirar a los niños. A Tom se le salía el corazón del pecho. ¿Querrían también los australianos a los niños flacos?, se preguntó Jack.

–Australia es un país soleado, no frío y lluvioso como este.

Hubo una oleada de risas. Después de todos aquellos años en Melchet, Jack se había acostumbrado al frío, pero sería emocionante vivir en un lugar donde hiciera calor todo el tiempo.

–Los niños que decidan venir conmigo vivirán en el campo, en grandes granjas. Iréis a la escuela durante el día, pero después, y en vacaciones, aprenderéis a montar a caballo, a cuidar ovejas y a conducir tractores. Será una gran vida al aire libre. Una vida mucho mejor que la de aquí.

Jack miró a la hermana Perpetua. Seguro que se sentía ofendida por el comentario. Pero no, estaba sonriendo. Parecía entusiasmada ante la idea de que se fueran todos.

–Todos os pondréis más fuertes y bronceados al aire libre –continuó el hermano MacNeil–. Sembraréis vuestra propia comida en la granja. Incluso podréis coger naranjas y comerlas directamente del árbol.

Jack no era capaz de imaginar algo tan delicioso. Miró alrededor. Todos los niños estaban mirando al hermano MacNeil con ojos brillantes y expresión de anhelo.

–Levantad la mano si queréis venir conmigo –dijo el hermano.

Tom levantó la mano enseguida.

–¡Me muero de ganas! –gritó.

Todos rieron. Jack no estaba seguro. ¿Podría encontrarlo mamá en Australia? Pero no lo había encontrado en cinco años. Y además, siempre podía volver. Australia no estaría tan lejos, ¿verdad? Allí hablaban inglés. Qué orgullosa estaría su madre de él si aprendía a montar a caballo y a conducir un tractor. Australia sería como la película *Blancanieves* que habían visto en la base aérea estadounidense... Todo colores brillantes.

Levantó el brazo con vacilación. El hermano MacNeil lo vio y sonrió.

–Buen chico. Te encantará Australia. –El hermano hizo una breve pausa para mirar los rostros ansiosos que tenía delante–. ¿Alguien más quiere tener una aventura?

Todos levantaron la mano.

Pocos días después, Jack fue a buscar a la hermana Beatrice y la encontró sentada al lado de la ventana, cosiendo. Tenía los dedos nudosos y torcidos, y las manos surcadas por venas verdes. La luz de la ventana revelaba una sombra de vello en el labio superior de la hermana. Al ver a Jack, dejó a un lado el calcetín que estaba cosiendo y lo atrajo hacia sí. Olía a violeta de genciana y a caramelo de menta.

–Hola, muchacho. ¿Cómo se porta el mundo contigo? –Jack oyó el golpeteo del caramelo de menta contra sus dientes.

—Me voy a ir a Australia —respondió él.

La hermana Beatrice inclinó la cabeza como si ya lo supiera.

—Te irá muy bien allí —dijo.

—Lo sé —dijo Jack, rascándose la costra de un eczema del codo.

La hermana Beatrice se recogió un mechón de pelo bajo la toca negra. De su boca salió un crujido.

Jack frunció el ceño.

—La echaré de menos.

—¡Más te vale! —La monja entornó los ojos al mirarlo—. Pero conocerás a los buenos Hermanos Cristianos y habrá una «madre de hogar» para cuidarte.

De repente se había revelado la verdad.

—¡Pero yo quiero a mi propia madre!

—Vamos, Jack. Sabes que ha muerto. —La hermana Beatrice calló y lo estrechó un poco más con el brazo—. Si estuviera viva, ya habría venido a buscarte, ¿no crees? —dijo en un susurro.

Jack se enjugó los ojos con la mano.

—Supongo que sí.

En el fondo lo sabía. Probablemente desde hacía años. Siempre había deseado que mamá hubiera sobrevivido, pero últimamente apenas miraba por la ventana del dormitorio para ver si se acercaba por el paseo, y ya no bailaba ni cantaba en su cabeza cuando se iba a dormir. Ahora sus sueños estaban iluminados por el sol. Montaba a caballo o conducía un tractor. Seguro que su madre se alegraría por él. ¿De qué serviría esperar en Melchet con su horrible comida, el frío y los deberes? No iba a aparecer nunca.

Se inclinó sobre la hermana Beatrice y le permitió que le acariciara el pelo. Cerró los ojos con fuerza. Una pequeña parte de él seguía preocupada por si había tomado una mala decisión. Siempre podía dejar un mensaje.

—Si mamá viene algún día, dígale que la esperé muchos años. Tendrá que ir a Australia para encontrarme.

La hermana Beatrice le guiñó un ojo.

—Ahora vete a terminar los deberes. ¡Ya sabes que en Australia solo quieren chicos buenos!

No se molesta en abrir los ojos al despertar. La vista siempre es la misma: paredes sucias color crema, suelo de madera pulimentada, veinte camas de metal con sábanas blancas y mantas azules, doce ventanas de guillotina con treinta y cinco cristales en cada una. Los cuenta todos los días: siete columnas de paneles y cinco filas.

Respira hondo. Los olores tampoco cambian: jabón carbólico, alcohol etílico y orina rancia. El último varía, dependiendo de si le han cambiado las sábanas a Mary o no. A la hora de comer se cuela olor a carne, pescado o repollo.

Le dicen que está mejorando y algunos días se lo cree. El tratamiento del doctor Lee ha ordenado sus pensamientos y ha alejado parte de la oscuridad. Ha dejado de buscar cosas. Lo que había perdido, fuera lo que fuese, nunca ha aparecido. Pero no acaba de sentirse completa. Siempre le falta algo.

Cuando el carrito con las medicinas se acerca traqueteando a la habitación, se sujeta a las barandillas de metal que tiene a los lados. Hubo una época en que se habría escondido bajo la cama y se habría quedado temblando hasta que la enfermera la sacara de allí. Pero ya no. La guerra ha terminado. Ya no habrá más bombas.

Es raro que no pueda recordar las cosas que necesita recordar. En cambio las que intenta olvidar —el ruido de las explosiones, el olor a quemado, el humo negro— siempre están allí.

11

Jack estaba en la borda, mirando al mar. Aunque acababan de desayunar, el sol ya calentaba con fuerza. El cielo le recordaba una canica que había tenido años antes en la casa de Croydon, con sus franjas azules y blancas mezcladas. Llevaba el jersey de lana y los pantalones que el orfanato les había dado a todos. El jersey era una talla más pequeño. El sudor húmedo le empapaba las axilas y alrededor del cuello, donde el tejido se le pegaba a la piel. Era grueso y le picaba, pero no le permitían quitárselo.

El motor zumbaba mientras el barco de vapor se deslizaba por el agua, dejando tras de sí una espuma parecida a la seda arrugada de un paracaídas. Alrededor del barco el mar era una agitada masa de color turquesa, azul oscuro y blanco. Más allá estaba más tranquilo, esculpido en un profundo azul. Y en algún lugar, tras aquella inmensa llanura, estaba Australia, esperándolo con sus granjas, sus caballos, sus canguros y sus interminables kilómetros de libertad. El sol brillaría también allí, madurando las naranjas en los árboles para que ellos pudieran alcanzarlas y recogerlas. Intentó imaginar el sabor cítrico de su zumo, pero lo único que saboreaba era los caramelos que les habían dado las monjas. Les habían dicho que eran para evitarles los mareos. Aquellos caramelos estaban buenos, pero las naranjas serían mejores.

Durante un momento se preguntó qué habría pensado su madre al verlo en un barco rumbo a Australia. Esperaba que se alegrara de que estuviera viviendo una aventura.

Habían ido hasta Southampton en el tren que empalmaba con el barco. El muelle estaba atestado de gente, que daba vueltas por la casilla de embarque. Seguramente estaban como él, tan emocionados que no podían quedarse quietos. El SS *Asturias* era enorme y tenía una chimenea en medio que expulsaba humo negro como si fuera un dragón. Fueron todos a la pasarela con el traje azul oscuro que les habían dado en Melchet y con las maletas en la mano. Los acompañaban monjas a las que no conocía, y otras mujeres llamadas niñeras y hombres con abrigo y sombrero oscuro. El muelle estaba abarrotado, pero no había nadie que hubiera ido a despedirlo a él, así que no se volvió a mirar. Hasta el último momento se preguntó si aparecería la hermana Beatrice. Pero era muy probable que Stan la necesitase más. Ella le había dado un rápido y fuerte abrazo en Melchet y Jack había notado que se le quebraba la voz al desearle una vida feliz. ¿Sería capaz de volver a oler a menta sin pensar en ella? Se concentró en el barco con un nudo en la garganta y escozor en los ojos.

No tardaron en dejar Southampton atrás. Más allá se veía otra tierra.

–¡Es Australia! –gritó Nancy, una de las niñas más pequeñas.

–No seas tonta –dijo una de las monjas–. Es la isla de Wight.

Jack seguía mirando el mar con aire soñador cuando un sonido metálico lo despertó de golpe. Llegó seguido de un ruido atronador y una serie de gritos agudos. La boca se le llenó de saliva. Miró alrededor en busca de un lugar donde esconderse. En medio de la cubierta había botes salvavidas apilados bajo una lona sucia de color blanco. Corrió hacia los botes, tropezando y resbalando en la resbaladiza cubierta, se lanzó bajo el material de caucho y cayó jadeando al lado de uno de los botes.

El deslumbrante mundo exterior desapareció como si hubieran apagado la luz. Dentro de su oscuro escondite, el calor era intenso, y percibía un olor rancio debajo de la lona. Al oír ruido de pasos que corrían se asomó por debajo de los botes y vio un pequeño ratón que temblaba al fondo. Pobrecito, pensó Jack. Está tan atrapado como yo.

Se quedó quieto. La sangre le zumbaba en los oídos y apagaba cualquier otro ruido. ¿Los habrían torpedeado como a aquellos niños del *City of Benares*? Jack había pasado toda una noche despierto imaginando sus gritos terribles al caer en el agua helada. Y más al fondo había otra visión... la de su padre en un barco, tratando en vano de mantenerse a flote, luchando contra las fuertes corrientes que lo empujaban al fondo del mar. A Jack nunca le habían contado cómo había muerto su padre exactamente. Pero sabía una cosa. No quería compartir su destino.

Siempre que sentía miedo en Melchet intentaba recordar a su madre abrazándolo y su aroma a lirios del valle que le llenaba la nariz. Lo hizo también en aquel momento y el golpeteo que sentía en el pecho se calmó. El estruendo disminuyó y los gritos de fuera se detuvieron. Entonces oyó un nuevo ruido y supo que era una buena señal. Risas.

Levantó una punta de la lona y parpadeó ante la luz cegadora. Aunque solo podía ver una parte de la cubierta, distinguió una mancha de pies desnudos y, al fondo, grandes arcos de agua que el sol convertía en arcoíris. Salió de allí.

Los niños corrían por cubierta riendo y chillando bajo los chorros, disfrutando con el líquido delicioso y frío. Los chicos se habían quitado los jerséis y los habían dejado, oscuros y empapados, sobre los tablones mojados. Confuso, Jack miró alrededor y descubrió el origen del agua: al lado de la borda había varios miembros de la tripulación sujetando grandes mangueras. Debían de haber abierto las bocas de riego para refrescar a los niños. Incluso las monjas, sentadas en las sillas de cubierta como focas al sol, reían al verlo.

Jack vaciló un segundo, recordando aquella vez que la hermana Angela le había echado agua fría encima como castigo por haberse escapado. Pero aquello no era un castigo, era un regalo. Y hacía mucho más calor ahora que aquel desgraciado día de invierno en Inglaterra. Se quitó el jersey y corrió hacia el chorro de agua más cercano. Iba a ser divertido. Chilló y saltó con los demás, tratando de escapar del chorro frío y riendo cuando lo alcanzaba. El agua fría le corrió por la piel, alivió las quemaduras del sol e hizo que la piel de los brazos se le pusiera de gallina. Le lavó el polvo y la mugre. No le importó mojarse. Ojalá pudiera lavar todas las cosas malas que le habían ocurrido.

Una hora más tarde, una limpia fila de jerséis grises colgaba de la borda, goteando sobre cubierta. Todavía sonrojados, con el pelo mojado y vistiendo sus otras prendas, de más abrigo aún, los niños entraron en tropel a tomar el té. A Jack le encantaba la comida del barco. No eran las miserables raciones que les daban en el orfanato y que siempre lo dejaban con hambre. Si los niños recibían todo aquello, se preguntaba Jack, ¿qué les darían a los adultos? Aquel día había ollas humeantes de estofado barato y bandejas repletas de pastel de carne con puré cremoso de patatas, acompañado de resbaladizo repollo. En el menú de Melchet había cosas así, pero no se parecían en nada a su descripción. Allí la carne era gris y cartilaginosa, y el puré de patatas estaba lleno de grumos.

Jack ignoró las conversaciones que lo rodeaban; solo quería comer y comer. El chico sentado a su lado lo imitaba cucharada a cucharada. Terminaron al mismo tiempo y se sonrieron satisfechos.

—Estaba bueno —dijo el otro.

Era más alto que Jack, no gordo, pero sí fuerte y de aspecto saludable, como si se hubiera criado con pudines de Yorkshire y pasteles de mermelada, y no con pan seco y sopa aguada. Jack lo reconoció de los juegos acuáticos de antes: se llamaba Sam.

—La mejor comida que he probado —reconoció Jack.

—Aunque no está tan buena como la comida de mi madre —dijo Sam.

Jack lo miró fijamente. ¿Sam tenía una madre viva?

—¿Dónde está tu madre? ¿Está a bordo?

A los niños del orfanato no se les permitía sentarse con las familias. Jack y los otros niños de Melchet House se sentaban en bancos, ante las mesas de caballete del fondo del comedor. Los que tenían más suerte, los que tenían madres y padres y ropa de verano, se sentaban en medio del comedor, en mesas con manteles blancos y cubertería brillante.

Sam se removió.

—Mis padres están en Inglaterra. Voy a Australia a vivir con mi tía y mi tío.

—¿Por qué? —Jack se volvió a mirarlo—. La guerra ha terminado.

—No tiene nada que ver con la guerra. —Sam hablaba en voz baja y Jack tuvo que acercarse para oírlo—. Mis padres ya no viven juntos, así que no me pueden cuidar. Mi hermana ha ido a vivir a Kent con mis abuelos, pero no podían ocuparse también de mí. Como estoy solo en el barco, me han dicho que me siente con vosotros.

–¿Y no estás triste por dejarlos?

–Claro que no –respondió Sam, apretándose la cuchara contra la palma de la mano. Jack vio que le brillaban los ojos.

A Jack no se le ocurrió nada más que decir. Entonces llevaron a la mesa cuencos de pudin de arroz con sirope y pronto estuvieron demasiado ocupados para hablar.

Después de comer, Jack llevó a Sam a su camarote. Los tres chicos con los que lo compartía, Bert, Tom y Mattie, estaban en cubierta y el camarote estaba en silencio. Jack señaló la litera superior en la que dormía. Tenía mantas grises y ásperas, como en el orfanato, pero con suaves sábanas de algodón debajo. Le enseñó a Sam la moneda que les habían regalado a todos al final de la guerra y la Biblia de tapas negras que le había dado la hermana Beatrice. No tenía mucho más. A veces se preguntaba qué había sido del guardapelo de su madre, el que tenía la foto de su padre.

Sam admiró la moneda y la Biblia, y luego invitó a Jack a ver su camarote, que estaba en el otro extremo del barco. El cuarto era pequeño, pero Sam lo tenía para él solo. Jack miró la cama bien hecha, la foto enmarcada de la botadura del *Asturias* y un pequeño armario de madera que había en un rincón, con tres cajones de roble en la parte inferior. Se quedó tímidamente en el umbral mientras Sam entraba. Sam se detuvo un momento y luego rebuscó debajo de la cama.

–Mira esto.

Sacó unos objetos extraños en la mano, se sentó en la cama y dio una palmada a su lado. Jack se sentó.

Sam alineó los objetos sobre la cama y luego cogió uno, largo y delgado, hecho de metal. De un tamaño parecido a la funda de las gafas de la hermana Beatrice, pero con muchos más adornos. Era de un brillante color turquesa con ornamentos dorados. Sam abrió un extremo y sacó un grueso papel amarillo enrollado como un papiro. El papel tenía unos extraños caracteres negros que Jack no fue capaz de leer. Sam se lo pasó a Jack, que lo sujetó con cuidado.

–¿Qué es?

–Una *mezuzá*. –Jack lo miró fijamente y Sam continuó–: Tiene escrito el Shemá Israel.

–¿El qué?

–El Shemá Israel. Es una oración.

Jack lo entendió al fin.

–¡Ah! Como el avemaría.

Ahora era Sam el que parecía confuso.

–No sé qué es eso.

Jack empezó a recitar: «Dios te salve María, llena eres de gracia...». Las monjas se lo habían enseñado bien.

Pero Sam también se puso a recitar, en voz más alta: «*Sh'ma Yisrael Adonai Eloheinu Adonai Ehad...*».

Jack se detuvo.

–¡Eso ni siquiera es inglés!

–Lo sé. Es hebreo.

–¿Hebreo? –Jack no había oído nunca esa palabra.

Sam suspiró como si Jack fuera idiota.

–Yo soy judío.

Jack se encogió de hombros.

–Yo soy inglés.

–Yo también soy inglés. –Sam parecía inquieto.

–Enséñame más cosas –sugirió Jack.

Sam cogió un pequeño cuenco blanco.

–Esto es un *miljig*. Es para la leche.

Jack sonrió, aunque no supo muy bien por qué.

–¿Y eso de ahí?

Sam lo cogió. Era de un color rojo rosado, con un dibujo de flores en el fondo.

–Esto se llama *fleischig* –dijo con un titubeo–. Es para la carne.

–¿Y por qué no lo usas aquí para comer?

–Los tengo que guardar bajo la cama hasta que llegue a Australia. Entonces podré utilizarlos en casa de mis tíos.

–¿Y por qué los escondes? ¿Temes que te los roben?

–No, no es eso. –Sam jugueteó con la colcha–. Hay mucha gente a la que no le gustan los judíos. No quiero que esas cosas las vean otras personas. Prométeme que no se lo dirás a nadie.

Jack asintió con la cabeza, aunque no estaba seguro de a qué se refería Sam. Sin embargo, era agradable que Sam confiara en él.

–Volvamos a cubierta –dijo.

Más tarde, ya acostado en la cama de su lóbrego camarote, Jack trataba de ponerse el pijama bajo las mantas. Bert se paseaba en pelota picada, como si fuera un gigantesco mono peludo. Le acercó la cara.

–¿Tienes algo que esconder?

–No. –Jack cogió un libro que tenía al lado–. Solo quiero leer.

Era una novela de Enid Blyton que había cogido de la biblioteca del barco: *Misterio en la villa incendiada*.

Bert sonrió con complicidad, dio un paso atrás y se golpeó el pecho, llamando la atención sobre su vello oscuro.

–¡Taaarzán! Vamos, Malloy, ¿no quieres jugar? Yo seré Tarzán y tú puedes ser Jane. ¡Desde luego, pareces una chica! –dijo, retorciéndose de risa.

Jack trató de concentrarse en el texto, pero era difícil con Bert rondando por allí. ¿Por qué se portaba tan mal? En Melchet acompañaba a Jack al baño por la noche para impedirle que mojara la cama. Pero desde que Jack había conocido a Sam, Bert había cambiado: se reía de él delante de los demás porque no tenía pelo en el pecho, o se apretaba los testículos cuando Jack iba a coger el pijama de su litera.

Una ráfaga de aire caliente pasó la página. Jack levantó los ojos. Tom y Mattie acababan de entrar. Aunque no eran gran cosa, Bert no se metería con los tres a la vez. Jack dejó el libro sobre la manta y exhaló un silencioso suspiro.

Menos mal que había conocido a Sam. Esperaba pasar más tiempo con él. Mejor evitar a Bert todo lo posible. Su madre estaría encantada de que hubiera hecho un amigo nuevo.

Estaban apoyados en la borda del barco buscando marsopas cuando una larga sombra cayó sobre ellos, bloqueando el sol. Se volvieron y vieron al capitán con dos monjas y una de las niñeras más jóvenes. El capitán parecía enfadado, pero no habló. Una de las monjas puso el brazo en el hombro de Sam.

–¿Puedes venir con nosotros, mozalbete? Tenemos que contarte algo.

Su tono era amable. Sam lanzó una mirada preocupada a Jack antes de seguir al grupo hasta el despacho del capitán. Jack se fijó en que la niñera no había ido con ellos. Parecía estar esperándolo. Ya se había fijado antes en ella: joven, con el pelo corto y rizado, ojos tímidos y una amplia sonrisa.

–Hola, Jack. Soy Joan.

Jack intentó saludar con una sonrisa, pero la boca se le había quedado rígida. Joan miró al mar, hacia donde Jack y Sam habían estado mirando antes.

–¿Qué estabais buscando?

–Marsopas –dijo Jack.

La niñera sonrió, pero no dijo nada. Señaló dos sillas de cubierta que había tras ellos y se sentaron.

Joan se recostó y se volvió para mirar a Jack.

–Sam y tú sois buenos amigos, ¿verdad?

–Sí. Es mi mejor amigo, aunque lo conocí en el barco. No estaba en el orfanato conmigo.

–Lo sé. Viaja a Australia para vivir con sus tíos.

–Sí, me lo dijo.

–El caso es... –dijo Joan, bajando la voz hasta convertirla en un murmullo–. Ha ocurrido un accidente horrible. Un accidente de coche. Han muerto la tía y el tío de Sam.

Jack ahogó una exclamación. El barco se balanceaba más de lo habitual.

–¿Te encuentras bien?

Tenía el corazón en un puño.

–¿Qué va a pasarle ahora?

–El capitán ha hablado con las autoridades de Australia. Sam irá a la granja contigo y el resto de los niños. Eso es lo que le están contando las monjas ahora. Me han pedido que te lo diga a ti para que lo ayudes a acostumbrarse a su nueva situación. Va a pasarlo muy mal. Y sé que serás un buen amigo para él.

–Sí, por supuesto.

–Buen chico. –Joan le acarició el pelo a Jack–. Le diré que lo estás esperando aquí.

La niñera se fue, pisando con cuidado los tablones de madera, como si también ellos estuvieran pasándolo mal. Jack sintió pena por Sam, aunque en parte estaba encantado porque fuera a ir a la granja con ellos. Podrían seguir siendo amigos.

Cuando apareció Sam, parecía desconcertado. Se sentó en la silla que Joan había dejado libre, moviéndose como si fuera un anciano.

Al principio, Jack no supo qué decir. Finalmente murmuró:

—Siento lo de tus tíos.

Sam se encogió de hombros.

—Solo los había visto una vez. Mamá estará triste, pero yo no. La verdad es que no. —Se apretó los nudillos—. Tú debiste de sentirte mucho peor cuando murió tu madre.

Jack se retrepó en la silla. Si se ceñía a los hechos, todo iría bien.

—Volví de la escuela y habían bombardeado nuestra casa. Llamé a mi madre una y otra vez. —Se aclaró la garganta—. Pero no apareció. Luego me encontró un guardia de la Vigilancia Antiaérea y me llevó al ayuntamiento. Esperé toda la noche, pero nadie supo decirme dónde estaba mamá. —Calló, repentinamente cansado—. Estuve allí durante unos días, pero luego dijeron que tenía que ir al orfanato, ya que no había nadie para cuidar de mí. Así que fui a Melchet House. —No, no iba bien. Se pasó la mano por los ojos. Le empezaban a escocer—. Pensé que mamá me encontraría allí, pero no pasó nada de eso. Luego me dijeron que había muerto. Por eso decidí ir a Australia. —Respiró hondo.

Sam estaba recostado sobre la lona de la silla.

—Las monjas me han dicho que puedo ir a la granja contigo —dijo.

—¿No quieres volver a Inglaterra con tus padres?

Sam se mordisqueó un pellejo del dedo pulgar.

—Para empezar, ellos me han enviado a Australia. A vivir con el tío George y la tía Jean. No creo que ahora pueda volver a Inglaterra.

Jack intentó sonreír.

–¡Bueno, yo sí te quiero! Va a ser genial. Aprenderemos a conducir tractores y a cuidar ovejas. Quizá nos dejen compartir el dormitorio. –Se rascó la huella de una antigua costra. Entonces se le ocurrió otra idea–. ¿Ahora tendrás que ser católico?

–Tendré que fingir que lo soy. El capitán ha dicho que no podré ir a la granja si la gente sabe que soy judío.

–Vaya. ¿Y qué pasará con tus objetos judíos?

Sam frunció el entrecejo.

–No puedo abandonarlos.

–Podrías esconderlos.

–Es lo que haré. –Sam miró al mar un rato, parpadeando con fuerza, y luego se volvió a Jack–. ¿Quién cuidará de nosotros?

–Los Hermanos Cristianos. Ellos dirigen la granja. Y habrá una «madre de hogar» que nos preparará la comida y nos lavará la ropa.

–¿Tendremos que ir a la escuela?

–Sí, pero iremos a caballo. Y al volver cogeremos naranjas de los árboles.

–Espero que en Australia haya mucha comida.

–Oh sí. Cantidades industriales. Y los fines de semana estaremos al aire libre todo el día. Nos pondremos morenos y fuertes. –Jack se detuvo para mirar su brazo bronceado–. Aprenderemos a cazar y a disparar.

Sam se retrepó en la silla y cerró los ojos. Dejó escapar un suspiro largo y bajo.

–Estará bien –murmuró.

Jack también cerró los ojos. En el resplandor ámbar de los párpados, Sam y él estaban al sol, galopando por los campos detrás de las ovejas.

Al día siguiente le dijeron a Sam que fuera a misa. La hermana Agnes insistió.

—Ahora eres de los nuestros.

Jack estaba acostumbrado a arrodillarse y a los cánticos, a las velas y a los rituales, pero vio que Sam se sentía incómodo.

—Haz lo mismo que yo —susurró Jack. Pero Sam se hizo un lío con el avemaría—. Reza lo que tengas por costumbre —sugirió Jack y Sam murmuró en hebreo.

Cuando Sam y Jack salieron para volver al camarote de Sam, Bert estaba esperando. Mattie se movía nervioso a sus espaldas.

—¿Por qué no se sabe las oraciones? —le preguntó Bert a Jack, señalando a Sam con la cabeza.

—Ahora es uno de nosotros —dijo Jack—. Va a venir a la granja, pero todavía no está acostumbrado a nuestra forma de hacer las cosas.

—Su polla tampoco es normal. Se la he visto cuando estaba meando en el lavabo. ¡Es un puto israelita!

Sam se le acercó.

—¿Qué has dicho?

—Vete a casa, judío —dijo Bert—. En Australia no quieren a los tuyos.

Sam abrió la boca para responder, pero dio media vuelta y se alejó.

—¡No me des la espalda, chuleta de mierda! —gritó Bert.

Fue suficiente. Sam se volvió con los puños preparados.

Pero fue Jack quien descargó el primer puñetazo.

A pesar de su sorpresa, Bert le devolvió el golpe en mitad del pecho. Jack gruñó, pero se mantuvo en pie. Asestó otro puñetazo a Bert, alcanzándole el hombro con un fuerte derechazo.

—¡Deteneos! —gritó Sam.

Jack apartó la mirada de Bert y recibió un golpe en la mandíbula. El impacto lo lanzó hacia atrás y aterrizó pesadamente. Bert iba de nuevo hacia él, pero Sam le cogió el brazo y tiró con fuerza. Bert gruñó y trató de liberarse de Sam, pero este no lo soltaba.

—¡Busca ayuda! —le gritó a Mattie, que salió corriendo a toda prisa.

Al poco llegó jadeando un camarero y cogió a Bert por el otro brazo. Bert trataba de soltarse, pero Sam y el camarero podían con él.

Sam se acercó a Jack, que estaba doblado y se frotaba la mandíbula.

—¿Estás bien?

Jack asintió con la cabeza. Oía los silbidos de su propia respiración.

—¿Voy a buscar al médico del barco?

—No, sobreviviré.

Jack le lanzó una mirada asesina a Bert. Lo había visto venir desde hacía tiempo.

El camarero dio un gruñido y empujó a Bert por el pasillo.

—¡Vamos, andando, gamberro! Y no vuelvas a aparecer por aquí, ¿entendido?

—Iré donde quiera —gritó Bert, y se marchó. Mattie se fue desconsolado tras él.

El camarero se volvió hacia Sam.

—Lo siento, señor. No sé qué pretendía ese granuja, pero no debería estar en esta parte del barco. Lo denunciaré a las monjas.

—No lo haga —dijo Sam—. Ahora voy a reunirme con ellos. Nadie tiene por qué saberlo.

—Muy bien, señor. —El camarero pareció aliviado y se fue.

Jack abrió lentamente los puños. Le daba vergüenza recordar la satisfacción que había sentido al golpear a Bert.

Y eso que habían sido amigos en Melchet. ¿Qué demonios se le había metido dentro?

–Ya te dije que a algunas personas no les gustan los judíos –dijo Sam.

Jack movió la cabeza afirmativamente, aunque no estaba muy seguro de por qué.

–Tendremos que apartarnos de Bert en la granja.

Sam se alisó la camisa.

–Puede que en Australia todo sea diferente. A lo mejor allí nos tratan a todos por igual. Venga, vamos a comer.

El último día de viaje, el capitán anunció una competición: una gran bolsa de caramelos para el primero que viera tierra firme. Todos se apoyaron en la borda, mirando a lo lejos.

Finalmente se oyó una vocecita:

–¡La veo! ¡Puedo ver Australia!

Era Nancy, la chica que había confundido la isla de Wight con Australia varias semanas antes. Esta vez estaba en lo cierto.

SEGUNDA PARTE

1947-1949

12

Kathleen estaba con John en el estrado mientras el viento salado empujaba su sombrero de paja y agitaba su falda de lino. Las gaviotas revoloteaban en el cielo, pero los vítores de la multitud y la estridente banda que tocaba «Waltzing Matilda» ahogaban sus gritos. El aire estaba impregnado de diferentes aromas: el olor salado del mar, el nauseabundo olor a pieles curtidas, el olor mohoso de los silos de trigo y el tufillo a humo y gasóleo de los motores. A pesar de todo, aún podía distinguir un resto de perfume, persistente pese a su ligereza: Soir de Paris, si no se equivocaba. Aunque John le había comprado un frasco, ella apenas lo usaba. Prefería el Chanel que había heredado de su madre. John no notaba la diferencia.

La senadora Josephine Langley estaba como una estatua al lado de Kathleen. Quizá el perfume fuera de ella. Al lado de Josephine estaba el arzobispo católico, un pelirrojo vanidoso con ropajes escarlata, y más allá de él el alcalde Gibson. A John le encantaban aquellas ocasiones, pensó Kathleen. Un fotógrafo se acercó y a su marido se le iluminó el rostro; se puso tieso para darse importancia y rodeó a Kathleen con el brazo. Ella esbozó una sonrisa cuando estalló el fogonazo de la cámara, pero no perdió la rigidez. Detestaba que John se pusiera cariñoso en público.

Dio media vuelta y fingió mirar a la multitud que estaba más allá del cordón que los rodeaba, aunque lo que quería era librarse del brazo de John. Una vez libre, siguió mirando hacia atrás. Era más interesante observar a la gente que un horizonte vacío en busca del *Asturias*. La pequeña ciudad de Fremantle ensayaba su mejor bienvenida. Es increíble que acabemos de salir de una guerra, pensó. La gente parecía más delgada y sus ropas más viejas, pero la preocupación y la pena apenas eran visibles. En su lugar veía emoción y esperanza. Los niños británicos que se acercaban a ellos por el océano eran la razón de aquella diferencia.

Delante de la multitud había un niño con sombrero rojo, sobre los hombros de su padre, riendo mientras este lo subía y lo bajaba. Su madre le sonreía desde abajo. La mujer llevaba una camisa de flores sin mangas y una falda con vuelo, no muy diferente de una que tenía Kathleen. Se la iba a poner aquella mañana, pero John le había dicho que era demasiado informal. Así que se había puesto el traje de lino ajustado, aunque era más incómodo.

En otra parte, un grupo de chicas jóvenes con vestidos de colores pastel bailaba al son de la música (en aquel momento tocaban «Star of the South»). Un niño que solo llevaba una camiseta golpeaba un pequeño tambor, con un ritmo totalmente distinto al de la banda. Kathleen hizo como que aplaudía en su dirección. Pero John tenía otra vez el brazo sobre su hombro y tiraba de ella para que no se apartara.

–Quédate quieta, querida –murmuró–. La gente está mirando.

Kathleen miró a los otros dignatarios. Por lo que podía ver, todo el mundo estaba mirando al frente, y ella no quería dejar en evidencia a John en público. No merecía la pena.

Los zapatos blancos de salón le hacían un daño horrible. Los de cuero de John relucían al lado de los suyos. Se había levantado temprano para lustrarlos a conciencia. Uno de sus zapatos estaba algo más adelantado que el otro. Kathleen vio que lo movía hacía atrás.

Los vítores se intensificaron. Cuando Kathleen miró de nuevo hacia el mar, el *Asturias* avanzaba hacia ellos entre olas de espuma.

—Por fin —murmuró Josephine Langley—. Pensé que iba a caerme de aburrimiento.

Kathleen ahogó la risa.

—Lo más interesante está ocurriendo detrás de nosotros —respondió susurrando.

—Sí. Es estúpido que no podamos ver a la multitud. De todos modos... —dijo Josephine, mientras se llevaba la mano a la frente para hacer visera sobre los ojos— ya no queda mucho. Desde luego, esos grandes barcos saben moverse.

El *Asturias* era cada vez más grande. De la inmensa chimenea del centro salían enormes nubes de humo gris. De las jarcias colgaban banderines que el viento agitaba. Kathleen se preguntó dónde estarían los niños. En cubierta se veían unas formas diminutas y le pareció ver rostros en los ojos de buey, pero bien podían ser sombras.

La banda tocaba ahora la canción «There'll always be an England». («Siempre habrá una Inglaterra»)

—No, para esos críos ya no habrá una Inglaterra —soltó Josephine—. Han venido a quedarse.

Kathleen sonrió. Era incapaz de concebir lo que significaba dejar la patria y viajar quince mil kilómetros por mar. Ya le había resultado bastante duro dejar a sus padres en Melbourne para mudarse a Perth con John. Había vuelto de uvas a peras, pero al menos estaban en el mismo país. Aquellos pobres niños nunca volverían al suyo.

Mientras esperaba que el barco atracara, Kathleen escuchó «When the saints go marching In» y «Advance Australia fair» con los ojos cerrados. Quizá el *Asturias* se movería más deprisa si no lo miraba.

Tenía razón. Abrió los ojos cuando una nota penetrante se superpuso a los otros ruidos. El *Asturias* estaba ya a unos metros del muelle con su esperado cargamento. La multitud rugió. Ahora podía distinguir a los niños con claridad. Había chicos en pantalón corto, camisa y chaqueta. Algunos llevaban corbata. Debían de estar sofocados de calor. Las chicas llevaban abrigos gruesos y boinas azul oscuro. La mayoría tendrían una edad entre los diez y los doce años, pero Kathleen vio una pequeña fila de sombreros asomando por la borda. Sus dueños tenían que ser muy jóvenes. Entre los niños había adultos con ropa oscura y sombrero negro: su inmovilidad contrastaba con la emoción de los pequeños, que saltaban y saludaban desde cubierta. Un chico echó a correr hacia el otro extremo del barco, pero uno de los tutores lo sujetó.

Kathleen notó que John asentía y sonreía a su lado.

—Saluda tú también —le susurró.

John levantó una mano enguantada hacia el barco y Kathleen hizo lo mismo. Decidió saludar a alguien en concreto y eligió a una niña con el pelo a lo Juana de Arco que estaba sola casi al final del barco. La niña no le devolvió el saludo.

—¿Cuánto falta? —le preguntó a John.

—El capitán tiene que atracar el barco. No es una tarea fácil con un barco de ese tamaño.

Josephine le sonrió.

—Hay mucha espera en esta historia —dijo—. Mi consejo es: inmoviliza la sonrisa y piensa en otra cosa mientras tanto. Como en la trama del libro que estás leyendo. Mientras tengas la expresión adecuada, tus pensamientos serán tuyos.

La mujer adoptó una expresión beatífica. Kathleen iba a

reírse, pero se contuvo cuando John la miró. Se las arregló para poner una expresión más recatada y volvió a saludar.

Por fin apareció una columna de niños que bajaban por la pasarela, cada uno con una pequeña maleta marrón. El sol les arrancaba destellos del pelo. Kathleen vio que delante iban los chicos mayores, seguidos por unas doce niñas. Algunas niñas se arreglaban la ropa o se toqueteaban el pelo. Luego llegaron los más pequeños, cogidos de la mano de mujeres jóvenes, abrazando ositos de peluche o muñecas de trapo; sus maletas las llevaban los adultos. Kathleen tragó saliva.

Hacia ellos corrieron fotógrafos con trajes brillantes y grandes cámaras. Los *flashes* se encendían, formando, con su luz intensa y breve, halos alrededor de los rostros de los niños. Pobres huerfanitos, pensó.

Cuando el arzobispo de Perth pronunció su discurso, Kathleen sintió que John se inflaba como un pavo. Aquel era su triunfo: la culminación de años de trabajo en el Departamento de Inmigración. Había planeado y trabajado por aquello y al final allí estaban los niños: genes británicos para aumentar la población blanca de Australia. Kathleen procuró pasar por alto sus radiantes saludos de aire imperial. Esperaba que estuviera satisfecho ahora que los niños habían llegado.

Pero se quedó atónita cuando condujeron a los niños a los cobertizos de las ovejas, para tomarles las huellas como si fueran delincuentes. Pensó que Gran Bretaña les había enviado otra vez mercancía no deseada. Es verdad que ahora los australianos estaban agradecidos (los llamaban «reserva blanca» y no «presidiarios de mierda»), pero aun así trataban a aquellos chicos como si fueran granujas.

—¿Sabes adónde irán ahora? —preguntó Josephine mientras caminaban hacia donde estaban los otros niños, sentados ante largas mesas, bebiendo leche y comiendo naranjas.

Kathleen echó los hombros hacia atrás.

–Al Sagrado Corazón de Highgate, donde pasarán la noche. Nosotros vamos a llevarlos allí.

¿Había hecho demasiado hincapié en el «nosotros»? Quería contarle a la senadora que ella misma había dispuesto los arreglos y sugerido el plan a un John inusualmente dócil. Pero entonces tendría que contarle a Josephine que había estado trabajando en aquel centro, y aunque una parte de ella quería impresionar a la mujer que tan alto había llegado, sabía que John se pondría furioso si descubría lo de su trabajo. Mejor quedarse callada. Hasta el momento le había salido bien.

–¿Y desde allí adónde irán? –preguntó Josephine.

–Las chicas a Geraldton y los chicos a Bindoon.

–¿Bindoon?

Kathleen no estaba segura, pero ¿no había respondido Josephine con cierta cautela?

–Sí. A la Ciudad de los Muchachos. Dirigida por los Hermanos Cristianos.

Observó el rostro de Josephine para ver cómo reaccionaba, pero había adoptado de nuevo su expresión beatífica.

13

Cuando los niños entraron en columna en el convento, Kathleen los miró con añoranza. Esperaba que tuvieran la piel blanquecina de los británicos, pero aquellos niños estaban morenos y huesudos. Una niña de pelo rubio rizado hablaba con su vecina entre risas y susurros. Detrás de ella había dos chicos que se daban empujones. Los niños más pequeños, de unos cinco o seis años, no parecían inquietos por su nuevo entorno. Los adultos de sombrero de fieltro habían desaparecido, pero cuatro de las mujeres jóvenes que Kathleen había visto bajando del barco con los niños estaban allí. Una escupió en su pañuelo y limpió con él la cara de una niña, aunque no la tenía sucia. Otra estaba atándole a un niño el cordón de los zapatos. Tenía un rostro sonriente y vivaces ojos castaños, aunque parecía incómoda con su falda de mezclilla y el jersey azul. ¿Es que ninguno de aquellos británicos sabía el tiempo que hacía allí en aquella época del año?

Kathleen se fijó en la madre superiora, serena bajo sus ropas monocromas, cuando dio la bienvenida al grupo antes de que las monjas les enseñaran los dormitorios. Los niños entraron obedientemente, mirando alrededor con precaución. Sus pequeñas maletas marrones parecían viejas y baratas; no debían de tener mucha capacidad. Hasta el momento, no es que tuvieran muchas pertenencias que enseñar.

Kathleen oyó un ruido. A uno de los chicos se le había caído la maleta.

Una monja chasqueó la lengua.

–Recoge eso –ordenó.

Kathleen se adelantó para ayudar. Algunos objetos se habían desparramado por el suelo: un pantalón corto, unos calcetines, dos jerséis y un libro de tapa negra. El niño estaba recogiendo las prendas, tratando de meterlas en la maleta lo más rápido posible. Kathleen cogió el libro. Era una Biblia. Se la devolvió al niño, que le dio las gracias con un susurro. Parecía tener unos doce años, el pelo castaño oscuro de punta y unos ojos brillantes e inteligentes. Tenía las mejillas coloradas, como si hubiera pasado mucho tiempo al aire libre, o quizá fuera porque se había ruborizado de vergüenza. El niño metió la Biblia en la maleta y la cerró de golpe antes de dirigirse con los demás al dormitorio. Kathleen se quedó quieta, con los ojos fijos en la puerta por la que desapareció el niño.

La mañana siguiente, en el desayuno, Kathleen preguntó a John si volverían al convento para ver partir a los niños.

–Darías una buena impresión si fueras –le dijo a su esposo.

John recogió con la cuchara los últimos cereales y los engulló antes de hablar con voz medio ahogada aún por el bocado.

–Creo que tienes razón, Kath. Podría pronunciar un breve discurso, para encaminar a los chicos.

Kathleen dejó la jarra de leche en la Coolgardie. Normalmente, los viernes iba a la clase de gimnasia, pero por una vez podía faltar. Dios sabe que ya estaba bastante delgada. En su mente se coló el rostro del niño de la maleta. Esperaba volver a verlo.

John apartó el cuenco de los cereales y tomó un sorbo de té.

–Será mejor que te prepares, querida. Ponte el vestido azul marino. Creo que es perfecto para la ocasión.

Kathleen se levantó y se quitó el delantal. Había esperado quedarse con la vieja falda de algodón, pero no era tan grande el sacrificio. Subió para cambiarse.

Cuando llegaron al convento, los niños estaban fuera, formados en columna, con la maleta en la mano. Esta vez parecían más apagados y algunas niñas lloraban. Kathleen se fijó de nuevo en el niño. Estaba con otro, más alto, hablando tranquilamente. No la miró.

Volvió la cabeza al oír un grito: una monja separaba por la fuerza a dos niñas. Iba a correr hacia ellas, pero John la sujetó.

–Contente, querida –murmuró.

Kathleen se mordió el labio. Le resultaba muy difícil no hacer nada.

–Lo siento, pero se os han asignado sitios diferentes –dijo la madre superiora acercándose. Llevaba una hoja de papel con una lista mecanografiada–. Nancy –le dijo a una niña regordeta con el pelo castaño corto–, tú irás a Geraldton, y Doreen –le dijo a la amiga de Nancy–, tú irás a St Joseph.

Una gota plateada se deslizó por el rostro de Doreen. La niña no hizo nada por enjugársela. Nancy se aferró al abrigo de Doreen, pero la monja le apartó la mano. Empujó a Nancy hacia una pequeña hilera de niñas y a Doreen hacia otra. Las dos niñas se miraron, ambas deshechas en sollozos. Kathleen miró a otro lado. Si seguía mirando, se echaría a llorar también y John se pondría furioso.

La madre superiora levantó la mano y los niños callaron. Kathleen oyó la voz de la monja. Era dulce y cálida.

—Estamos encantadas de haberos recibido en nuestro convento —dijo—. Os recordaremos en nuestras oraciones mientras comenzáis vuestra nueva vida en Australia.

Kathleen miró las hileras infantiles. Un muchacho alto y fuerte que lideraba la fila de los niños abría y cerraba las manos constantemente. Una de las chicas le trenzaba el pelo a la que tenía delante.

—Dios os ha elegido una vida especial —continuó la madre superiora— y os mantendrá a su servicio. —El resto de las monjas afirmaron con la cabeza. Dos tenían los ojos cerrados.

Entonces le llegó el turno a John. Cuadró los hombros y levantó la barbilla.

—La madre superiora os ha dado la bienvenida en nombre de la Iglesia Católica de Australia —voceó—. Ahora me gustaría añadir mi propia bienvenida en nombre del Gobierno australiano...

Kathleen vio a una niña de pelo rubio platino que se chupaba el dedo de una mano mientras con la otra acariciaba la manga de la chica que tenía delante. Esta no se lo impedía.

—Vuestro primer ministro, el señor Attlee —decía John—, ha trabajado codo a codo con nuestro primer ministro, el señor Chifley, para traeros a vosotros, niños afortunados, a nuestro bello país. —Miró las caritas que tenía delante—. Ayudaréis a convertir Australia en un lugar más grande y mejor. Pronto olvidaréis Inglaterra, y como casi todos vosotros sois huérfanos, ahora seréis parte de nuestra gran familia australiana.

Kathleen buscó con la mirada al niño que había visto el día anterior. Estaba muy erguido, con los ojos brillantes.

—Trabajad duro en la escuela —continuó John—. Creced grandes y fuertes, y cuando seáis lo bastante mayores, podréis devolvernos nuestra amabilidad.

Doreen seguía llorando. Su vecina, una niña baja y regordeta con gafas redondas, la rodeó con un brazo.

–Los chicos trabajaréis en las granjas y las chicas podréis ayudar en la casa. Será una vida maravillosa, mucho mejor que la que podríais haber tenido en la vieja y lluviosa Inglaterra.

Kathleen vio que John se reía de su propio chiste y también rio, como estaba mandado. Cuando terminó el discurso, las monjas cargaron a los niños en autobuses y se despidieron agitando la mano. Kathleen miró los rostros pegados a las ventanillas: pequeños fantasmas en el oscuro interior de los vehículos.

–Parece que todo ha ido muy bien –dijo John. Se acercó a la madre superiora y le alargó la mano–. Gracias por su hospitalidad –dijo–. Puede estar satisfecha del papel que ha desempeñado en el proyecto Australia Blanca.

Kathleen hizo una mueca al oír aquellas groseras palabras. La madre superiora sonrió e inclinó la cabeza.

Jack y Sam se sentaron juntos en el autobús, aspirando el aire caliente. Los grandes asientos de plástico estaban pegajosos y había un desagradable olor a sudor. Jack pasó un buen rato mirando por la ventanilla la rápida sucesión de árboles espigados y arbustos que parecían llenos de espinas, y de vez en cuando algún terreno de color tabaco. No había visto ningún naranjo. Quizá solo crecieran en Bindoon. Imaginó lo divertido que sería coger naranjas y tomarlas para desayunar.

No se había dado cuenta de lo lejos que estaba Australia. Habían estado tres semanas en el barco. A pesar de la insistencia de la hermana Beatrice en que su madre estaba muerta, una pequeña parte de él no perdía la esperanza de que siguiera viva y fuera a Australia a buscarlo. Aunque le preocupaba que tuviera que viajar tan lejos ella sola. Pero disfrutaría de los bailes. Y no tendría que cocinar. Quizá todo acabara bien.

Oyó un golpe sordo detrás de él. Jack se volvió, pero no

pudo ver nada a través de la masa de cabezas. A los pocos segundos corrió la noticia por el autobús. Mark, un niño pequeño con el pelo rubio y la piel del color del papel, se había desmayado. Un hermano recorrió el polvoriento pasillo, se lo cargó al hombro y lo llevó a su sitio. Jack vio que el pelo rubio de Mark abanicaba la sotana negra del hombre. Aunque no había podido ver lo que le había sucedido, al poco rato pasó otro hermano, mirando a los niños de uno en uno. Cuando llegó ante Jack y Sam, le pidió a Sam que le dejara sitio y se sentó a su lado. Jack miró de reojo el rostro del hermano. En la comisura de la boca tenía una burbuja de saliva.

–¿Has visto alguna vez niños negros? –preguntó el hermano a Sam. La burbuja explotó.

Sam enarcó las cejas.

–Creo que no, señor.

El hermano se levantó.

–¡Un penique para el primero que vea un chico negro! –anunció.

Treinta cabezas se volvieron a mirar por las ventanillas. Jack observó el paisaje en busca de un niño africano o indio, quizás al lado del camino o abriéndose paso entre la maleza.

–¡Allí hay uno! –gritó el hermano, señalando con un dedo nudoso.

Las cabezas siguieron la dirección del dedo pero Jack no pudo ver nada.

–¡Y otro! –El hermano reía para sí–. ¿No lo veis, chicos?

Las cabezas se volvían y daban vueltas. Jack miró al hermano, tratando de seguir su mirada. Parecía que solo señalaba los arbustos.

–No sé –dijo el hombre riéndose–. Habrá que leeros la cartilla ahora que estáis en «Asstreilia». –Se expresaba de forma extraña. Como si no pudiera abrir mucho la boca y tuviera que hablar entre dientes–. ¿Os rendís? –preguntó.

Todos movieron la cabeza afirmativamente. El hombre se estaba secando los ojos. Jack pensó que su risa sonaba como el ladrido de un perro.

—¡Un chico negro no es una persona! Es el nombre que le damos a un tipo de arbusto. —Se inclinó para volver a mirar por la ventanilla—. Mirad. Ahí hay otro.

Jack vio un tallo marrón y peludo rematado por una especie de paraguas de hierba.

Sam entornó los ojos.

—Parece pasárselo muy bien.

Jack despegó el muslo derecho del asiento.

—Bindoon ya no debe de estar lejos.

Ningún comité de recepción los recibió. Jack medio esperaba una banda de música, o al menos otro arzobispo, pero solo los recibió otro hermano, que los hizo entrar sin decir palabra en un gran edificio de piedra.

—Espero ver pronto los caballos —dijo Sam—. Ojalá que el mío galope bien.

Pero Jack no estaba tan seguro. Había pensado que Melchet sería divertido y no lo había sido. Por la mejilla le cayeron unas gotas de sudor. Se las secó con la manga.

—Dejad vuestras cosas en el porche y dirigíos al refectorio —ordenó el hermano. De modo que tenía voz.

—¿Dónde está nuestra «madre de hogar»? —preguntó Sam.

El hermano se volvió. Su corto cuello desapareció en la sotana; Jack pensó que parecía un boxeador.

—No hay «madre de hogar» —dijo—. No hasta que tengamos hogares.

—¿Cuándo será eso, señor? —preguntó Sam.

El hermano lo miró con los ojos entornados.

—¡Cuando los construyáis!

Jack dejó la maleta en el porche, como les habían dicho. Mejor no mostrar ninguna reacción. Solo serviría para provocar al hombre. La maleta de Sam era mucho más grande. La había arrastrado todo el trayecto desde el autobús.

–¿Todavía tienes tus objetos judíos? –susurró Jack para desviar la atención de Sam.

Sam asintió con la cabeza.

–Tengo que buscar un buen escondite. –Se acercó a Jack al dejar su maleta en el suelo de piedra–. Ese hermano no parece muy cordial. ¿Qué ha querido decir con que tenemos que construir el hogar? Seguro que habrá obreros para hacer eso.

Jack no respondió.

Entraron en tropel en el refectorio y se sentaron a unas mesas bajas para beber té tibio. Un chico mayor pasó con unos pedazos de pan de color gris. Ni mantequilla ni mermelada. Y desde luego nada de naranjas. Jack intentó no pensar en la última comida del barco, cuando Sam y él habían devorado bandejas enteras de carne en conserva con verduras. Y en el convento les habían dado pescado y patatas.

–Quizá luego nos den de cenar –dijo Sam.

–Quizá –respondió Jack, rascándose el codo.

El eczema apenas le había molestado en el barco. Se volvió cuando entró en la habitación una corta hilera de niños. Llevaban ropa desaliñada e iban descalzos. Estaban intensamente bronceados, pero tenían el pelo lleno de polvo y las rodillas sucias. Ninguno sonreía.

A pesar del calor, Jack sintió un escalofrío. Como cuando se había sentado en la bañera de Melchet y la hermana Angela le había arrojado agua fría por encima. Sam aún miraba alrededor con esperanza, pero Jack se quedó mirando su plato. Esto no era lo que había prometido el hermano MacNeil. No había caballos. Ni naranjas. Y el sol era tan fuerte que quemaba.

De repente volvió a tener cinco años. «¿Dónde estás, mamá?

–suplicó mentalmente–. ¿Y cómo vas a poder encontrarme aquí?».

Dos meses más tarde, Kathleen y John viajaron a Bindoon. Había un largo camino hasta la Ciudad de los Muchachos: estaba en el interior y se accedía por caminos polvorientos con un calor sofocante. Cuando llegaron, Kathleen tenía la blusa de cuadros pegada a la espalda y el pelo, cuidadosamente peinado, era una masa húmeda. Bajó del coche y la recibió una bocanada de aire caliente.

John ya había bajado y estaba al borde del camino mirando un edificio color tierra, rodeado de terreno de labranza. Es como una villa italiana, pensó Kathleen. Mirase donde mirase veía arcos y balaustradas. Grandes palmeras flanqueaban el edificio, que tenía delante un césped inmaculado, en extraño contraste con el terreno cubierto de maleza de alrededor. Una gran escalinata llevaba a la entrada.

Debió de lanzar una exclamación, porque John preguntó:

–¿Sorprendida?

–Sí, lo estoy –respondió–. Esperaba algo mucho más corriente. ¿Quién la construyó?

–Los chicos –dijo John, mirando la finca.

–¿Los chicos? –Kathleen se volvió a mirarlo. Un moscardón aterrizó en su brazo, pero no se movió.

–Hace unos diez años que no dejan de llegar cargamentos. –John dio una patada a una piedra que tenía al lado del pie–. Se pueden hacer muchas cosas en ese tiempo.

–¿Y los niños que vimos en el convento ayudarán?

Se puso una mano sobre los ojos para protegerse del sol y trató de distinguir algún niño a lo lejos, pero no vio ninguno.

–Bueno, como ves, el edificio principal ya está acabado. Ahora estarán trabajando en los edificios anexos.

–Pero esto es demasiado para ellos. Son niños.

–Qué va. –John se remetió la camisa, que se le había salido del pantalón al bajar del coche–. Es bueno para ellos. Aumenta su fuerza. Mucho aire libre y comida sana del campo.

Echó a andar por el sendero y Kathleen lo siguió, con las sandalias beis manchadas de polvo rojo. Mientras avanzaba tropezando por el terreno desigual, oyó el chillido de una urraca y, a lo lejos, traqueteo de carros y chirridos de palas contra el cemento. Esperaba ver niños corriendo por allí y oír sus voces por las ventanas abiertas de las aulas, pero solo se oía el incansable golpeteo del metal sobre la piedra y el ocasional zumbido de las máquinas. Los ruidos aumentaron al acercarse y le pareció distinguir voces adultas que gritaban. Pero nada de charlas ni risas de escolares. Era muy raro.

John y ella atravesaron el patio y entraron en un fresco refectorio, donde había unos veinte hombres con hábito negro sentados en bancos bajos, comiendo tostadas con mermelada y tomando tazas de té. John saludó y preguntó si podía ver a los chicos. Uno de los Hermanos salió y sopló un estridente silbato. Kathleen observó la habitación de madera noble. Había retratos de hombres con hábito negro, presumiblemente Hermanos Cristianos, que le devolvían la mirada; rostros rígidos que observaban desde fondos oscuros. El aire estaba impregnado de olor a tostadas y de algo menos atractivo (cordero, quizá).

Al poco entró un grupo de chicos cubiertos de polvo. Kathleen apenas reconoció en ellos a los limpios jóvenes que habían bajado del barco. Aquellos niños iban descalzos y la ropa les quedaba grande y estaba sucia. Parecían bronceados, pero cansados. Se preguntó dónde estarían sus trajes británicos y qué habría pasado con la ropa que llevaban en las maletas. El chico de mejillas sonrosadas estaba allí, más delgado que antes. Aunque miró con cansancio a Kathleen, no pareció reconocerla. Tenía una mancha de polvo en la cara. ¿O era una contusión? Kathleen dio un respingo cuando una ráfaga de aire caliente cerró de golpe la puerta del refectorio.

–Muy bien, muchachos. Parece que estáis haciendo un gran trabajo –decía John, aunque no había salido del edificio.

Se acercó a uno de los chicos y le enderezó el cuello de la camisa. El muchacho se encogió, pero John no pareció advertirlo. Recorrió la fila, luciendo su sonrisa oficial y asintiendo con importancia, y luego fue a hablar con uno de los hermanos. Kathleen se acercó al niño de las mejillas sonrosadas y le preguntó en voz baja si le gustaba Bindoon. El chico respondió encogiendo los hombros y luego, al ver que se acercaba uno de los Hermanos, murmuró:

–Está bien, señorita, gracias.

Kathleen se volvió al hermano, un hombre huesudo con el pelo ralo de color panocha.

–¿Permiten salir a los chicos?

–Por supuesto, señora. Los llevamos a la ciudad y al río.

–Quiero decir fuera de aquí. A pasar tiempo con familias.

El hermano vaciló.

–En Navidad sí, la gente invita a algunos chicos a quedarse con ellos.

Kathleen miró el desaliñado grupo de niños. Le dieron ganas de peinarles el pelo sucio y lavar sus caritas tristes. De dar a cada uno un abrazo y una comida caliente.

Las palabras salieron de su boca antes de que pudiera contenerlas:

–Entonces, ¿podría hacer una invitación?

Sudaba tanto que le picaba la piel. ¿Qué diablos iba a decir John? ¿Y cuántos niños podía llevarse? Le habría gustado meterlos en un autobús y llevarlos a un sitio lo bastante grande para poder cuidar de todos ella sola. Pero ¿de qué servía una sola persona si había tantos? Quizá fuera mejor que se quedaran donde hubiera suficiente personal. Pero si no podía llevárselos a todos, tal vez pudiera favorecer a uno por lo menos. Era lo que siempre había querido. Un niño. Un hijo o una hija que la llamara madre.

El hermano agachó la cabeza con seriedad. Señaló un grupo de niños de cabello ambarino y miles de pecas.

–Esos tres hermanos nunca han tenido una familia.

Kathleen los miró. Parecían desamparados. Pero no se permitiría flaquear. Había elegido un niño. Señaló al muchacho de las mejillas sonrosadas.

–Me llevaré a ese de ahí.

El hermano siguió la dirección de su dedo.

–Ah, se refiere al joven Jack.

–¡Sí, Jack! –dijo.

Se dio cuenta de que hablaba como si el nombre le resultara familiar.

–Lo preguntaré –respondió el hermano.

Camino de casa, mencionó la conversación a John.

–Kathleen, esos niños no son mascotas que puedas llevarte y mimar. Trabajan para nosotros.

Kathleen conocía los riesgos. Encariñarse demasiado. Ser injusta con los otros niños. Las preguntas que haría la gente. Pero el anhelo de tener un hijo le salía de muy adentro, de su corazón vacío.

–Por favor, John, solo este. Se llama Jack. Podríamos tenerlo durante las Navidades. –Sonrió animadamente–. Podríamos recogerlo el día de Nochebuena y devolverlo el día veintisiete. Quizá incluso podríamos comprarle algunos regalos. Como si fuera nuestro hijo.

Se imaginó al niño sentado al lado del árbol de Navidad, rompiendo emocionado el envoltorio de un balón de *rugby*.

John suavizó el ceño.

–Quizá.

Kathleen se sentía lo bastante atrevida para llevar la discusión más lejos. Se había quedado horrorizada ante el estado de los niños.

–Creo que dijiste que los niños tendrían una buena vida en Bindoon.

John mantuvo los ojos en la carretera. No había más coches a la vista.

–Y así es.

Kathleen trató de mantener el mismo tono de voz.

–Entonces, ¿por qué están tan flacos y desaliñados? Pensé que parecerían mejor cuidados.

Se volvió a mirar por la ventanilla. A lo lejos se veía un desvío. Una moto se acercaba a toda velocidad por la carretera lateral, dejando una estela de polvo rojo.

John aceleró para que el motociclista tuviera que esperar.

–No lo sé, quizá los Hermanos tengan un presupuesto muy ajustado.

Miró por el espejo retrovisor. Kathleen oyó el lejano rugido; la moto había quedado muy atrás.

–El Gobierno pagó el viaje en barco de los niños. Seguro que también financiará su estancia y el alojamiento.

John apartó la mirada del retrovisor.

–Sí, bueno, todo es ajustado por culpa de la guerra.

–Aunque sea así, eso no es excusa para maltratarlos.

Fue un argumento arriesgado. La contusión que había visto en el rostro de aquel niño podía ser suciedad. No había estado lo bastante cerca para asegurarlo. Pero ninguno de los niños parecía contento. Y seguro que necesitaban alimentarse bien si tenían que trabajar con las manos. Bindoon era una casa de labor, por el amor de Dios. Tenía que haber carne y verduras a porrillo.

John aún no se había vuelto a mirarla.

–Hay que tener a los niños bajo control.

–Bajo control quizá, pero sin pegarles en la cara. Ni vestirlos con harapos. ¡Ni hacerlos trabajar descalzos!

–Deja de decir tonterías, Kathleen.

Kathleen juntó las manos en el regazo. Ya había dicho bastante. Mejor aplacarlo y esperar su momento.

–Lo siento. Fallo mío. Estoy segura de que tienes razón, querido.

Una sonrisita de suficiencia y una distensión visible.

–Esta es mi chica. En cuanto lleguemos a casa, haré las gestiones para que venga Jack.

Kathleen forzó una sonrisa.

–Gracias, John. Significa mucho para mí.

Apoyó la cabeza en el respaldo. Se estaban acercando a Bullsbrook. Tenía algo más que decir. Algo estaba pasando con aquellos niños. Lo había notado cuando Josephine Langley se había cerrado como una almeja al mencionar Bindoon el día que había atracado el *Asturias*. Ahora no iba a insistir más. Esperaría a que Jack estuviera en casa.

Luego llegaría al fondo del asunto.

Pasó la semana siguiente preparando la habitación. Puliendo la mesita de noche y la cómoda de los cajones. Pidiendo a John que la ayudara a mover la cama una y otra vez hasta convencerse de que estaba en el sitio justo para que el sol de la mañana le diera en la cara a Jack. Se lo imaginó, colorado y tranquilo nada más despertar, esperando que los cálidos rayos del sol atravesaran la ventana para animarlo a levantarse. Compró una lamparita para que pudiera leer por la noche y pasó una eternidad rebuscando en la sección juvenil de la librería de William Street antes de comprar el último libro de un tal Capitán Johns. Al lado de la lámpara había un despertador, un cepillo de dientes y un peine. Si Jack se lo permitía, le cepillaría el pelo negro hasta que resplandeciera. También compró dos aviones en miniatura. John los había colgado del techo, sonriendo ante las instrucciones de Kathleen.

Después de otro viaje a Bindoon, a cuarenta grados de temperatura, y tras intercambiar unas palabras con los Hermanos, que dejaron a su cuidado a un Jack bastante mejor vestido, volvieron a casa con el muchacho en el asiento trasero del coche. Jack respondió educadamente a la ristra de preguntas de Kathleen: «¿Quién es tu mejor amigo? ¿Qué os dan de comer? ¿Qué hacéis en la granja? ¿Qué tal las clases?».

—¡Basta! —dijo John, y las preguntas se interrumpieron.

Kathleen sintió que el calor y el silencio aumentaban dentro del coche. De vez en cuando se volvía hacia Jack, que iba mirando por la ventanilla. La última vez que se fijó en él, tenía los ojos cerrados.

El coche dobló por el camino de entrada de la casa. John se apeó y abrió la portezuela para que bajara Kathleen. Jack se quedó dentro, sin saber qué hacer.

—¡Vamos, amigo! —gritó John, golpeando la ventanilla.

Jack bajó del coche con cautela, sujetando una pequeña bolsa. Kathleen le sonrió.

—Sígueme, Jack. Te enseñaré tu habitación.

Jack la siguió al vestíbulo, resbalando ligeramente en el pulimentado suelo; arrastró su pequeño equipaje por las escaleras inmaculadas, por el descansillo y hasta el dormitorio que ella había pasado una eternidad preparando. Había estado vacío demasiado tiempo. Kathleen casi había abandonado la esperanza de que alguna vez lo ocupara un niño.

14

Pasaron el día de Navidad en Cottesloe Beach. Kathleen se sentó en una tumbona de lona al lado de la escollera, disfrutando de la arena bajo los pies y del sol en su cuerpo. Se caló el sombrero de paja, levantando el ala para poder ver a Jack. El cristal de sus gafas oscuras se había manchado de sudor por dentro. Se las quitó y se pasó el borde de la toalla por la cara. El sol le quemaba los hombros. John le había sugerido que llevara un libro (en Navidad le había regalado *La casa torcida* de Agatha Christie) pero ella prefería mirar. El regalo de John a Jack, a sugerencia de Kathleen, había sido un balón de *rugby* y ahora le estaba enseñando a jugar. Jack tenía que correr por la playa para practicar pases. Era un buen corredor, pero nunca había lanzado un balón hacia atrás y no dejaba de caérsele. Y todas las veces John le indicaba por señas que lo recogiera y volviera a lanzarlo. Dos veces se acercó a Jack para explicarle cómo se hacía. Pero, incluso de lejos, Kathleen notaba que a Jack no le gustaba que John se acercara tanto. Retrocedía o pateaba la arena cuando John estaba a menos de dos metros de él. Extraño. Quizá, al ser huérfano, no estaba acostumbrado al contacto físico.

A John le colgaba la barriga por encima del traje de baño. Demasiados almuerzos ministeriales, pensó Kathleen. Podría solucionarlo asistiendo a sus clases de gimnasia.

Jack estaba muy bronceado y tenía los músculos tirantes. Pero estaba demasiado flaco. Se le veían las costillas incluso de lejos, y tenía el estómago cóncavo. Cuando le dio la espalda para ir a coger el balón, vio que los omóplatos le sobresalían como si fueran las alas de un pollo. Y aunque hacía caso de las instrucciones de John, parecía cansado.

A pesar del calor, se había mostrado reacio a quitarse la ropa. Kathleen había sido muy respetuosa con su intimidad desde que había llegado. Había puesto en el cajón de la cómoda los pantalones caqui que le había comprado. Se parecían a los pantalones del ejército. Pensó que le gustarían. Que lo harían sentirse como un soldado. No tenía ni idea de dónde había estado durante la guerra. Las ciudades británicas habían sido bombardeadas a menudo. Quizá hubiera estado en el campo. En cualquier caso, a todos los niños les gustaba fingir que eran soldados, ¿no? También había comprado algunas camisetas en Ahern's, de varios colores, para que pudiera elegir la que más le gustara.

No lo había visto con el pecho desnudo hasta aquel momento. Tenía unas extrañas marcas amarillas en la piel. ¿Serían contusiones que se estaban curando o un sarpullido? ¿Debería llevarlo al médico? Claro que en Inglaterra nunca le había dado el sol en la piel. Quizá se estuviera bronceando de manera desigual. Más tarde encontraría la forma de preguntárselo.

La playa estaba salpicada de grupos de gente. Al lado de Kathleen había una familia joven: una madre con un niño pequeño dormido en el regazo y otros dos niños cavando en la arena con palas que lanzaban destellos. El padre los observaba; llevaba una camisa de rayas con la etiqueta todavía puesta. Uno de los niños levantó una paletada de arena con demasiada fuerza y fue a parar a la cesta de Kathleen; esta la cubrió con la esterilla de cuadros para protegerla de futuros ataques.

Más allá había un grupo más nutrido, formado por varios adultos que jugaban un apático partido de bádminton: habían improvisado los límites del campo con botellas vacías de cerveza, y un grupo de adolescentes corría ruidosamente a meterse en el agua. Detrás de ella, una pareja de ancianos, con las manos arrugadas entrelazadas, echaba una siesta en las tumbonas.

Parecemos una familia normal, pensó Kathleen, buscando de nuevo a Jack y a John con la mirada. Nadie sospecharía que Jack no era suyo. Se abrazó las rodillas contra el pecho. Quizá podría serlo.

La risa de John se sobrepuso a otros sonidos. Jack había cogido el balón en el agua y se había caído. Estaba cubierto de espuma, la arena se le había pegado a las piernas y del bañador le colgaban unos filamentos de algas. John corrió hacia él para ver si estaba bien.

Kathleen no había oído reír a John así desde los primeros tiempos de casados. En aquellos días confiaban en tener familia pronto. Pero los años de esterilidad lo habían amargado. Detestaba no tener un hijo del que presumir en el club de *rugby*. Quizá pensara que no era un hombre de verdad. Para ella también había sido duro. Aborrecía las miradas compasivas de las madres, con su arrogante escudería de cochecitos y sillitas de paseo. Se sentía fuera de onda cuando sus amistades hablaban de sus hijos. Los marcos de foto que les habían dado como regalo de boda nunca contendrían las hazañas de sus hijos, como ocurría en otros hogares.

Un niño lo habría cambiado todo. Y seguramente habría consolidado su relación conyugal. Habían aguantado como habían podido, John con su trabajo y ella con las clases de gimnasia y el empleo en el convento, aunque este último lo había dejado tras el día de la victoria. Nada había mitigado su vacío hasta el momento.

Las otras familias empezaban a comer. El hombre que estaba al lado de Kathleen había colocado un hornillo de gas Primus y preparaba filetes de pavo en un mar de salsa marrón, mientras la madre servía coles de Bruselas hervidas que sacaba con un cazo de un ancho termo de cuadros. La pareja de ancianos masticaba algo que parecían arenques, y el grupo más numeroso servía un surtido bufé frío en una esterilla. Kathleen miró su reloj: la una. John y Jack debían de tener hambre. Apartó la esterilla de cuadros de la cesta y la extendió sobre la arena, sujetándola con guijarros. Sacó una botella de limonada, otra de cerveza y tres sándwiches envueltos en papel encerado. Había preparado unas delicias navideñas con una receta que había encontrado en una revista y las había llevado en una lata, así como varias manzanas y un tarro de mermelada. Seguro que les gustaría.

Se puso en pie y los llamó. Jack cogió el balón y miró a John, que sonrió y los dos echaron a correr por la playa, levantando la arena con los pies.

—Cuidado con la comida —dijo Kathleen al verlos acercarse, levantando las manos para advertirles.

—Perfecto, querida.

John redujo la velocidad y Jack hizo lo mismo. Se sentaron al lado de la esterilla. La piel de John ya estaba adquiriendo un tono rosáceo.

Kathleen le dio la camisa.

—Toma, póntela o te freirás.

John la cogió y se la puso, haciendo una mueca cuando la tela le rozó el cuello.

—¡Ay! Parece que hace más calor del que pensaba. —Miró la piel bronceada de Jack—. Tú sí estás acostumbrado al sol, chaval.

Jack movió la cabeza afirmativamente y se tendió en la arena. Miró al cielo poniéndose la mano sobre los ojos. Tenía los nudillos callosos y una uña negra. Kathleen se preguntó en qué estaría pensando. Lo había visto así unas cuantas veces desde su llegada, como si quisiera abstraerse, alejarse de ellos. Debía de suponer una gran diferencia estar con una familia después de pasar años en orfanatos. John había descubierto que Jack llevaba en instituciones desde los cinco años. No era de extrañar que le costara adaptarse. Kathleen cogió una botella como excusa para recordarle que estaba con ellos.

–¿Quieres beber algo? –preguntó.

Jack metió un dedo en la arena.

–¿Agua?

–Solo tengo limonada –respondió ella.

Jack se irguió y se quedó sentado.

–¿Limonada?

–Sí. Es Navidad. –Kathleen le tendió una taza.

Jack bebió durante varios segundos y, cuando se detuvo, le lloraban los ojos y se había quedado sin aliento.

Kathleen se echó a reír.

–¿Cuándo bebiste limonada por última vez?

Jack se quedó en silencio un rato.

–En Tisbury, cuando terminó la guerra. Las monjas nos llevaron a una fiesta y nos dieron helado, además de pastel y limonada.

–¿Las monjas?

–Sí. En el convento.

–Ah, sí, en Inglaterra. –John le había contado algunos detalles de la vida de Jack después de la guerra.

John se sentó al lado de su mujer cuando esta se arrodilló ante la cesta. Le dio un sándwich de pavo y él la rodeó con el brazo para comérselo. Kathleen no lo apartó.

Nada más volver a casa, John insistió en que Kathleen le frotara las zonas quemadas con loción de calamina. Se sentó en la cama vestido únicamente con los pantalones, mientras ella le ponía el líquido rosa por encima. Gruñía cada vez que ella le tocaba las partes más quemadas. Para variar, la piel fofa y el vello de la espalda no le revolvieron el estómago; no dejaba de pensar en las manchas amarillas de Jack. Algo no iba bien.

Cuando John se instaló en el porche cerrado, con una botella de cerveza y la última novela de Raymond Chandler, que ella le había regalado por Navidad, gruñendo porque la camisa de manga larga se le pegaba a la loción de la piel, Kathleen subió de puntillas para ver a Jack.

Como de costumbre, llamó a la puerta. El primer día, Jack no supo qué hacer cuando ella llamó. Se había levantado de un salto, había abierto un resquicio y se la había quedado mirando con suspicacia, como si lo hubiera pillado haciendo algo malo. ¿Eran todos los niños de once años tan celosos de su intimidad? Era muy difícil saber cómo tratarlo.

–No ocurre nada, Jack –había dicho, dándole la toalla limpia que le había llevado–. Solo tienes que decir «Pasa» si no tienes inconveniente en que entre. Si no, por ejemplo, si estás ocupado, puedes decirme que espere.

Jack había parecido alarmado, como si aquellas instrucciones fueran demasiado complicadas para entenderlas, pero esta vez dijo «Pasa», con más seguridad en la voz. Estaba aprendiendo las costumbres de la casa. Si pudiera quedárselo más tiempo, quizá incluso para siempre (el corazón le dio un vuelco), estaba segura de que se adaptaría por completo. Solo necesitaba tiempo para mitigar el dolor de ser un huérfano, para curar sus contusiones, para alimentarlo... para quererlo. Seguro que ambos se lo merecían.

Jack estaba acostado en la cama, con los brazos detrás de la cabeza, mirando los aviones que colgaban del techo.

Kathleen se arrodilló en la alfombra. Era importante no acercarse demasiado, aunque habría estado más cómoda sentada en la cama. El muchacho se incorporó con torpeza.

–Jack, me gustaría preguntarte algo.

Procuró hablar en voz baja, para parecer comprensiva, pero el chico se ruborizó de inmediato. La nuez se le movió al tragar saliva.

Kathleen se apartó un mechón de pelo de la cara.

–Cuando te has quitado la camisa en la playa, he visto que tenías unas manchas amarillas en la piel.

Jack desvió la mirada y no respondió.

–Me preguntaba si podían ser contusiones. –Seguía sin mirarla. Se estaba mordiendo el labio–. Jack, ¿alguien te ha pegado en Bindoon?

Ninguna respuesta.

Kathleen se alisó una arruga de la falda. Sus rodillas, apoyadas en la delgada alfombra, protestaban. Era difícil manejar aquella situación. Lo único que tenía era su instinto.

–Puedo entender que no quieras contármelo. Pero he de saber si te tratan mal. A ti o a cualquiera de los otros niños.

¿Eso había sido un suspiro? Jack seguía mirando a otro lado.

–Muy bien, no tienes por qué hablar. Veo que quieres ser leal a la gente de Bindoon. –Kathleen movió la rodilla derecha unos centímetros, para aliviar el peso–. Si te hago una pregunta, ¿responderías moviendo la cabeza?

Jack se volvió a mirarla. Kathleen vio aprensión en sus ojos.

–¿Los Hermanos te están pegando?

Jack volvió a desviar la mirada. Había cogido un pliegue del cubrecama y lo doblaba y desdoblaba sin parar.

Kathleen esperó.

Finalmente vio que Jack movía la cabeza hacia abajo de un modo casi imperceptible.

Kathleen se levantó con cierta torpeza por culpa de la pierna izquierda, que se le había dormido.

—Está bien, Jack. No tendrás problemas, te lo prometo. Ahora tengo que pensar en esto. Pero puedo asegurarte que aquí estás a salvo. No tienes por qué preocuparte.

Cuando se volvió en la puerta para mirarlo, Jack estaba apoyado en la almohada, con los ojos cerrados.

—Estaba en lo cierto, John. A los chicos los maltratan. Jack acaba de admitir que los Hermanos le pegan. Ya me parecía que eso que tiene en el cuerpo son moratones.

A John se le cayó el libro al suelo.

—Iré a hablar con él.

Kathleen alargó los brazos para bloquear la puerta del porche.

—No, no lo hagas. A mí me ha costado mucho rato sonsacarle eso. Estropearás la confianza que he conseguido si te pones a gritar.

—Bien, ¿y qué quieres que haga? —dijo, volviendo a sentarse.

Kathleen entró en el porche y se quedó al lado de John. Habló con calma, esperando que John mantuviera también un tono de voz bajo. El cuarto de Jack quedaba en la parte delantera de la casa, pero aun así podía oírlos.

—Quiero que investigues, que hables con el ministro.

John frunció el entrecejo.

—Antes muerto.

Kathleen murmuró una maldición para sí. No debería haber dicho aquello. John estaba demasiado interesado por su ascenso como para arriesgarse a criticar los métodos de su jefe.

—Entonces lo llamaré yo misma. Siempre le he caído bien.

John estaba de nuevo en pie, con el rostro blanco.

121

–¡Ni se te ocurra!

–¿Por qué los Hermanos maltratan a los niños? Pensaba que habíamos importado «material blanco»... –dijo, con todo el retintín que pudo– para construir una Australia sana. Dañar la mercancía no ayudará.

John volvió a sentarse.

–Eso no era parte del plan –murmuró–. Pero hemos entregado los niños a esas instituciones. Supongo que la forma de imponer disciplina es cosa de los Hermanos.

–¿Disciplina? Tortura canallesca sería más exacto.

–Kathleen. –John tenía ahora las mejillas encendidas–. Solo tienes la palabra de Jack. Pues claro que querrá que nos lo quedemos. Aquí tendría una buena vida. Probablemente esté exagerando para ganarse nuestra simpatía.

–No lo creo. Creo que está diciendo la verdad.

Las palabras de John eran de hierro.

–Déjalo, Kath. No voy a llevar esto más allá ni tú tampoco.

Kathleen se pasó el dorso de la mano por la cara para secarse el sudor. Tenía que empolvarse. Se toqueteó el pelo también. Para hacerlo esperar un poco. Tuvo una idea.

–Muy bien, John, no haré nada. No llevaré esto más allá, aunque tengo la clara sospecha de que algo horrible está pasando en Bindoon.

El rojo se convirtió en rosa.

–Pero tendrás que apañártelas para que podamos quedarnos con Jack.

John, sentado ahora en la barandilla, alargó la mano para coger la segunda cerveza. Vació la botella de un solo y lento trago. Quizá para hacerla esperar a ella también. O quizá estuviera pensando.

–De acuerdo –dijo. Dejó la botella vacía en el suelo, al lado de la primera–. Hablaré con los Hermanos. Puede que tarde algún tiempo. Papeleo. –Cerró los ojos y orientó la cara hacia el sol de la tarde.

A Kathleen le habría gustado echar un cubo de agua sobre aquella expresión de suficiencia. Pero ¿para qué? Algo iba mal con aquellos niños, pero irritar a John no ayudaría en nada. No quería pensar en los otros. Guardó toda la culpa y la preocupación en una caja y la cerró. Cualquier cosa para quedarse con Jack. A John le gustaba. Lo habían pasado muy bien en la playa, jugando al *rugby*. A él le interesaba quedárselo, tanto como a ella. Tragó una profunda bocanada de aire y se fue a la cocina. Quizá tuviera que contener la respiración hasta que Jack fuera suyo.

15

Jack estaba acostado en su estrecho camastro de metal sin atreverse a hacer un solo movimiento. Solo algún ligero suspiro rasgaba la oscuridad que reinaba en el largo dormitorio. Al parecer, los demás niños trataban de respirar tan silenciosamente como él. Una lenta inspiración por la nariz, la boca cerrada con fuerza, aguantando hasta contar cuatro o cinco, y luego soltar el aire en silencio. Los bostezos tenían que ser silenciosos. El picor tenía que esperar. A veces cerraba el puño con tanta fuerza, para no rascarse, que las marcas de las uñas seguían allí a la mañana siguiente.

Ninguno quería que el hermano Cartwright visitara las camas. Jack deseaba con todas sus fuerzas que su madre estuviera allí para protegerlo.

Un chasquido ahogado había anunciado la llegada del hermano minutos antes. Y de repente el aire del dormitorio se había vuelto espeso y rancio, y todos estaban alerta. A veces Jack deseaba que el hermano Cartwright fuera más ruidoso. Era el sigilo lo que más lo asustaba.

Y seguía sin saber nada de aquellos Sullivan. Kathleen había sido muy buena. No era mamá, desde luego, pero era amable. Estaba seguro de que estaba haciendo por él todo lo que podía. Y John también era bueno. Tenía su genio, sí.

Jack lo había oído gritar a Kathleen. Pero el partido de *rugby* había sido divertido. Esperaba que se repitiera.

¿Por qué no lo habían reclamado? Uno de los chicos mayores había ido a pasar la Navidad con una familia y no había vuelto. Jack estaba convencido de que si era bueno, si no estorbaba a los Sullivan y no pedía nada, volverían a buscarlo. Quizá incluso se lo quedaran para siempre. Sería más fácil para su madre encontrarlo allí, si alguna vez iba a Melchet y la hermana Beatrice le daba su mensaje. Pero no había sabido nada de nadie. ¿Sería porque Kathleen había descubierto que los Hermanos los pegaban? Pero ella le había prometido que estaría a salvo.

Sam, en la cama de al lado, no hacía ningún ruido. Jack apenas podía distinguir su cuerpo inmóvil bajo la manta gris. Sam era lo mejor de Bindoon. Jack detestaba haber vuelto, aunque lo habría echado de menos si se hubiera quedado a vivir con los Sullivan. Gracias a Dios, estaba Sam. Y gracias a Dios, el hermano Cartwright los había dejado en paz hasta el momento.

Gruñeron los muelles de una cama. Se oyó una exclamación ahogada. Hubo una espera eterna. Luego, un rumor de pasos que se alejaban.

Jack se había librado una vez más.

Pero otro compañero no había tenido tanta suerte.

Kathleen entró de puntillas en el dormitorio de Jack. La verdad, era ridículo ser tan sigilosa cuando él ya no estaba allí, acurrucado bajo su blanco cubrecama del cual solo asomaba el pelo alborotado, la respiración a un ritmo ligero en la silenciosa habitación. En lugar de estar allí, estaría dormido profundamente en un dormitorio con otros niños de su edad.

Dobló el pijama de algodón que había pasado una eternidad eligiendo, se lo apretó contra la cara para oler su aroma y luego lo guardó bajo la almohada. No quiso lavarlo. ¿No sería como admitir que a lo mejor no volvía nunca? Solo se lo había puesto tres noches. No podía imaginar que otro chico se lo pusiera. Ya no.

Los aviones seguían colgados del techo. Quizá le dijera a John que los descolgara. Cuando transcurrieran un par de semanas.

Alisó unas arrugas de la colcha. Parecía como si alguien se hubiera sentado encima, aunque estaba segura de haberla alisado antes. El cepillo y el peine de la mesita también habían sido movidos. Ahora estaban formando líneas paralelas y no cruzados, como los había dejado ella.

Kathleen miró alrededor. Todo estaba como lo había dejado antes, casi como si nunca se hubiera alojado allí un niño. Un brillante joven cuyo futuro creía haber planeado. Mentalmente, incluso había llenado los marcos de las fotos: Jack con el uniforme de la escuela; Jack con su título de bachiller; quizás incluso Jack el día de su boda. Y John y ella sonriendo orgullosamente a su lado.

Una familia por fin.

Maldito John. Y maldito Bindoon. ¿Por qué tardaba tanto el trámite?

Cerró la puerta tras ella y bajó la escalera para cocinar el pescado de la cena de John. Otra cena que celebrarían sentándose en extremos opuestos de la mesa.

16

Hay un nuevo celador en la sala, tiene la cara marrón brillante, ojos castaños y un delgado bigote negro.

La mira sonriendo mientras limpia y silba.

—¿Cómo se llama? —le pregunta ella a la enfermera.

—Reggie.

—¿De dónde es?

—Creo que de Jamaica —dice la enfermera con desdén.

—¿Qué está haciendo aquí?

—Demasiadas preguntas, Margaret. Ese hombre tiene trabajo que hacer... no debe confraternizar con los pacientes. —La enfermera se aleja haciendo mucho ruido con los zuecos.

Ella mira a Reggie, que forma montones de basura con la escoba. El hombre le hace una reverencia.

—Princesa Maaargaret —dice.

—Ese no es mi nombre —responde ella entre risas.

El sol la despierta; nota su calidez en el rostro. Los rayos forman franjas doradas en las que bailan las motas de polvo. Tiene que levantarse. Las enfermeras le han ordenado la ropa: los jerséis ya no le dan miedo. La lanosa oscuridad no dura mucho. Levanta la cabeza y ahí está el sol de nuevo. Se pone una falda de algodón con vuelo. Estampada. Se pone los zuecos de madera. No hacen falta medias. Los ligueros nunca le van bien. No hay espejos.

–Demasiado peligroso, Margaret.

–¡Yo no me llamo Margaret! –grita dentro de su cabeza.

Se pasa las manos por el pelo, tratando de no molestar a las abejas. Los rizos se aflojan. Va a desayunar.

Abre *The Daily Sketch* y trata de leerlo. Pero Reggie está allí, lo ve por el rabillo del ojo. Reggie le sonríe y da golpecitos en la escoba marcando un ritmo. Alguien se ríe. ¿Jane? Jane no suele reírse; se limita a peinarse el largo cabello blanco y a chupetearse los dientes. Pero se ríe con Reggie. Reggie finge bailar con la escoba. Es gracioso. Pero entonces llega el doctor Lee, dispuesto a hacer la ronda matutina.

Reggie mete algo de basura bajo la cama. El doctor Lee pasa de largo.

Vuelve a fijarse en el periódico. Las palabras son difíciles y aburridas. En lugar de leer, mira las fotos: hombres con traje; rostros de personas; un nuevo edificio, y un equipo de fútbol. Un niño con pantalón corto y un jersey sin mangas. Cabello oscuro. Sonriendo. ¿Por qué se le acelera el corazón? No lo conoce. ¿O sí? Antes de que llegara el ladrón.

El ladrón que le ha robado los recuerdos.

Reggie siempre está cantando. Nat King Cole... Bing Crosby... Ella Fitzgerald. Un día canta una vieja canción mientras limpia. ¿Cuál es? Alguien se la cantó a ella mucho tiempo antes. No sabe quién.

«Cántala otra vez». Unas pocas palabras flotan en el aire. «Dublín...». Algo sobre chicas guapas. Deja de hacer punto y coge un vaso empañado de la mesita de noche. Camina por la sala con él, fingiendo que necesita que se lo llenen. Reggie le guiña un ojo cuando se acerca, pero ella no le hace caso. Cuando ha pasado de largo, empieza a cantar otra vez y ella escucha con atención. Incluso las abejas escuchan.

«Vi por primera vez a la dulce Molly Malone».

Se gira en redondo.

–¿Quién es Molly?

Reggie la mira fijamente.

–Es una canción que oí en el barco. Los marineros solían cantarla.

–¿Cuándo fue eso?

–Cuando vine de Jamaica.

¿A quién le importa el barco? ¿Quién es Molly? ¿Es eso lo que ha perdido? Coge a Reggie del brazo.

–Tengo que saber quién es Molly.

Reggie no dice nada, pero levanta la barbilla y se pone a cantar.

«En la bonita ciudad de Dublín, donde las chicas son tan guapas...». Su voz es todo humo.

La sala del hospital se desvanece, con sus camas, sus carros, sus astilladas mesitas de noche y su constante olor a desinfectante. Ahora está en un pequeño jardín con malvarrosas cubiertas de polvo al lado de la valla; el aire huele a hollín. Una voz con fuerte acento *cockney* se une a la de Reggie: «Vi por primera vez a la dulce Molly Malone».

De repente lo sabe.

–Molly –susurra–. Soy yo.

Jack y Sam caminaban pesadamente sobre la hierba mojada en dirección a los establos de las vacas. La neblina colgaba de los árboles y la luz del sol que se filtraba entre las ramas parecía impregnada de agua. A pesar del esfuerzo que suponía madrugar, era el mejor momento del día. Antes de que el sol calentara demasiado. Antes de que el hermano Cartwright fuera a buscarlos.

Jack tiró de la puerta deslizante del establo, que se desplazó entre traqueteos y dejó salir el hedor a estiércol rancio. Las vacas los saludaron con mugidos. Sam y él cogieron los cubos que había detrás de la puerta y se dirigieron al fondo, donde estaba la primera vaca, agitando la cola y rumiando. Sam sacó un trozo de alambre del bolsillo y se lo dio a Jack; luego sujetó una de las patas traseras de la vaca para que Jack la atara a un poste. Era lo que llamaban manear. Impedía que la vaca les diera coces. Sam se agachó al lado de la vaca, se escupió en las manos, se las frotó, asió dos ubres y apretó. La vaca volvió la cabeza, le lanzó una mirada a Sam y siguió rumiando. La leche cayó al cubo.

Jack envidiaba la facilidad con que parecía hacerlo Sam, que apretaba las ubres con un ritmo constante mientras la leche caía y formaba espuma. Al poco rato cambió de ubres ágilmente. El nivel del cubo subió; cuando estuvo lleno, se puso en pie, arqueó la espalda y se lo dio a Jack para que lo vaciara en la lechera.

—Tu turno.

Jack maneó la siguiente vaca. Esa mañana había decidido que si iniciaba el trabajo con energía, como hacía Sam, tendría más suerte. Quizá la última vez había apretado demasiado flojo o la vaca había olido su miedo. Fuera por lo que fuese, la vaca no le regaló la leche, por más que lo intentó.

Se sentó, cogió las ubres y tiró. Nada. Lo intentó de nuevo. Nada. Apoyó la cabeza sobre el cálido flanco de la vaca.

—Vamos, chica. —Se escupió en las manos como había visto hacer a Sam y se las frotó para calentarlas.

Se volvió al oír un ruido inesperado al fondo del establo. Mierda. El hermano Cartwright. Ya.

—¿No hay leche, chico?

El hermano se dirigía hacia él, mirando el cubo vacío. Jack volvió a coger las ubres y las apretó con fuerza. Ni gota de leche. Vamos. Vamos.

—Deja que te ayude. —El hermano Cartwright acercó otro taburete y, gruñendo, se sentó detrás de Jack y lo rodeó con los brazos. Sujetó las manos de Jack sobre las ubres—. Ahí lo tienes, lento y suave, lento y suave —dijo, guiando la acción con sus dedos gordezuelos.

Jack sentía en la nuca la calidez del aliento del hermano Cartwright y sus brazos le transferían su calor. El crucifijo que llevaba al cuello se le clavaba en la espalda, como si lo marcara con el metal caliente.

El hermano Cartwright parecía estar en todas partes aquellos días: dientes amarillentos que sobresalían hacia él cuando Jack se servía las gachas; botas negras polvorientas que asomaban por la puerta cuando estaba en la ducha; manos grasientas que alisaban la manta cuando se metía en la cama.

Por fin salió la leche. El hermano Cartwright aflojó las manos, pero no se levantó. Jack se concentró en las ubres de la vaca mientras apretaba y soltaba. Uno... dos, contó mentalmente mientras la leche brotaba. Intentó ignorar el sonido de la respiración pesada que tenía detrás.

El hermano Cartwright acarició la espalda de Jack con las manos, en un lento movimiento circular. Luego las bajó a su cintura, manoseándole la piel y deslizándolas hasta el estómago, y luego hacia abajo, más abajo, hasta alcanzar su entrepierna por encima de la recia tela del pantalón corto.

Jack soltó las ubres. La leche dejó de caer.

—Maldita sea —murmuró el hermano Cartwright en el cuello de Jack.

Volvió a coger las manos de Jack con las suyas, le puso los dedos alrededor de las ubres de la vaca y siguió guiándolo. La leche fluyó.

Por fin, el hermano Cartwright se puso en pie, despegando su camisa pegajosa de la espalda de Jack. La sensación de frescura fue instantánea.

—Ya puedes arreglártelas solo, jovencito. Te veré más tarde —dijo en voz muy alta. Entonces Jack oyó un susurro en su oído—. Y terminaré lo que he empezado.

Jack trató de quedarse quieto para que se le pasaran los temblores. Quería sacudir el cuerpo para quitarse de encima hasta el recuerdo del aliento caliente del hermano Cartwright, su barriga, su voz amenazante, sus dedos gordezuelos. Miró a Sam, pero Sam estaba oculto por la barriga de su vaca y solo le veía las piernas. No había podido ver nada.

La leche siguió cayendo. Jack apoyó la frente en el flanco de la vaca. ¿A qué se refería el hermano Cartwright con lo de «Terminaré lo que he empezado»? ¿Y si esa noche la visita la recibía Jack en lugar de algún otro desgraciado muchacho? ¿Lanzarían los demás un suspiro de alivio cuando el hermano se subiera a su cama y no a la de ellos?

Cambió fácilmente de ubres, pero apenas se dio cuenta de la hazaña. Se preguntaba qué diría mamá si supiera lo que le había permitido hacer al hermano Cartwright. Pero tenía que dejar de pensar en su madre. Nunca iría a buscarlo. Y probablemente los Sullivan tampoco. Lo habían abandonado a merced del hermano Cartwright y sus dedos gordos y calientes. Jack tragó la saliva que se le había acumulado en la boca y trató de concentrarse en la vaca. Al menos la leche seguía fluyendo.

Finalmente llegaron los otros chicos, bostezando y con los ojos aún legañosos; a las ocho habían terminado. Era sábado, así que después de un té suave y unas gachas, irían a trabajar en las obras del edificio.

El hermano McBride ya estaba en su puesto. Parecía un boxeador al principio de un combate. En la mano derecha llevaba una correa hecha con cuatro trozos de piel cosidos y un peso de metal en la punta. Jack lo había visto usarla unas cuantas veces. También había visto las heridas en la espalda de los chicos cuando terminaba de pegarles.

Jack y Sam recogieron las palas. Los cimientos tenían ya un metro de profundidad. Sujetaron el mango de la herramienta con sus dedos ampollados y se pusieron a trabajar mientras el hermano McBride gritaba a los chicos que llevaban piedras desde el camión.

—¿Para qué son esas piedras de mierda? Si quisiera grava la pediría... Ponle más ganas, chaval, o probarás mi correa... —Se volvió a mirar a Sam, que se había detenido para coger aire—. Agacha la cabeza, Becker. No quiero ver tu cara de idiota.

El calor era intenso. Los chicos se habían quitado la camisa y el sol caía brutalmente sobre ellos, abrasándoles la espalda y quemándoles los brazos. Unas gotas de sudor se deslizaron por la mejilla de Jack y se las secó. El aire olía a sudor y polvo.

«Terminaré lo que he empezado».

Jack siguió trabajando. Metía la pala en el duro suelo, cogía algo de tierra, la sacaba y la dejaba al lado. Cavar, levantar, volverse. Cavar... Levantar... Volverse... Cavar... El calor se le acumulaba dentro hasta que se sintió seco y débil, con los brazos y las piernas como tubos huecos. «Terminaré lo que he empezado...». El horror lo esperaba a la hora de dormir.

Se irguió y dio unos pasos vacilantes. El cielo le daba vueltas en la cabeza. Reflejos azules, la correa del hermano McBride. Los dedos del hermano Cartwright. El rostro ansioso de Sam. Sigue. Coge la pala. Levanta... La luz cegadora del sol. El suelo que se levantaba hacia él. La pala que caía con un tintineo. Vuélvete...

El zumbido de la sangre en los oídos.

El palpitar galopante de su corazón.

Y entonces:

—Jack. Te buscan.

Levantó los ojos. Era el hermano McBride. El hermano le tendió una mano áspera a Jack y Jack la cogió, aliviado al encontrar dedos delgados y fuertes y no los dedos carnosos del hermano Cartwright. Notaba el cuerpo flojo. Se levantó tambaleándose con unas piernas que parecían de paja, sin que la cabeza dejara de darle vueltas. Mattie estaba detrás del hermano McBride. Debía de ser él quien había comunicado el mensaje.

—Mattie te llevará al refectorio. Ve allí, chico, hoy estás relevado de tus faenas.

Jack no se atrevió a mirar a Sam, aunque el golpeteo regular que oía le indicó que su amigo seguía cavando. Siguió a Mattie hasta el edificio principal. Incluso andar era un esfuerzo. ¿Quién querría verlo? No el hermano Cartwright, tan pronto. Seguro que esperaría hasta la noche. Hasta que los otros niños estuvieran dormidos o fingiendo dormir en el atestado dormitorio.

«Terminaré lo que he empezado...».

El refectorio estaba fresco y oscuro después del calor cegador del exterior. Normalmente se habría alegrado. Pero no aquel día. El corazón le iba a mil por hora cuando recorrió la sala con los ojos, en busca del hermano Cartwright. Se secó las manos en los pantalones, tratando de contener el temblor y luego miró al suelo. A lo lejos vio un par de lustrosos zapatos negros y unas sandalias beis.

—Jack —dijo una voz en las tinieblas.

No era la voz áspera del hermano Cartwright, sino la de una mujer. Ligera. Elegante.

Levantó la cabeza.

Eran el señor y la señora Sullivan.

—Serán tres peniques y medio.

Molly entregó cautelosamente las monedas a la tendera y recogió la pastilla de jabón Sunlight. Aunque en realidad no era una tendera. Era Madge, que le sonreía de modo alentador. Y en realidad no estaba en una tienda, sino en la clase de Preparación para la Vida del hospital. Llevaban semanas jugando a las tiendas. Como los niños. Al principio, Molly se había enfadado y se había negado a cooperar, pero la idea del mundo exterior era tan temible y Madge tan simpática que al final había accedido.

—Inténtalo otra vez —dijo Madge—. Esta vez un paquete de Bisto.

Molly rebuscó en su monedero. Solo le quedaba un chelín. Se lo dio.

—Eso cuesta siete peniques y medio. ¿Cuánto es el cambio?

Molly entornó los ojos.

—Tú eres la dependienta.

—Sí, y estoy dispuesta a engañarte si no llevas cuidado. Comprueba siempre el cambio, Molly.

—Cuatro peniques y medio —dijo Molly, alargando la mano.

Madge sonrió.

—Muy bien. Creo que lo harás bien.

Molly se frotó la oreja. Preparación para la Vida. Muy bien, pero ¿cómo iba a prepararse cuando ni siquiera sabía si tenía una vida?

¿Ni si llegaría a tenerla en el futuro?

17

Aquellos días Kathleen se sentía aliviada por no tener ya el empleo del convento, aunque había pasado dos años trabajando allí. Al principio echaba de menos –incluso más de lo que esperaba– a Mavis y a aquel extraño señor Brownlow, pero ahora se alegraba de poder dedicar todo su tiempo a Jack. Tenía que hacer todo lo posible para ayudarlo a instalarse. Como ese día.

Un escalofrío de felicidad la recorría mientras caminaba por Grosvenor Road. Jack debía de haber seguido ese mismo trayecto. Le había pedido a Scott Carter, el vecino de al lado, que lo recogiera, y había visto a los dos muchachos andando por la calle, con las carteras colgadas del hombro. Le había gustado mucho ver a Scott hablando con Jack y a Jack diciendo que sí con precaución. Esperaba que le fuera bien en la escuela. Que le fuera bien en las clases, que hiciera amigos, que jugara a algún deporte... que las buenas experiencias alejaran los recuerdos de Bindoon.

Aquella mañana se esmeró al arreglarse. Se puso el vestido estampado de algodón. El cinturón de piel acentuaba su esbelta cintura y le gustaba la forma en que la falda se movía al caminar. ¿Sería demasiado un sombrero? No tenía ni idea de cuál era la ropa tradicional de las madres de los colegiales. Al final se puso el sombrero de paja azul marino. Siempre podía quitárselo y llevarlo en la mano si las otras madres iban descubiertas. También se las había arreglado para conseguir un pintalabios rosa de Elizabeth Arden. En *The West Australian* decían que ese año los cosméticos eran de tonos claros. Se miró las uñas pintadas. La laca de uñas era del mismo color. El sol se reflejaba en ellas al caminar. Seguro que Jack estaría orgulloso de ella. Al menos su figura no se había estropeado como la de aquellas pobres mujeres que tenían hijos todos los años. También se había teñido el pelo. Incluso John se había fijado. Hasta ella pensaba que estaba preciosa.

Un pequeño grupo de madres se había reunido en la puerta del instituto. Algunas llevaban cesta, como si hubieran hecho la compra por el camino. Dos mujeres llevaban cochecitos de bebé. Kathleen se alisó el vestido al acercarse. Decidió dejarse el sombrero puesto, aunque la mayoría de las mujeres iba con la cabeza descubierta. Así se obligaba a estar más erguida... y la protegía del sol.

Se detuvo al lado de una mujer rubia con vestido verde. La mujer medio le sonrió y luego dio media vuelta para hablar con alguien situado a su derecha. Todas parecían enfrascadas en conversaciones. Kathleen tragó saliva. Había esperado tanto tiempo aquel día... el día en que podía unirse por fin a las filas de madres apostadas en la puerta de la escuela. Pero ni aun así encajaba en el ambiente. Claro que ellas se conocían desde hacía años. Acudían allí desde que sus niños habían empezado en la guardería. Le sudaban las manos en los guantes azul oscuro. Al menos el algodón aún no se había manchado.

A las cuatro en punto sonó la campana de la escuela y, en pocos segundos, los niños salieron a borbotones por la puerta. Un niño de unos siete años de largas piernas corrió hacia su madre, la mujer del vestido verde, y la abrazó. Una de las que empujaba un cochecito levantó los brazos hacia una niña con el pelo recogido con cintas rosas, que se lanzó a sus brazos. Mirase donde mirase, Kathleen veía niños acercándose con diferentes grados de entusiasmo. Algunas mujeres ya se habían alejado de las puertas y caminaban por la acera de la mano de alguna criatura.

Se ajustó el ala del sombrero. Todos aquellos chicos eran mucho más jóvenes que Jack. ¿Habría entendido mal la hora del final de las clases? Las madres se marcharon poco a poco. Kathleen miró ansiosa alrededor, consciente de lo ridícula que estaba allí sola. ¿Qué podía hacer?

A las cuatro y cuarto sonó otra campana. Los niños que salían ahora parecían tener entre once y doce años, la edad de Jack. Y salían por la entrada de los cursos superiores, no por la entrada de los más pequeños, donde se encontraba Kathleen. Fue andando hasta el otro lado del edificio. Allí no había ninguna madre esperando. Por fin salió Jack: caminaba al lado de Scott Carter, sonriendo tímidamente, y tenía otro chico a la izquierda.

Kathleen lo llamó.

–¡Jaaack!

Jack se quedó paralizado. Se acercó a ella con semblante serio mientras Scott y el otro chico esperaban. ¿Eran sonrisas burlonas lo que vio en sus caras?

–Hola, Jack. Se me ha ocurrido venir para acompañarte a casa.

–Hola –dijo Jack. Empezó a subirle el rubor desde el cuello. Tragó saliva. El rubor le llegó a las mejillas–. Sí, verás... te lo agradezco. Pero Scott y Tim van en mi misma dirección. Les he dicho que iría con ellos.

Kathleen se esforzó por sonreír.

–Ah, pues claro que sí. De todas formas, tengo que hacer algunas compras. Te veo en casa. La llave está debajo de la maceta, donde te enseñamos.

Había esperado años aquel momento. Y ahora que por fin había llegado, era demasiado tarde. El corazón se le cayó a los pies. Se mordió el labio y parpadeó rápidamente.

Giró sobre sus talones y se alejó de la escuela antes de que nadie se diera cuenta.

Después de la cena, cuando Jack desapareció escaleras arriba para hacer los deberes, Kathleen habló con John de lo sucedido mientras tomaban el té en la salita.

—Para ti está muy bien. Puedes jugar al *rugby* con él, llevarlo a los partidos. Enseñarle a que le guste la cerveza cuando sea lo bastante mayor. Pero yo, ¿qué puedo hacer?

—Pues no sé, querida. Quizá deberías haber elegido una niña. —John dio un sorbo a su té.

Kathleen ni siquiera había tocado el suyo.

—¡No hay chicas en Bindoon!

—Quizá nos hemos apresurado. Podríamos haber ido a Geraldton.

—Bueno, pues no lo hicimos. Fuimos a Bindoon. Y elegimos a Jack. ¡No podemos cambiarlo! Tenemos que hacer que esto funcione.

¿Cómo podía John mostrarse tan indiferente? Él también quería a Jack. De hecho, Kathleen tenía la viva sospecha de que había estado visitando su cuarto después de que lo devolvieran a Bindoon. Pero no iba a dejar que se diera cuenta de que lo sabía.

John cogió el periódico de la mesa que tenía delante.

—Pues claro que funcionará. Todo irá bien. —Sacudió las páginas y desapareció tras ellas.

Kathleen echaba chispas cuando llevó las tazas a la cocina para fregarlas. Tiró por el desagüe el líquido marrón que quedaba y metió ambas tazas en el agua jabonosa. Jack tenía casi doce años. No podía sentárselo en las rodillas, ni darle de comer con una cuchara; no podía hacerle pedorretas para que se riera. Se había convertido en madre partiendo de cero. Sus brazos añoraban un niño. Carne de su carne. Y carne de John, también, aunque eso le resultara menos atractivo.

Cogió un paño de cocina. Jack no era travieso. Eso era un alivio. No, siempre era educado. Pero se sumergía a menudo en densos silencios. ¿Seguiría pensando en su madre? John le había dicho que había muerto en un bombardeo. Se preguntaba de qué habría sido testigo Jack; qué horrores se habrían grabado en su cerebro infantil.

Dejó las tazas en el armario y colgó el paño de cocina en el gancho, al lado del horno. Quizá pudiera prepararle un cacao. Sería una excusa para ir arriba y ver qué tal estaba. Puso al fuego un cazo con leche y buscó una taza que pudiera gustarle al chico. Finalmente encontró una brillante taza roja que John le había comprado años antes. La había escondido porque no hacía juego con las otras, pero quizá Jack la prefiriese a las tazas de flores que usaba ella.

Ese era el camino. Cuanto más contacto tuviera con ella, más se olvidaría de su propia madre.

Molly estaba haciendo tiempo en el porche, mirando a través de la niebla de una tarde de finales de octubre. Ya había estado fuera del hospital, por supuesto, pero en salidas cortas con otros pacientes, siempre acompañados por algún empleado del hospital y siempre volviendo a la seguridad de la sala. Esta vez era diferente. Era difícil saber cómo se sentía. Un nuevo comienzo era emocionante. En cierto modo, su vida estaba empezando. Pero la asustaba pensar que a partir de entonces solo contaría consigo misma.

Los árboles sin hojas, en aquel aire turbio, eran esqueletos que flanqueaban el camino. Las ramas nudosas de los rosales se alargaban hacia ella como garras. Todo parecía estar manga por hombro. Como cuando pasaba horas intentando solucionar un rompecabezas en Warlingham y luego se daba cuenta de que la mitad de las piezas eran de otro juego.

La enfermera Sanders le tocó el hombro.

–¿Lista?

Llevaba un abrigo rojo con una capucha azul oscuro sobre el uniforme de enfermera y una vieja maleta marrón en la mano. Había estado ayudando a Molly a hacer el equipaje. No iba muy llena: unas pocas prendas del almacén del hospital y un frasco de colonia de Annie. Sospechaba que Annie la había utilizado ya, porque la caja estaba arrugada y el frasco no estaba del todo lleno.

Molly se había despedido de todos los internos, aunque iba a regresar al día siguiente. La enfermera Sanders iba a llevarla a su alojamiento, para ayudarla a instalarse. Aun así, necesitó un esfuerzo para recorrer el camino de entrada. Notaba los pies como esponjas y se preguntaba hasta dónde la llevarían sus piernas. La enfermera Sanders le dio el brazo y Molly lo cogió agradecida, contenta de estar con aquella buena enfermera de cabello rubio y voz amable.

Mientras salían lentamente del hospital por Limpsfield Road, Molly miró alrededor. Qué aire de abandono tenían las casas. En algunas aún se notaban los destrozos de los bombardeos, aunque sus dueños habían tratado de ocultarlos. Señaló el tejado de una casa, reparado a medias; en otra vio una ventana tapada con tablas de madera.

–Todo parece desgastado... –dijo.

La enfermera Sanders asintió con la cabeza. Seguro que ella lo veía todos los días.

Un autobús gigantesco llegó pesadamente por la calle. Molly se encogió y se sujetó con más fuerza al brazo de la enfermera.

–Y bien, ¿qué haremos, Molly? ¿Una rápida escapada al cine y luego pescado con patatas para cenar? ¿O mejor un par de cócteles? –Molly la miró horrorizada–. Solo bromeaba, querida.

Molly trató de reírse. Sabía que la enfermera Sanders intentaba aligerar la situación. No se lo reprochaba. Ella iba y venía del hospital todos los días. No le costaría mucho ponerse el uniforme todas las mañanas, pintarse los labios y tomar un té. Seguro que lo hacía sin pensarlo siquiera. ¿Sabía realmente lo complicado que sería para Molly arreglarse ella sola?

Estaba oscureciendo. Las farolas arrojaban una luz amarillenta sobre las aceras y teñían sus zapatos de color limón cuando pasaban por debajo. El aire era húmedo y Molly notó que por la nariz se le deslizaba una gota de agua. Respiró hondo. El pelo se le pondría de punta con aquella humedad. Quizá la enfermera Sanders se lo cepillara más tarde.

Pasaron por delante de tiendas cerradas cuyos productos eran solo sombras en aquella semioscuridad. Molly se preguntó si alguna vez tendría el valor de visitarlas sola. ¿Y qué compraría? El desayuno se lo darían en el alojamiento y luego pasaría el resto del día en Warlingham, al menos durante un tiempo. Si necesitaba más ropa, la enfermera se la llevaría del almacén. De momento no tendría que comprar nada.

El señor Travers le había dado diez chelines en el despacho para que los guardara en un viejo bolso.

–Aquí está su prestación social, estimada señora. Su comida está pagada, pero esto es para usted, por si tiene algún capricho.

Ella se preguntó de dónde habría salido el bolso. Seguramente lo habría donado alguna de aquellas devotas mujeres que iban a visitarlas, como aquella horrible *lady* Dawson. Las «benefactoras», como había oído que las llamaba la enfermera Sanders. Iban de un lado a otro en las sesiones de terapia de la tarde y ayudaban con las clases de cerámica, o se sentaban a leer a los pacientes que no podían moverse de la cama. Tan satisfechas parecían estar de sí mismas que, a veces Molly pensaba que las visitas eran más interesantes para las visitantes que para las pacientes.

–Ya no estamos muy lejos –dijo la enfermera Sanders–. Esto es Park Street.

Tenía la piel rosa y blanca, como un helado. Doblaron por una estrecha calle llena de casas altas y apretadas, con ventanas que la miraban con aire reprobador. Molly no vio ningún parque.

–Número veintitrés. Hemos llegado.

La enfermera Sanders se detuvo ante un edificio beis con una puerta principal llena de arañazos. Molly subió detrás de ella los escalones de cemento rotos y esperó a que llamara.

A los pocos segundos abrió una mujer alta con un delantal de flores que le ceñía la robusta figura. Molly vio finas venas rojas en las mejillas de la mujer.

–¿La señora Croft? –preguntó la enfermera Sanders.

La mujer inclinó la cabeza.

–Esta es Molly.

Se hizo a un lado para que la mujer pudiera ver a su nueva huésped.

–No esperaba a ninguna Molly –dijo la señora Croft, mirándola.

La enfermera Sanders frunció la frente.

–Ah, estimada señora. Puede que el hospital se equivocara.

De repente parecía cansada. Molly se preguntó si tendrían que recorrer todo el camino de vuelta. Quizá sería lo mejor.

–En mi carta decía Margaret –explicó la mujer.

–Ah, por supuesto. –Molly percibió alivio en la voz de la enfermera–. Margaret es su nombre oficial. Así consta en todos los documentos del hospital. Pero la llamamos Molly.

–No sabía que iba a alojar a personas de tanto postín. ¿Tiene una fecha de nacimiento oficial, como el rey?

Durante un segundo, Molly recordó que Reggie la llamaba «Princesa Maaargaret». Quizá perteneciera a la realeza.

La enfermera Sanders se echó a reír.

–Bueno, en cierto modo, sí. Llegó a nosotros sin muchos detalles, ¿sabe? ¿Verdad que sí, Molly? Después de los bombardeos. Sabemos muy poco sobre ella. Su nombre... su fecha de nacimiento.

–Muy bien, querida –dijo la señora Croft con altanería–, mientras me paguen no tengo por qué hacer preguntas. –Abrió la puerta del todo con el pie.

–Yo me quedaré poco rato, lo justo para instalar a Molly –dijo la enfermera.

La señora Croft se encogió de hombros. La siguieron al pequeño vestíbulo, que olía a pescado hervido y a cigarrillos Woodbine, y luego por una escalera desvencijada con un pasamanos marrón oscuro. La señora Croft se detuvo al llegar arriba, dobló a la derecha y recorrió un corto pasillo. Molly vio una puerta al final, con desconchados en la pintura. La casera la abrió para que pasaran.

–El desayuno es entre las seis y las ocho –dijo–. No se permiten visitas ni comidas en la habitación. El cuarto de baño está en el pasillo. Los baños cuestan seis peniques más. Cuando quiera darse uno, hágamelo saber. Y no pueden ser más de dos por semana.

–Gracias –dijo Molly y la mujer se fue.

La enfermera Sanders dejó la maleta sobre la cama, levantando una nube de polvo.

–Te ayudaré a deshacer el equipaje.

Abrió la maleta y sacó una serie de prendas: dos fajas viejas, cuatro bragas de punto, dos faldas, algunas blusas y un par de rebecas. Todo era marrón, verde o gris.

–Bueno, ¿dónde está el armario? –Miró la habitación hasta que vio en un rincón un aparador de roble oscuro con una llave de bronce en la cerradura–. No se abre –dijo, tirando de la manija–. Giraré la llave. –Esta vez la puerta se abrió de golpe, casi derribando a la enfermera Sanders–. Hummm. Ya veo por qué está echada la llave. De otra forma no se mantendría cerrada la puerta. Tendrás que girar la llave cada vez, Molly.

Molly asintió con la cabeza. Otra cosa que recordar.

–Ahora colocaré la ropa como hacen en el hospital: las faldas al fondo, las rebecas y blusas arriba.

Mientras hablaba, iba cogiendo perchas del colgador, colocando prendas en ellas y volviendo a meterlas en el armario.

–¿Qué me pondré mañana? –preguntó Molly.

–¿Quieres que te elija algo, como hacemos en Warlingham?

–Sí, por favor.

La enfermera Sanders eligió una falda gris, una blusa verde y una rebeca marrón.

–Ya está. Lo dejaré en la silla.

–¿Y qué ropa interior me pongo?

A Molly le pareció oír una exclamación ahogada.

–Mira. –La enfermera Sanders abrió un cajón que había bajo el armario–. Aquí es donde he puesto la ropa interior. –Sacó una faja y unas medias de hilo, y las dejó a los pies de la cama.

Molly se sintió mejor. Eso era lo que llevaba en el hospital. Si se caía el botón del liguero, bastaba una moneda de tres peniques para sujetar las medias. Si le ocurría lo mismo allí, quizá la ayudara la señora Croft.

–Bien –dijo la enfermera Sanders mirando la habitación–. Creo que ya está todo ordenado. Dejaré la maleta bajo la cama.

–¿Y ahora qué hago?

La enfermera Sanders miró su reloj.

–Son casi las nueve –dijo–. Puedes leer un rato. –Señaló un libro que había sobre la mesita.

–¿A las diez hay que apagar la luz?

¿Se estaba riendo de ella la enfermera?

–Bueno, eso lo decidirás tú. Ahora tomarás tus propias decisiones. Pero será mejor que la primera noche mantengas los horarios del hospital. Bien –dijo, mientras se ponía en pie y se alisaba el abrigo–. ¿Estás segura de que conoces el camino de vuelta para mañana?

–A la izquierda al salir por la puerta. Por Park Street. Hasta la calle principal, luego Limpsfield Road y luego el hospital.

–Muy bien. –La enfermera Sanders le dio un abrazo.

Molly se apoyó en el cálido abrigo, respirando el olor a espliego y humo de tabaco. Quería quedarse así, donde se sentía a salvo, pero la enfermera Sanders la apartó suavemente.

–Adiós, Molly. Te veré mañana.

–Sí. –Molly notó el temblor en su voz–. Gracias.

La enfermera Sanders le lanzó un beso y Molly oyó el taconeo de los zapatos, un breve adiós de alguien que estaba abajo y el golpe de la puerta principal al cerrarse.

Sola por primera vez en años, Molly alisó la colcha de color crema, deseando que disminuyera el zumbido de los oídos. Parecía el único ruido de la habitación. Aunque el ajetreo de las salas de Warlingham la había sacado de quicio, ahora le habría encantado escuchar el tintineo de las cuñas e incluso los quejidos incesantes de un paciente trastornado. Que hubiera silencio más allá de sus oídos le daba miedo.

Para distraerse, pasó la mano por la pared. Estaba cubierta de un papel en relieve, color burdeos, que en algunas partes se había desteñido y vuelto marrón. Tuvo la sensación de que había visto antes aquel dibujo. Quizá en algún sitio en el que había vivido con anterioridad. Cerró los ojos y cedió al deseo de adormecerse. Era algo que había aprendido en Warlingham. Si cierras el mundo real, puedes dejar vagar tus pensamientos. Y como de costumbre, intentó recordar el pasado. ¿Cómo era su antigua casa? Ordenó a su mente que la llevara allí. ¿Era música lo que oía? Le daba ganas de bailar. Luego sintió algo duro y áspero en la cabeza, como la parte inferior de una mesa. ¿Había alguien con ella? Alargó los brazos en la oscuridad, para tocar lo que hubiera. Ahí estaba. La sensación de un pelo suave y corto bajo sus dedos. Pero ¿quién era?

La campana de una iglesia la devolvió a la habitación. Y al hecho de que estaba allí sola. ¿Siempre había estado sola? ¿Había estado casada? ¿O había vivido con unos padres ya mayores, como hija solterona que se queda a cargo de la casa mientras los demás hermanos vuelan del nido? Molly había conocido a una paciente en esa situación. Lo único que Lucy sabía hacer era llevar una casa y cuidar de sus ancianos padres. Cuando estos habían muerto, Lucy no había sido capaz de enfrentarse sola a la vida y había sufrido una crisis nerviosa. La mujer seguía en Warlingham, una figura pequeña y abrumada que ya no sabía dónde encajar en este mundo. Pero al menos tenía un lugar en el mundo. ¿Pertenezco yo a alguna parte?, se preguntó Molly.

Se puso en pie, se estiró y luego se acercó a mirar la calle por las pequeñas ventanas, cubiertas por unas cortinas deslucidas. La noche era oscura como la boca de un lobo, demasiado para ver nada. Fue a un rincón y pasó la mano por los cajones de la cómoda. La puerta del armario era de la misma madera. Probablemente barata, pero mejor que la del armarito que tenía en el hospital al lado de la cama. En Warlingham nunca había encontrado lo que buscaba. Quizá estuviera allí, en casa de la señora Croft. Miraría por la mañana. El linóleo beis estaba frío bajo sus pies embutidos en calcetines, así que volvió al lado de la cama, donde una pequeña alfombra de un color indeterminado cubría el suelo.

No sabía qué más hacer. Nadie fue a decirle que se preparase para irse a la cama, o que apagara la luz. Quizá debería ir al baño. Recorrió a hurtadillas el pasillo y abrió la puerta del extremo. El cuarto estaba oscuro y olía a humedad. La pintura se había despegado de la pared de encima de la bañera y el desconchado tenía forma de lágrima. Se quitó el jersey para lavarse y se dio cuenta de que se había dejado sus cosas en el dormitorio. En la repisa de la pila había un agrietado jabón de brea; una toalla rosa deshilachada colgaba de un clavo. Los utilizó, enjabonándose las axilas con la escasa espuma del jabón, inhalando el familiar olor a antiséptico, y secándose luego lo mejor que pudo, antes de devolver toalla y jabón a su sitio para que la señora Croft no se diera cuenta. Decidió no darse un baño: demasiado complicado y caro.

Ya en la habitación, tiritando un poco, intentó correr las cortinas, pero quedó un hueco en el centro que no fue capaz de cerrar. Intentó estirarlas, pero no daban mucho de sí. ¿No sería peligroso? No quería que el guardia de la Vigilancia Antiaérea la multara. No recordó que la guerra había terminado hasta que se puso el pijama de franela que la enfermera Sanders había guardado bajo la almohada. Ya no era necesario tapar la luz. Aunque era extraño que lo hubiera pensado. Se metió en la cama y se acurrucó de lado esperando que llegara el sueño.

Pero estaba inquieta. La habitación era muy silenciosa, incluso echaba de menos los ronquidos de Mary. De vez en cuando pasaba un coche por la calle y, en una ocasión, oyó pasos en el otro extremo de la casa. Pero aparte de eso, nada. Empezaron a zumbarle los oídos. ¿Se adaptaría alguna vez a estar allí? El doctor Lee le había dicho que era posible que recuperase algunos recuerdos, pero no era seguro. Algunas personas no volvían a recordar su pasado. Puede que ella fuera una de esas personas. ¡Con lo que se había emocionado cuando Reggie había cantado aquella canción y ella había recordado su nombre! Pero ya no había vuelto a pasarle nada parecido. Quizá debería conformarse con las mejoras que había logrado. Desde que Reggie había empezado a trabajar en el hospital, su recuperación había avanzado a pasos agigantados. Quizá la terapia de electrochoque del doctor Lee hubiera cumplido su papel, pero había sido Reggie quien la había hecho sentir viva. Él había sido la mejor medicina.

¿Y qué pasaba con el futuro? En algún momento tendría que encontrar un trabajo para ganarse la vida. Quizá de dependienta de una tienda, o de camarera. El hospital la ayudaría. Cuando supiera qué quería hacer, Madge la ayudaría con las prácticas. Madge había dicho que aprendía con rapidez y que lo lograría.

El zumbido cesó lentamente. Todo iría bien, se dijo Molly una y otra vez, mientras se dormía.

Al despertarse, vio franjas de luz pálida en el linóleo y, en la calle, oyó cascos de caballo y tintineo de botellas. ¿Sería el carro del lechero? Tenía que ser eso... Oyó que la señora Croft abría la puerta principal y arrastraba algo.

Miró la habitación. En un minuto estaría vestida con la ropa que la enfermera Sanders le había elegido la noche anterior y bajaría a desayunar. Luego iría a Warlingham, a contarles lo bien que lo había hecho.

Oyó la voz de la señora Croft.

–Váyase. No quiero ver cerca de ella a personas como usted. Fuera de aquí.

–Pero disculpe, señora... –Molly se irguió de golpe. ¿Era Reggie? Se esforzó por escuchar–. He venido a buscar a Molly. Trabajo en el hospital. He pensado en acompañarla porque es su primera mañana.

–¡Pero bueno! No sé de dónde habrá sacado esa idea. –La voz de la señora Croft estaba llena de indignación–. Estoy segura de que el hospital no lo ha enviado. Este es un barrio respetable.

Silencio. Molly corrió a la ventana. Reggie se iba por la calle con los hombros caídos. Pobre Reggie. Qué idea tan amable había tenido. Lo buscaría al llegar a Warlingham para decírselo. Se vistió rápidamente. Algunas mañanas en Warlingham había deseado quedarse con el pijama puesto, pero la enfermera había insistido en que se vistiera.

–No queremos gente vaga por aquí –le decía, consultando el reloj de bolsillo que llevaba prendido con un imperdible en el inmaculado uniforme–. Levántate, vístete y estarás preparada para afrontar el día.

Molly no sabía de dónde salían las prendas de ropa. El personal le daba algunas de vez en cuando. No le había preocupado su aspecto durante años. De todas formas, la ropa durante la guerra era aburrida: chaquetas de hombros cuadrados que daban un aspecto militar o rebecas holgadas, blusas ásperas y faldas rectas que llegaban a la rodilla.

Se miró en el espejo. La enfermera Sanders había elegido bien. La blusa hacía juego con el color de sus ojos. Quizá más tarde pudiera comprar un pintalabios y polvos de maquillaje. Incluso un frasquito de perfume de lirios del valle. Ponerse guapa de verdad.

Tras el té y las gachas en el diminuto comedor de la señora

Croft, se dirigió a Warlingham, recorriendo al revés la ruta que había hecho con la enfermera Sanders.

Encontró a Reggie en el jardín, apoyado en la pared, con una cajetilla de Lucky en la mano y un cigarrillo en la boca. Debía de estar tomándose un descanso. Cuando la vio se le formaron arrugas en el rabillo de los ojos.

–Hola, princesa.

–Gracias por venir a buscarme esta mañana, Reggie. Siento que la señora Croft haya sido tan impertinente.

Reggie se encogió de hombros.

–Tenía sus razones.

–Bueno, pues no sé qué razones serán esas. No se me ocurre ninguna para que alguien sea tan maleducado.

–La gente tiene muchos más prejuicios fuera que aquí. Los jamaicanos podemos trabajar en sus hospitales, pero no pasear por sus calles. –Reggie sonrió amargamente a Molly–. Pero bueno, igual podré acompañarte a casa desde aquí.

Molly sonrió.

–Sí, por favor.

Reggie miró su reloj.

–Tengo diez minutos más de descanso. Vayamos a pasear por el jardín.

Anduvieron entre la hierba, todavía arqueada a causa del rocío. Unos pocos crisantemos tardíos sobresalían en los parterres, empapando el aire con su olor mohoso.

Llegaron al límite del parque. Allí solo quedaba un tramo de verja. Molly acarició el negro metal.

–El doctor Lee ordenó que quitaran el resto.

Reggie también acarició la verja. Su mano estaba a pocos centímetros de la de Molly.

–De prisión a refugio.

Molly le sonrió. El aire que mediaba entre sus dedos vibró. Sería muy fácil acercarlos, deslizarlos bajo la fuerte mano de Reggie. Una avispa, aturdida por el sol de finales de otoño, se arrastraba por la verja.

Al encontrar el camino bloqueado, zumbó irritada.

Reggie la ahuyentó con la mano.

—Será mejor que volvamos —dijo.

Molly pasó el resto del día dedicada a las habituales tareas de Warlingham: terapia, almuerzo, reunión con el doctor Lee. Cuando ya le tocaba volver a Park Road, Reggie la estaba esperando a la puerta del hospital.

—¿Le apetece pescado frito con patatas, *milady*?

—Se supone que debo ir directamente a mi alojamiento —dijo.

—No. Celebremos primero tu libertad.

—¿Hay que celebrarlo?

—¡Sí, es una nueva vida!

Reggie le puso la mano en el codo. Aquello estaba bien. Mientras se adentraban en la ciudad, Molly se fijó otra vez en que muchos edificios parecían reparados de un modo improvisado. Como si hubieran sufrido una herida y se estuvieran curando; piel nueva que crecía sobre viejas cicatrices. Como yo, pensó.

Reggie la llevó a una pequeña cafetería.

—Ya estamos.

—Muy bonita —dijo Molly, tratando de sonreír.

Su mesa estaba al lado de la ventana, era de color marrón oscuro y parecía manchada con círculos blancos. Molly imaginó todos los platos calientes que habían dejado caer allí, imprimiendo su huella. El cristal de la ventana estaba empañado, una farola de la calle le otorgaba una brillante pátina perlada. Los envolvió el aire húmedo y caliente del local.

Detrás de Reggie apareció una camarera de ojos cansados con un cuaderno en la mano.

—¿Sí, por favor?

—Dos raciones de bacalao con patatas y una de pan con mantequilla —dijo Reggie.

—Y té para dos —añadió Molly.

—¡Tú y tu té!

La camarera fue a la cocina. Molly limpió un círculo en el cristal empañado. Un hombre con traje oscuro y paraguas negro pasó a toda prisa. ¿Adónde iría? ¿Qué hacía la gente para estar tan ocupada? Pasó un autobús traqueteando, lleno de pasajeros con impermeable. ¿Los llevaría a casa? ¿Iría cada uno a una casa diferente, a la vida que compartían con otras personas? Sacudió la cabeza para aflojar el caos que le estaba inundando la mente.

—¿Estás bien, Molly?

Se volvió a mirar a Reggie. Sus ojos eran tranquilos y castaños.

—Es difícil lidiar con todo —dijo—. Ya no me acuerdo de las normas.

—No hace falta recordar. La guerra rompió todas las normas.

Molly se restregó los dedos. Tenía ganas de llorar.

—Es como esos edificios —continuó Reggie—. Algún día estarán como nuevos. —Puso la mano sobre la de Molly—. Y tú también.

Volvió la camarera y dejó con indolencia dos tazas de té tibio. Miró ceñuda a Reggie. Él no le hizo caso.

—Después de cenar te acompañaré a tu casa —dijo.

Tomó un sorbo de té y sintió un escalofrío. Se secó el fino bigote, que seguía la forma de sus labios como si lo hubieran pintado con un pincel.

—¿Y luego qué? —preguntó Molly.

–Entonces tu tiempo será solo tuyo.

Eso era lo que la enfermera Sanders le había dicho el día anterior, más o menos. Pero ¿cómo ocuparlo? Molly miró a la camarera, que se acercaba con dos platos de pescado rebozado y patatas de un amarillo pálido. ¿Podría hacer aquel trabajo? ¿Servir mesas durante todo el día? Era una posibilidad. No tenía ni idea de qué había hecho antes de la guerra. Habían intentado que escribiera a máquina en el hospital, pero si había sido secretaria, no tenía ningún recuerdo. Los dedos le dolían cuando golpeaba las teclas negras, pero se puso a escribir velozmente, cada vez más deprisa, hasta adquirir un ritmo frenético. Al leer lo escrito se dio cuenta de que había cometido multitud de errores. Miró su plato. ¿Qué podía hacer?

La cafetería se estaba llenando. Un hombre de mediana edad estaba sentado a una mesa del rincón, bebiendo té y comiendo pan con mantequilla. Tenía un periódico arrugado abierto en la mesa, delante de él. Mientras Molly lo miraba, cogió un lápiz de punta roma, respiró hondo y se puso a trazar círculos. Quizás él también estuviera buscando trabajo.

Detrás de ellos había una madre joven con un niño pequeño. El niño estaba subido en una silla de madera, con la mejilla a la altura de la mesa, moviendo las piernas regordetas en el aire mientras su madre le daba comida de su plato. El niño masticaba emitiendo sonidos alegres. Molly sonrió. Un débil recuerdo agitó su mente, pero se desvaneció antes de que pudiera concretarlo.

Reggie terminó de masticar.

–Come –dijo.

Molly cogió el cuchillo y el tenedor, y obedeció.

La acompañó a casa por las calles oscuras. Las pocas personas que circulaban a aquella hora, y que seguramente acababan de salir del trabajo, los miraban con curiosidad. Una mujer con un impermeable blanco grisáceo y un pañuelo atado bajo la barbilla se detuvo y los miró fijamente, abrazando el bolso con fuerza; luego lanzó una exclamación indignada y siguió caminando por la calle.

La sonrisa de Reggie se convirtió en mueca.

–Parece que a la gente de aquí no le gusta ver a una mujer blanca con un caballero de color.

Molly titubeó y se colgó de su brazo. Notó la rigidez de los músculos del hombre, incluso a través de las dos capas de tela.

–Entendería si prefirieses que no te vieran conmigo. No querrás empezar tu nueva vida con mal pie –murmuró Reggie.

Molly se detuvo. Le soltó el brazo y se volvió para mirarlo de frente.

–No voy a fingir que no te conozco. Eres mi amigo.

Reggie la miró fijamente. Molly no sabía qué estaba pensando.

–Gracias –dijo Reggie.

Siguieron andando hasta llegar a la casa de la señora Croft. A Molly se le había olvidado pedir una llave, así que llamó a la puerta. Reggie esperó con ella en el peldaño.

–Muchas gracias –dijo Molly–. He pasado un buen rato.

Le dio un rápido beso en la mejilla. En el momento en que lo hacía, se abrió la puerta. La casera estaba allí, con la boca abierta de sorpresa.

–¡Vaya! –dijo mirando a Reggie–. ¿La está molestando?

–Pues claro que no. Es amigo mío.

La casera levantó la nariz y se sorbió ruidosamente los mocos.

—No me gusta que ronden morenos por aquí. Y si piensa que va a poder entrar, ya puede cambiar de idea.

Reggie inclinó la cabeza.

—Solo quería asegurarme de que la señorita llegaba sana y salva a este domicilio.

La señora Croft no modificó la expresión.

Reggie inclinó el cuerpo hacia Molly, olvidando a la casera.

—¿Necesitas algo más? —preguntó.

Molly negó ansiosamente con la cabeza.

—¿Te veo mañana, Reggie?

—Por supuesto. Que duermas bien.

Reggie saludó con el sombrero a las dos mujeres y luego se fue por la calle silbando.

Al día siguiente, el doctor Lee la hizo salir del aula de arte.

—Por favor, Molly, unas palabras.

Lo siguió a su despacho, inhalando el conocido olor a medicina y tabaco.

El médico jugueteó con las gafas un momento y luego enderezó una hoja escrita a máquina que tenía delante.

—Iré directo al grano. Me ha llamado la... ejem... la señora Croft.

—Es mi casera.

—Sí, lo sé. Al parecer está preocupada porque anoche apareciste con... —dijo el doctor Lee, mientras miraba sus notas— «un caballero de color». —La miró por encima de las gafas—. Supongo que sería Reggie.

Molly se ruborizó.

—Me llevó a cenar. Nada más. Somos buenos amigos.

El doctor Lee enarcó una ceja.

—¿Y no te está obligando a hacerle caso?

156

–¡No!

El doctor Lee hizo un gesto con las manos para calmarla.

–Tengo que formular la pregunta.

–Reggie es todo un caballero. Nunca haría nada parecido.

Silencio.

–Y además, puedo cuidar de mí misma.

Otra vez el gesto de calma.

–Ya lo sé. Y sé que os lleváis bien. No me había preocupado hasta ahora. Pero tenía que comprobarlo. –Sacudió las notas de nuevo. Había algo más–. Molly, el mundo exterior no funciona como Warlingham. Juzga a la gente de forma distinta. Y por desgracia, a la mayoría de la gente no le gusta ver a mujeres blancas con hombres negros. Y al revés tampoco.

–Reggie me dijo eso mismo.

–Sí, imagino que habrá sufrido esos prejuicios desde que vino aquí.

Molly cabeceó mientras pensaba en la mujer del impermeable blanco que los había mirado con reprobación. Reggie le había contado que, una vez, un niño pequeño se le había acercado en la calle y le había frotado la mano para comprobar «si podía quitarle aquella suciedad». Reggie había reaccionado con educación, como siempre hacía, aunque debía de haberse sentido herido y desconcertado.

–El problema es cómo afrontamos esto.

Molly apoyó las manos en la mesa, con firmeza.

–La gente no deja de decirme que ahora debo ser independiente. Que he de tomar mis propias decisiones.

–Pues sí.

El doctor Lee calló, como si supiera hacia dónde se dirigía la conversación y no le gustara.

–Reggie me cuida. Me hace reír. Me gusta su compañía.

El doctor Lee carraspeó.

—Lo has estado haciendo muy bien estos últimos meses. Pero aún te estás curando. No queremos deshacer el buen trabajo que hemos... que has... hecho.

Molly lo miró fijamente.

—¿Y cómo vamos a hacer eso?

—Bien, aún eres muy vulnerable, querida. Ya te resulta bastante difícil lidiar con este nuevo mundo en el que te encuentras. Necesitas gente que te apoye, no que sea hostil contigo.

Molly volvió a pensar en la señora Croft y en la mujer del impermeable blanco.

—Seguro que no todo el mundo es así.

—Ojalá pudiera confirmártelo.

Molly se puso en pie.

—He de tomar mis propias decisiones. Reggie me ha ayudado más que nadie que conozca. —Fue consciente de que necesitaba respirar—. No me malinterprete. Usted ha sido maravilloso. Pero usted me cuida aquí dentro. Reggie me cuidará fuera de aquí.

El doctor Lee se quedó callado unos momentos, golpeándose los dientes con un lápiz. Luego se puso en pie también.

—Pero ten cuidado, querida. Queremos que florezcas. Recuérdalo.

Ella le dio una palmadita en el brazo al salir del despacho.

—Lo sé —dijo.

18

Al principio Kathleen no tocaba a Jack y él prefería que fuera así. Luego pasó a rozarle ligeramente el hombro cuando el pequeño le daba las buenas noches, o a hacerle una breve caricia en el pelo cuando comprobaba si estaba listo para ir a la escuela por la mañana. El chico no agachaba la cabeza ni se apartaba. Se quedaba quieto y trataba de sonreír. Pero la última persona que lo había tocado era el hermano Cartwright y Jack aún tenía pesadillas sobre aquel día en el establo. ¿Podría volver a tener contacto con un ser humano sin asustarse al recordar los dedos gordezuelos del hermano Cartwright?

En cierto modo, le resultaba más fácil el trato con John que con Kathleen. John llamaba a Jack «Chaval» o «Chico», como si no recordara su nombre. Le retorcía la oreja o le daba palmadas fuertes en la espalda, pero no eran gestos malintencionados como los del hermano McBride.

–Deja de mimarlo, mujer –decía si Kathleen le ponía una mano preocupada en la frente cuando estaba resfriado o le permitía levantarse de la mesa antes de que terminara de cenar... aunque esto último no era frecuente.

A veces pillaba a John mirando a Jack con aire pensativo, como si lo estuviera midiendo. A continuación hacía un comentario del tipo: «Has crecido mucho, chico... ahora eres más alto que Kathleen». O bien: «No te quedes fuera mucho rato, que no queremos que te vuelvas del color de los aborígenes».

Habían tenido un debate sobre los apelativos que Jack tenía que usar para dirigirse a los Sullivan.

–Creo que deberías llamarnos papá y mamá –le había dicho Kathleen.

Estaba haciendo mermelada en la cocina, removiendo el burbujeante líquido rojo en una gran cazuela. Un olor cálido y dulce invadía la habitación. Jack rondaba por la puerta, preguntándose si se atrevería a introducir un dedo cuando Kathleen no estuviera mirando. Merecería la pena intentarlo a cambio de una quemadura. En Bindoon nunca les habían dado mermelada. Las naranjas prometidas tampoco habían aparecido por ninguna parte. Lo único que comían eran gachas de cereales o de verduras, pan seco y carne cartilaginosa bañada en grasa.

Kathleen no se parecía a su madre. Tenía el cabello rubio, mientras que el de su madre era castaño; lo llevaba recogido con horquillas mientras que los rizos de mamá le caían por ambos lados de la cara. Y mamá era más joven. Pero ambas parecían tener el mismo tipo.

Jack no supo qué responder. Si no aceptaba la sugerencia de Kathleen, igual lo devolvían a Bindoon y lo cambiaban por otro chico con más ganas de complacer. Si aceptaba, sería como si sus padres no hubieran existido nunca. Aunque ya le resultaba difícil recordarlos con claridad. Cuando su padre había muerto, él era demasiado pequeño como para recordar algo más que su nombre, Mick Malloy. Y todo lo que tenía de su madre eran unos recuerdos cada vez más borrosos de ella cantando y bailando. Aunque siempre que le llegaba el olor a lirios del valle, la recordaba.

Por una vez, John llegó al rescate.

—Solo tiene una madre y un padre y los dos fallecieron —dijo, poniendo hojas de periódico en el suelo para lustrar los zapatos—. ¿Qué tal señor y señora Sullivan?

Kathleen se opuso.

—Demasiado formal.

—Muy bien. —John pasó el cepillo por el betún de una lata plana—. Pues John y Kathleen. ¿Tú qué opinas, chaval?

Jack asintió aliviado. John y Kathleen le parecía bien. Aún podía decirse a sí mismo que solo tenía una madre.

Jack no quiso volver a Bindoon. Cada vez que Kathleen sugería ir de visita, encontraba una excusa. Pero ella parecía decidida a que siguiera en contacto con sus antiguos amigos.

—¿Quieres que venga alguno de ellos a pasar unos días con nosotros? —le preguntó más de una vez.

Jack vacilaba. La respuesta obvia era Sam. Le había caído bien desde el primer día que lo vio en el barco. Enfrentarse juntos a Bindoon los había hecho mejores amigos aún. Pero Jack todavía tenía pesadillas sobre aquel lugar, aunque allí solo había pasado dos meses. Ver de nuevo a Sam le despertaría los recuerdos del hermano Cartwright. Y se sentía culpable. ¿Qué podía hacer para ayudar a los chicos que había dejado allí? Tenía claro que no quería volver a ver a Bert. Demasiado fanfarrón. Se frotó la barbilla al recordar el puñetazo de Bert cuando se habían peleado en el barco. Y nunca se había encariñado con Tom ni con Mattie. Si veía a alguien, tenía que ser Sam. Estaba en deuda con él desde que lo había rescatado de Bert aquel día. Quizá las cosas habían mejorado en Bindoon y Sam podía tranquilizarlo. Incluso podía darle comida a Sam, para que se la llevara. A Kathleen no le importaría. Sam podría compartirla con los demás. Sería una forma de ayudarlos.

—Sam —dijo Jack, rascándose una costra del brazo.

Seguía escociéndole a pesar de los esfuerzos de Kathleen por curarle el eczema con pomadas.

–Muy bien –respondió Kathleen, poniéndole una mano en el brazo para recordarle que no se rascara–. Me pondré en contacto con la Ciudad de los Muchachos.

Molly estaba sentada en el salón delantero de la señora Croft, mirando un perrito que orinaba en la calle contra el tronco de un árbol. Dos chicas con trenzas y rebeca gris estaban jugando al tejo en unos cuadrados dibujados torpemente con tiza.

Molly se había puesto el traje chaqueta de color verde oscuro. Había comprado un poco de maquillaje últimamente; se había empolvado la cara con esmero y llevaba un tono rosado en los labios. Incluso se había puesto en el pañuelo un poco de perfume de lirios del valle.

–¿Va a salir? –La señora Croft dejó de quitar el polvo resoplando ruidosamente.

–Sí, quisiera hacer unas compras.

–Muy bien.

La señora Croft se sorbió los mocos y a Molly le pareció que se compadecía de sí misma, aunque la verdad es que la señora Croft podía permitirse ir de compras. Era Molly la que recibía un subsidio del Estado más bien escaso. Necesitaba un trabajo. Quizá aquel día reuniría el valor para buscarlo.

Reggie no tardaría en llegar. Era su día libre e iban a ir a la ciudad. Aunque la señora Croft no lo sabía. Hacía tiempo que habían decidido entre los dos que no volvería a presentarse en la casa para buscarla. Ahora tenían una estrategia diferente.

Allí estaba. Molly agudizó los sentidos al oír por la ventana las débiles notas de «Molly Malone». Reggie estaría en la puerta de al lado, lejos de la mirada de águila de la señora Croft, silbando alegremente: su señal secreta.

Se puso en pie.

—Tengo que irme —dijo, poniéndose el sombrero y los guantes.

—Hace usted muy bien, querida. —La señora Croft limpió el aparador con una energía exagerada—. Que pase un buen día.

—Gracias. Así será.

Molly abrió la puerta principal, bajó los escalones y pisó la acera. Allí estaba Reggie, elegante con su traje marrón y el sombrero. La primera vez que habían salido, le había parecido extraño: esperaba ver al celador, con su uniforme de siempre y la escoba en la mano, y no aquella curiosa y elegante figura. Pero ahora le gustaba; era agradable que se esforzara tanto por ella. Se fijó en un pequeño corte que se había hecho en la mejilla. Debió de haberse afeitado con prisa.

Molly no podría haber pasado los últimos meses sin Reggie. Su vitalidad era contagiosa, hacía que se sintiera capaz de hacer cualquier cosa. Cuando estaban separados, se volvía frágil y nerviosa. Lo necesitaba, a pesar de lo que el doctor Lee había dicho. ¿Qué importaba que la gente los mirase y se riera de ellos? Si Reggie lo soportaba, ella también.

Sonrió cuando él la saludó con su habitual inclinación de cabeza. Mejor disfrutar del día y dejar las preocupaciones para más tarde.

Cogieron el 403 hasta Croydon. El autobús subió traqueteando por Brighton Road. En cierto momento, encontró un bache y Molly casi cayó sobre Reggie. Intentó mantenerse recta para no tocarse, pero él no pareció notarlo. Le estaba hablando de sus tentativas de encontrar alojamiento. Se había cansado del albergue de Clapham que le habían asignado tras desembarcar en Tilbury, a pesar de las amistades que había hecho allí. Pero no era fácil encontrar lo que quería.

—Esta semana me han vuelto a dar con la puerta en las narices —decía—. Aquella mujer tomó la decisión en el momento en que vio el color de mi piel, aunque yo no podría haber sido más educado, llamándola señora y todo eso... –Su voz se fue apagando.

–Ah, Reggie, lo siento.

–Oye, no te preocupes. –Reggie le acarició la mano–. Ya encontraré algo. Estuve hablando con la enfermera Betty en el hospital. –La enfermera Betty había perdido a su marido en la guerra. Era una mujer amable y encantadora, y estaba sola–. Está pensando en admitir huéspedes y puede que me ofrezca algo.

–Eso está bien. La enfermera Betty me resulta simpática.

–A mí también. Pero tengo que estar seguro de que sabe a lo que se enfrenta –dijo Reggie guiñándole un ojo.

Molly se preguntó si la enfermera Betty sería insensible a las críticas. Tendría que serlo cuando la gente empezara a murmurar sobre su huésped negro.

–Ojalá salga bien –dijo, intentando parecer más optimista de lo que era. Para su sorpresa, incluso se sintió un poco celosa de la enfermera Betty.

Por encima del hombro de Reggie, a través de la ventanilla, vio a una mujer con permanente que los señalaba con el dedo desde la calle. En la mejilla de Reggie se tensó un músculo. Molly se quedó mirando un autobús de delante, que tenía un anuncio de cigarrillos Wild Woodbine en la parte trasera. El anuncio se acercó: W. D. y H. O. Wills, decía. Bristol y Londres. El autobús en el que viajaban se detuvo con una sacudida y Molly volvió a caer sobre Reggie. Esta vez se dejó llevar y sus hombros se tocaron.

Bajaron en la calle principal y fueron andando hasta el cruce de North End y George Street, donde estaban las tiendas favoritas de Molly.

–¿Dónde quiere ir la señora? –preguntó Reggie, abarcando el aire con el brazo.

Molly miró a su alrededor.

–Quiero ir a Kennards a comprar unos guantes. Creo que también echaré un vistazo rápido a las rebajas de Alldres y luego quizá mire escaparates en Grants.

–¿Y después un té?

Molly arrugó la frente.

–Mejor lo tomamos en Lyons. Es más barato.

Anduvieron por la calle, Molly mirando los escaparates y Reggie fumando cigarrillos de una cajetilla de Lucky.

–¡Mira! –Molly dejó escapar un largo suspiro. Se detuvo frente a una pequeña tienda de ropa y se quedó mirando un maniquí de aire altanero que llevaba un vestido ceñido en la cintura, con lunares azules y una falda muy hueca–. ¿Cuánto crees que costará con toda esa tela? –dijo, acercándose para ver el precio.

Reggie se encogió de hombros y dio otra chupada al cigarrillo.

–Me encantaría tener un vestido así.

Reggie se echó a reír.

–¡Y a mí me encantaría comprártelo!

Molly dio un paso atrás.

–Solo estaba fantaseando.

El maniquí llevaba un pequeño pañuelo azul al cuello. Puede que encontrara uno en Kennards para ponérselo del mismo modo.

Reggie tiró la colilla al suelo y la pisó con el tacón. Se acercó al escaparate.

–¿Has visto eso, Molly? –dijo, señalando un rótulo que había en un ángulo: «Se busca dependienta. Preguntar dentro».

Molly se alisó la falda.

–¿Crees que yo podría? Últimamente no he tenido mucha suerte con el trabajo.

–Pues claro. Tú siempre estás elegante.

Le puso la mano en la espalda, empujándola suavemente

hacia el interior, y dio media vuelta. Molly respiró hondo y abrió la puerta.

La tienda olía a perfume y a ropa cara. Se fijó en una barra de la que colgaban vestidos de seda de colores pastel, brillantes bajo la luz, y en varias estanterías con sombreros y zapatos. Habría preferido pasear por el establecimiento, pasando los dedos por aquellas telas exquisitas y probándose un par de sombreros ante el espejo, pero la encargada estaba mirándola. La mujer tenía la tez pálida y empolvada, y los labios y las uñas de un rojo brillante. Llevaba una chaquetilla negra sobre una falda roja con vuelo. Molly había visto algo parecido en una revista. *New Look*.

—¿Desea algo, señora? —peguntó la mujer, sonriendo abiertamente. El pintalabios le había manchado los dientes.

—Me gustaría solicitar el trabajo de dependienta —respondió Molly.

Se esforzó por respirar con naturalidad. Sentía en el estómago el beicon del desayuno. Mientras la encargada la miraba de arriba abajo, Molly fue consciente de lo anticuado que era su traje chaqueta. Muy recto y feo. Esperaba que el sombrero siguiera en su sitio. Echó los hombros hacia atrás y sonrió.

—¿Tiene experiencia? —preguntó la encargada.

—No, pero estoy deseando aprender y no me da miedo el trabajo.

—¿Referencias?

—¿Referencias? —A Molly empezaron a sudarle las manos.

—No contratamos a nadie que no traiga referencias. —La sonrisa de la otra era altanera ya.

—Desde luego. —Molly se secó las manos disimuladamente, por detrás de la falda—. ¿Podría ir a buscarlas y traerlas mañana?

—Sí, muy bien —dijo la encargada—, pero no tarde mucho. Hay mucha gente interesada en un trabajo tan bueno como este.

–Por supuesto.

Molly dio media vuelta y nada más salir fue al encuentro de Reggie con el pulso acelerado.

Reggie le guiñó un ojo.

–Definitivamente Grants –dijo.

Al día siguiente tenía que ver al doctor Lee, así que le mencionó lo de las referencias.

–Veré qué puedo hacer, pero estoy obligado a mencionar tu estancia aquí.

Molly se mordió el labio.

–¿Podría decir que no he pasado aquí mucho tiempo?

–¡Molly!

–Lo sé. –El zumbido había vuelto. Se llevó la mano a la oreja y el sonido quedó ligeramente ahogado–. De todas formas, seguro que no soy lo bastante buena.

El doctor Lee la miró por encima de las gafas.

–Creo que harías muy bien ese trabajo. Déjamelo a mí.

Cuando terminó de compartir un cigarrillo con Reggie en el jardín y de hablar con dos pacientes de las que se había hecho amiga, volvió al despacho y vio un sobre en el escritorio del doctor con las palabras «A quien pueda interesar» escritas en el dorso.

Al día siguiente se lo llevó a la encargada de la tienda, que se sorbió la nariz y dijo que no las tenía todas consigo por el hecho de que Molly hubiera estado en Warlingham Park, pero que aceptaba tenerla a prueba.

–Se lo advierto: una tontería y la pongo de patitas en la calle.

Molly sonrió tímidamente, aunque por dentro saltaba de emoción. ¡Iba a ser dependienta en una tienda! Tenía que contárselo a Reggie cuanto antes.

19

Fueron todos a la parada del autobús a recibir a Sam. Cuando se apeó y se acercó cojeando, Jack se fijó en los tobillos huesudos que le sobresalían bajo el dobladillo de los pantalones. Los bordes de las mangas cortas de la camisa se le clavaban en los brazos como si fueran de goma.

Jack sonrió y saludó a su viejo amigo. Sam también levantó una mano. Pero su expresión era recelosa.

Se sentaron en la parte de atrás del coche mientras John los llevaba desde el centro de la ciudad hasta Highgate. Jack imaginó la escena desde la perspectiva de Sam. Highgate era un barrio muy bullicioso en comparación con la remota granja de Bindoon, donde solo se veían prados y ganado. El tráfico era intenso: había varios Holdens como el que conducía John, además de los Chevys y utilitarios habituales. Se cruzaron con un polvoriento autobús verde atestado de gente que iba al centro urbano. El ruido se filtraba por las ventanillas cerradas del coche: bocinas, gente que gritaba, motores que rugían... los típicos ruidos de una ciudad bulliciosa. En el campo, los sonidos eran naturales: el graznido de una urraca, el chirrido de los grillos, la risa ocasional de una cucaburra.

Se volvió hacia Sam.

—Es un poco diferente de Bindoon, ¿verdad?

Sam no respondió. Parecía mucho más silencioso. Apenas había mirado a Jack a los ojos.

–¿Qué quieres hacer cuando lleguemos? –preguntó Jack.

–¿No tenemos que trabajar? –dijo Sam, sin dejar de mirar por la ventanilla.

–Claro que no. Estamos libres hasta la hora de la cena. Podemos jugar a la pelota en el patio trasero, o jugar al críquet con dos chicos que viven un poco más arriba.

Sam se mordió el labio.

–Solo nosotros.

–Bien, pues solo nosotros.

Subieron directamente al cuarto de Jack. Era como en el barco, aunque ahora era Jack el que tenía las cosas interesantes.

–¿Te gustan mis aviones? –preguntó.

Sam levantó los ojos al techo, donde el aire cálido balanceaba el negro *Lutana* y otro DC-3. Asintió con la cabeza.

Jack sacó de la estantería su último libro sobre Biggles, ese en el que el piloto se convierte en cazador de caza mayor.

–Acabo de leerlo. ¿Quieres que te lo preste?

Sam negó con la cabeza.

–No tengo tiempo de leerlo.

–Ah, sí. Lo siento.

A Jack le vino de repente el recuerdo de estar ante el lavabo en Bindoon, el agua caliente y grasienta que le escocía en los cortes que se había hecho en las manos con las pesadas piedras durante todo el día. Casi oyó los gritos del hermano McBride: «Date prisa, Malloy, pronto llegará la hora de ir a dormir», sabiendo que solo pasarían unas pocas horas hasta que tuvieran que empezar de nuevo. No, no había tiempo para uno mismo en Bindoon.

Sam se sentó en la cama de Jack y acarició la suave colcha.

Miró la mesita de noche, con la pequeña lámpara, el despertador, el cepillo y el peine, todo muy bonito. Era difícil saber
en qué estaba pensando.

Jack trató de hacerlo hablar.

–¿Cómo están Bert, Tom y Mattie?

Sam se encogió de hombros.

–Mattie tiene un fuerte resfriado.

–¿Le han dado los Hermanos alguna medicina?

–Estuvo un tiempo en la enfermería, pero en cuanto dijeron que estaba mejor, tuvo que volver al trabajo. Pero no
estaba mejor. No lo estaba.

–Kathleen me dio un jarabe para la tos cuando estuve pachucho en invierno –dijo Jack–. Podría mirar si quedó algo,
para que se lo lleves a Mattie.

A Jack le gustaba la palabra «pachucho». Había aprendido algo de jerga australiana en la escuela. Los australianos
tenían nombres extraños para las cosas. Había aprendido que
dinkum significaba «auténtico» y un *dinkum bloke* era un
hombre de verdad y una chica *dinkie* era una chica bonita.
También sabía lo que significaba *yakka*... trabajo duro. De
eso había mucho en Bindoon.

–Gracias, pero tendría que esconderlo –dijo Sam.

–¿Y tus cosas judías? ¿Todavía las tienes?

Sam miró alrededor, como si el hermano McBride pudiera
estar en el cuarto, escuchándolos.

–He escondido la *mezuzá* –dijo–. Pero los Hermanos con-
fiscaron el *miljig* y el *fleischig*.

–Lo siento –dijo Jack.

Sam se mordisqueó una uña.

Jack miró a otro lado. El sol centelleaba en las hojas de
las mentas del patio y un par de bisbitas picoteaban el suelo, seguramente esperando atrapar insectos. Se volvió hacia
Sam.

–¿Y ahora eres judío o católico?

–Tengo que fingir que soy católico, pero sigo siendo judío. Siempre lo seré.

Jack cogió el cepillo de la mesita y acarició las púas con el dedo. Que su vida fuera mucho mejor que la de Sam lo hacía sentir mal. Y había algo más.

–Me he enterado de lo que pasó en la guerra –murmuró–. Yo no lo sabía cuando estaba en Inglaterra. Las monjas no tenían radio y nadie dijo nada en el barco. No lo descubrí hasta que llegué a Australia.

Sam no dijo nada.

–¿Enviaron a alguien de tu familia a los campos de concentración?

–No lo sé. Mis padres nunca me hablaron de esas cosas.

Jack se preguntó cómo se sentiría Sam sabiendo que sus padres lo habían echado de su lado. Al menos a él lo había querido su madre.

En el cuarto solo se oía el tictac del despertador. Jack quería preguntarle a Sam por los Hermanos. Si le habían hecho algo. Especialmente el hermano Cartwright. Pero no pudo encontrar las palabras.

–Vayamos fuera –dijo Sam.

–De acuerdo –dijo Jack, aliviado. Bajaron corriendo la escalera.

En el jardín se estaba fresco en comparación con el ambiente cargado de la casa. Jack sintió que una brisa fría le acariciaba el cuello y le alborotaba el pelo. John decía que era el «doctor de Fremantle». Llegaba todas las tardes, enfriando el aire cálido con ráfagas frías que obligaban a todo el mundo a buscar jerséis y rebecas a toda prisa. Sam se frotó los brazos, que se le habían puesto de carne de gallina.

–Solo tienes que correr un poco –dijo Jack–, y enseguida entrarás en calor.

Pero Sam se quedó quieto, con las manos en las axilas y la barbilla enterrada en el pecho.

Jack desapareció dentro de la casa y volvió con un jersey que le había tejido Kathleen. Cuando levantó el brazo para lanzárselo, Sam se encogió primero y a continuación lo cogió al vuelo por la manga. Se lo puso por la cabeza.

En medio del jardín había un bebedero para los pájaros. A Kathleen le encantaba ver a los pájaros mieleros bebiendo y salpicando agua a primera hora de la tarde. Pero estaba en medio del campo de juego. Jack asió el bebedero por los lados, se agachó y trató de levantarlo. Era demasiado pesado. Levantó la cabeza hacia Sam, pero Sam parecía haberse convertido en una de esas estatuas religiosas que los Hermanos les obligaban a construir.

–¿Puedes echarme una mano? –dijo Jack.

Sam empezó a moverse lentamente. Se acercó al bebedero y lo levantó sin ningún esfuerzo.

–Gracias –dijo Jack mientras Sam estaba con el bebedero en las manos–. Ponlo debajo de aquella menta.

Sam dejó el bebedero donde le indicaba Jack. Como en Bindoon, pensó Jack: cuando sacábamos las piedras de la cantera, las cargábamos en camiones y las descargábamos al lado del edificio. Aún podía oír al hermano McBride gritando órdenes.

Jack sacó el balón ovalado del seto en el que estaba.

–Ahora podemos jugar. Correré por la banda y luego te tiraré el balón. Empieza a correr.

Sam corrió lentamente por la pista, haciendo muecas.

–Más deprisa, Sam.

Sam arrugó el entrecejo. Se quitó los zapatos y los puso al lado de la valla. Luego echó a correr. Jack le lanzó el balón y Sam lo cogió.

–Bien hecho. Ahora tira tú.

Sam corrió hasta el fondo del jardín y le lanzó el balón a Jack. Parecía correr mucho mejor ahora que se había quitado los zapatos.

–Otra vez.

Sam repitió la maniobra. Le apareció un surco de sudor en el pelo. Se quitó el jersey con impaciencia y volvió a atrapar el balón que le tiraba Jack. Luego, mientras Jack cambiaba de puesto, Sam lanzó el balón al aire y lo atrapó unas cuantas veces. Sonrió.

Jack estaba contento. Ahora sí que se parecía más a un juego: lanzar, atrapar, correr, pasar. Esquivando y corriendo bajo el sol del atardecer. Sam era casi tan bueno como John.

Cuando Kathleen los llamó para cenar, Jack se sorprendió al ver que las sombras de la valla ya llegaban a la mitad del césped. Se dio cuenta de que se moría de hambre. Dejaron los zapatos en la puerta de la cocina. Jack miró los Oxford de Sam. Parecían bastante pequeños al lado de sus zapatillas de deporte. Jack se preguntó si sería el mismo par que Sam llevaba en el barco. Kathleen había tirado los zapatos de Jack hacía ya mucho tiempo. Había olvidado el daño que podían hacer las piedras en Bindoon, donde los Hermanos los obligaban a trabajar descalzos.

Se lavaron las manos ante la insistencia de Kathleen y luego se sentaron a la mesa color crema de la cocina para devorar los trozos de pastel de conejo que ella les había preparado. La mujer frunció los labios al ver a Sam comiendo con los dedos, pero no hizo ningún comentario. Jack estaba contento. En Bindoon, el hambre te arrancaba las entrañas; había que engullir la comida a toda prisa para que nadie pudiera quitártela. Todos comían deprisa y si los Hermanos no estaban mirando, a menudo con los dedos. Pero en la limpia cocina de Kathleen, Sam parecía un animal. Jack se dio cuenta de lo mucho que habían mejorado sus modales desde que estaba con los Sullivan. Ni John ni Kathleen le permitirían comer así. Se sintió aliviado cuando Kathleen salió de la cocina.

Intentó que Sam comiera más despacio.

–Siento que tengas que irte mañana.

Sam siguió comiendo.

–Le preguntaré a Kathleen si te puede envolver parte de este pastel para que te lo lleves. Y los tarros de esa mermelada que te gustó. Estoy seguro de que no le importará poner también algo para los demás.

Sam tomó un sorbo de agua y tragó.

Jack se levantó y dejó su plato en el fregadero. Sam había cambiado desde que se habían hecho amigos en el barco. Le daba pena que tuviera que volver a Bindoon. Pero ahora sus vidas eran diferentes. Quizá no había sido justo para Sam invitarlo a casa de los Sullivan. Se preguntó si no debería preguntar a Kathleen si podía darle algunos de sus zapatos a Sam. Aunque a veces tampoco convenía destacar en Bindoon. Y además, no sería justo para los otros chicos. Jack no tenía zapatos suficientes para todos.

Pocas semanas después, Kathleen le preguntó a Jack si quería que otro amigo suyo viniera a pasar unos días en la casa. Jack estaba indeciso. ¿Debería invitar a Sam? Podrían jugar al *rugby* otra vez, quizá con algunos chicos de la calle. Y Kathleen podría prepararle más tarros de mermelada. Jack sonrió para sí al pensar en cómo se le iluminarían los ojos a Sam al ver tanta comida. Pero luego Bindoon le parecería mucho peor al volver. Quizá fuera mejor no darle esperanzas.

Jack se rascó un fragmento de piel seca del brazo. Ignorando la culpa que le revolvía el estómago, se dijo que solo estaba pensando en Sam. Pero la verdad era que no quería que volvieran a recordarle Bindoon. Los recuerdos aún eran muy intensos. Y las pesadillas demasiado vívidas. Kathleen y John le habían dado una oportunidad y tenía que aprovecharla al máximo. Aunque odiaba reconocerlo, estando con Sam se sentía incómodo. Si rompía el contacto con su viejo amigo, sería más fácil fingir que Bindoon no había existido. Y quizá alguien pudiera rescatar a Sam. Había sido un muchacho educado antes de ir a Bindoon. Quizá se lo llevara alguien a su casa. Sí, seguro que pasaría eso. Jack estaba convencido.

Así que sugirió a un chico que iba a clase con él. Y alejó de su mente el recuerdo de los zapatos demasiado pequeños de Sam, alineados en la puerta trasera.

A Jack no le disgustaba la escuela. En Bindoon lo habían puesto, junto con Sam y varios chicos locales, en la clase de ingreso a la segunda enseñanza. Pero a Bert, Tom y Mattie, que no habían sacado buena nota en el examen que les hicieron al llegar, los habían puesto en las clases de enseñanza primaria, con la mayoría de los chicos de Bindoon. Bert dijo que allí no había muchas oportunidades.

Ahora Jack estudiaba en el instituto de Highgate. Al principio iba un poco más atrasado que los demás, pero John lo había ayudado y pronto se había puesto al día. Los profesores eran más amables que los Hermanos, aunque pegaban a los chicos que consideraban perezosos o demasiado habladores. Pero los profesores, en algunos aspectos, no le disgustaban. Si un examen le iba mal o si los deberes no alcanzaban el nivel requerido, no se lo tomaban a pecho, como hacían John y Kathleen. Aunque Jack quería hacerlo bien, a veces se preguntaba si John y Kathleen no esperaban demasiado de él.

Estaba estudiando álgebra, echado en la alfombra de la salita, cuando sonó el teléfono. Kathleen dejó a un lado el calcetín gris que estaba remendando y fue a responder. Jack no oyó la conversación. Se estaba devanando los sesos con un problema. «Calcula el valor de x». Miró la ecuación. Si cambiaba de sitio la x, tendría que dividir en lugar de multiplicar. Eso dejaría solo números al otro lado y ninguna letra. Bien. Esa era la solución. Pero era difícil calcularlo con los extraños ruidos que estaba haciendo Kathleen. ¿Qué pasaba? Jack dejó el lápiz.

–Es horrible –decía Kathleen una y otra vez–. Sí, por supuesto que se lo diré inmediatamente.

Jack levantó la cabeza cuando volvió Kathleen. Iba jugueteando con el delantal, atando y desatando el lazo de la espalda. Por una vez no dijo nada de los deberes.

–Era John.

–¿Qué quería?

Kathleen se arrodilló a su lado. Parecía tener manchas en la cara.

–Acababa de llamarle la policía de Bindoon. –Tiró de una hebra de la alfombra y luego la alisó–. Se trata de Sam. Ha tenido un accidente.

–¿Qué accidente?

Jack recogió el lápiz y lo sujetó con los dedos. Estaba frío y era sólido.

–Se ha caído de un tejado.

–¿De un tejado? –dijo Jack, irguiéndose. Se echó a reír–. ¿Y se ha roto algo?

–No, Jack, no lo entiendes. –La voz de Kathleen sonaba muy rara. Le puso una mano en el hombro–. Me temo que Sam ha muerto.

20

Molly y la encargada, la señora Cooper, estaban en la parte
de atrás de la tienda desempaquetando una nueva entrega.
Aunque Molly no podía permitirse gastar mucho con el sueldo que recibía, cada semana añadía una prenda a su guarda-
rropa: un pañuelo, una cinta para el pelo, un par de guantes.
Había llegado un paquete de París y la señora Cooper lo cogió con reverencia. Hablaba de forma diferente cuando no
estaban tras el mostrador.

—Ardo en deseos de abrirlo —dijo—. He pedido media do-
cena de blusas de seda de un diseñador llamado Balmain. El
género extranjero llega ahora con más rapidez. Este lote irá
directo al escaparate. —Le pasó el paquete a Molly y se detuvo—. Tendré que librarme de las prendas más antiguas. Puedo
hacerte un descuento.

—Pero todavía no estoy fija, ¿verdad?

La señora Cooper se miró las brillantes uñas rojas de la
mano derecha.

—Llevas un mes aquí y me parece que no has hecho nada
horrible.

Molly sabía que había hecho algunas ventas buenas. Iba a
dar las gracias a la señora Cooper cuando la detuvo la cam-
panilla de la puerta.

—Yo iré —dijo.

Lanzó una mirada agradecida a la jefa y fue a la tienda, donde vio a una mujer elegantemente vestida, con un niño cogido de la mano.

—¿Puedo ayudarla? —preguntó Molly, pronunciando las palabras como le había enseñado la señora Cooper.

La mujer asintió con la cabeza.

—Estoy buscando un vestido para ir a una boda.

—Ah, sí. Estos son nuestros conjuntos para bodas.

Molly la llevó hacia un expositor lateral donde colgaban prendas de tejidos lujosos con brillantes adornos. Descolgó uno, saltándose el orden preestablecido, sacudió la cabeza y luego seleccionó otro. Era de color violeta, con un amplio cuello negro, una cintura diminuta y un vuelo exagerado. La falda era fruncida y amplia. Uno de los favoritos de Molly.

—Creo que este le quedaría bien, señora —murmuró.

—Quizá. —La mujer miró alrededor en busca de su hijo, que estaba mirando la calle y bostezando—. Jack, mamá va a probarse un vestido. Espera aquí. Y pórtate bien.

«Jack». Un autobús cruzó el pecho de Molly y le aplastó el corazón y los pulmones. Le zumbaron los oídos. Trató de recordar cómo se respiraba.

Había pasado. Como la vez anterior.

Molly miró al niño. De unos ocho años. Ligeramente bronceado. Ojos verdes y serios. Pelo oscuro. Aburrido.

Esbozó una débil sonrisa en respuesta a la de la mujer.

Se convirtió en una autómata: halagar a la mujer (el vestido le queda muy bien), envolver la prenda (con cuidado), contar los billetes (nuevos y crujientes), meterlos en la caja registradora, sujetar la puerta para que salieran (una sonrisa forzada). Pero después sintió las piernas demasiado débiles para seguir de pie: cogió una silla y se dejó caer.

«Jack». ¿Quién sería? ¿Por qué aquel nombre había tenido semejante impacto en ella? Notaba en todo el cuerpo pequeñas descargas eléctricas. Se sentía con náuseas y sudorosa. El zumbido había vuelto a los oídos, pero apenas lo notaba. Las ideas que se estrellaban en su cerebro ahogaban todo lo demás.

Seguía sentada cuando la señora Cooper llegó de un recado en el banco.

–¿Te encuentras bien? Parece que has visto un fantasma.

Molly se preguntó si sería así.

Reggie la recogió en la tienda más tarde. Tenían intención de ir a cenar a Lyons y luego ver *El crepúsculo de los dioses* en el Odeon. Molly tenía muchas ganas de ir, pero el incidente le había borrado todo lo demás de la mente. La camarera les sirvió platos con costillitas de cordero y guisantes, medio ocultos por montones de patatas hervidas.

Molly no estaba segura de cómo reaccionaría Reggie ante su noticia. Empujó la patata en el plato.

–Hoy he oído otro nombre –dijo.

–¿Qué nombre? –¿Hablaba con cautela? Quizá ya lo había olvidado.

–¿Recuerdas aquel día en Warlingham, cuando estabas cantando y recordé que me llamaba Molly?

–Pues sí.

–Bueno, pues ha pasado otra vez. Estaba en la tienda cuando ha entrado una señora con su hijo. Lo ha llamado Jack y a mí casi me da algo.

Reggie cortó un trozo de costilla y se lo metió en la boca.

–Sigue.

El cerebro de Molly no parecía encontrar las palabras adecuadas. Tragó saliva.

—Reggie... ¿crees que Jack podría ser el nombre de alguien importante en mi vida?

Una larga pausa. ¿En qué estaba pensando Reggie?

—¿Como tu marido? —dijo al fin.

—No. —Así que eso era lo que le preocupaba. Cerró los ojos con fuerza, para borrar el oscuro interior de la cafetería, y deseó estar de vuelta en la sala de Warlingham. Apareció un recuerdo. Reggie barriendo. Ella leyendo el *Sketch*, pasando las páginas. Aburrida. Luego un brote de interés: aquella foto. El pelo oscuro. Una sonrisa tímida. Abrió los ojos de golpe—. Creo que es el nombre de un niño. Como cuando vi la foto de aquel chico en el periódico. Entonces también me sentí extraña.

Reggie siguió comiendo.

—¿Podría haber sido mi hijo? —dijo Molly, tapándose el oído para amortiguar el zumbido.

Reggie dejó el cuchillo y el tenedor. Le cogió la mano con gesto amable.

—Si hubieras tenido un hijo, yo no estaría muy seguro de que siguiera vivo.

—¿Por qué dices eso?

—Bueno. —Reggie le apretó la mano—. Supongo que en la guerra mataron a muchos niños.

Molly se soltó la mano y se puso en pie.

—Lo siento por la película —dijo—. Ve tú. Ahora no podría concentrarme. Voy a ir a Warlingham a preguntar al doctor Lee.

Reggie también se puso en pie.

—Al menos deja que te acompañe hasta el hospital. Desde allí puedo ir luego a mi casa. —La siguió a la fría calle.

El despacho del doctor era cálido, con el habitual olor a tabaco y a una sustancia medicinal; el espíritu quirúrgico, quizá. Normalmente a Molly le resultaba reconfortante. Pero no ese día.

—¿Lo sabía?

El doctor Lee jugueteó con la pluma, quitando y poniendo el capuchón. No la miró.

—Poco después de que llegaras aquí, durante un examen de rutina, encontramos indicios de que habías estado embarazada.

En la mente de Molly se abrió paso algo de aquellos días infernales. El sabor amargo del fenobarbital... el chasquido de unos guantes... un instrumento frío abriéndose paso.

Le dolían los oídos.

—¿Fue un niño?

—Querida, no tenemos forma de saber eso. Lo único que puedo confirmarte es que en un momento dado, varios años antes de que vinieras aquí, tuviste un parto.

—¿Y por qué no me lo dijeron?

Se llevó las manos a la cabeza para ahogar el zumbido.

—Nos pareció lo mejor. Habías perdido la memoria. Habría sido demasiado traumático descubrir que eras madre. Podrías no haberte recuperado nunca. —El doctor Lee alisó las amarillentas hojas escritas que tenía delante—. Y además, no llevabas anillo de casada. La criatura podía haber sido ilegítima; otro estigma con el que cargar. Y si hubiera nacido fuera del matrimonio, podrías haberlo dado en adopción. Esa era otra razón para no mencionarlo. —Cruzó las manos y se arrellanó en la silla—. Y después no vino nadie más. Tuvimos que sacar nuestras propias conclusiones.

—¡Pero tengo que saber qué ocurrió! Aunque sean malas noticias —dijo Molly, apretándose con fuerza los oídos.

—No sabemos qué ocurrió. —Parecía hablar con una niña.

—¿Por qué no? —dijo Molly.

—Estuviste aquí la mayor parte de la guerra. Era un caos.

La gente se perdía. Se destruían registros. Croydon sufrió un intenso bombardeo. –El capuchón de la pluma estaba fuera otra vez.

Molly parpadeó. ¿Estaba esa criatura merodeando por su memoria? ¿Distinguía unas mejillas rojizas y unos ojos castaños preocupados?

–Pero podría estar vivo –exclamó. Luego, en voz más baja, añadió–: ¿No podría ser?

El doctor se quitó las gafas.

–Te lo he dicho. Te investigamos cuando ingresaste, pero no encontramos nada.

–¿Qué clase de investigación hicieron? –Molly se frotó los ojos. La imagen se enfocaba y desenfocaba.

El doctor Lee miró sus notas.

–Hicimos todo lo que pudimos, pero en el hospital no teníamos documentos que dijeran quién eras ni dónde vivías. Al parecer, te encontraron lejos de cualquier zona residencial. Debiste de caminar mucho desde tu casa. Nadie ha venido a identificarte, así que llegamos a la conclusión de que no tenías familia. Te llamamos Margaret por la princesa, ya que te parecías vagamente a ella.

–¿Y qué pasó con mi hijo?

–Molly, tuviste mucha suerte de sobrevivir al bombardeo de tu casa. Lo más probable es que cualquiera que estuviera allí muriera al instante. –Suavizó el tono de voz–. Seguro que tu hijo no sufrió.

Los hoyuelos en las mejillas del doctor Lee, que una vez a Molly le parecieron marcas de dedos pulgares en una masa, ahora parecían pequeños cortes. Pero en su mente el niño sonreía animoso.

–¿Y si, por un milagro, sobrevivió? –preguntó.

–Mira, Molly, no tenemos ningún documento al respecto. Y no creo que debamos darte falsas esperanzas.

Molly se puso en pie y se apoyó en el respaldo de la silla con las dos manos.

–¿Y cómo se supone que voy a afrontar esto?

El doctor Lee rodeó el escritorio, la hizo sentarse amablemente y se agachó a su lado.

–No sabemos dónde vivías, Molly, y tú no lo recuerdas. ¿Quieres que le diga a Fred, el encargado, que ponga una cruz de madera en el cementerio que hay aquí? ¿En memoria de tu hijo? Podrías visitarlo cada vez que vinieras a Warlingham. Quizá traer unas flores. Mañana mismo diré que la pongan. –Se levantó, frotándose la espalda, cogió las notas y las ordenó limpiamente.

Molly sabía quién era Fred. El cerebro del pobre hombre había quedado tan dañado por la guerra que recorría el cementerio todas las noches, pensando que estaba cuidando de las tumbas. Las enfermeras se reían de él porque, en su trastorno, estaba convencido de que impedía que los muertos escaparan de allí. Pero Fred nunca había desertado de su puesto. Molly sabía que cuidaría de su hijo.

Se enjugó los ojos con la mano.

–Se llamaba Jack –dijo.

Reggie la recogió el sábado en casa de la señora Croft.

–¿Dónde te gustaría ir? –preguntó, cogiéndola del brazo.

–¿Podemos ir al parque? Tengo que coger unas flores.

A menudo iban al parque, solo por la tarde. Al oscurecer había menos probabilidades de encontrar miradas curiosas y murmuraciones. Al sol poniente, los limeros brillaban con luz amarilla y las hojas rojas de los arces eran casi transparentes. Molly miró alrededor. Los parterres estaban casi vacíos. Solo se veía una capa espesa de tierra removida, por cuya superficie cruzaban gusanos gruesos. Las únicas flores que se veían eran viejos asteres en el rincón. Corrió hacia ellas y cogió un puñado, formando un ramo irregular.

Reggie enarcó una ceja.

–¿Eso no es robar?

–Son para Jack –murmuró Molly–. Y se van a marchitar si nadie las coge. Podemos llevarlas a Warlingham más tarde. –Reggie le apretó la mano.

Cruzaron el parque para dirigirse a la calle principal del otro lado. No había tiempo de ir a casa a coger un periódico para las flores. Tendría que llevarlas tal como estaban. No le importaba que la gente se quedara mirándola. De todas formas, siempre la miraban cuando iba con Reggie. No estaría mal darles algo más que mirar.

Miró el reloj.

–Si nos movemos ya, podemos estar en Warlingham a las cuatro.

Reggie no respondió. Tres jóvenes avanzaban hacia ellos, con la cazadora al viento.

Cuando estuvieron más cerca, algo silbó en el aire. Molly se encogió y una piedrecilla aterrizó a los pies de Reggie. Este le dio un puntapié y siguió caminando. Los chicos estaban solo a unos metros. Molly calculó que tendrían unos veinte años a lo sumo. Reggie le puso una mano firme en los riñones.

Otro silbido. Un líquido pegajoso se deslizó por la mejilla de Reggie. Este se lo limpió con el puño de la camisa: era un escupitajo. Reggie cruzó los brazos y miró fijamente a sus agresores.

Cuando los jóvenes pasaron por su lado, Molly oyó que uno decía en voz baja:

–¡Amante de un moreno!

–¡Dejadlo en paz, vale diez veces más que vosotros! –gritó Molly en respuesta.

Sin pensarlo, les arrojó las flores.

–¡Molly! –Reggie aumentó la presión de la mano en la espalda de la mujer–. Estás loca. No te enfrentes a ellos.

Uno de los jóvenes los miró por encima del hombro.

–Vaya con los de su misma especie, señora.

A Molly le pitaron los oídos.

–¡Él es de mi especie! –gritó.

Reggie la empujó con firmeza para que siguiera andando.

–Lo que estás haciendo es una locura –dijo.

–¿Por qué no has respondido?

Una pausa.

–No quería problemas, Moll.

–Vales como diez de ellos.

Reggie le guiñó el ojo. Pero cuando Molly bajó la mirada, las flores de Jack solo eran un puñado de tallos, y el camino estaba sembrado de pétalos.

Casi había anochecido cuando llegaron a Warlingham. Las nubes amorataban el horizonte y un resplandor amarillo se cernía sobre las torrecillas del hospital. Rodearon el edificio principal y cruzaron el jardín hasta el cementerio. Fred estaba atento en la puerta, vigilando las tumbas. No dio indicios de reconocerlos.

Los altos tejos, con sus hojas puntiagudas, mordían el disco de la luna. Molly oyó un búho a lo lejos; más cerca, algo se movía entre los arbustos. Se dirigieron al extremo más alejado del cementerio, donde el doctor Lee les había dicho que estaría la cruz, más allá de las pequeñas lápidas y los sencillos indicadores de tumbas. Reggie señaló dos trozos de madera clavados perpendicularmente. Molly se arrodilló y contempló las toscas letras talladas en la cruz. Miró más de cerca. Solo decía: «Jack». Ni siquiera había podido llevarle flores. Así que se besó la mano y la apoyó sobre los ásperos surcos del suelo. Reggie estaba detrás de ella con la cabeza agachada. Molly era apenas consciente del piar de los pájaros, que subía y bajaba de volumen en la semioscuridad.

Cuando estuvo lista, Reggie condujo a Molly hasta un banco y la obligó a sentarse. Luego la rodeó con el brazo y ella se apoyó en él, apretando el rostro contra la basta lana de su abrigo. El grueso tejido olía a aire nocturno, a cigarrillos y colonia. Reggie le acarició el pelo, estirando y soltando los rizos, hasta que ella quiso intoducirse en el abrigo del hombre, para apagar el mundo exterior y vivir en aquella calidez soñolienta.

–Me alegro mucho de que hayas venido conmigo –murmuró.

Intuyó que Reggie sonreía en la oscuridad. El olor a colonia aumentó. Se mezcló con el dulce olor a almizcle de su boca cuando se inclinó sobre ella. Sabía a esperanza y a paz, a nuevos comienzos. Molly se acercó más a él.

Esa tarde, Reggie había querido pedirle a Molly que se casara con él. La había visto muy vulnerable ante la tumba de Jack, apoyada en él en el banco, apretando el frágil cuerpo contra el suyo. Cuando la rodeó con los brazos, acercándola aún más, el corazón se le había henchido de amor por ella. Estaban tan juntos que eran casi una sola persona: el aliento de ambos mezclado, los dos corazones latiendo al unísono. Cuando la besó, ella abrió la boca con calidez y él deseó acariciarle cada parte del cuerpo, quitarle el abrigo tiernamente, la blusa, la falda... adorar su cuerpo al claro de luna.

Tuvo que hacer uso de toda su fuerza de voluntad para apartarse. Sabía que ella le habría permitido llegar más lejos. Ya tenía un hijo, así que debía de entender las necesidades de un hombre. Pero aquel lugar pertenecía a Jack.

Molly estaba allí para llorarlo y Reggie no podía aprovecharse de eso.

Más tarde, mientras fumaba cigarrillo tras cigarrillo, apoyado en la almohada llena de bultos del cuarto de huéspedes de la enfermera Betty, se dijo que había hecho lo que debía. Muchas jóvenes habían cedido a sus avances allá en Jamaica y, para su vergüenza, se dio cuenta de que después apenas había pensado en ellas. Pero Molly era distinta. Frágil, dependiente... Y lejos de irritarlo, como las otras mujeres, su vulnerabilidad hacía que deseara protegerla aún más. Ella se había apoderado de su mente tanto como el frío inglés se había apoderado de su cuerpo.

Pero la siguiente vez que Reggie estuvo a solas con Molly en Warlingham, la llevó al jardín. Era un día ventoso de noviembre, lleno de nubes en movimiento y hojas que susurraban. Hincó una rodilla en tierra, cogió las manos de Molly entre las suyas y le propuso matrimonio. Al principio pareció sorprendida, luego una sonrisa suavizó la ansiosa línea de su boca y Reggie vio alivio, alegría y esperanza en sus ojos.

–Ahora estarás a salvo, Moll –dijo–. Te cuidaré durante el resto de tu vida.

Y Molly lo envolvió con sus brazos y enterró la cara en su hombro. Hasta más tarde, Reggie no se dio cuenta de que fueron las lágrimas de Molly y no la niebla otoñal lo que humedeció su uniforme.

El siguiente día que Reggie tuvo libre fue al ayuntamiento a preparar los papeles para la boda. El vestíbulo tenía un techo alto y ornamentado que repetía las voces lejanas y el taconeo de los zapatos de mujer. Mirase donde mirase, solo veía madera noble y brillante. El color de la piel, pensó. Esa mañana, para impresionar al funcionario del registro, se había puesto su traje, el mismo que llevaba cuando el *Windrush* había atracado allí en junio. Aquella entrevista era muy importante. Tenía que ser perfecta, tanto por Molly como por él.

Subió los peldaños con sus zapatos bicolor y llamó a una puerta con una placa de bronce en la que ponía «Registro Civil».

–Pase –respondió una voz seria.

Reggie entró. Dentro había un hombre bajo y calvo, con un bigote blanco en forma de manillar de bicicleta y extrañamente abundante, como si tuviera que compensar el pelo que le faltaba en la cabeza. Le estrechó la mano a Reggie.

–Buenos días, señor Edwardes. Entiendo que ha venido a solicitar una licencia de matrimonio.

–Sí, señor –respondió Reggie, sonriendo de oreja a oreja–. Estoy deseando casarme cuanto antes. Por favor.

Le sorprendía lo rápido que su amistad con Molly se había convertido en amor. Desde luego, quería protegerla, pero también la admiraba. Cada día tenía más fuerza. Se las había arreglado muy bien tras dejar Warlingham, con aquel trabajo en la tienda. Y con él. Pero era más que eso. No podía dejar de mirarla, de mirar aquellos ojos verdes que sabían suplicar y preguntar, invitar y prometer. ¿Cómo iba a resistirse a ellos? ¿Cómo iba a resistirse a ella?

No le había contado a Molly que tenía billete de ida y vuelta a Jamaica. Había reservado un pasaje en el *Windrush* por capricho, impulsado por el espíritu de aventura y el afán pionero que se había extendido entre todos los jóvenes de la isla. El Caribe le había parecido de repente lejano y aburrido: Inglaterra era el lugar en el que quería vivir. Pensó en que lo dejaría así durante un tiempo; siempre podía volver si las cosas no funcionaban. Pero había odiado Inglaterra desde el principio: las estrecheces de Clapham; los abusos de autoridad que sufría en el hospital; los ninguneos, los comentarios en voz baja allí donde iba. Y sobre todo el frío que se le había metido hasta los huesos. Estaba decidido a irse cuando conoció a Molly y, durante mucho tiempo, no supo si ella sería motivo suficiente para quedarse. Pero cada vez que la veía, quería abrazar sus estrechos hombros, acariciar su pelo alborotado, besar su rostro confiado. Hacerla reír. Dejarla ahora sería como arrancarse el corazón. Imposible.

El funcionario se inclinó hacia delante, mirándolo desde debajo de unas cejas blancas como la nieve.

—Me temo que tenemos un problema, señor Edwardes.

Reggie tomó asiento.

—¿Problema? No lo entiendo, señor. ¿Es porque soy jamaicano? Tengo toda mi documentación aquí —dijo, golpeándose el bolsillo de la chaqueta.

—No, el problema no es por usted, es por su prometida.

—¿Molly? Pero ella no necesita documentación. Es ciudadana británica.

—Puede que sea así. —El hombre juntó las puntas de los dedos para formar una choza con las manos—. Pero no tengo ninguna prueba. —Señaló el formulario que tenía delante, pasó el dedo por encima hasta localizar lo que buscaba y recitó—: Apellido: en blanco. Lugar de nacimiento: en blanco. Matrimonios anteriores: en blanco. —Miró a Reggie—. Parece que la única información que puede dar de esta mujer es su nombre. E incluso eso parece discutible.

—Pero, señor, ejem... —Algo desagradable le obstruía la garganta. Reggie lo despejó rápidamente—. Disculpe, señor. Empezaré de nuevo... Ya he informado de que Molly perdió la memoria. Estuvo en el hospital mucho tiempo, en Warlingham Park. El personal de allí la llamaba Margaret al principio pero más tarde descubrió que su nombre auténtico era

Molly. Estaba al cuidado del doctor Lee. Puede prego-pre-
guntarle a él si no me cree...

Se dio cuenta de que su dominio del inglés se le iba de las
manos. El hombre le había puesto nervioso con su actitud
quisquillosa.

—Lo siento —dijo el funcionario desde detrás de la choza—,
pero por lo que sabemos, ella ya podría estar casada. Eso la
convertiría en bígama, señor Edwardes, y a usted en cómplice.

—Ya se lo he explicado, señor. Molly ha pasado varios años
en el hospital. No hay ningún marido.

—Al menos deme su apellido. Así podremos comprobar si
hay algo en el registro de matrimonios.

Reggie puso las manos sobre el escritorio.

—¿Apellido? No sabemos su apellido.

—¿Tiene partida de nacimiento?

—Llegó a Warlingham Park solamente con la ropa que llevaba puesta.

—Bien, ¿alguien ha denunciado su desaparición o ha dicho
ser pariente suyo?

Reggie se pasó las manos por la cabeza.

—Mire, señor. Seguro que si hubiera venido alguien preguntando por Molly, yo le habría pedido información sobre
ella.

El funcionario se puso en pie y alargó una mano para con-
cluir la entrevista.

—Lo siento, señor Edwardes, pero a menos que pueda demostrar que Molly no está casada, y hasta que aparezca su
partida de nacimiento, no puedo tramitar su solicitud.

Reggie también se levantó. Le dolió reprimir las ganas que
tenía de coger a aquel hombre por las solapas y gritarle. Quería golpear la mesa con el puño hasta que le doliera. Cualquier cosa para casarse con Molly. Pero llevaba demasiado
tiempo en Inglaterra para saber cómo acabaría.

Así que aceptó la fría mano del hombre, la estrechó ligeramente y salió de la oficina sin siquiera dar un portazo.

Cuando Jack apoyó la cabeza en la almohada esa noche, solo veía a Sam. La última vez que había estado con él en Bindoon, les habían permitido bajar hasta el río Moore; era una tarde calurosa y habían saltado y jugado en el agua fría. Sam había metido la cabeza en el agua para quitarse el polvo y luego se había tendido de espaldas, mirando el resplandeciente cielo azul, con el pelo brillante como el pellejo de una nutria. Jack se esforzó por no imaginar la cabeza aplastada de Sam en el suelo. Ni su cuerpo inerte cuando los chicos lo recogieron y lo subieron al camión. ¿Cómo había podido caerse Sam del andamio? Siempre era muy cauteloso con los riesgos. A menos que su muerte no hubiera sido un accidente. Los Hermanos no ocultaban el desprecio que sentían por él. Quizá supieran que Sam no había renunciado a ser judío, a pesar de fingir ser católico como ellos.

Jack levantó la cabeza y golpeó la almohada con el puño. ¿Por qué no había pedido que volviera Sam? ¿O suplicado a los Sullivan que se lo quedaran? Jack sabía cómo funcionaban las cosas en Bindoon. Había visto lo callado que estaba Sam. Había notado lo pequeña que le quedaba la ropa, sus heridas, sus contusiones. Pero no había dicho nada. No había hecho nada. Sam había vuelto a la Ciudad de los Muchachos, a su muerte, y Jack se había quedado con John y Kathleen en su segura y confortable casa, leyendo libros nuevos, comiendo buena comida. ¿Alguna vez se libraría de aquel odioso sentimiento de culpa?

Kathleen había estado maravillosa aquella tarde: le había asegurado una y otra vez que no era culpa suya, lo había abrazado mientras lloraba, había escuchado sus anécdotas sobre Sam. Pero no serviría de nada hablar con John, o volver a Bindoon para descubrir qué había pasado. Nadie lo escucharía. Lo tacharían de problemático. Y además, podían intentar retenerlo en Bindoon. Evitar que volviera, decir a John y Kathleen que eligieran a otro chico. Era demasiado arriesgado.

Le iba bien en el instituto. Los profesores decían que era inteligente. Quizá, si se esforzaba, pudiera llegar a ser policía. Entonces podría hacer una redada en Bindoon y detener a todos los Hermanos. No descansaría hasta que hubiera vengado la muerte de Sam. O castigado la crueldad de los Hermanos.

Se volvió en la oscuridad e imaginó al hermano McBride y al hermano Cartwright compartiendo una celda miserable. Y él, con el uniforme de policía, les cerraba la puerta.

TERCERA PARTE

1950-1954

21

Cuando Jack volvió del instituto un día de otoño, encontró a John y Kathleen sentados en los sillones de la salita, esperándolo. Era raro. John solía estar en el trabajo y Kathleen ocupada en la cocina. El ambiente era tenso.

–Ven y siéntate, chico –dijo John, señalando el sofá–. Tenemos algo que decirte.

Jack dejó la bolsa en el suelo con desgana. Oh no, por favor, que no fuera el previsible sermón. Sam le había contado lo incómodo que se había sentido cuando sus padres le habían hablado de «los pájaros y las abejas», aunque él ya lo sabía todo desde hacía meses gracias a los chicos del colegio. La educación de Jack en materia sexual había sido irregular. Las monjas habían sido muy claras al decir que no tenías que tocarte «ahí abajo», mientras que el hermano Cartwright parecía pensar que «ahí abajo» era prerrogativa suya. El resto de la información que tenía Jack procedía de los chistes obscenos de Bert y de un viejo libro de biología que había encontrado en la biblioteca de la escuela. Se sentó.

Kathleen jugueteó con un cojín.

–Jack, eres feliz aquí con nosotros, ¿verdad? –Fue un extraño comienzo.

Jack se rascó el brazo.

–Sí.

John se inclinó hacia delante, sonriendo.

–¿Y sabes que queremos que seas nuestro hijo?

Durante un segundo, Jack tuvo una extraña visión de sí mismo empequeñeciéndose cada vez más, hasta meterse en el vientre de Kathleen. Aquello iba a ser más raro de lo que había temido.

–Sí.

–Bien. –Kathleen dejó el cojín en su sitio–. Queremos adoptarte como Dios manda.

–¿Adoptarme?

John se aclaró la garganta.

–Es una cosa legal. Mucho papeleo. Para hacerte un auténtico Sullivan.

Jack sabía lo que significaba adoptar, pero no esperaba el anuncio.

–¿Te parece bien, Jack? Pareces algo inseguro.

Jack volvió a rascarse el brazo. Seguro que no les dejarían adoptarlo si hubiera la más mínima probabilidad de que su madre estuviera viva. ¿No era eso ilegal, como tener dos esposas o dos maridos?

–¿Jack? –habló de nuevo Kathleen.

Jack no podía mirarla a la cara. Demasiada esperanza en sus ojos.

–¿Y qué pasa con mi madre? –preguntó.

Ahora la fantasía era sobre mamá. Bailando con él en la cocina. Cantando en voz alta el tema de las Hermanas Andrews. Preparándole cacao.

John se agitó en el sillón.

–Tu madre está muerta, ya lo sabes.

La fantasía tembló. Kathleen se levantó y se sentó a su lado. Le puso la mano sobre la rodilla y Jack se esforzó por no apartarse.

–¿Todavía albergas esperanzas de que esté viva?

La hermana Beatrice le había dicho que mamá no había sobrevivido al bombardeo. Mamá no había ido a Melchet. Ni siquiera había enviado una carta. Aun así, seguía viva en su corazón. Asintió lentamente con la cabeza.

John se puso en pie y se fue al estudio. Se oyeron unos suaves arañazos y volvió con un papel.

–Mira esto, Jack –dijo, sentándose también a su lado.

Jack miró el papel escrito a máquina. En la cabecera decía: «Commonwealth of Australia». Debajo estaba su nombre, Jack Malloy. Su dirección postal era Melchet House, y luego venía su edad: 11 años. Nacido el 12 de abril de 1936 en el barrio londinense de Croydon. Detrás de «Religión» venían las letras «CR», católico romano. La siguiente línea decía: «Escriba el nombre y dirección del progenitor, tutor o pariente más cercano (si el padre vive debe poner su nombre)». Bajo esta línea había dos palabras escritas: «Padres fallecidos».

–¡No! –gritó Jack–. ¡Es mentira!

–Lo siento, chico. –John se encogió de hombros–. Es indiscutible. –Señaló el papel con la mano–. Es un documento oficial.

Jack se puso en pie, cogió el papel, lo arrugó y lo lanzó volando por la sala. Luego, haciendo caso omiso del grito de protesta de John, fue tambaleándose hasta la puerta y subió la escalera.

Al principio Kathleen quiso seguirlo, pero John la convenció de que se quedara.

–Dale tiempo, Kath. El muchacho ha sufrido un gran golpe.

–Por eso tengo que ir a consolarlo.

Volvió a coger el cojín y lo abrazó contra su pecho.

–No conoces a los hombres.

Otra pulla. Kathleen era muy consciente de que, en lo que a John concernía, ella era de otro género. Y como había sido hija única, no había tenido hermanos y hermanas para practicar con ellos. Su falta de experiencia aparecía todo el tiempo.

John se levantó para devolver el documento al cajón del estudio y Kathleen se fue a la cocina. Sacó un par de zanahorias y algunas patatas del frigorífico, llenó la pila de agua y lo metió todo allí. Luego rebuscó en el cajón de la cubertería hasta encontrar el cuchillo afilado que le gustaba para pelar las patatas. Normalmente prefería quitar la piel de la patata en una sola espiral. Era un desafío que se había impuesto ella misma, como cortar las zanahorias en cuadrados iguales o pelar una cebolla entera sin llorar, cosas que hacían más interesantes los quehaceres domésticos. Pero aquel día no se molestaría; pelaría las patatas de cualquier manera, pensando en Jack mientras tanto. Se le partía el corazón por él. Siempre debió de creer que su madre volvería a buscarlo. Quizá eso explicaba aquellos extraños silencios, cuando parecía desaparecer dentro de sí. Tendrían que haber sido más cuidadosos con la forma de plantear el tema de la adopción. Esperaba que su reacción tuviera más que ver con el hecho de haberse tenido que enfrentar a la muerte de su madre que con la perspectiva de quedar legalmente ligado a ella y a su marido.

Sacudió las hortalizas y las puso en la tabla de cortar que guardaba bajo la panera. Las troceó, cogió un cazo del colgador que había sobre la cocina, metió los pedazos dentro, llenó el recipiente de agua y lo puso encima de un fogón. Ya está, listo para cocerse más tarde. En la nevera tenía un trozo de cordero. Le pediría a John que lo trinchara antes de la cena. Miró su reloj. Veinte minutos y ni un sonido en el piso de arriba.

Asomó la cabeza por la puerta del estudio de John.

–Voy a ver a Jack ahora mismo.

–Muy bien.

John guardó apresuradamente unos papeles en el cajón y lo cerró con llave.

Kathleen se recogió un mechón suelto de pelo.

–¿De dónde sacaste el documento que le has enseñado a Jack?

–De Bindoon. Me lo dieron con el resto de su expediente. Informes de la escuela, de salud y cosas así.

–¿Era auténtico?

–Por supuesto que era auténtico, maldita sea. ¿Por qué no iba a serlo?

–Bueno, ¿hay alguna prueba de la muerte de su madre? ¿Certificado de defunción o algo así?

John se puso en pie.

–No tengo ni idea. Y desde luego no voy a ponerme a buscar. Si los documentos de inmigración son buenos para las autoridades, para mí también. Ve a decirle al muchacho que vamos a poner en marcha la adopción.

Kathleen se alejó del estudio y subió la escalera. Llamó suavemente a la puerta de Jack.

–Adelante.

Jack estaba sentado en la cama, pero la colcha estaba arrugada como si hubiera estado acostado. Tenía los ojos hinchados y las mejillas coloradas.

–Jack, lo siento.

Kathleen se sentó a su lado en la cama. Jack miró a otro lado.

–Ver ese documento ha tenido que ser horrible. Supongo que, hasta ahora, siempre has tenido la esperanza de que tu madre hubiera sobrevivido, pero esto confirma que no fue así.

De la boca de Jack brotó un ruido, mezcla de gruñido y grito.

Kathleen fue a cogerlo en brazos. Al principio el muchacho se puso rígido, pero luego se dejó caer sobre ella. Los gemidos aumentaron hasta que le temblaron los hombros y se puso a sollozar y a gimotear abiertamente. Lo único que podía hacer Kathleen era acariciarle la espalda y susurrarle una y otra vez:

–Todo irá bien, todo irá bien.

Quería llorar con él. Le dolía el cuerpo al ponerse en su lugar.

Pero una pequeña parte de su mente le decía que por fin era suyo.

Jack no volvió a hablar de aquel episodio, pero con el tiempo Kathleen vio que ya no era tan reservado cuando estaba con ella. Ya no retrocedía cuando lo tocaba ni la apartaba cuando lo rodeaba con un brazo. A veces Jack incluso le daba un beso de buenas noches. Estaba muy contenta de haberlo adoptado. Quizá algún día llegaría a creer que era realmente su hijo.

22

Dios sabía que una visita al registro civil era lo último que necesitaba Reggie tras un largo día en Warlingham. Aquel día la lluvia brillaba sobre el asfalto y las nuevas farolas iluminaban la llovizna que caía sin cesar en el aire oscurecido y neblinoso.

Una enfermera le había dejado una bicicleta. Era una bici de chica, por supuesto. No la habría usado de no ser porque ya era casi de noche. Y de no haber tenido tanta urgencia. Estaba ya cansado. Cada vez que lo adelantaba un coche, le empapaba los pantalones. Sus manos, sin guantes, resbalaban en el húmedo manillar y le dolían las piernas mientras pedaleaba por Selsdon Road. Otras dos o tres horas desplomado sobre un escritorio no aliviarían su fatiga precisamente. A menudo volvía a casa con dolor de cabeza y escozor en los ojos. Había estado varias veces a punto de abandonar. Era un trabajo muy duro, sobre todo porque podía no servir de nada. Pero cada vez que veía el pálido rostro de Molly por la mañana, o percibía la tristeza en sus ojos verdes cuando pasaban al lado de un niño por la calle, sabía que tenía que seguir insistiendo. Molly podía haber ido con él al registro civil, pero no quería que se agotara tras un largo día de trabajo en la tienda. Eso era algo que podía hacer por ella.

Ató la bicicleta con un candado a la barandilla de metal que había frente al edificio y subió los escalones. Al menos dentro había luz y calor, y la niebla no podía penetrar allí. Percibió el habitual olor a papel viejo y líquido de limpieza cuando se acercó al mostrador del funcionario. Aquel día estaba la señora Harper, con el pelo recogido en un moño, jersey rosa, y esas gafas que llevaban las mujeres que les ponían los ojos de gato. Se las bajó por la nariz para mirarlo.

—Señor Edwardes, ¿otra vez por aquí?

Reggie estuvo tentado de responder: «Es lógico». Pero eso no ayudaría. Así que asintió con la cabeza mientras se quitaba el impermeable y se alisaba el pelo.

—¿Y qué quiere hoy?

—Ya voy por 1936.

—Muy bien.

La señora Harper desapareció en la oficina que había detrás de ella. Reggie tamborileó con los dedos en el mostrador y se sorbió la nariz. La lluvia se le había metido hasta en los orificios nasales.

La mujer volvió con una gran caja marrón llena de tarjetas amarillentas.

—Enero a marzo. Devuélvamela cuando haya terminado y le daré la caja siguiente.

—Gracias, señora.

Reggie cogió la caja y se dirigió a un escritorio con el impermeable empapado bajo el brazo. Lo colgó en el respaldo de la silla, se secó las manos en los pantalones y se puso a trabajar.

Para entonces ya había desarrollado una rutina. Cada vez que cogía una tarjeta, chascaba los dedos; cada vez que la dejaba, hacía un zapateado. Era su única forma de trabajar. Hacía todas las tareas del hospital al ritmo de las melodías que tenía en la cabeza. Todo era un instrumento musical: la escoba, el recogedor y el cepillo. Incluso se podía marcar un ritmo en una cuña mientras no se derramara el contenido.

Pero una sombra en el escritorio lo hizo detenerse. La señora Harper estaba a su lado con una mueca de reprobación en el rostro.

–Señor Edwardes. No puedo tenerlo aquí haciendo ese ruido.

Reggie se volvió con la sorpresa pintada en la cara.

–¿Qué ruido, señora?

–Todos esos chasquidos y pataleos. Molestan.

Reggie miró alrededor. Aparte de la funcionaria, era el único ocupante de la oficina. Sonrió de oreja a oreja.

–Le ruego que me perdone.

La mujer chascó la lengua y volvió al mostrador. Era obvio que no era de las que sucumbían a sus encantos.

Reggie continuó su labor en silencio. Solo lo hacía por Molly. No entendía cómo la señora Harper soportaba trabajar allí. ¿No debería estar pasando la tarde con el señor Harper... si es que existía? Su trabajo debía de ser el más aburrido del mundo. Al menos en el hospital había gente con quien hablar y cada día tenía sus historias: un paciente que vagaba sin rumbo, una pelea por las pertenencias, una enfermera cuyo novio la había dejado plantada. Pero allí solo había monotonía y silencio.

Le recordaba a la escuela: el viejo señor Cairns recorriendo las filas de pupitres una y otra vez, gritando: «Nada es gratis, chicos, recordad esto, nada es gratis».

Y ellos bajaban la cabeza, murmurando una y otra vez los nombres de los condados ingleses o la lista de los reyes británicos, hasta que la información se les quedaba grabada indeleblemente en el cerebro. A veces pensaba que sabía más sobre la madre patria que la mayoría de sus habitantes.

La señora Harper movía los papeles en el mostrador con actitud oficinesca. Seguro que pensaba que él no había recibido educación o que no podía concentrarse en una tarea porque no tenía la resistencia necesaria. Cuadró los hombros y sacudió la caja con firmeza. Ya le enseñaría él a doña Tiquismiquis.

Eran casi las siete. Reggie oyó en el pasillo el tintineo de las llaves del encargado. Se frotó los cansados ojos, dispuesto a terminar el mes que había empezado antes de que la señora Harper lo obligara a irse. De repente se enderezó y tocó una canción con los dedos en el escritorio. ¡Da, da, da, dah! Allí estaba, mecanografiada, la partida de nacimiento de Jack.

«Jack Malloy, n/12 abril 1936 en el barrio londinense de Croydon. De Mick y Molly Malloy, de soltera Agnew».

Había encontrado otros Jacks nacidos de mujeres llamadas Molly, por supuesto. Pero los detalles no habían terminado de encajar. El doctor Lee creía que Molly tenía ya cerca de cuarenta años. Eso significaría que había nacido entre 1911 y 1914. Molly había recordado que su padre había muerto en la Primera Guerra Mundial, lo cual encajaba. Había sido admitida en Warlingham en 1941. Como no llevaba anillo de casada y nadie había ido a buscarla, el doctor Lee supuso que el padre de su hijo había desaparecido de escena o muerto en la guerra.

Reggie se levantó con los músculos entumecidos y fue a devolver la caja.

–¿Ha habido suerte? –dijo la señora Harper, que se estaba poniendo el abrigo.

–Sí, creo que he dado con lo que estaba buscando. ¿Puede usted encontrar la partida de nacimiento y el certificado de matrimonio de una madre si tengo la partida de nacimiento de su hijo? –dijo, mientras le enseñaba los detalles relevantes.

La mujer apretó los labios.

–Tendremos que enviar una solicitud a Somerset House. Y le costará dinero. Vuelva mañana y rellenaremos el formulario.

A Reggie le habría gustado poder solucionarlo ya. Pero se estaba haciendo tarde y tenía que tener contenta a la señora Harper. Así que le dio las gracias sonriendo y recogió la bici para recorrer el largo camino hasta Harrow Road.

Cuando todo el papeleo estuvo completo y los timbres pagados, gracias a las oportunas horas extras que había hecho Reggie en el hospital, solo quedó esperar los resultados. Finalmente, Molly recibió una carta con el matasellos de Somerset House: decía que había nacido en Bath el 10 de enero de 1913, hija de Edith y Raymond Agnew, y que se había casado con Mick Malloy en 1934.

—Mick —dijo sorprendida al enseñarle la carta a Reggie. En su cabeza sonaba una canción. Pero esta vez no la cantaba la voz ronca de Reggie, sino que tenía acento irlandés—. Mick se crio en Dublín. Solía cantarme «Molly Malone». Igual que tú.

Se filtraron más fragmentos... cabello de color caoba brillante a causa de la Brylcreem que se echaba, franjas amarillas en un uniforme caqui, volutas de humo de un cigarrillo, zapatos que brillaban como espejos, el olor a tabaco Craven A.

—¿Crees que sigue vivo? —preguntó Reggie con ansiedad.

—No estoy segura —susurró—. Creo que recuerdo una carta. —Se frotó la oreja, distraída por un lejano gemido de dolor, y sus rodillas recordaron el roce repentino de una moqueta cierta vez en que se había precipitado al suelo.

—Vamos a averiguarlo.

Reggie llevaba demasiado tiempo en este juego para correr más riesgos. Ambos necesitaban estar seguros de que Molly podía realmente ser suya.

Otra visita al registro civil, otra serie de formularios, esta vez de los archivos militares. Y por fin la noticia. Mick había muerto en Dunkerque en 1940. Llevaba muerto más de diez años. Así que nada impedía que pudieran casarse. Molly oía a Reggie silbar, fueran donde fuesen. Pero su reacción fue más compleja. Aunque deseaba con todas sus fuerzas comprometerse con Reggie, el descubrimiento de la partida de defunción de Mick le había supuesto una conmoción y había recordado más cosas. Cuando iba por el parque camino de la tienda, recordó a Mick exhalando anillos de humo en el jardín de la casa de Croydon. Mientras se abrochaba las sandalias en el vestíbulo de la señora Croft, lo recordó sacándole brillo a sus zapatos. Y cuando se miró en el espejo, imaginó a Mick retirándole el cabello de la cara para besarla. Durante todo el tiempo que pasó en Warlingham ni siquiera había recordado su existencia. Pero ahora no dejaba de hacerse preguntas sobre su primer matrimonio. Había recordado algunos hechos, pero ¿y los sentimientos? ¿Habían sido felices? ¿Seguía enamorada? ¿No sería una falta de respeto a Mick volver a casarse? Quizá nunca lo supiera. Pero al cabo de un tiempo se propuso dejar atrás el pasado. Tenía otra oportunidad de ser feliz con Reggie. Necesitaba aprovecharla.

Reggie llevó a Molly a la última dirección en que había vivido para confirmar sus descubrimientos. Fueron por Sydenham Road hasta que llegaron a una zona que le pareció familiar. Molly se detuvo ante una casa.

—¡Esa es la casa de los Clark! —exclamó—. Eran nuestros vecinos. Tenían un refugio antiaéreo en el jardín. Jack y yo nos metíamos a veces en él. —Siguió andando por la calle y luego se detuvo con el entrecejo fruncido—. Aquí hay algo que no encaja —dijo, mirando el nuevo dúplex que había al lado de la casa de los Clark—. Esa tendría que ser nuestra casa. —Detrás del dúplex se perfilaba una casa fantasma. Paredes de piedra. Pintura marrón. Flores malva.

Entonces lo comprendió. Molly enterró la cara en la chaqueta de Reggie. En la cálida oscuridad vio a Jack con su máscara antigás, su cabello castaño oscuro aplastado por la cinta y sus ojos verdes mirándola fijamente a través del cristal. También recordó el olor de la máscara: un olor rancio mezclado con algo medicinal.

–Está bien, Molly –dijo Reggie acariciándole el pelo–. Debiste de recibir una herida profunda en la cabeza cuando tu casa fue bombardeada. Aunque solo Dios sabe cómo encontraste las fuerzas para caminar hasta tan lejos. –La habían encontrado a una gran distancia de Sydenham Road.

Molly levantó la cabeza lentamente.

–El doctor Lee dijo que mis heridas físicas eran graves, pero que el daño de la memoria era más grave aún. Creía que mi cerebro me había protegido de las consecuencias emocionales.

–¡Debes de tener un cerebro muy potente si te ha protegido durante todos estos años!

Pero Molly no se rio.

–El doctor Lee tenía razón cuando dijo que Jack no pudo sobrevivir. Pero ¿y si no falleció?

–No lo sé, Moll.

Molly apretó con más fuerza la chaqueta de Reggie. Sabía que tenía que dejar marchar a Mick, pero no estaba preparada para perder también a Jack.

–Tú me encontraste a mí, Reggie. ¿Podrías ayudarme a descubrir qué le pasó a Jack? Necesito saberlo, sea lo que sea.

Reggie miró al cielo. Molly lo oyó suspirar y luego vacilar. Habló con mucha cautela:

–Quizá. Pero antes tienes que hacer una cosa.

–Dime.

Reggie cogió la otra mano de Molly y se la besó.

–¡Organizar la boda!

Esta vez sí se rio.

Seis semanas más tarde, Molly estaba en la escalinata del ayuntamiento, mirando al sol con los ojos entornados. Llevaba un traje chaqueta azul marino, un pañuelo blanco sobre sus rizos castaños, sujeto con alfileres, y un pequeño ramo de claveles blancos. Reggie estaba sonriente a su lado, con su traje jamaicano, que ahora le quedaba un poco estrecho, y unos zapatos nuevos de piel marrón.

Los invitados estaban colocados detrás de ellos, listos para la foto de grupo. La enfermera jefa sacó una cámara Brownie para inmortalizar la escena. Molly le había pedido al doctor Lee que se pusiera tras ella. Todos los intentos de encontrar algún pariente habían terminado en fracaso. Y si hubieran encontrado alguno, ¿habría asistido? Puede que no aprobaran su matrimonio con un jamaicano. Cuando se casó con Mick, su madre estuvo a su lado. La acompañó por la nave central, con la mano temblorosa de Molly en el brazo, tranquilizándola con su calor y su solidez. A mamá le gustaba Mick. La hacía reír y sabía que adoraba a Molly. Aunque de vez en cuando la pillaba mirando de reojo el vaso que tenía Mick en la mano. A Mick le gustaba beber.

Molly se preguntaba qué estaría pensando el doctor Lee, rígidamente de pie a su lado, con una sonrisa seria. Sabía que tenía sus reservas sobre aquel matrimonio. Pero ya le demostrarían que estaba equivocado. Podía ser feliz con Reggie, lo sabía. Y además, ella era uno de los grandes éxitos del doctor Lee, ¿no?

En el último minuto, Molly había invitado a Annie y a Lucy, de Warlingham. Annie aún llevaba las trenzas grises, pero se las había adornado con rosas rojas, puestas en ángulos extraños como una concesión a la ceremonia. Debió de haber sido extraño para ella salir de la casa donde había vivido tanto tiempo, aunque solo fuera una tarde. Molly no estaba muy segura de cómo se comportaría en la boda después de tantos años sin salir. Corría el rumor de que Annie había sido testigo del asesinato de su madre a manos de su padre, cuando tenía trece años, y no había estado bien desde entonces. La habían ingresado en Warlingham en un estado horroroso. Con el tiempo se había ido calmando, pero se negaba a enfrentarse al mundo exterior. Y las trenzas, tan raras en una señora mayor, junto con sus ropas infantiles, eran la prueba de su determinación a no entrar en la edad adulta. Era una anciana atrapada en el cuerpo de una adolescente, congelada en el momento en que su vida se había derrumbado.

Lucy estaba encogida detrás de ella, sujetando con fuerza un pequeño bolso y mirando con ojos miopes a la gente que interrumpía su paseo del sábado por la mañana para mirar aquel extraño grupo. Pobre Lucy: si no hubiera sido porque la constante obligación de cuidar a sus padres enfermos había erosionado toda su seguridad y porque dos guerras mundiales habían reducido drásticamente el número de hombres disponibles, podría haber disfrutado de un día como aquel. Molly era muy afortunada por tener una segunda oportunidad.

Dos mujeres con pañuelo en la cabeza y gabardina los estaban señalando con el dedo, a Reggie y a ella. Una, que llevaba una gran cesta de paja llena de verduras, hizo un ruido despectivo. Su compañera le indicó por señas que callara, pero siguió mirando. Molly desvió la mirada y sonrió con determinación. Reggie, por suerte, miraba hacia otro lado.

El doctor Lee había avisado a dos taxis para que los llevaran de vuelta a Warlingham, donde la cocinera había preparado un pequeño banquete («Nada ostentoso, por favor, solo unos aperitivos y un pastel»).

Cuando los flamantes señor y señora Edwardes entraron en el comedor, se había reunido allí todo el personal y también los pacientes. La mayoría vitoreó a la pareja y la enfermera jefa hizo fotos.

Reggie y Molly se sentaron a la mesa principal a comer sándwiches y rebanadas de pastel de cerdo. Durante un segundo, Molly se permitió imaginar a Jack a su lado. Ahora tendría dieciséis años. ¿La habría acompañado por la nave principal, sonriendo torpemente con un traje que le quedaba mal, y habría devorado después un gran plato de comida, aliviado por haber terminado con sus obligaciones? ¿O se habría levantado para pronunciar un discurso? ¿Se habría acercado a estrechar la mano de Reggie, o estaría enfurruñado por haber traicionado ella a su padre? Se preguntó otra vez si había hecho lo que debía. Pero no debía caer en aquello. No debía atormentarse.

–¿Molly? –dijo Reggie.

Ella levantó la cabeza y vio a la cocinera empujando un carro de ruedas con una magnífica tarta de bodas de tres pisos.

–¡Oh, Dios mío! –exclamó Molly, siguiendo a Reggie al otro lado de la mesa–. Es preciosa. –Miró el suave glaseado blanco, adornado con rosetones, y las figuras de los novios encima. Ambos tenían la cara blanca y la chaqueta del novio estaba ligeramente descascarillada. Cada capa de la tarta estaba atada con una cinta rosa de raso. Molly se acercó a coger el cuchillo–. Es una pena estropearla.

–No te preocupes, querida, no la vas a estropear. –La cocinera introdujo los dedos en la capa superior de la tarta y tiró hacia arriba, levantando la estructura completa: estaba hecha de cartón y pasta–. La pastelería la ofrecía así –dijo, sonriendo de oreja a oreja.

Dentro había un pequeño bizcocho, del color del pastel de frutas, pero sin las pasas ni las cáscaras confitadas.

–Le he puesto un poco de caramelo líquido –dijo la cocinera–. Es un capricho. –Tenía un aspecto horrible.

De repente, Molly recordó la tarta que habían servido en su primera boda. Su madre había macerado la fruta en coñac durante días. Había utilizado la mejor mantequilla para la masa y glaseado auténtico para rociar la tarta entera. Pero la cocinera de Warlingham había hecho todo lo posible, así que tenía que estar agradecida.

–Gracias –dijo Molly.

Reggie avanzó un paso y asió las manos de Molly para sujetar el cuchillo.

–Eres muy amable –le dijo.

Ambos sonrieron a la cámara y la enfermera pulsó el disparador.

Cuando Molly y Reggie bajaban por el camino de entrada, todo el mundo estaba de pie en la escalinata para despedirse de ellos. Había pensado en guardarse el ramo de flores para ponerlo en la «tumba» de Jack, en el cementerio de Warlingham, pero cambió de opinión. ¿No sería eso como admitir que estaba verdaderamente muerto? Aún le quedaba un rayo de esperanza. No quería atraer la mala suerte. Al final, había lanzado el ramo por encima del hombro. Annie, que lo había cogido al vuelo, juntó los claveles con las rosas, ya medio marchitas, de su cabello gris.

Iban a coger el autobús hasta New Addington. El doctor Lee había convencido al ayuntamiento de que Molly podía optar a una vivienda prefabricada, ya que su casa había sido destruida. Estaba en Castle Hill; era un edificio de una sola planta, con un pequeño jardín, baño interior, frigorífico de gas e incluso una tabla de planchar que salía de la pared.

–A estas casas prefabricadas las llaman «palacios del pueblo», figúrate –había dicho Reggie cuando habían ido a verla por primera vez–. ¡Justo lo que necesita la princesa Molly!

Molly aplaudió. Ardía en deseos de tener su propia casa y vivir en ella con Reggie. Recordó la primera vez que había ido a casa de la señora Croft con la sensación de no pertenecer a ninguna parte. Ahora era distinto. Tenía un hogar. Y alguien con quien compartirlo.

–No vamos a ir directamente –dijo Reggie–. Antes quiero llevarte a otro sitio. Tendremos que coger otro autobús.

–¿Ah?

–Sígueme.

Reggie le guiñó un ojo y la condujo por Limpsfield Road.

A las siete estaban en Streatham. El autobús había ido traqueteando por Purley y Thornton Heath, en dirección norte, hacia Londres.

–¿No vamos al revés? –preguntó Molly cuando cruzaron la vía del tren en Norbury.

Había estado observando su anillo de boda y mirando su reflejo en la ventanilla. Qué raro que nunca hubiera aparecido su antiguo anillo de casada. No creía que hubiera dejado de llevarlo después de la muerte de Mick.

–No para lo que me propongo. –Reggie sonrió con aire misterioso–. Vamos –dijo cuando el autobús llegó al final de Streatham Common, bajo la creciente oscuridad–. Nuestra parada está cerca.

Molly lo siguió, bajó los peldaños del autobús de dos pisos alisándose la falda y tratando de no ensuciar sus nuevos guantes blancos con la barandilla metálica. Se bajaron en el cruce de Leigham Court Road. Algunos rezagados se dirigían a sus casas, mezclándose con otros que se dirigían a los restaurantes en busca de algo para cenar.

–¿Tienes hambre? –dijo Reggie.

–La verdad es que no. Aún estoy llena de tarta de boda.

Reggie hizo una mueca.

–Te compraré una de verdad para nuestro primer aniversario.

Molly le apretó la mano.

Pasaron por delante de un quiosco de prensa y de una pequeña tienda de ropa con maniquíes fantasmales que posaban en el oscuro escaparate, antes de llegar a un gran edificio de cemento con la entrada iluminada. The Locarno, decían las grandes letras rojas de neón encima de la entrada.

–Hemos llegado –dijo Reggie, conduciéndola dentro.

Molly olió a humo de tabaco y a perfume. Una banda tocaba «I wanna be loved» y, al adentrarse más en el local, vio parejas bailando en una brillante pista iluminada, mientras otras personas estaban sentadas a las mesas situadas en los rincones más oscuros de la sala, bebiendo y fumando. La mayoría eran blancos, pero también había unos cuantos rostros de color.

–Oh, Dios mío –dijo Molly.

Reggie le sonrió.

–No podía permitir que el día terminara sin haber bailado con mi nueva esposa. Te traeré una copa. –Le señaló una mesa vacía–. Y luego iremos a celebrarlo con propiedad.

Molly se sentó mirando ansiosamente a Reggie mientras este se abría camino hasta la barra. Habían empezado a zumbarle los oídos. Rápidamente se llevó las manos a las sienes. Reggie volvió con una copa de cóctel para Molly, llena de un líquido amarillo claro, y una pinta de cerveza para él.

–¡Salud! –dijo, chocando su vaso con la copa de ella.

Molly hizo una mueca al probar un sorbo. Se preguntó si Reggie habría visto su reacción, pero él se levantó otra vez para saludar a un grupo de trajeados hombres de color que se dirigían hacia su mesa.

—Espero que no te importe, Moll. Me he encontrado a unos amigos en el bar. Estos chicos estaban conmigo en el albergue de Clapham. Todos quieren conocer a mi encantadora esposa. –Acercó sillas vacías de otras mesas, preguntando a los otros parroquianos si podía. La mayoría decían que sí con la cabeza, pero un hombre con traje de calle puso mala cara. Reggie, por suerte, no se dio cuenta, pues estaba ocupado haciendo las presentaciones–. Lester, mi esposa, Molly. Deelon, Molly. Major... te presento a mi esposa.

Molly estrechó manos, preguntándose si al final conseguiría pasar algún tiempo con su nuevo marido. Todos la saludaron educadamente, pero era obvio que era con Reggie con quien querían hablar. Sin duda tenían mucho que contarse desde que se había ido del albergue. Los hombres se sentaron. Hubo muchas palmadas en la espalda y risas. Molly se hundió en la silla, sujetando con fuerza el tallo de su copa. No era así como había planeado iniciar su nuevo estado matrimonial. Para celebrar su primera boda, Mick y ella habían ido a Cornualles a pasar unos días. Hamacas, helados. El sol en los ojos. Arena entre los dedos. Los dos solos por fin. Pero por lo que parecía, tendría que compartir a Reggie con todos los demás. Y en su noche de bodas. ¿Iba a ser así su matrimonio? Quizá se había precipitado al casarse con alguien de una cultura diferente. Pero Reggie le había parecido tan fuerte, tan dispuesto a protegerla... Creía que iba a ser maravilloso tener un marido que pudiera cuidarla durante el resto de su vida. Pero ¿cómo sé que realmente me quiere, pensó, si parece preferir a sus amigos?

Como ninguno de ellos le hablaba, se volvió para mirar a la banda. Por su aspecto, parecían caribeños, con chaqueta blanca y pantalones negros. Vio un batería, un guitarrista, un hombre alto con una pandereta y otro más bajo y más joven con un triángulo. Y, por supuesto, un cantante melódico con el micrófono en la mano. Todos varones. La música era alegre. Mientras los músicos se balanceaban en el escenario, Molly seguía el ritmo con los pies. Seguían zumbándole los oídos, pero la música tenía más volumen.

–¡Hup-Di-Du! –Reggie se levantó y tiró de la mano de Molly–. Vamos a bailar, Moll.

Molly soltó la copa y se preguntó dónde podía dejar el bolso. Lo introdujo entre la silla y la pata de la mesa, sintiéndose extrañamente ligera sin él, y siguió a Reggie a la pista de baile.

Durante un momento se quedó torpemente inmóvil. Reggie hacía una complicada pirueta de baile él solo. ¿Cómo demonios podía moverse así? Luego le cogió los dedos con una mano y le rodeó la cintura con la otra, moviendo las caderas contra las suyas, obligándola a bailar hasta que Molly se dejó llevar por el ritmo. Reggie cerró los ojos y la apretó contra sí.

A las diez y media, la mesa estaba llena de pintas de cerveza vacías. Solo la copa de Molly seguía medio llena. Se había quitado el pañuelo de la cabeza para reducir el dolor de las sienes y ahora la prenda estaba sobre la mesa como un ramillete mustio. Reggie tardaba una eternidad en la barra, saludando a más amigos aún. Y pagando más bebida. Gastando una fortuna cuando deberían estar ahorrando para amueblar la casa prefabricada.

Molly levantó los ojos y vio una figura insólita deambulando entre las mesas llenas de bebedores y fumadores. Llevaba una especie de uniforme oficial: un elegante traje negro con camisa blanca y corbata negra, y una gorra negra con una insignia en la parte delantera. Llevaba el pecho adornado con una ristra de medallas. Debe de ser un veterano de guerra, pensó Molly. Claramente orgulloso de que lo vean con el uniforme. Pero ¿qué demonios estaba haciendo en el

Locarno? El hombre se había detenido ante una mesa. Tenía un fajo de revistas en la mano y le pasaba una a una mujer elegantemente vestida que fumaba un puro. Ella asentía con gesto vago y sonreía. Él se quedó hablando durante un rato y luego se fue.

Molly observó al hombre hasta que se acercó a su mesa.

—Buenas noches, señora —dijo, dejando las revistas en la mesa. Molly miró la cubierta. *The War Cry*–. ¿Quiere comprar un ejemplar?

Molly fue a coger el bolso que tenía a los pies.

—No sé. ¿De qué trata?

—Soy oficial del Ejército de Salvación —dijo el hombre–. Esta es nuestra revista.

Ahora que lo tenía delante, Molly se dio cuenta de que en la gorra llevaba escritas las palabras «Ejército de Salvación». Un vago recuerdo le vino a la mente: un parque, una banda, un grupo de músicos con uniforme tocando instrumentos de viento.

—¿Qué está haciendo aquí? —preguntó Molly.

—¿Aparte de vender esto? —El hombre miró las revistas que había dejado en la mesa–. Charlar con la gente. Ver si puedo hacer algo para ayudar.

—¿Qué clase de ayuda ofrece?

El hombre puso una silla a su lado.

—¿Puedo?

Molly asintió con la cabeza.

El hombre se sentó y se inclinó hacia ella. Tenía unos amables ojos azules en un rostro ancho. Molly calculó que andaría por los cincuenta años.

—Alcohol. Personas sin hogar. Personas desaparecidas.

—¿Personas desaparecidas? ¿A qué se refiere?

El hombre se quitó la gorra y la dejó sobre la mesa, apartando las revistas para hacer sitio.

—Tenemos un servicio que ayuda a reunir miembros de una misma familia.

Molly sintió que se le encogía el estómago.

—¿Y buscan a cualquiera? —susurró.

El hombre le dio unas palmadas en la mano.

—¿Ha perdido usted a alguien?

—A mi hijo. Nos separamos durante la guerra. Yo perdí la memoria y no pude buscarlo.

Los ojos del hombre eran muy azules.

—¿Cuántos años tiene el muchacho? —preguntó.

—Dieciséis.

El hombre apartó la mano y recogió la gorra.

—Lo siento, querida. No buscamos parientes menores de dieciocho años.

Molly desvió la mirada, mordiéndose el labio.

—Podría hacer lo siguiente —añadió el hombre—: espere un par de años y luego póngase en contacto con nosotros. Veremos qué se puede hacer. —Cogió un ejemplar de *The War Cry* y lo puso frente a Molly, que, automáticamente, se agachó a buscar el bolso—. Esta es gratis. La dirección viene detrás.

La saludó tocándose la gorra, recogió las revistas y se fue a otra mesa.

Molly cogió la revista con desgana, la dobló y la guardó en el bolso. Luego se dejó caer en la silla. Otra luz que se extinguía. Había bullido de excitación durante toda la boda. Ahora estaba tan apagada como una limonada sin gas.

Al cabo del rato se dio cuenta de que se estaba haciendo tarde.

—Reggie. —Reggie estaba concentrado en una conversación con Major. Le tiró de la manga—. Me preocupa el autobús. Tenemos que irnos.

–Pues claro, Moll. Enseguida. Solo me falta hacer una cosa.

Se levantó y fue a hablar con el líder de la banda. Los músicos estaban haciendo un descanso y se apoyaban en el piano con vasos llenos de un líquido ambarino. Reggie habló con ellos unos minutos y luego volvió sonriendo.

–Esta es para ti, señora Edwardes –le dijo a Molly.

Luego subió al escenario, cogió el micrófono que le ofrecían y empezó a cantar:

«En la bonita ciudad de Dublín, donde las chicas son tan guapas...».

La banda lo acompañó con un volumen bajo, un armonioso fondo para la voz fuerte y ronca de Reggie. Gradualmente, la gente soltó los vasos y dejó de hablar.

«Vi por primera vez a la dulce Molly Malone...».

Habría podido oírse caer un alfiler. Reggie la miró y sonrió.

Molly le devolvió la sonrisa lentamente. Y los bebedores, los bailarines, las mesas llenas de vasos vacíos.... todo desapareció. Solo estaban Reggie y ella. Su voz acariciándola. Sus ojos castaños llenos de ternura.

El deseo por su marido recorrió todo su cuerpo. Se irían a casa. Lejos de los amigos de Reggie, de las interminables rondas de copas, de los grupos de chismosos. Consumirían su matrimonio: el cuerpo fuerte de Reggie sobre el suyo, los ritmos a medio recordar, sus blancas manos acariciando su espalda oscura. Por fin se sentiría a salvo. Sería perfecto.

Si no fuera porque una gran parte de ella seguía en el limbo.

Molly insistió en acompañar a Reggie la siguiente vez que fue al ayuntamiento. Él iba a ir solo, como antes, pero Molly no quería volver a quedarse sola en casa. Estaba cansada de remendarle los calcetines, oyendo el irritante y exacto tictac del reloj de la repisa de la chimenea. Al final, cuando él regresaba del registro civil, ella se había tomado tres tazas de cacao, solo para poder pasearse por la cocina mientras la leche hervía, aunque luego se sentía peor que cuando se ponía a prepararlo a causa del nerviosismo. Yendo con él, al menos hacía algo. Jack era hijo de ella. Quería tener noticias suyas al mismo tiempo que Reggie.

Los recibió un funcionario del registro que tenía las orejas casi perpendiculares, una camisa de color hueso y un chaleco beis de punto, zurcido con hilo más oscuro. Les confirmó que la casa de Molly había sido destruida en los bombardeos de Croydon de 1941. Eso coincidía con la llegada de Molly a Warlingham. Reggie le dio las gracias y cogió el brazo de Molly con intención de conducirla a la salida.

Pero ella se resistió.

—Hay algo más. —Tenía el pañuelo en la mano y lo estaba retorciendo hasta dejarlo como una cuerda—. No sabemos si mi hijo murió en el bombardeo.

—¿Nombre? —preguntó el funcionario.

—Jack Malloy —susurró Molly.

—¿Me permite que lo consulte, señora? Vaya a sentarse allí.

Molly trató de sonreír.

—Es usted muy amable.

Siguió a Reggie hasta una mesa y se sentaron. Los oídos le zumbaban con fuerza. Levantó las manos para detener el ruido y vio que Reggie la miraba con aire de extrañeza. ¿Acaso sabía por lo que estaba pasando? Reggie tomó asiento mirando al vacío y golpeó el suelo con el pie.

Finalmente el funcionario los llamó. Molly intentó leer su expresión. ¿Era de ánimo?

—En primer lugar, no hay ningún registro de su muerte.

Molly exhaló el aire con lentitud.

—Entonces, ¿qué podría haber pasado?

–A eso iba. A todos los niños que estaban solos los traían aquí, al ayuntamiento. –El funcionario puso un libro grande sobre la mesa y empezó a pasar con cuidado las páginas–. Aquí está. –Le dio la vuelta para que Reggie pudiera verlo–. Tenemos el registro de un Jack Malloy, que fue llevado a Melchet House, cerca de Romsey, en Hampshire. Pero no tenemos más detalles. Al parecer, no fue al hospital, así que no hay expediente médico. Podría ser el chico que está buscando.

Molly se llevó la mano al pecho. Trató de respirar. Dentro... fuera... ¿Por qué era tan difícil? Más despacio. Asimila lo que ha dicho el funcionario. Jack podría estar vivo. Un recuerdo destelló en su cabeza: Jack, caminando a la escuela con una chaqueta demasiado grande, doblando la esquina bajo un rayo de sol. Parpadeó. Era la última vez que lo había visto. El día de la bomba.

–¿Hampshire? –preguntaba Reggie.

–Está a unos noventa kilómetros al sudoeste de aquí. En el campo. Probablemente llevarían al muchacho allí para protegerlo de las bombas. Los alemanes se interesaban poco por el campo. Menos que por Croydon. –El funcionario respiró hondo.

Reggie murmuró una respuesta, pero Molly guardó silencio. «No desvíes la cuestión hablando de la guerra –pensó–. Quédate con Jack. Por favor». En el estómago se le estaba formando una burbuja de optimismo. «No esperes mucho. Es demasiado pronto», se dijo.

El funcionario acercó la silla a la mesa. El chirrido produjo un escalofrío a Molly.

–En fin, el caso es que un chico llamado Jack Malloy fue enviado a Melchet House, pero no tengo ni idea de en qué estado se encontraba ni si sigue allí. ¿Cuántos años tendrá ahora?

–Dieciséis.

De nuevo fue Reggie el que habló. Molly intentó imaginar a un Jack adolescente. ¿Sería alto como Mick? ¿Tendría aún el pelo oscuro? La burbuja de esperanza seguía allí.

–Pues buena suerte entonces.

El funcionario cerró el libro de golpe y Reggie se levantó y le estrechó la mano. Molly no se movió. Quería que aquel amable funcionario le revelara más cosas. Quizá podía hacerle alguna pregunta más sobre Jack. Pero Reggie la cogió de la mano y tiró de ella. La empujó con el brazo cuando salieron de la oficina. De no haberlo hecho, Molly no estaba segura de si habría salido.

Pero cuando llegaron a casa, no podía dejar de hablar:

–Lo sabía. El doctor Lee fue demasiado categórico. ¿Y si lo sabía desde el principio? No creo que hubiera sido tan cruel. Quizá creía realmente que Jack había muerto y trataba de protegerme. O quizá no podía molestarse en rastrear su pista. Fuera cual fuese la razón, me ha privado de mi hijo todos estos años. Nunca se lo perdonaré. Pero en cuanto recordé su nombre –añadió más tarde–, algo me dijo que Jack estaba vivo. –Alcanzó el sofá justo en el momento en que le fallaban las piernas. Era curioso que cuando la mente se le aceleraba, el cuerpo se le debilitara. Y ahora otra idea. Una buena–. Podemos ser una familia. Tú, Jack y yo. Un nuevo comienzo para todos. –Se sentó recta en el sofá–. Tenemos que ir a Melchet House en cuanto podamos.

23

Cuando John llegó a casa aquella noche, Jack estaba en la mesa del comedor haciendo los deberes y Kathleen al lado de los fogones, en la cocina, removiendo algo en una cacerola. El vapor empañaba las ventanas y un olor fuerte impregnaba la habitación. No era desagradable, pero tampoco especialmente apetitoso.

–Buenas, chaval.

Jack levantó la vista de un ejemplar de *Hamlet*.

–Hola.

–La cena no tardará mucho –dijo Kathleen.

–Estupendo, tomaré un trago rápido antes.

John abrió el frigorífico color crema y sacó una cerveza Swan. Sin decir nada, Kathleen le pasó un abrebotellas y un vaso.

John rechazó el vaso.

–Los hombres de verdad no usan vaso –dijo, guiñando un ojo a Jack, que le devolvió una sonrisa amable.

Últimamente se llevaban mejor. Tras aquel espantoso asunto de su amigo, Jack se había vuelto más retraído. John sospechaba que pensaba mucho en el muchacho. Quizá el pobre chaval se echaba la culpa de todo. Pero últimamente había salido un poco de su concha. A Kathleen se le daba muy bien tranquilizarlo. Quizá Jack los había aceptado por fin como su padre y su madre.

John fue al porche a saborear la cerveza hasta que estuviera lista la cena. Tenía que pensar en cómo iba a darle la nueva noticia a Kathleen. Mejor tomarse su tiempo hasta que llegara el momento oportuno.

Fuera hacía fresco. Se quedó de pie al lado de la barandilla del porche, consciente apenas de la presencia de los hijos de los vecinos, que estaban jugando. Al lado, las chicharras cantaban en los arbustos: sus inconfundibles chirridos aumentaban de volumen y luego se iban apagando. John miró a otro lado y se sorprendió al ver lo mucho que había crecido el césped. Kathleen había estado descuidando el jardín últimamente. Seguro que estaba demasiado ocupada con Jack. Quizá lo cortara él mismo el fin de semana.

El ministro lo había llamado por teléfono esa tarde. No habían hablado mucho rato. John lo había dejado boquiabierto el día que le contó que querían quedarse con Jack para siempre. Y también lo irritó la crítica que había hecho implícitamente de Bindoon. Pero ahora estaba lleno de entusiasmo a causa de un nuevo plan. A John no le había gustado al principio, pero el ministro lo había convencido. John solo esperaba poder persuadir a Kathleen con la misma facilidad. Unos cuantos puntos ante el ministro no le vendrían mal.

Se llevó la botella a los labios y bebió, luego ladeó la cabeza para que le diera el sol del atardecer.

Diez minutos después, Kathleen puso tres platos de sopa en la mesa.

John cogió la cuchara y la llenó de un líquido pegajoso con unos grumos de origen desconocido.

–¿Qué es esto, Kath?

–Sopa de calabaza –fue la respuesta instantánea.

Jack se tomó la sopa obedientemente, pero John probó una cucharada y la escupió al momento.

—Caray, mujer. ¿De qué son esos grumos?

Kathleen respiró hondo.

—Cebada perlada. Nos han dicho que tenemos que utilizar las reservas almacenadas.

—Por encima de mi cadáver.

John cogió su plato, fue a la cocina y lo dejó en el fregadero. La loza resonó contra el mármol.

—No desperdicies la buena comida, John.

—No me voy a comer esa bazofia —respondió John—. Los jóvenes necesitan carne. —Volvió a guiñar un ojo a Jack. Se lo estaba poniendo en bandeja—. Creo que necesitas una criada, Kath. Tienes mucho que hacer, cuidando de Jack y de mí, además de la casa. Así podrías aprovechar mejor tu tiempo y no me darías de comer esta basura.

Kathleen lo miró fijamente.

—Me las apaño bien.

—Ya lo sé, querida, pero ¿no te gustaría tener más tiempo para ti misma?

—¿Qué me estás proponiendo? —Kathleen levantó la cuchara y se introdujo en la boca un poco del conflictivo brebaje.

John enderezó su salvamanteles.

—Esta tarde he estado hablando con el ministro.

—Ah, ¿sí? —Kathleen tragó con visible dificultad.

—Quiere que alojemos en casa a una chica aborigen. Siguen trayéndolas desde Moore River, o Mogumber, como quiera que lo llamemos ahora, y las ponen a trabajar para familias blancas. Estará entrenada.

—John... no necesitamos más gente en casa.

—Pues claro que sí. Podría dormir en la habitación del desván. Y se encargará de hacer todas las faenas que no te gustan. —John se echó hacia atrás, apoyando la silla en las patas traseras–. Además, un hombre de mi posición tiene que tener una criada.

—Así que era por eso. Eso y quedar bien ante el ministro.

John puso bien la silla con un golpe. ¿Cómo es que Kathleen siempre veía a través de él? Mejor volver a lo que la afectaba a ella.

—Pero seguro que te gustaría tener más tiempo libre. Y más tiempo para Jack, desde luego.

Y para mí, pensó. Recordó a Jack tomando cacao en la cama cuando había estado enfermo, y a Kathleen corriendo escaleras arriba y abajo con sus comidas. Nunca había hecho eso por su marido.

Kathleen respiró hondo y tomó un sorbo de agua.

—¿Y la familia de la chica?

John también había hecho esa misma pregunta al ministro. Repitió su respuesta:

—Casi todos los progenitores son delincuentes o drogadictos. Llevarse a los hijos es una oportunidad para ellos. Finalmente esa raza desaparecerá y eso será bueno para Australia.

—¿Y no sería mejor borrarles el color casando a los mestizos con basura blanca y no con los de su misma raza? –preguntó Kathleen, enarcando una ceja.

John no respondió. Estaba pensando en los garabatos que había hecho durante su conversación con el ministro. Hasta más tarde no se dio cuenta de que había dibujado una serie de cajas, una dentro de la otra.

—¿Por qué los usamos como criados si ellos llegaron aquí antes? –preguntó Jack, que ya había terminado la sopa.

John lo miró con ecuanimidad.

—Los aborígenes son primitivos, muchacho. Por eso tenemos que hacernos cargo de ellos y educarlos. Tendrían que estarnos agradecidos.

Jack tragó aire para hacer otra pregunta, pero una mirada de advertencia de Kathleen le cerró la boca.

–¿Queda más sopa? –dijo en su lugar, y John vio que Kathleen le dirigía una sonrisa de gratitud.

John se echó a reír.

–Caramba, muchacho. Parece que tienes hambre.

Entre las Navidades y la larga racha de mal tiempo de principios de año no pudieron viajar a Melchet hasta marzo. Reggie miraba por la ventanilla del autobús y vio que las casas del extrarradio daban paso a la tranquilidad rural. El cielo estaba cubierto de nubes que se movían rápidamente y parecían apagar y encender el sol como un interruptor. El viento era voluble: agitaba las copas de los árboles y retozaba frenéticamente con los corderos recién nacidos en los campos. En los endrinos asomaban las flores.

Aunque Reggie había aprendido a no esperar cielos despejados cada mañana, no se había acostumbrado al frío inglés. Ya estaban al principio de la primavera y seguía haciendo frío. Se acercó a Molly. Sin dejar de mirar por la ventanilla, le puso la mano en el regazo y entrelazó los dedos con los suyos. El matrimonio era bueno. Había hecho bien en quedarse.

Pero ¿cambiarían las cosas si encontraban a Jack? Reggie se acordó de cuando tenía su edad. Montando en bici en la granja de sus padres, robando huevos a las gallinas de los vecinos y plátanos a sus árboles. Posando a pecho descubierto y viendo como las chicas de allí se avergonzaban y reían. Había tenido una novia diferente cada semana, hasta que había llegado a Inglaterra. Pero casi todas habían sido chicas tontas de cabeza hueca. Dudaba que alguna se hubiera acordado de él después de salir de la isla. Molly lo necesitaba. Quería ayudarla a encontrar a Jack y ver sus ojos brillar de placer. Pero si lo encontraban, ¿pasaría todo el tiempo ocupándose de su hijo y dejaría de hacerle caso a él? ¿Ver a Jack de nuevo no le traería recuerdos de su primer matrimonio y haría que se arrepintiera del segundo? Era arriesgado. Aunque ahora era la señora Edwardes. Él tenía que cumplir con su deber y ayudarla a buscar a Jack. Tenía que dejar de pensar en sí mismo y concentrarse en hacer feliz a su mujer.

Volvió a mirar por la ventanilla, parpadeando ante las manchas borrosas que veía desfilar y tratando de resistirse al soporífero ronroneo del motor. No tenía recuerdos de los últimos quince kilómetros.

El autobús los dejó en Romsey y allí cogieron un taxi hasta Melchet. Reggie estaba horrorizado por el precio; podía haber pagado varias rondas de bebidas con aquel dinero. El taxista los dejó frente a un gran edificio de ladrillo rojo con enormes ventanas. Se parecía a una mansión victoriana que Reggie había visto en un libro de texto escolar, aunque las chimeneas eran de un ladrillo de otro color y parecía más viejo. Oyó un sordo runrún que salía por una de las ventanas abiertas. Tardó un momento en darse cuenta de que eran voces de niños.

Molly se quedó un rato mirando la vieja casa, tratando de imaginar a su hijo en el momento de llegar solo y atravesar las grandes puertas de roble. El estómago se le encogió de miedo y se lo masajeó con aire ausente. Luego Reggie y ella se dirigieron a la puerta principal y llamaron al timbre.

Abrió una monja con un suave rostro rosado y ojos azul claro. Escuchó atentamente su pregunta y les indicó por señas que entraran. La casa, con sus altos techos y sus largos pasillos vacíos, le recordó Warlingham. Quizá todos los centros públicos se parecían entre sí.

—Iré a buscar a la hermana Constantia.

La monja se alejó pisando fuerte con sus zapatos negros de cordones y dejó a Molly y Reggie sentados en un duro y lustroso banco del vestíbulo.

Oyeron un portazo a lo lejos y Molly percibió un rumor de pasos que se acercaban. Durante un minuto se vio otra vez en la sala del hospital, esperando temerosa la visita de la enfermera jefa. Sintió un escalofrío y notó que Reggie se pegaba a ella.

—¿Estás bien?

—Tengo la sensación de estar otra vez en Warlingham.

La risa de Reggie resonó en el inmenso vestíbulo.

—Tú saliste del hospital. Si Jack está aquí, también puede salir.

Molly se imaginó enseñándole a Jack la casa prefabricada. ¿Permitiría aún que lo acostara por la noche? Probablemente no, pero sí podía cocinar para él. Los chicos de su edad necesitan muchas proteínas. Se imaginó en los fogones removiendo una cazuela de estofado de ternera cuyo olor impregnaba toda la cocina, y luego friendo unos crujientes rebozados en la sartén. ¿Y no le gustaba el puré de patatas con carne picada? En su cabeza apareció una nube de patatas con mantequilla: Molly la ponía sobre el cordero, echándola con el tenedor como le gustaba a Jack. El chico podía comerse también la ración de carne que le correspondía a ella. Se la cedería gustosamente. Se dio cuenta de que haría cualquier cosa para que fuera feliz... que nunca lo habría olvidado si no hubiera estado tan enferma. Era vital que supiera eso. Entonces concibió un pensamiento horrible.

—¿Y si no quiere volver con nosotros? —preguntó a Reggie.

—Ya cruzaremos ese puente cuando lleguemos.

Apareció la monja. Era alta, con muñecas huesudas que sobresalían bajo las mangas negras del hábito.

Molly parecía tener los zapatos envueltos en capas de lana esponjosa. Era como si no tocaran el suelo.

–¿Los señores Edwardes?

La mano que estrechó Molly era fría y seca. Reggie se tiraba del lóbulo de la oreja. La hermana Constantia no le dio la mano, aunque hizo un gesto seco con la cabeza en su dirección.

–¿En qué puedo ayudarlos? –preguntó.

–Creo que mi hijo estuvo aquí durante la guerra. Se llamaba Jack.

La monja no alteró su expresión.

–Hemos tenido muchos niños con ese nombre estos años. Sobre todo durante la guerra. Muchas idas y venidas.

Parecía cansada, como si la tensión de las evacuaciones hubiera podido con ella.

–Pero ¿tienen registros? –dijo Reggie–. Su nombre completo es Jack Malloy. Ahora tendría casi diecisiete años. ¿Está todavía con ustedes?

La hermana Constantia tenía los labios apretados, los ojos inexpresivos.

–No tenemos ningún chico con ese nombre y me temo que los registros ya no están aquí. Están en las oficinas que nuestra congregación tiene en el centro de Londres. Es posible que allí puedan ayudarlos. Pero tendrán que pedir cita –dijo, sorbiéndose la nariz–. Sería inaceptable que se presentaran sin avisar.

A Molly se le enrojecieron las mejillas. Había sido idea suya ir a Melchet sin avisar. Qué estúpida. Pensó que encontrarían a Jack enseguida, que los llevarían a un dormitorio colectivo, o a un refectorio, algo así, y que él la reconocería de inmediato. Lo había imaginado corriendo hacia ella, rodeándola con sus brazos. Se reía y sonreía y estrechaba la mano de Reggie. Ellos lo habrían ayudado a hacer el equipaje y luego lo habrían llevado a casa en el autobús. Los tres vivirían juntos. Felices para siempre.

Pero Jack no estaba en aquel lugar silencioso y frío. Una parte de ella sintió alivio. ¿Qué habría supuesto para él estar a las órdenes de la hermana Constantia un día sí y otro también? Aquella mujer no tenía un gramo de calidez, por muy monja que fuera. La expresión confiada de la carita de Jack se habría transformado en confusión y miedo. Habría detestado irse a la cama sin un abrazo o un cuento. ¿Y se habrían preocupado por untarle el eczema con crema de avellanas cuando le picaba? Molly veía aún la piel irritada, supurando, de su delgado brazo. Se pasó la mano por los ojos. Pero si no estaba en Melchet House, ¿dónde estaba?

–Siento que hayan hecho el viaje en vano –dijo la hermana Constantia, alisándose la falda–. Como he dicho, su mejor opción es ponerse en contacto con la oficina central de nuestra orden. Está en Marylebone.

Marylebone. Eso estaba a solo cuarenta minutos en tren de casa. Y pensar que habían perdido casi todo el día viajando hasta Romsey. Y tendría que perder el resto volviendo. Por no mencionar la cantidad de dinero que no tenían y habían gastado. Molly miró a Reggie con aire de disculpa, pero el hombre tenía la cabeza echada hacia atrás. Estaba mirando el techo ornamentado. Un nervio le latía en el cuello.

La chica rondaba los dieciséis años y tenía las extremidades delgadas, los ojos de un castaño oscuro y el pelo negro y brillante. La llevó a la casa una mujer del hogar femenino y la dejó en la puerta como si fuera un paquete. Kathleen la recibió sonriendo y la hizo entrar, dando las gracias con un gesto de la cabeza a la mujer, que se fue rápidamente.

A Kathleen le resultaba difícil saber cómo tratar a Rosie. Había anhelado tener hijos tanto tiempo que ahora no soportaba verla simplemente como una empleada doméstica contratada. Pero sabía que se arriesgaba a sufrir la ira de John si concedía a la chica la misma condición que a Jack. Rosie estaba un poco delgada; quizá Kathleen pudiera darle a hurtadillas algo de comida. Engordarla un poco. Había intentado hacer lo más confortable posible el cuarto del desván. John le había dado una mano de pintura, pero fue Kathleen quien puso las cortinas y ahuecó las almohadas.

Ofreció a Rosie un trozo de tarta y un vaso de leche, que la chica comió y bebió tímidamente. Estuvieron sentadas un rato a la mesa de la cocina, en silencio. Entre sorbos y pequeños bocados, Rosie miraba el lugar. Kathleen se preguntó qué aspecto tendría a sus ojos. Parecía especialmente interesada por los tres patos voladores de la pared. Seguro que hasta entonces no había pensado en los patos como en adornos. Cuando terminó, Kathleen la llevó escaleras arriba hasta su cuarto. Esperaba que le gustara.

Cuando Kathleen y Rosie subieron al desván, Jack entró en la cocina desde el comedor, donde había estado estudiando. Había visto de reojo a Rosie a través de la puerta entornada, pero Kathleen había sugerido que esperara hasta más tarde para conocerla.

–Deja que antes la conozca yo un poco. Es conmigo con quien va a trabajar; tú no tienes mucho que ver en esto.

Jack había visto un reflejo de pelo oscuro y piel suave, y una impresión fugaz de elegancia.

Se sentó a la mesa de la cocina, en la silla que Rosie acababa de dejar vacía, y escuchó las dos series de pasos, aunque los de Rosie eran mucho más ligeros que los de Kathleen.

Se preguntó qué efecto tendría la nueva ocupante de la casa. ¿Los aproximaría la cautela que seguramente compartirían en relación con John? Quizá pudiera ayudarla alguna vez. John había dejado muy claro que había que verla como a una criada, pero ¿qué significaba eso? Desde luego, en Croydon no tenían criada y en Bindoon los criados eran ellos. No pensaba tratar a Rosie como los Hermanos lo habían tratado a él. Quizá pudiera ser su amigo. Aunque tendría que tener cuidado cuando John rondara por allí. Pero estaría bien volver a tener un buen amigo. Su corazón aún sufría por Sam. Nunca había conocido a nadie con quien pudiera hablar como con Sam. Qué bien se lo habían pasado en el barco. Y Sam le había hecho soportable Bindoon. Jack nunca lo olvidaría. Tampoco olvidaría la promesa de vengar su muerte.

Rodeó con las manos el vaso del que había bebido Rosie. Luego lo miró fijamente. En el borde había quedado un mapa perfecto de sus labios, con el contorno desdibujado. Jack presionó los labios contra el vaso.

Molly y Reggie recorrieron el camino de salida de Melchet House.

–Lo siento –dijo Molly–. No creí que fuera a pasar esto.

Reggie se encogió de hombros.

–Así he visto otra parte de Inglaterra. Esto es muy bonito. –Miró el césped, teñido de rubio por el sol del atardecer, y los bosques que había tras la casa, de un verde luminoso. Cogió a Molly de la mano–. Nos pondremos en contacto con Marylebone y en cuanto me paguen, iremos allí.

Siguieron andando hasta que los detuvo un grito inesperado:

–¡Esperen, por favor!

Molly miró alrededor. Una monja corría tras ellos. Tenía el rostro redondo, enrojecido por el esfuerzo de alcanzarlos. Un mechón de pelo gris se le escapó de la toca. Cuando se acercó, Molly pudo ver las profundas arrugas que cruzaban la piel de la monja. Percibió un débil olor a menta.

—He oído que están buscando a Jack Malloy.

Molly se quedó paralizada.

La anciana monja los llevó hasta un banco del jardín.

—Soy la hermana Beatrice. Y creo que podría ayudarla.

—¿Conoció a Jack? —preguntó Reggie.

—Oh, sí. Estuvo con nosotras unos siete años.

Molly se dejó caer en el banco. ¡Siete años! Había estado allí todo ese tiempo y la hermana Constantia no había dicho nada. Era evidente que lo sabía. ¿Cómo podía ser tan cruel?

—Era un chico encantador —continuó la monja—. Yo le cogí mucho cariño a su Jack —dijo con mirada ausente—. Solía sentármelo en el regazo y contarle cuentos.

Molly sintió un súbito mareo. Pensar que durante todo el tiempo que ella había estado en la cama de un hospital, Jack estaba en la cama de un dormitorio colectivo. A solo noventa kilómetros de distancia. Había pasado todos esos años con aquellas mujeres sin hijos y no con ella, su propia madre. Quería hacerle mil preguntas, pero la mayoría eran difíciles de formular.

—¿Qué aspecto tenía? —dijo al fin.

—Era pequeño para su edad, con el cabello castaño oscuro y unos preciosos ojos verdes. —La hermana Beatrice miró a Molly—. Parecidos a los suyos, señora. Era uno de los más tranquilos. Tardó un tiempo en acostumbrarse. Lo trajeron aquí durante los bombardeos. Me parece recordar que lo enviaron de Croydon.

—Sí, exacto —dijo Molly. Le contó lo de la bomba y lo de Warlingham—. Las autoridades no sabían quién era yo, así que pensarían que Jack era huérfano. Debieron de mandarlo aquí por su seguridad.

–Él nunca creyó que fuera huérfano –murmuró la monja–. Aunque le dijimos que usted había desaparecido y que seguramente habría muerto, él estaba seguro de que en algún momento usted lo encontraría.

Reggie rodeó a Molly con el brazo para calmarla.

–¿Sabía que estaba viva?

La monja miró el banco, como si de repente le fascinara la textura de la madera.

–Me temo que lo convencimos de que, de haber sobrevivido, habría venido a buscarlo.

Molly se vio otra vez en la cama del hospital, mirando la foto de un niño en el periódico.

–Sabía que había perdido algo –susurró–. Pero no llegué a descubrir qué. La memoria no me funcionó durante mucho tiempo.

–Eso explica muchas cosas. Investigamos algo, pero no pudimos encontrar su pista. Cuando llegó la oportunidad, le dijimos a Jack que olvidara el pasado y siguiera adelante.

–¿Oportunidad? –dijo Reggie, en un tono que sonó cortante.

–Sí. –La hermana Beatrice le guiñó un ojo–. Un hermano cristiano vino a visitarnos hace unos años. Ofreció a todos los niños la oportunidad de ir a Australia para empezar una nueva vida allí.

–¿Australia?

–Jack estaba emocionado con el viaje... el sol... los caballos... la fruta fresca.

–¿Australia?

La monja asintió con la cabeza.

–Nunca pensamos que aparecería usted por aquí.

La mirada de Reggie iba de Molly a la hermana Beatrice.

–¿Qué más puede contarnos?

–Debió de ser en 1947 –dijo la hermana–. Él se fue en el SS *Asturias*, el primer barco que zarpó después de la guerra. Creo que lo llevaron a un orfanato de Australia Occidental.

–Pero imagino que se necesitaría que alguien autorizado diera el permiso correspondiente –dijo Molly.

La monja miró al jardín.

–Los huérfanos no necesitaban el permiso de nadie –murmuró.

Molly se llevó una mano al oído.

–¡Pero él no era huérfano!

–Eso no lo sabíamos. –La voz de la hermana Beatrice era más firme ahora–. Por lo que nosotras sabíamos, Jack no tenía padres. Hicimos todo lo que pudimos.

Reggie se puso en pie.

–Ha sido usted de mucha ayuda, hermana. –Estrechó la mano de la mujer–. Molly tiene mucho que asimilar. Tenemos que ir a casa y pensar qué haremos ahora.

Molly le tiró de la manga.

–Pero yo quiero saber más.

–Está oscureciendo. –Reggie volvió la cabeza hacia las sombras del sendero–. Y nos espera un largo viaje. Estoy seguro de que la hermana Beatrice volverá a hablar contigo otro día.

La monja afirmó con la cabeza.

–Ahora tenemos teléfono –dijo–. Solo tiene que llamar a Melchet House y preguntar por mí.

–¿Dejó Jack algún mensaje? –preguntó Molly.

La monja dio un respingo.

–¡Oh, sí! Me dijo algo que tenía que decirle a usted si alguna vez venía buscándolo. –Arrugó la frente–. Lo siento, han pasado unos años y mi memoria ya no es lo que era.

Molly se desplomó en el duro banco.

–Si lo recuerdo, prometo que se lo haré saber.

Reggie garabateó el número de teléfono de Warlingham en el dorso de una cajetilla de tabaco y se lo dio a la hermana Beatrice. Si no hubiera estado tan nerviosa, Molly se habría reído al ver a la anciana monja cogiendo la cajetilla de Lucky.

–Es el número de mi trabajo –dijo–. Pregunte por el señor Edwardes.

La cajetilla desapareció en un pliegue del hábito de la monja, que agachó la cabeza y regresó lentamente por el camino.

Ya en el autobús, Molly bullía de energía reprimida.

–¡No puedo creer que esté vivo! Sería una noticia maravillosa si no estuviera tan lejos. Tenemos que averiguar dónde lo enviaron, ir allí y encontrarlo. No puede quedarse en Australia. Está al otro lado del mundo. Es mi hijo. Tiene que estar conmigo.

Reggie le abrazó los hombros con más fuerza.

–Molly, cálmate.

–Compraremos un pasaje para ir a buscarlo.

–Moll, es muchísimo dinero. Cuesta la paga de un día llegar a Romsey. ¿Cómo vamos a pagar un pasaje a Australia? Y no es seguro que siga allí. ¿Y si no lo encontramos? ¿Y si se ha ido a otro sitio y no hay registros?

–No digas eso. Tiene que haber registros. Tenemos que encontrar su pista –dijo Molly mordiéndose el labio.

–Habéis estado separados mucho tiempo. A él le han dado la oportunidad de tener una nueva vida en Australia. Una vida mucho mejor de la que podríamos darle nosotros. ¿De veras quieres traerlo a todo esto? –Hizo un gesto para abarcar lo que los rodeaba.

Molly se volvió hacia la ventanilla. Limpió el vaho del cristal con irritación. Después de todo lo que había sufrido,

¿no iba a poder reunirse con su hijo? ¿Cómo podía decir Reggie esas cosas? Pues claro que Jack querría volver a casa con mamá... ¿no?

Claro que, si lo estaba pasando tan estupendamente en Australia, quizá no quisiera irse. ¿Qué podía ofrecerle ella a cambio de una aventura semejante? Quizá, si lo quería de veras, no debería llevárselo de allí. Pero no soportaba la idea de no volver a verlo nunca más.

—Tenemos que encontrarlo —dijo—, aunque solo sea para darle otra opción.

—No deberías alentar mucho tus esperanzas.

Molly apoyó la cabeza en el acolchado respaldo del asiento del autobús y cerró los ojos.

Al cabo de una semana, ambos tenían noticias nuevas. Molly estaba poniendo la mesa y tarareando cuando Reggie cruzó la puerta. Se volvió hacia él con una sonrisa resplandeciente.

—Primero tú —dijo, cuando los dos trataron de hablar a la vez.

—No, tú.

Reggie se quitó el abrigo y lo colgó de un gancho del vestíbulo. Tenía el rostro sombrío.

—Tú. Insisto.

—Muy bien —dijo él suspirando—. Pero me temo que no son buenas noticias, Moll.

A ella se le cayó un tenedor al suelo.

—¿Qué ha pasado?

Reggie se frotó la frente.

—He hecho algunas averiguaciones. Al parecer, aunque encontremos la pista de Jack, las autoridades no me dejarían entrar en Australia. Allí tienen unas normas tan rígidas como su culo y está claro que no les gustan los negros.

Por una vez, Molly no lo censuró por utilizar aquel lenguaje. Buscó la silla que tenía más cerca y se sentó.

–Tenemos que encontrar la manera –dijo débilmente.

–Si conseguimos ahorrar suficiente dinero, tendrás que ir sola.

Molly se llevó las manos a la cara. ¿Podría recorrer todo aquel camino sin Reggie? ¿Y si después de todo Jack no estaba allí? Y aunque estuviera, quizá no quisiera verla.

Y había otra razón. Cuando levantó la vista, tenía las mejillas coloradas.

–No puedo, Reggie. Esta es mi noticia. –Se puso la mano sobre el estómago–. Estoy embarazada.

Dos semanas después, Molly iba sentada al lado de Reggie en el metro, conteniendo las náuseas acrecentadas por el traqueteo del tren. El olor a cuerpos calientes y el aire lleno de humo no mejoraban la situación. Respiró hondo y miró los carteles que anunciaban la Feria de la Casa Ideal, Coca-Cola y algo llamado Blue Travel Line. Delante tenían una fila de personas sentadas y cabizbajas, ocultas tras un muro de *Daily Telegraphs* y *Daily Mirrors*. Qué raro que todos cruzaran las piernas del mismo modo.

Al llegar a la estación, Reggie la ayudó a bajar del vagón. Subieron por las escaleras mecánicas. Tras la noticia del embarazo, Reggie era la amabilidad en persona. Molly se preguntó qué pensaría realmente de sus intentos de encontrar a Jack cuando había un hijo suyo en camino. ¿Qué habría hecho ella en su lugar? Reprimió otra vez las náuseas y apretó el brazo de Reggie mientras se tambaleaba en la escalera móvil, anhelando el momento de abandonar el mundo subterráneo y salir a las brillantes calles de Londres.

Por suerte, el convento de Marylebone estaba fresco. Le recordó un poco a Romsey, con su olor a pulimento y a incienso, y sus largos y relucientes pasillos. Entraron juntos en el despacho de la madre superiora. Otra mujer de mediana edad los miró con ojos inescrutables bajo una almidonada toca blanca. Un rostro suave y pálido, ojos grises inexpresivos tras unas gafas de montura metálica. Sobre su cabeza, una Virgen María sonreía beatíficamente, con el cabello envuelto en una luz dorada.

–Gracias por pedir una cita, señora Edwardes. –Tras una mirada de reprobación a Reggie, sus ojos permanecieron fijos en Molly–. Así que está buscando a su hijo, que según usted se llama... –dijo, echando un vistazo a un cuaderno de notas beis que tenía delante–, Jack Malloy.

–Sí –confirmó Molly con la boca repentinamente seca–. Mi primer hijo... con mi difunto marido, Mick.

–¿Mick Malloy? –La mirada de la monja fue repentina y cortante.

Molly asintió con la cabeza.

–Entonces, ¿no es usted el padre del chico? –dijo la monja, volviéndose por fin hacia Reggie.

El aludido negó con la cabeza.

–Entonces me temo que he de pedirle que salga usted del despacho.

Reggie la fulminó con la mirada.

–Si he de hacerlo...

Molly tiró de la chaqueta de Reggie.

–Te necesito aquí.

–Está bien, Moll –dijo–. Estaré en la puerta. Puedes venir a buscarme cuando quieras. –Se levantó y salió, cerrando la puerta tras de sí.

La monja había permanecido inmóvil durante el último cruce de palabras.

–Bien, señora Edwardes. Tengo que decirle que, aunque tengamos constancia de que un tal Jack Malloy salió de Southampton en dirección a Australia en septiembre de 1947, no podemos confirmarle rotundamente que se trate de su hijo.

–Una de las monjas de Melchet... la hermana Beatrice... –balbuceó Molly– conoció a Jack cuando estuvo allí y dijo que se parecía mucho a mí.

La madre superiora enarcó una ceja.

–Me temo que eso no es ninguna prueba.

Molly era consciente de lo poco convincentes que sonaban sus palabras en aquella severa habitación parecida a una celda. En el jardín de Melchet, lleno de flores y esperanza, todo había parecido más prometedor.

La monja suspiró.

–No sé cuánto sabe usted sobre el proyecto... –comenzó.

–Llevar niños a Australia después de la guerra –aventuró Molly–. Los niños que creían que no quería nadie. –Notó la amargura de su voz.

Otra vez la mirada cortante.

–Sacar a niños de los orfanatos y darles la oportunidad de tener una vida –corrigió la monja.

–¿Alejándolos de sus padres? –replicó Molly.

La madre superiora apoyó los codos en el escritorio y la miró sin parpadear.

–Señora Edwardes, nuestros registros decían que los dos progenitores de Jack estaban muertos.

A Molly le rugieron los oídos.

–Pues sus registros estaban equivocados. Cuando Jack y yo nos separamos, yo era viuda. Esa parte es cierta. Se supuso que yo había muerto en el bombardeo, ya que nadie pudo encontrarme. Pero fue la memoria lo que perdí, no la vida.

–Ya. –La monja seguía poniendo una cara inexpresiva; no

parecía tener ni un gramo de compasión–. Bien, tuvimos que aceptar que la información que teníamos en aquel momento era exacta. Nuestra política era ofrecer a todos los niños huérfanos un pasaje a Australia.

–¡Pero él no era huérfano! –gritó Molly.

Se puso en pie y sintió un mareo repentino. Reggie entró a toda prisa.

–¿Qué ocurre?

La madre superiora también se levantó.

–Me temo que tengo que repetir mi petición de que se quede fuera, señor Edwardes. –Aunque no había levantado la voz, su tono estaba forjado en hierro.

Reggie se volvió hacia Molly.

–¿Estás bien?

–Sí. –Se pasó la mano débilmente por la cara–. Sí, estoy bien, Reg... Sal.

Reggie salió a regañadientes.

La monja volvió a sentarse. Puso las manos sobre la mesa y miró a Molly.

–Jack Malloy, si es que es su hijo, tiene una vida maravillosa en Australia. Imagínelo, al aire libre y tomando el sol, cabalgando, pescando, nadando en el río... y con miles de oportunidades. ¿Qué chico en esa situación no creería estar en el paraíso?

–Pero solo quiero que sepa que no lo he olvidado. Que pienso en él todo el tiempo... –Sintió que los ojos se le humedecían–. Que lo quiero con toda mi alma.

–Señora Edwardes, nuestra política no es comunicar detalles de contacto, y ha pasado tanto tiempo que de todas formas ahora mismo no sabríamos dónde está. No puedo romper el protocolo. Ni siquiera por usted. –Suavizó el tono–. A veces, querida señora, tenemos que hacer grandes sacrificios. Tenemos que pensar antes en los niños y en sus intereses.

Molly miró el cuadro de la Virgen que colgaba de la pared, encima de la cabeza de la monja. María perdió a su hijo, ¿no? ¿Cómo es que la representaban siempre sonriendo? ¿Por qué los artistas y escultores se sentían impulsados a poner una máscara para tapar el sufrimiento?

—Déjelo en paz —dijo la madre superiora—. Puede que ese chico no sea su hijo perdido, pero aunque lo fuera, ha tenido un nuevo comienzo. Cualquier comunicación procedente de usted no haría más que inquietarlo. Concéntrese en su nueva familia. Es lo mejor que puede hacer por Jack.

Molly no le había dicho a la monja que estaba embarazada, pero supuso que lo había imaginado. Se llevó las manos al estómago. Nunca perderé de vista a este niño, pensó.

Se puso en pie.

—Si Jack se pone en contacto algún día, ¿promete que me lo hará saber?

La monja agachó la cabeza.

—Por supuesto.

Cuando Molly se reunió con Reggie en el pasillo, respondió a su expresión inquisitiva negando con la cabeza y con los ojos húmedos.

—Llévame a casa, Reg —dijo.

Salieron lentamente del edificio.

24

Jack llamó a la puerta.

–Adelante. –El agente de orientación profesional estaba envuelto en una nube de humo de pipa. El rostro bigotudo y la chaqueta de mezclilla contrastaban extrañamente con el pupitre escolar, como si fuera un alumno avejentado que repetía un curso tras otro–. ¿Jack Sullivan?

Detrás de él había una serie de carteles clavados a toda prisa. «Tu futuro está en nuestras manos», decía uno; «Cómo destacar y llamar la atención», rezaba el pie de foto de otro.

Jack se sentó frente al hombre. Miró el pupitre, en el que había una hoja de papel con su nombre escrito.

–¿Fecha de nacimiento?

–Doce de abril de 1936.

Era un dato tan bueno como cualquier otro. Las monjas nunca habían celebrado el cumpleaños de Jack y desde luego en Bindoon ni lo habían mencionado. Pero un día John había dicho que tenía una comunicación de Inglaterra y, pocas semanas después, Jack había bajado a desayunar y se había encontrado un montón de regalos al lado del plato.

–Hummm –dijo el hombre–. Diecisiete años... –Apretó los labios como si la edad de Jack fuera motivo de desaprobación–. Harás el servicio militar el año que viene. Ciento setenta y seis días.

–Sí, señor.

Jack no sabía qué pensar del hecho de ser recluta. Podía fortalecerlo, ponerlo más en forma. Eso podía ser útil. Por otra parte, era algo que había que cumplir.

–¿Qué harás después?

Jack carraspeó.

–He pensado estudiar Derecho.

Desde lo que pasó con Sam, había decidido entrar en la policía. No había ninguna posibilidad de que pudiera iniciar una investigación él solo. Nadie creería en la palabra de un joven. Tenía que estar titulado para hacer algo. Pero cuando se lo había mencionado a John, este le había dicho que tenía que apuntar más alto. Típico de John. Tener un abogado en la familia le daría más categoría que tener un simple agente de la ley. Pero quizás estuviera en lo cierto. Tardaría más tiempo, pero quizá fuese una forma más eficaz de investigar la muerte de Sam. Y como abogado podría tomar sus propias decisiones. Ya estaba harto de obedecer las órdenes de los demás.

La siguiente mirada del agente fue más estimulante.

–Una profesión admirable. Cuatro años en la universidad. Perth estaría bien. La Universidad de Australia Occidental. –Garabateó algo en un papel–. Buena suerte, Sullivan.

Jack se dio cuenta de que la entrevista había terminado y se puso en pie.

Lo único que podía hacer Molly era contar...

Uno, dos, tres, cuatro, mientras el dolor recorría las paredes.

Uno, dos, mientras latía desde el suelo hasta el techo.

Uno, dos, tres, mientras zigzagueaba por la habitación y volvía.

—Lo está haciendo muy bien —dijo una tranquila voz femenina. Una toca blanca entró en su campo visual—. Utilice el respirador cuando duela mucho, querida.

Le pusieron en la mano un artilugio de caucho, parecido a una máscara antigás. Durante unos segundos imaginó que estaba otra vez en los tiempos del bombardeo de Londres y aguzó los oídos, brevemente inmune al dolor. Pero no, lo único que podía oír era el ruido típico de los hospitales: el zumbido de las máquinas, el suave susurro de pasos y, a lo lejos, el llanto de un niño. En pocas horas volvería a ser madre. Tendría un niño en sus brazos. Suyo y de Reggie. Bajó la barbilla, haciendo una mueca al sentir otra contracción.

Al cabo del rato, las olas llegaban demasiado rápido para contarlas. Había perdido el ritmo. Solo sentía una avalancha interminable de dolor. Se puso de través en la cama, con intención de levantarse y huir.

—Vamos, señora Edwardes —dijo la voz serena de antes—. Así no le hará ningún bien al niño. Procure estarse quieta.

—Molly hizo lo que le decían y miró a la joven enfermera. Tenía la cara luminosa y el pelo rubio oscuro recogido bajo la toca blanca, rígida como el papel. La enfermera le acarició la mano a Molly—. ¿Recuerda la última vez?

Molly les había dicho que había tenido otro hijo, aunque apenas recordaba el nacimiento de Jack.

—Eso fue hace mucho tiempo —dijo, haciendo una mueca tanto por el dolor como por el recuerdo—. Si todavía está vivo, mi hijo tendrá diecisiete años ahora.

—Vaya, todo un buen mozo.

La joven se inclinó rápidamente cuando Molly exhaló un gruñido largo y bajo, y alargó la mano en busca de gas y aire.

Finalmente se formó un ritmo nuevo, caracterizado por

respiraciones entrecortadas y la necesidad intuitiva de someterse a la primitiva fuerza de sus entrañas.

—Lo está haciendo bien —repitió la enfermera. Molly notó que iba ganando la batalla mientras luchaba contra los ataques de dolor—. Ya casi está...

Un titubeo, una palmada y un llanto indignado. Miró hacia abajo con sorpresa y alivio. Por fin había terminado.

—¿Qué es? —preguntó.

Un segundo de vacilación.

—Enhorabuena, señora Edwardes, ha tenido una niña.

Le pusieron un bulto cálido y resbaladizo en los brazos. Molly sonrió. Una hija.

—La llamaremos Susan —dijo.

La niña era preciosa. Su piel era como caramelo oscuro, una bonita mezcla de los matices de Molly y Reggie. Tenía la nariz de su padre y, a pesar del vérnix que le cubría la cabeza como un gorro de encaje, se veía claramente el cabello negro y áspero. Era perfecta. Molly acarició las arrugas de las muñecas gordezuelas, tan profundas que parecían gomas apretadas. Susan emitía unos ruiditos que parecían estornudos y resoplidos, y se esforzaba por abrir los ojos.

Pero ¿por qué las enfermeras no la admiraban? Seguro que podían ver lo guapa que era. Estaban doblando toallas y escribiendo notas en silencio. ¿Estaba bien Susan?

—¿Algo va mal? —preguntó Molly con voz ronca.

Tenía la garganta seca. Y aquel respirador la mareaba.

Una enfermera negó con la cabeza. Pero Molly estaba segura de que habían intercambiado una mirada. Suspiró. Debía de ser por el color de Susan. Esperaba que hubiera gente más tolerante con su hermosa hija; si no, la vida iba a ser muy dura para ella.

Reggie esperaba inquieto en el pasillo, con un pelotón de maridos igual de nerviosos. Todas aquellas manos blancas: tamborileando, rascando, apretando, flexionando. Las de Reggie eran las únicas manos negras del grupo. Cuando lo llamaron para ver a Molly, le sorprendió que no se le hubieran vuelto blancas de preocupación.

Una vez había oído un grito y había pensado que era Molly. Había golpeado la puerta con el puño para que lo dejaran entrar, pero la comadrona lo había echado de allí.

–Quédese fuera con el resto de futuros padres –había dicho, mirándolo con reproche–. No sé cómo harán las cosas en su país de origen, pero en Inglaterra los maridos esperan fuera. Lo llamaremos cuando su mujer y su hijo estén listos para verlo.

Reggie había vuelto a su asiento y había sacado el tabaco, tenso a causa de la frustración. La cajetilla estaba envuelta en un cordón rojo. Fue a tirarlo, pero se detuvo. No era una hilacha. Era algo que su madre le había enviado cuando le escribió para decirle que Molly estaba esperando un hijo. «Alejará los malos espíritus, hijo. Yo te lo até en la muñeca cuando naciste y me gustaría que lo utilizaras para tu hijo». Ella lo había guardado todos aquellos años. Quizá lo había protegido del mal: había estado a salvo durante la guerra y de nuevo en el *Windrush*. Quizá lo había conducido hasta Molly. No podía hacer ningún daño. Se lo pondría a su hijo en honor a su madre. En el otro bolsillo llevaba una pequeña Biblia negra que también le había dado ella. Las madres jamaicanas las ponen en la cuna para mantener al niño a salvo. Reggie empezó a pasar las delgadas páginas. ¿No tenía que quedar abierta por un salmo? Antes de encontrar el lugar, apareció de nuevo la enfermera.

–¿Señor Edwardes? –Parecía estar mirando un punto por encima de su oreja derecha–. Ha tenido una hija. Ya puede verlas a las dos.

Reggie se puso en pie y los cigarrillos se desparramaron por el suelo. Se inclinó para recogerlos y guardarlos en el bolsillo. Pero sin que se diera cuenta, el cordón rojo desapareció entre el polvo de debajo del asiento.

Reggie estaba entusiasmado con su hija.

—Tiene lo mejor de los dos, Moll —afirmó, sujetándola cuidadosamente con sus grandes manos marrones.

Susan lo miraba fijamente, tratando de enfocar sus rasgos con sus ojos negros. Le acarició la barbilla con cuidado y la niña abrió la boquita. Luego se inclinó para aspirar su cálido olor a recién nacido.

—Eres una damisela preciosa. Una princesa real, como tu madre.

Molly los observó. Si tuviera una cámara, pensó, les haría una foto y la guardaría siempre. Pero se limitó a mirar fijamente a su marido y a su hija, para grabar aquella imagen en las páginas de su memoria, para no olvidar nunca el momento.

Reggie siguió hablándole a Susan, y Molly se recostó en las almohadas. Había sido un parto difícil. Aunque no recordaba conscientemente el nacimiento de Jack, algunos recuerdos borrosos se filtraron como si formaran parte de una película antigua. Recordaba un dolor agudo en la espalda y el vientre. Y la vaga imagen de las mismas tocas blancas y el sonido de las suaves voces femeninas. Y la de un médico muy serio. Aunque incluso él había dicho triunfalmente: «¡Es un niño!». También recordó a Mick horas después, con un vaso de cerveza en la mano temblorosa para humedecer la cabeza del niño. Las mujeres dicen que se te olvida el parto, pero lo recuerdas cuando vuelves a dar a luz. Oh, sí. Pero al menos esta vez todo sería más fácil. Molly no tendría que ocuparse sola de su hijo, como le había pasado con Jack durante un tiempo. Gracias a Dios, el padre de Susan estaba allí para quedarse.

Reggie fue a casa a cavar un agujero para la placenta y el cordón umbilical. Más tarde tenía la intención de plantar un árbol para Susan, pero cuando volvió a buscarlos, el hospital le informó de que los habían incinerado. Qué tradiciones tan extrañas tenían en Inglaterra. Vagó por la casa perdido y sin saber qué hacer. Tenía que haber alguna forma de celebrarlo. Se le había ocurrido decir a los otros padres que fueran a tomar algo, pero ninguno le había respondido. Aparte de las palabras cruzadas con la enfermera, solo había mantenido una conversación con un camillero jamaicano: habían estado recordando brevemente Jamrock, que era como sus paisanos llamaban a Jamaica.

Y nada más. Subió a un autobús y se fue al Locarno. El lugar estaba tan bullicioso como cuando había llevado a Molly, el día de la boda. Qué velada habían pasado. Rodeó la pista de baile en dirección a las mesas del fondo. Allí estaban sus hermanos Lester, Deelon y Major, sentados a la misma mesa de un año antes, como si no hubieran salido de allí.

–¡Soy padre! –anunció Reggie.

Major le llevó la primera copa. Reggie no tuvo que pagar ninguna en toda la noche. Hasta la mañana siguiente, cuando una aspirina le despejó la cabeza, no se dio cuenta de que había perdido el cordón rojo. Quizá, se dijo en un intento por ser filosófico, solo era una vieja superstición. Pero algo le pinchaba por dentro. Aunque su madre no había recibido educación, era una mujer sabia. Y ella creía que el cordón era importante. No debía de haberle resultado fácil redactar una nota con su caligrafía infantil, escribir concienzudamente la dirección que Reggie le había dado y, luego, ir andando hasta la vieja estafeta de correos de Crofts Hill, ponerse a hacer cola con personas que querían saber la razón por la que su hijo no la había visitado durante años y esquivar preguntas de por qué Reggie se había casado con una mujer blanca cuando había tantas jamaicanas bonitas allá en el terruño.

Pobre mamá, con sus extraños modales anticuados. Reggie se tragó la culpabilidad y la desazón. Le mandaría una foto de Susan para compensar su negligencia. Cuando tuviera tiempo.

A los pocos días llevaron a Susan a casa. Se permitieron el lujo de tomar un taxi desde el hospital, ya que a Molly le preocupaba que la niña cogiera frío en el autobús. Reggie hizo sentar a Molly con los pies en alto y una taza de té mientras él llevaba a su hija por la casa, para que la conociera.

–Aquí está la cocina. Esta es la habitación de mamá y papá. Aquí es donde vas a dormir.

Parecía muy feliz de tenerla en brazos. La enfermera le había hecho tantas advertencias que en el hospital temía hasta cogerla.

Durmió al lado de su cama, para que Molly pudiera verle la cara, transparente a la luz de la luna. Al primer llanto, la levantó con cuidado del cajón vacío que hacía de cuna y se la puso en el pecho casi antes de que la niña despertase. Luego se quedó observando su diminuta boca, sorprendentemente fuerte, que tiraba y chupaba, mientras apretaba la mano contra el pecho de Molly. A veces Molly notaba que Reggie las miraba sonriendo en la habitación, oscura como la boca de un lobo. Y las paredes perdían su rigidez del día y los arropaban a todos.

Aquellos acontecimientos despertaron más recuerdos: la primera sonrisa, el primer diente, la primera noche completa de sueño. A veces, medio dormida, abrazaba a su hija y se imaginaba que era a Jack al que acunaba. Cantaba las canciones que le había cantado al niño y susurraba las mismas palabras cariñosas, recordando aquellos ojos brillantes que buscaban los suyos antes de cerrarse de sueño. Sabía instintivamente qué quería Susan: qué llanto significaba hambre y cuál significaba cansancio. ¿Se lo habría enseñado Jack? De algún modo, su hijo seguía con ella, haciendo sombra a Susan, proporcionándole recuerdos y consuelo. Y obsesionándola.

El embarazo había socavado la salud y la energía de Molly.

–En cuanto hayas dado a luz, conseguiremos ayuda en nuestra búsqueda, Moll. Lo encontraremos. Ya verás.

Y Molly había sonreído, aunque en secreto se preguntaba si Reggie tenía idea de hasta qué punto la paternidad lo cambiaba todo.

Pensaba a menudo en Jack cuando estaba amamantando a Susan, sobre todo durante la toma de las dos de la madrugada, cuando la casa estaba en silencio y parecían ser las únicas criaturas vivas del mundo. ¿Cómo lo tratarían sus nuevos padres? A pesar de haberlo tenido solo durante cinco años, Molly sabía que Jack era inteligente. A los cuatro años ya leía y escribía, y siempre estaba haciendo preguntas. A lo mejor le habían permitido ir a la escuela en Australia. ¿Estaría, quizá en ese mismo momento, deslizándose entre las sábanas que otra mujer le había comprado? ¿Se aseguraría esa mujer de que comiera bien? ¿Lo abrazaría cuando estuviera triste? ¿Lo ayudaría con los deberes? ¿Señalaría su estatura en la puerta de la cocina conforme creciera? ¿Acostumbraría Jack a decirle «Mírame, mami», como hacía con Molly? ¿Aquella mujer le diría que lo quería?

Cuando su imaginación la torturaba, Molly intentaba concentrarse en el pasado. De recién nacido, Jack estaba callado la mayor parte del tiempo, aunque lloraba con insistencia cuando quería algo. También lo recordaba después, corriendo por la casa con sus robustas piernecitas, cogido de la mano de Mick, y, en una ocasión, poniendo el dedo en el extremo del cigarrillo de Mick y lanzando un grito de dolor. A veces, cuando estaba mirando a Susan en la cama, escuchando sus gorjeos y admirando sus dedos como puntas de estrellas de mar, veía la figura de Jack a aquella edad. Se quedaba sin respiración al recordarlo.

Seguían llegando imágenes a su mente: inclinada sobre la mesa de la cocina, resolviendo un rompecabezas con Jack; Mick llevando a Jack escaleras arriba cuando se había quedado dormido en el suelo; y tras la muerte de Mick, Jack y ella bailando al son de Glenn Miller en la radio. Antes de que aquella bomba los separase. Jack era un niño congelado, atrapado para siempre en su mente con su cuerpo de cinco años. Molly era tan incapaz de imaginarlo con quince años como de salir volando.

CUARTA PARTE
1955-1958

25

Rosie arrastraba la vapuleada caja de cartón por el sendero, frunciendo el entrecejo a causa del desagradable crujido que producía. Olía fatal. Encima de las peladuras reblandecidas, de las hojas de té y de los trozos de cartílago se veían latas vacías. La basura Sullivan. Los restos de otra comida que había preparado y servido ella. Durante un momento se preguntó qué habría pensado su madre de que fuera una sirvienta. En su casa también había muchos quehaceres, como barrer, lavar y cocinar, pero los compartían. Alkira y ella bajaban al río con la ropa sucia, frotaban las prendas con piedras y recogían entre los arbustos las raíces comestibles que llamaban *woorines*, asegurándose siempre de dejar parte en el suelo para que volviera a crecer y pudieran aprovecharlo otras personas. Mamá hacía la mayor parte de las comidas y de la limpieza, mientras que Cobar y Darel se encargaban del trabajo duro: cazar, cortar leña o construir refugios. Pero aquí era Rosie la que tenía que hacerlo todo. Se preguntaba cómo se las apañaría su madre sola. De manera inesperada le vino a la mente la imagen de su madre sentada a la puerta de casa, llorando, pero la ahuyentó con energía. Era demasiado doloroso recordar a su familia.

Ese año había escasez de cubos de basura. Perth se había quedado sin planchas de hierro por culpa de la guerra y

Kathleen no pudo comprar un cubo nuevo cuando John tiró el que tenían, viejo y roto. De modo que tenían que echar la basura en cajas y amontonarlas. Rosie aún tenía que recoger algunas, y luego hacer las faenas de la casa. Se detuvo a limpiarse el sudor de la frente. Kathleen la mantenía ocupada. Pero también podía ser amable, y a menudo le daba comida extra e incluso algunas viejas prendas de ropa. No como el *warra wirrin* (malasombra) de John, que la trataba más como a una esclava que como a una criada. Rosie escupió en la basura, deseando que fuera el té de John, y esbozó una sonrisa de suficiencia al contemplar la masa de burbujas transparentes sobre la basura, como si una cría de chicharra hubiera babeado allí.

En el fondo de la caja vio brillar un viejo pintalabios. Introdujo la mano e hizo una mueca al sentir la mugre caliente entre los dedos, y sacó el pintalabios con un gesto elegante. Desenroscó la tapa con cuidado y vio con satisfacción que aún quedaba una punta de carmín en el fondo. Metió el dedo meñique para rascar parte de la pasta roja con la uña y se la llevó a los labios con algún titubeo. Luego irguió la espalda y levantó la cara hacia el sol, para que el calor le bañara la piel durante un momento. Dio un respingo cuando oyó cerrarse de golpe la puerta principal. Era Jack, que avanzaba hacia ella con un montón de libros bajo el brazo y una bufanda de la universidad, ya manchada de sudor, anudada alrededor del cuello.

–Hola, Rosie.

Ella lo miró, pendiente de sus labios pintados de rojo.

Pero Jack no pareció darse cuenta.

–¿No es hoy tu tarde libre? –dijo Jack, mirando al suelo.

–Sí. –Rosie se preguntó qué se propondría.

–Muy bien. Voy a ver si cambio el horario de algunas clases. ¿Te gustaría ir a Kings Park? Me vendría bien un descanso después de tanto estudio.

Rosie miró hacia la casa con nerviosismo, pero nadie se asomaba por las ventanas y la puerta principal seguía cerrada.

–Me gustaría.

–Perfecto. ¿Qué tal si nos vemos a las dos en la entrada principal?

A Rosie le encantaba que Jack sonriera. Asintió con la cabeza y luego se inclinó sobre la caja de basura mientras él se alejaba rápidamente, silbando.

Rosie lo miró de reojo. Podía confiar en él. Con el tiempo se habían hecho amigos; los había unido la común cautela ante John, aunque a Jack lo trataban mucho mejor que a ella con la excusa de que él era un *wadjela*, un blanco. Rosie se preguntaba a menudo por qué nunca llevaba chicas a casa. Parecía preferir su compañía. Pero ahora los dos eran mayores. ¿Sería seguro ir al parque con él? Algunos chicos eran como *gympie gympies*, esas plantas con preciosas hojas en forma de corazón que soltaban un veneno mortal cuando las tocabas. Pero Jack no era así, seguro que no.

Como ella, también él había perdido a su madre. Aunque no le había hablado mucho de su primera madre, le había contado lo suficiente para inspirarle lástima. Ella entendía su pérdida mejor que la mayoría, y aunque lo afrontaba con valentía, al igual que ella, tenía la sensación de que sus tristes pasados habían creado un lazo entre ellos.

Oyó vagamente una melodía silbada y recordó la expresión de Jack cuando la había mirado antes: abierto, ansioso. Él también sentía ese lazo. Estaría a salvo con Jack.

Rosie fue la primera en llegar a Kings Park. Miró a través de los barrotes de la puerta a la gente que paseaba por el jardín botánico. Una madre con un sombrero de paja de ala ancha empujaba un cochecito con un niño que se inclinaba hacia los

parterres, acariciando las plantas con los dedos y sembrándo-
lo todo de pétalos. Dos ancianas se señalaban arbustos una a
otra y se detenían a mirar. La madre se alejó con el cochecito.

Después llegó un grupo familiar: una pareja con un niño
en medio, cogido de la mano. De vez en cuando los padres
levantaban al niño del suelo y su alegre risa llegaba a oídos
de Rosie.

Había sido un día caluroso y los aspersores estaban en
marcha. Desde su lugar de la verja, Rosie vio arcoíris temblorosos en las curvas que trazaba el agua contra el cielo azul.
Limpiaban el aire viciado y hacían que la hierba oliera dulce.
Más cerca, una bandada de loros picoteaba el césped verde,
listos para lanzarse sobre cualquier gusano que asomara a la
superficie.

El rumor de pasos la hizo volverse.

Jack corría hacia las puertas, sonriéndole.

—Lo siento, me he retrasado. —Jadeaba ligeramente—. ¿En-
tramos? —Empujó la puerta y le indicó a Rosie por señas que
pasara delante.

La muchacha andaba con rapidez. Nunca le había gustado la parte formal de Kings Park. Los cursis arreglos flora-
les de gerberas, nemesias y linarias; los parterres circulares
que se parecían a los platos de colores chillones de Kathleen;
la gente elegantemente vestida, que parecía mirarlos a ellos.
Agachó la cabeza.

—¿Estás bien? —Jack pasaba tranquilamente junto a las ancianas, al parecer sin fijarse en que las mujeres habían encontrado un nuevo objeto de censura—. Esto es muy bonito,
¿verdad?

Rosie no respondió. Por el rabillo del ojo vio que un jardinero del parque se dirigía hacia ellos.

—¿Rosie?

—A la gente de aquí no le gusta vernos juntos —dijo.

Otra pareja los miraba hablando en voz baja.

–Bueno, la gente debería meterse en sus asuntos.

Rosie miró a su espalda. Los viandantes que los miraban con aire de reproche, las rígidas barandillas y el césped tan cuidado la agobiaban. Necesitaba espacio abierto para respirar.

–Vayamos al bosque.

La joven aceleró el paso. Más allá de los jardines formales estaba la zona salvaje, tras el monte Eliza, donde las colinas azules de los Montes Darling coloreaban el horizonte. Era territorio noongar. Lo llamaban Mooro Katta. Los paisajistas *gubba* (del Gobierno) no habían llegado tan lejos. Y allí habría menos probabilidades de encontrar gente.

–De acuerdo.

Rosie no se detuvo hasta que el exuberante césped se convirtió en hierba seca y los únicos colores eran el verde pálido y el ocre. Al mirar atrás, el jardinero del parque era un punto diminuto, y no se veía a nadie más.

Rosie se quitó los zapatos y pisó descalza la tierra caliente. Aquello estaba mejor. Jack la miró enarcando una ceja.

Rosie escondió los zapatos tras unos matorrales.

–Necesito sentir la tierra bajo los pies. Así es más seguro.

Hizo una marca frente al arbusto para encontrarlos cuando volvieran.

–¡Más seguro! Pero podrías pisar un escorpión o una serpiente venenosa en cualquier momento.

–¡No! No me juzgues por tus costumbres de señorito. –Burlarse de Jack la hacía sentirse menos una criada y más una amiga. Ella lideró la marcha, deteniéndose al cabo de un rato para señalar el rastro de un geco, una serie de huellas de manos diminutas cruzadas por una larga línea ondulada. Más allá había un montón de bolitas marrones y viscosas: caca de *koomak*. Rosie se puso de puntillas para mirar entre las tupidas hojas de un árbol del caucho y vio un puñado suelto de ramitas color paja balanceándose en una rama. Sí, era su nido.

–¿Qué estás mirando?

Jack estaba a su lado, protegiéndose con las manos del sol, que calentaba con fuerza a pesar de los árboles.

–El nido de un *koomak*. Vosotros lo llamáis zarigüeya.

–Yo no veo ninguna zarigüeya.

Rosie se echó a reír.

–Nunca la verás a esta hora del día. Son criaturas nocturnas. Estarán escondidas en alguna parte.

–¿Cómo sabes todas esas cosas?

Rosie advirtió que la admiración de Jack aumentaba, pero no estaba segura de merecerla. Toda la gente de su pueblo conocía el monte. Sus hermanos habían aprendido a seguir el rastro de huellas casi antes que a andar.

–No saberlas sería como no saber que tengo un brazo izquierdo.

–Ojalá hubiera crecido aquí. Hay muchas cosas que no entiendo.

–No digas eso. Tú conocerás cosas inglesas.

Jack arrugó la frente.

–Recuerdo que hacíamos pipas con bellotas de los árboles del orfanato.

–¿Pipas con bellotas?

–Sí. En Melchet había robles por todas partes. En otoño, cogíamos las bellotas más grandes, les quitábamos el capuchón, que iba enganchado a un tallo, y parecían pipas en miniatura. Solíamos llenarlas con hojas secas y fingíamos fumar en el bosque, donde las monjas no podían encontrarnos.

Rosie intentó imaginarse a Jack de niño. Cerró los ojos y lo vio: flaco, con ojos brillantes y cabello castaño color chocolate.

–¿Cómo eran las monjas?

–Algunas eran crueles.

Jack cogió una rama baja que Rosie había apartado para que no lo golpeara. Soltó la rama cuando hubo pasado y luego se quedó perdido en sus pensamientos.

–Pero allí tenías amigos, ¿no?

A Rosie no le gustaba pensar que Jack hubiera estado solo. Le había hablado de Molly, pero apenas había contado nada del orfanato. Jack le habló de Bert, de lo amable que había sido en Melchet, pero que luego se había vuelto un imbécil en el barco. Y en Bindoon.

Rosie dibujó un círculo en el suelo con el pie. Jack no había hablado de Bindoon hasta entonces. Rosie se preguntó cómo sería aquel lugar.

–¿Fuiste feliz allí?

–¿Feliz? –Jack se echó a reír, pero no de alegría–. Lo odiaba. Me sentí muy aliviado cuando fui a casa de los Sullivan... Los Hermanos eran unos bárbaros. –Parpadeó un par de veces y Rosie se preguntó qué imagen le habría venido a la mente. Saltó sobre la rama de una banksia hasta que la rompió–. Yo conseguí salir, pero mi mejor amigo murió allí.

Rosie lo miró horrorizada.

–¿Qué pasó?

Jack arrojó la rama hacia la maleza.

–Murió en un accidente. Supuestamente. Por eso quiero licenciarme en Derecho, para investigarlo.

–Bien hecho.

–Bueno, no hablemos del pasado –dijo Jack–. ¡Guíame!

Rosie lo miró con simpatía y siguió abriendo camino.

Mientras avanzaban, Rosie notaba vagamente que las matas de *spinifex* le rozaban los tobillos en aquel suelo arenoso, pero Jack ni se daba cuenta. Caminaba en línea recta con expresión de tristeza. Pobre Jack, pensó. Qué horrible haber perdido así a un amigo. No era de extrañar que tuviera una cuenta que saldar.

Un loro chilló a lo lejos, pero Jack no lo oyó, como tampoco el grito de la cacatúa, aunque sonaba más cerca. Rosie se detuvo por si podía ver al ruidoso pájaro que anidaba en un eucalipto. Echó la cabeza atrás para observar las ramas.

Al principio estaba tan absorta en la búsqueda que pensó que aquel grito agudo procedía del interior del árbol. El sol era cegador incluso a través de las hojas; se protegió los ojos para ver mejor.

Pero entonces Jack gritó su nombre.

La muchacha se puso inmediatamente de rodillas, a su lado, observando el polvo. Una araña escapaba a toda prisa, una araña de patas puntiagudas, con una mancha carmesí en su brillante abdomen grasiento.

—¡Una araña de abdomen rojo! —dijo Rosie estremeciéndose.

—¡Joder! —dijo Jack—. No puedo creer que haya sido tan descuidado. —Se miró la pierna, que ya estaba enrojecida y empezaba a hincharse—. No he traído nada. Necesito una aspirina y hielo rápidamente. Quizá incluso tenga que ir al hospital.

—Tranquilo —dijo Rosie—. Te pondrás bien. Pero no te muevas. Si lo haces, el veneno se extenderá.

Rodeó con el brazo los hombros de Jack y lo ayudó a sentarse al pie de un boab que había allí mismo, apoyándole la espalda en su sólido tronco.

Jack estaba pálido.

—¿No deberías extraer el veneno chupándolo o algo así?

Rosie negó con la cabeza.

—Te pondrás bien. Solo tienes que hacer lo que yo te diga. —Se sentó a su lado y le puso la mano en el pecho. Cuando el galopante ritmo del corazón de Jack se calmó, Rosie volvió a hablar–: Te encontrarás mejor dentro de una hora. Te lo prometo.

–No puedo quedarme sentado aquí durante una hora.

Jack estaba blanco como la tiza y tenía unas gotas de sudor en la frente.

–Sí que puedes. Yo te hablaré.

Jack suspiró y miró a otro lado. Rosie esperó hasta que se relajó, hasta que se volvió de nuevo hacia ella. Entonces se acercó.

Notaba un cosquilleo en la piel. Nunca había estado tan cerca de Jack. Cuando le apoyó la cabeza en el hombro, él no se apartó.

–Te contaré un ensueño –dijo.

–¿Qué?

–Es una historia del origen de los lugares.

–¿Lugares como Kings Park?

–Sí. –Rosie cogió una ramita del suelo. Se inclinó hacia delante, tratando de mantener el resto del cuerpo inmóvil para no perder el contacto con Jack. Y empezó a dibujar figuras en el suelo. Reflejaban lo que pensaba: figuras abstractas que giraban, se disolvían y volvían a formarse–. Esto fue creado por el Wagyl. –Trazó una línea en zigzag y la repitió al lado de la primera serie de figuras. Después dibujó unas señales entre las líneas y para terminar hizo una especie de flecha en un extremo y redondeó el otro–. Esto es el Wagyl.

Jack miraba ahora con más atención.

–¡Es una serpiente!

–Sí, una serpiente de los tiempos del ensueño. Creó el río Swan y el Canning.

–Debía de ser muy grande.

–Inmensa. –Rosie seguía dibujando, añadiendo colmillos y ojos–. Pero no tan grande como la Serpiente Arcoíris que creó el universo. *Him murry big.* –Era una expresión noongar y se le escapó sin darse cuenta. Los Sullivan insistían en que hablara solo en «inglés como Dios manda». Cuando estaba con ellos tenía mucho cuidado. Pero con Jack había bajado la guardia.

El chico no pareció darse cuenta.

–¿Y qué más cosas creó el Wagyl?

–Los Montes Darling. Tenía un cuerpo muy grande. –Rosie explicaba con las manos lo que había dibujado–. Se deslizó por la tierra, haciendo surgir colinas con la cola y formando barrancos con su peso. –Rosie no dejaba de mover los dedos, creando formas–. Algunos barrancos se llenaron de agua y formaron ríos, pero cuando se detuvo a descansar, hizo unos agujeros muy grandes que la lluvia llenó de agua y se convirtieron en lagos y bahías. Al moverse, se le cayeron algunas escamas, que se convirtieron en bosques y selvas. Y su caca... –dijo Rosie, empujando la tierra para hacer montones–, creó cerros de piedras. Lugares sagrados.

–Vaya. –Jack parecía fascinado. Se había olvidado del dolor de la pierna–. ¿Y el Wagyl todavía está vivo?

–Claro. Vive bajo tierra. Bajo las fuentes del lago Monger.

–¿Podrías encontrarlo?

–No. –Rosie frunció el entrecejo–. Creo que está dormido.

–No me sorprende, después de tanto trabajo.

Rosie miró a Jack fijamente. Más valía que no se burlara de ella. Pero su expresión era sincera. Se encogió de hombros y asintió con la cabeza.

Jack se tocó la pierna y se estremeció. Se estaba hinchando mucho. Y estaba caliente.

–Necesita más tiempo –dijo Rosie–. Ten paciencia.

Jack hizo una mueca.

–Sigamos hablando –dijo Rosie. Así no pensaría en el dolor.

Jack se recostó.

—Háblame de tu familia —dijo al rato.

Rosie no estaba preparada para eso. Había disfrutado hablándole del ensueño, pero aquel asunto era más difícil. Empezó a garabatear en el suelo otra vez. Cuando por fin habló, era consciente de lo apagada que sonaba su voz. Mejor contarlo deprisa.

—Nací en Narrogin. Mamá era aborigen de pura cepa, pero papá no. Él tenía la piel más clara, no era de aquí. Estaba en el ejército, sirviendo a su país en el extranjero. En casa estábamos solo mamá y nosotros, sus hijos. Un día que mamá había ido a la tienda, vinieron los de Servicios Sociales y se nos llevaron. A los chicos los enviaron a la Misión Wandering y Alkira y yo terminamos en Moore River. —Cogió un trozo de corteza de boab y empezó a romperla en trozos más pequeños, para ahogar el recuerdo del llanto de su hermana—. Yo tengo dos años más que Alkira, así que fui la primera en irme. No la he visto desde que llegué a casa de los Sullivan.

Jack le quitó los trozos de corteza y los puso en el suelo. Luego le cogió la mano.

—Sé cómo te sientes —dijo—. Yo no tengo hermanos ni hermanas, pero sigo echando de menos a mi madre.

El calor de las manos de Jack le recorrió el cuerpo. Rosie tragó saliva.

—Quizá algún día pueda volver al poblado. Ver si puedo encontrar a Alkira, aunque puede que ahora esté con otra familia. No sé si volveré a ver alguna vez a Cobar y a Darel. Mamá debe de estar tirándose de los pelos. Espero que papá sobreviviera.

Parpadeó varias veces. No debía llorar. No después de haber reprimido las lágrimas tanto tiempo. La única forma de sobrevivir era mantenerse ocupada. Y no pensar.

Se asustaron cuando oyeron una risa demente en la maleza. Durante un momento Rosie imaginó que eran los de los

Servicios Sociales, que volvían para divertirse. Luego vio un reflejo de color zafiro en un árbol.

Jack también lo había visto.

–¡Ah! ¡Una cucaburra!

–Sí, se está riendo de ti. –Rosie forzó una sonrisa–. No puedo creer que sepas tan poco del monte.

Jack le tiró del pelo y se levantó temblando.

–Vamos, Rosie-Preciosie. Me siento mejor y se está haciendo tarde. Tenemos que volver.

Jack había mirado su reloj, pero Rosie miraba el gigantesco sol rojo que se hundía en el horizonte y escuchaba los susurros de las sombras tras los eucaliptos. Miró a Jack alarmada.

–Oh, no, la señora Sullivan me matará.

26

Molly estaba sentada a la mesa de la pequeña y ordenada cocina, con una fina hoja de papel azul ante sí. Había hojas parecidas arrugadas en el cubo de la basura.

Susan estaba en la cama y Reggie en el club, como de costumbre. Tenía la intención de remendar algunas prendas mientras escuchaba el serial radiofónico *The Archers*, pero algo la impulsó a ir al cajón y sacar los sobres de correo aéreo que había guardado allí hacía una eternidad, cuando había querido escribir a Jack. Reggie la había convencido de que antes tenían que saber lo que podía hacer el Ejército de Salvación al respecto. Así que esperó a que Jack cumpliera los dieciocho años para ponerse en contacto con el Ejército y descubrió que Jack había salido de Bindoon para irse a vivir con un matrimonio. Después, cuando tuvo a Susan, ya no tuvo tiempo para nada, todo era preparar comidas y lavar. Y siempre estaba demasiado cansada para concentrarse. Pero Susan requería menos atención ahora, y con Reggie en el club, finalmente tenía algo de tiempo libre. Esa noche estaba dispuesta a escribir la carta.

La estufa de gas silbaba a sus pies. La había llevado a la cocina porque el suelo de linóleo era muy frío. La lluvia repiqueteaba sobre el cristal al otro lado de las alegres cortinas de cuadros verdes. Esperaba que Reggie condujera con cuidado cuando volviera a casa. No hacía mucho que tenían el Zodiac.

Habían gastado en el coche todo el dinero que tenían.

—Después empezaremos a ahorrar para ir a Australia —había dicho Reggie—. Pero ahora necesito un transporte. Nunca salgo del trabajo a tiempo de coger el último autobús, y a largo plazo será más barato tener un coche que coger tantos taxis. Y además, podremos usarlo los fines de semana para llevar a Susan a la playa.

Sabía que con ese argumento la convencería. Siempre Susan. Nunca Jack. Pero ¿cómo iba a discutir por darle a su hija una vida mejor?

Había tenido mucha paciencia. Esperó durante meses para ver si el Ejército de Salvación podía seguir la pista de Jack o a que este, por un milagro, se pusiera en contacto con la hermana Beatrice. Y de vez en cuando, Reggie pasaba por la embajada británica para ver si podía hacer algo. Pero la respuesta siempre era la misma. Parecía que el rastro de Jack se había desvanecido. Reggie le decía que tenía que tener paciencia. Últimamente estaba consiguiendo algunas actuaciones en el Locarno. A la gente le gustaba su voz y empezaba a haber demanda de música jamaicana.

—Los tiempos están cambiando, Moll —había dicho—. Seguiremos incordiando a esos australianos y a esas monjas de cuello rígido, y un día iremos allí. Y seguiremos ahorrando. Apartaré dinero de lo que me paguen en el Locarno. Antes de que te des cuenta, tendremos los pasajes de avión.

Molly había dicho que sí, aunque en el fondo lo dudaba. Costaría muchísimo dinero. Mucho más del que podrían permitirse. A veces sentía que todo iba en contra de ellos. No había trabajado desde el nacimiento de Susan, y aunque Reggie ganaba un buen dinero en el club, además del salario de

Warlingham, al final no quedaba gran cosa. Siempre había que pagar esto o aquello. Como el coche. A veces la añoranza y la irritación la hacían sentirse como si estuviera otra vez bajo los cuidados del doctor Lee. Gracias a Dios que tenía que cuidar de Susan, de lo contrario se habría vuelto loca.

Pero tenía que hacer algo. Decidió escribir a Bindoon para ver si los Hermanos Cristianos respondían. Merecía la pena el intento.

Molly no se lo había contado a Reggie, pero cuando llevó a Susan a la clínica para que le pusieran la vacuna contra la difteria, no había gastado el dinero extra que él le había dado para ir a Lyons, a permitirse un bollo y una bebida. En su lugar, había cogido el metro hasta Marylebone para visitar las oficinas centrales del convento. Allí le había suplicado al funcionario de recepción que le diera la dirección de Bindoon. Por suerte, Susan parecía bastante desconsolada después de la inyección, y eso, combinado con las lágrimas genuinas que había derramado Molly al contar su historia, fue suficiente para ganarse la simpatía del funcionario.

–Aquí la tiene –había dicho, dándole un trozo de papel por encima del mostrador–. No diga nada, por favor. Es más de lo que me permite el trabajo.

–Gracias –dijo Molly–. Se lo agradezco mucho.

–¡Buena suerte! –había dicho el funcionario, guiñándole un ojo.

Ella le había sonreído y luego le había dado la vuelta al cochecito para marcharse. Sabía que solo existía una pequeña posibilidad de que la carta llegara a manos de Jack, pero al menos tenía por fin la iniciativa.

«Querido Jack», escribió Molly. Había probado con «Querido hijo», que era lo que realmente quería escribir, pero decidió no forzar las cosas tan pronto. «Te sorprenderá saber de mí después de todos estos años. Por favor, no tires esta carta». Le horrorizaba que Jack no le diera la oportunidad de explicarse. «Debes considerarme una madre horrible. ¿O pensabas que estaba muerta? Sufrí una herida muy grave en el bombardeo que destruyó nuestra casa en la guerra. Me llevaron al hospital de Warlingham, no muy lejos de donde vivíamos. Allí mejoré, pero había perdido la memoria. Estuve en el hospital varios años. Nadie sabía decirme quién era yo ni qué me había pasado, ya que en la guerra se destruyeron muchos documentos oficiales. Ni siquiera sabía mi nombre, y mucho menos que tenía un hijo. Por favor, entiéndelo, Jack. No tenía ni idea».

Molly se puso entre los dientes la punta de la pluma. ¿Qué clase de joven sería Jack? ¿Sería sensible y amable? ¿Leería la carta atentamente, quizá enjugándose una lágrima al darse cuenta de lo mucho que había sufrido? ¿O apretaría los labios con rabia, a punto de romper la carta? Tenía que conseguir que siguiera leyendo.

«Finalmente empecé a mejorar. Salí de Warlingham y me casé». Sería mejor no hablar mucho de Reggie. Puede que Jack fuera tan intolerante como se decía que eran otros australianos.

Molly aguzó el oído. ¿Había oído un ruido en el piso de arriba? Últimamente Susan había tenido pesadillas. Dejó la pluma en la mesa, subió de puntillas y entreabrió la puerta de la habitación de Susan. La niña estaba sentada en la cama, con los pelos de punta como un cepillo.

—Vamos, señorita —susurró Molly—. Has tenido un mal sueño. —La sacó de la cuna y la meció en sus brazos. Pero seguía pensando en la carta. Era muy importante escribirla bien. Cada palabra tenía que ser perfecta.

Susan cada vez pesaba más; se quedó dormida otra vez. Molly la depositó suavemente sobre el colchón y dio media vuelta sin pronunciar palabra. Probablemente ya no se despertaría hasta la mañana siguiente.

Molly había intentado a menudo ver a Jack en Susan cuando era más pequeña, pero nunca consiguió percibir similitudes. Al cabo de un tiempo dejó de buscarlas. Susan era una persona nueva, se dijo, no la reencarnación de su primer hijo. Tenía derecho a ser ella misma.

Releyó toda la carta. No era perfecta, pero era lo mejor que había escrito hasta entonces. Si la volvía a romper, no conseguiría terminarla antes de que llegara Reggie. Y Susan siempre la despertaba al amanecer. Era mejor proseguir.

«Siempre me sentía extraña cuando veía fotos de jóvenes en el periódico, pero no sabía por qué. Conseguí trabajo en una tienda de ropa. Un día llegó una señora con un niño al que llamó Jack. Fue el detonante. Finalmente recordé que era madre. Me acordé de ti».

¿Debería hablarle a Jack de la «tumba» de Warlingham? Si Jack se daba cuenta de lo fácilmente que ella se había convencido de que estaba muerto, podía enfadarse. Aunque, entonces, Molly todavía se estaba recuperando. Y el doctor Lee y Reggie habían estado de acuerdo. No, era mejor contarle todo lo que había hecho para buscar su pista... y convencerlo de los obstáculos que había encontrado en el camino.

«Intenté encontrarte con todas mis fuerzas, de veras que sí. Reggie, mi marido, descubrió que te habían enviado a Hampshire después del bombardeo. Allí estuviste en un hogar infantil, Melchet House, ¿lo recuerdas?». Molly aún recordaba a la anciana monja que les había contado que Jack había emigrado. «Fuimos allí para traerte a casa, pero la hermana Beatrice nos dijo que te habían llevado a Australia». Se preguntó si Jack recordaría a la hermana Beatrice. Otra mujer que intentó ser su madre. Se frotó la frente. ¿Por qué no podía estar con su auténtica madre? Odiaba la idea de que lo hubieran cuidado otras mujeres. A veces incluso sentía arcadas a causa de los celos.

«Me sentí horrorizada. Reggie y yo no éramos ricos. Seguimos sin serlo. No podíamos permitirnos viajar a Australia. Entonces llegó la niña. Tienes una hermana pequeña y se llama Susan».

Miró el reloj. Las once y media. Se estiró, fue a buscar un vaso de agua y volvió a leer la carta mientras se la bebía.

«Espero que lleves una buena vida, Jack. Debe de ser maravilloso estar bajo cielos despejados todo el día. Espero que estés muy moreno. Siempre te pareciste a tu padre. Escribe y cuéntame qué haces. Pensar que tú, un chico de Croydon, está viviendo en Australia... Apuesto a que sabes hacer un montón de cosas ahora. ¿Tienes muchos amigos? ¿Qué tal te va en el trabajo?». A estas alturas ya debía de tener un empleo. Molly se preguntó a qué se dedicaría. No debo hacer muchas preguntas, pensó. Los hombres lo odian. Y Jack era ya un hombre. Bueno, solo otra pregunta. La más importante.

«¿Creíste que estaba muerta? ¿Por eso te fuiste a Australia? ¿O supiste que estaba viva y quisiste huir de la crueldad de tu madre?». ¿No era un poco fuerte? No podía tachar la frase porque Jack podría leerla a pesar de la tachadura. Quizá si escribía las palabras que creía que estaban en la cabeza de Jack, no serían tan fuertes. Siempre había sido una buena madre para él, pero ¿lo recordaría? Quería que supiera que aún podía serlo.

«Escríbeme en cuanto recibas esta carta. Podríamos mandarte algo de dinero para el pasaje. Sería mucho más fácil que tú vinieras a Inglaterra que ir nosotros allí. Por favor, piénsalo. Te echo mucho de menos. Y lo siento muchísimo».

Se echó atrás en la silla. ¿Cómo podía terminar la carta? Tenía que ser perfecta. Al final, escribió:

«Tu madre que te quiere, Molly».

Leyó la carta otra vez y asintió para sí. Luego la metió en un sobre azul bordeado de franjas azules y rojas. Anotó cuidadosamente la dirección, escribió en la parte superior «Remitir al interesado» y la guardó en el bolso. La llevaría a correos cuando saliera a pasear con Susan al día siguiente.

Mientras se ponía crema en la cara ante el espejo empañado del baño, Molly decidió no contarle a Reggie que había escrito a Jack. Sabía que Reggie quería ser quien localizara al chico. Siempre trataba de hacerla feliz. Pero estaba muy ocupado trabajando y, además, si Jack no respondía (y en su fuero interno no estaba convencida de que lo hiciera), Reggie no se enteraría.

Entró en el dormitorio y se metió bajo la colcha marrón y blanca, subiéndosela hasta la barbilla para mantenerse caliente. Cuando llegó Reggie, estaba profundamente dormida.

A la mañana siguiente, en cuanto John salió de casa para ir a trabajar, Kathleen abrió el cajón de la ropa interior. Rebuscó entre las medias enrolladas y los sostenes de copa puntiaguda, incluso entre las fajas de rayón que debería haber tirado hacía tiempo, hasta que sus dedos tropezaron con las duras tapas de su diario. Desde que había encontrado a John leyéndolo, muchos años antes, lo guardaba en aquel cajón. Sabía que John nunca miraría allí. Claro que ella no había escrito sobre sus sentimientos desde hacía mucho. Por lo menos desde la llegada de Jack.

Pasó las hojas hasta llegar al calendario del final, sacó un lápiz del cajón de la mesita y tachó otro cuadrado. Ochenta y ocho días. Casi la mitad ya. Chupó el extremo del lápiz. La espera era dura, muy dura, pero de alguna manera, tachar los días la hacía más soportable.

Aquella forma precisa de anotar las cosas le recordó al señor Brownlow. Se preguntó si seguiría bamboleando la cabeza de aquella forma tan particular para saludar a la gente. Había arrinconado la jubilación para ayudar durante la guerra y llevar la contabilidad del convento, pero de eso hacía ya mucho tiempo. Sin duda, ahora estaría sentado en un viejo sillón, fumando su pipa y comprobando las cuentas de la casa. ¿Y Mavis? Kathleen se había mantenido en contacto con ella durante un tiempo. Se habían visto para tomar un té en aquel bonito café de Highgate. Pero desde que se habían hecho cargo de Jack, había estado muy ocupada y había dejado que la amistad se desvaneciera. Se sentía culpable. Quizá Mavis se hubiera casado para entonces y tuviera hijos. Kathleen la imaginó con un colorido vestido de flores y un delantal, presidiendo una mesa de desayuno rodeada de niños de ojos brillantes, con su desastrosa época de monja y los infelices días que había pasado en el convento convertidos en un recuerdo lejano. Toda mujer merecía ser madre.

Guardó el diario y empezó a vestirse. El ruido de cacharros en la cocina le indicó que Rosie ya había empezado los quehaceres matutinos. Pobre Rosie. Ella también echaba de menos a Jack. Kathleen estaba al tanto de su amistad. Las miradas que se lanzaban a escondidas cuando John estaba leyendo el periódico. La conversación entre susurros que había oído en la escalera del desván una vez que había subido a su dormitorio a buscar un pañuelo. El inicio de una carcajada rápidamente reprimida. No le importaba que fueran amigos. Merecían ser felices. Pero esperaba que la amistad no se convirtiera en algo más. Les había advertido más de una vez que John se pondría hecho una fiera si se hacían novios. Nunca permitiría que su precioso hijo blanco estuviera con una chica aborigen. Y a veces, cuando veía que Rosie y Jack parecían una pareja, desviaba la atención de John para protegerlos. Por lo que ella sabía, Jack no había tenido ninguna novia. O al menos no había llevado a nadie a casa. Quizá tuviera alguna en Swanbourne.

Bajó la escalera con pesadez. Oía los ruidos de la cocina a través de una espesa niebla. El vestíbulo estaba vacío y el aire olía a cera de abeja. Se detuvo frente a la puerta principal y clavó la mirada en el buzón, deseando que por la ranura metálica entrara volando una carta de Jack. Pero la ranura siguió cerrada.

Entró en la salita y miró alrededor. Los cojines estaban colocados simétricamente en el sofá. Hacía mucho tiempo que había dado por perdida esa batalla, aunque John seguía fijándose en aquel detalle de vez en cuando.

Pasó el dedo por la parte superior de los marcos de las fotos. Sin polvo. Rosie era una buena trabajadora. Kathleen le había enseñado bien. Aunque casi era decepcionante no tener nada que hacer. Quizá pudiera volver a las clases de gimnasia. Le daría un objetivo, y el agotamiento físico podía ayudarla a dormir mejor.

Miró las fotos. Aparte del retrato de boda de John y ella, todas eran de Jack: con el uniforme de la escuela, con un balón de *rugby* el día que había marcado el tanto ganador; con John en la playa. Movió un poco la última para verla mejor. Ella no había querido que John fotografiara a Jack con el uniforme de soldado, pero él había insistido. John estaba encantado de que hubieran llamado a filas a Jack.

–Así se hará hombre –había dicho.

Y en cierto modo, tenía razón. Cuando Jack fue a pasar unos días en casa después del primer mes de servicio, era más alto, más ancho y más seguro. Era como si de la noche a la mañana hubiera pasado de ser un chico a ser un hombre. Rosie no le quitaba los ojos de encima. Kathleen tuvo que lanzarle algunas miradas de advertencia, para que John no se diera cuenta.

Su marido había pasado horas hablando con Jack sobre maniobras, aunque él nunca había visto un combate de cerca. Le entusiasmaba que Jack estuviera en el ejército.

—¿Recuerdas aquella vez que los japos atacaron Darwin, Kath? No estábamos preparados. Quince meses nos costó reunir a los soldados suficientes. No podemos arriesgarnos a que vuelva a pasar algo así. No con todo ese lío que hay ahora con los rusos.

Kathleen estaba contenta porque hubiera acabado la guerra de Corea. Jack no necesitaba cruzar los mares. Y hasta el momento apenas había salido del campamento de instrucción. Quizá John estuviera en lo cierto. Quizá la mili lo convirtiera en hombre. Mientras volviera a casa sano y salvo...

Solo ochenta y ocho días más. En menos de tres meses, Jack estaría de vuelta con ella.

Cuando John llegó del trabajo esa tarde, recogió el correo de la mesa del vestíbulo, donde Kathleen lo había dejado, y fue a la cocina. Rosie estaba allí, preparando la cena. Parecía pollo. Bien.

—Prepáranos un té, Rosie. Estaré en el porche.

Era agradable tener una criada en casa. Adecuado para alguien de su posición. Y bueno, también para tener la aprobación del ministro. Al principio sufría algún que otro sobresalto cada vez que veía la figura aborigen, pero con el tiempo aprendió a fingir que era una pieza más del mobiliario. Si no le hacía caso la mayor parte del tiempo, todo iba bien.

Salió al porche a leer el correo. Kathleen no había aparecido. Quizá estuviera arriba refrescándose. Era agradable que todavía hiciera un esfuerzo por él, aunque últimamente parecía un poco encorvada. Seguro que echaba de menos a Jack.

Fue pasando los sobres. Un par de facturas. Algunos sobres de aspecto oficial del ministerio. El recuerdo de una suscripción. Y un sobre del extranjero. Lo cogió. Era para Jack. El destino inicial, Ciudad de los Muchachos de Bindoon, estaba tachado y al lado habían escrito la última dirección con caligrafía inglesa. La carta le tembló en las manos. Menos mal que Jack no estaba. Habría sido una catástrofe que se la hubiera dado Kathleen. O que la hubiera encontrado Jack. Le dio la vuelta al sobre. El remite era una dirección de Gran Bretaña. Un señora llamada Molly Edwardes que vivía en Croydon.

Se le encogió el estómago. ¿Molly? ¿No era ese el nombre de la madre de Jack? El documento que había guardado bajo llave en el cajón de su despacho decía que se llamaba Molly Malloy. Quizá se había vuelto a casar. En cualquier caso, estaba intentando ponerse en contacto con Jack. Debía de haber descubierto que estaba vivo y en Australia.

John se limpió el sudor de la frente. Si Jack se enteraba de que su madre seguía viva, se pondría francamente mal. Querría hacer alguna locura, como volar a Inglaterra a reunirse con ella. Abandonar su educación. Abandonarlos a ellos. No, Kathleen se había encariñado mucho con él. A decir verdad, también él le había tomado afecto. No podía correr ese riesgo. Tendría que decir a los Hermanos que no volvieran a enviarles más cartas. Cuando Jack volviera de Swanbourne, le sería fácil interceptarlas. O Kathleen, puestos a ello. Gracias a Dios que no la había visto.

John iba de visita a Bindoon de vez en cuando. Podía recoger las cartas entonces. Pensó en decir a los Hermanos que las tiraran, o en escribir él mismo a aquella mujer y decirle que Jack estaba muerto. Pero aun así, era posible que ella quisiera seguir investigando. Mejor no decir nada y que creyera que se había mudado.

Cuando Rosie le sirvió el té, le dirigió una sonrisa, algo que rara vez hacía. A la muchacha casi se le cayó la taza de sorpresa cuando la dejó en el suelo a su lado, tal como él le había enseñado; luego se fue a la cocina.

John tomó un rápido sorbo, metió el dedo bajo la solapa del sobre y lo abrió. Leyó a toda prisa.

«Querido Jack, te sorprenderá saber de mí después de todos estos años...».

Oyó un susurro y miró por encima del hombro. Una cortina agitada por el aire. No era Kathleen. Puso la carta bajo las otras y se las llevó al estudio, que le pareció oscuro después de haber estado en el luminoso porche y que olía a cerrado. La llave del cajón del escritorio estaba en el bolsillo de su chaqueta. La sacó, abrió rápidamente el cajón y guardó la carta dentro.

—Hola, John.

Se volvió de golpe, tratando de adoptar una expresión tranquila. Kathleen estaba en el umbral con su vestido de lunares azules.

—Hola, Kath. Un montón de facturas. Las pagaré más adelante. —Se irguió y le indicó por señas que saliera—. Estás muy guapa. ¿Qué hay para cenar? Me muero de hambre.

Menos mal que no había visto la carta. Más tarde entraría a cerrar el cajón con llave. Y luego escondería la llave donde ella nunca la encontrara.

27

Ninguna noticia aún. Molly comprobaba el correo todas las mañanas, esperando, contra todo pronóstico, encontrar una carta del extranjero con una caligrafía desconocida, pero no llegaba ninguna.

En la radio se oía a Elvis Presley, como de costumbre. Molly se puso a Susan sobre la cadera y tarareó «Love me tender». Parecía ser la canción favorita de Susan desde que había cumplido los dos años. A Molly nunca se le había dado bien recordar las letras: bueno, al menos desde la guerra. Susan se sacó el dedo pulgar de la boca y la miró fijamente. Molly le puso el brazo en la espalda a la niña y le cogió la mano como si estuvieran bailando un vals. Susan había estado mal todo el día, pero bailar pareció apaciguarla. Se rio y se sobresaltó al oír otra voz que acompañaba a la de la radio en la segunda estrofa. Palabras perfectas. Reggie se estaba limpiando en el felpudo y cantaba a gritos con los brazos levantados, como un cantante de ópera.

Molly se echó a reír.

–¿Cómo es que has llegado tan pronto?

–¿No puede un hombre salir del trabajo antes del final del día para ver a su hermosa mujer y a su hija?

Molly dejó a Susan en el suelo y abrazó a Reggie. Olía a té y a aire otoñal.

–Bueno, estoy segura de que sí. Pero no es propio de ti.

Reggie la abrazó con fuerza y luego retrocedió. De repente parecía muy serio.

–He tenido la sensación de que debía venir a casa. –Se encogió de hombros–. No sabría decir por qué.

–Bueno, me alegro de que estés aquí. –Molly se sentó y se puso a Susan en el regazo, acariciándole la espalda con aire ausente–. Susan ha sido un incordio todo el día. No ha dejado de llorar por todo. No he podido hacer nada. Estaría bien tener algo de ayuda.

Reggie le puso la mano en la frente a Susan.

–Hummm. Parece un poco caliente.

Molly le besó la nuca a la niña, inhalando su dulce olor a bebé, y luego le puso la mano en la barriga gordezuela mientras la niña se removía.

Reggie alargó los brazos para cogerla.

–Jugaré un rato con ella mientras tú haces tus cosas.

–Gracias.

Molly se puso en pie, sacó la plancha del armario y la enchufó. Luego subió para recoger la ropa del tendedero del baño. Al menos le daría tiempo a planchar.

Abrió la tabla de planchar y empezó con las camisas de Reggie. Mientras alisaba las arrugas de una manga, vio cómo jugaban los dos. Lo que más gustaba a Susan era abrir armarios y ver su contenido. Molly había colocado sus cosas más preciadas lejos de su alcance, pero eso no detenía sus investigaciones. Encontró un juego de tazas de baquelita y lo sacó. Reggie la ayudó a construir una torre con ellas. Pero en cuanto la torre se derrumbó, Susan se echó a llorar. No era propio de ella: normalmente se habría reído. Reggie la cogió y la meció, luego le cantó en voz baja hasta que se calmó. Molly siguió planchando.

Cuando la llevaron a la cama, Susan parecía mejor. Cogió su osito de peluche y se durmió antes de que Molly terminara de leerle el cuento. Molly se quedó un rato en pie observando su cara a la luz de la luna: las oscuras pestañas de su hija proyectaban en sus mejillas sombras que parecían patas de mosca, tenía la pálida boca ligeramente abierta, y el pecho le subía y bajaba pacíficamente. Salió de puntillas.

–Creo que se pondrá bien –dijo al volver a la salita.

Reggie le alargó una taza de té.

–Esperemos que sí.

Molly tomó un sorbo y bostezó.

–¿Sabes?, creo que subiré pronto. Yo también estoy cansada.

Reggie sonrió y se llevó la taza de té a los labios.

–Termino de beberlo y subo también. Nos vendrá bien ir a dormir pronto.

Se retrepó en la silla y cerró los ojos, sin soltar la taza.

A pesar de su cansancio, a Molly le costó dormirse. Cuando por fin lo consiguió, tuvo un extraño sueño. Hacía calor. Polvo en la garganta; olor a tierra mojada y a incendio forestal. Una gran planta verde se marchitaba en sus manos. ¿Dónde estaba la persiana? ¿Y el agua? El corazón le iba a mil por hora. Pasos. Tropiezos. Tenía que salvarla. Luego un fuerte grito.

–¿Qué ocurre? –murmuró mientras Reggie gruñía a su lado. El grito sonó otra vez, ahora más cerca, y unos diminutos dedos le tiraron del camisón–. ¿Jack?

Abrió los ojos. Susan. ¿Por qué demonios había creído que era Jack? Quizás el sueño tenía que ver con él. Molly cogió a su hija, percibiendo a medias el cuerpecito caliente. Pero Reggie se había despertado, había salido de la cama y estaba mirando a Susan.

–¿Estás bien, preciosa?

Susan negó con la cabeza y volvió a gritar de dolor. Molly se irguió y le puso la mano en la frente.

–Tiene mucha fiebre.

–Le prepararé algo de beber.

–No, es peor que eso. –Susan se sujetaba el cuello y tenía los ojos llenos de lágrimas–. Está muy enferma –dijo Molly. Susan entendió las palabras y lanzó un grito ronco. Molly puso las manos sobre las orejas de la niña y se volvió a Reggie–. ¿Y si es la polio? –susurró–. Dick Warren, el hijo del repartidor del carnicero, se despertó con dolor de garganta y fiebre. Ahora está en un pulmón de acero. Reggie, tengo miedo. Todo puede ocurrir muy deprisa...

Ese verano había habido un brote de polio en New Addington. El ayuntamiento había cerrado la biblioteca, la piscina y el centro social. Todo el mundo conocía a alguien que había cogido la enfermedad. Se veía a menudo a los padres tocando ansiosamente la frente de sus hijos y Molly había pasado las últimas semanas temiendo que Susan fuera la siguiente.

Reggie se irguió de golpe y encendió la lámpara de la mesita. Susan se encogió y Molly miró ansiosa a Reggie, que ya estaba fuera de la cama, vistiéndose.

–Iré corriendo al teléfono a llamar una ambulancia –gritó por encima del hombro.

–¿Una ambulancia?

–No voy a correr ningún riesgo, Moll.

Molly asintió con la cabeza, pero Reggie corría ya escaleras abajo. Le puso la mano en la frente a Susan y le acarició el pelo moreno y húmedo, que se le quedó de punta. Luego se inclinó sobre ella para oler su calor.

–Papá lo arreglará todo, cariño, no te preocupes. –Pero Susan tenía los párpados caídos y no respondió.

Cuando Reggie volvió, Susan se había vuelto a dormir, era

un peso muerto sobre el pecho de Molly, a quien le dolían los brazos de sujetarla.

—Están en camino —dijo Reggie.

A Molly le zumbaban los oídos de nuevo. Hacía mucho tiempo que no le pasaba. Reggie sacó una bolsa vieja del armario, con el dibujo floral medio borrado por el polvo. Abrió cajones, descolgó perchas y fue metiendo en la bolsa la ropa de Susan. Molly miraba, pero estaba demasiado aturdida por el miedo para decirle que estaba metiendo demasiadas prendas.

Esperaron. Reggie se paseaba por la habitación como si estuviera midiendo sus dimensiones mientras Molly yacía inmóvil en la cama, escuchando la respiración irregular de Susan. En alguna parte se oía el tictac de un reloj. Reggie había encendido la estufa de gas, que parecía susurrar y resoplar. El aire olía a queroseno.

Por fin Molly oyó una sirena a lo lejos, luego ruido de frenos y portazos. Reggie dejó de pasearse y corrió a abrir la puerta. Luego oyó ruido de botas que subían por la escalera y aparecieron los dos hombres de la ambulancia. Molly les entregó a Susan, tan fláccida como una muñeca de trapo, y vio llena de miedo que su cuerpecito desaparecía bajo un arsenal de instrumentos médicos antes de ser envuelta en una manta y trasladada escaleras abajo. Reggie y ella los siguieron temblando.

Poco después, estaban en la ambulancia hablando en voz baja para que Susan no pudiera oírlos, aunque el rugido del motor ahogaba fácilmente sus voces.

—Quizá solo sea un resfriado —aventuró Molly, tratando de alejar el miedo que la dominaba.

Reggie le sonrió débilmente.

—Quizá. —Los hombres de la ambulancia no habían querido dar un diagnóstico. Estaban demasiado ocupados comprobando y explorando—. Pero creo que haríamos bien siendo cautos. No se pueden correr riesgos cuando hay una epidemia. Podría haberse contagiado fácilmente.

El terror recorrió la columna vertebral de Molly. Ya había perdido un hijo. No la tranquilizó que fueran la guerra y la burocracia lo que la habían separado de Jack y no la enfermedad.

La ambulancia pasó a toda velocidad por delante de las majestuosas tiendas de Coombe Roads, siguió por Duppas Hill y luego por Purley Way, dispersando o deteniendo el tráfico con su insistente sirena. Se detuvieron delante de un imponente edificio. Las pesadas puertas traseras de la ambulancia se abrieron y se llevaron a Susan en la camilla. Molly, momentáneamente paralizada por las palabras Waddon Fever Hospital que había sobre la entrada, corrió con Reggie tras los hombres de la ambulancia, percibiendo a medias el fuerte olor a antiséptico, mezclado con otro olor fétido, que impregnaba los pasillos. Corrieron por suelos relucientes y flanqueados por camillas y estanterías de acero, llenas de ropa de cama blanca. De vez en cuando pasaba corriendo una enfermera de toca blanca y alguna le lanzaba a Reggie una mirada de curiosidad.

Por fin llegaron al ala infantil. Llevaron a Susan tras una puerta de madera que se cerró al acercarse ellos. Molly iba a empujarla cuando un rostro que expresaba censura apareció tras la ventana redonda de cristal, agitando un dedo en su dirección. Cuando ella le devolvió una mirada de perplejidad, salió una figura muy seria.

–Soy una hermana. ¿Puedo ayudarla?

Tenía una cara alargada sobre un uniforme azul oscuro.

–Sí, señora –dijo Reggie–. Hemos venido con nuestra hija. Acaban de ingresarla.

La mujer los miró fijamente, frunciendo los labios al ver a Reggie.

–Esta es un ala de aislamiento. No se permite el paso a personal ajeno.

–Pero somos sus padres. ¡Solo tiene dos años! –Molly oía el temblor de su propia voz.

–Podrán verla a través del cristal y pronto vendrá un médico a hablar con ustedes.

La hermana giró sobre los talones y volvió a entrar en el ala, dando taconazos.

Molly contempló por la ventana redonda las filas de niños acostados en pequeñas camas, algunos dentro de grandes tubos de metal con solo la cabeza fuera: pulmones de acero. Sintió un escalofrío. ¿Y si metían a Susan en uno de ellos?

Se sentaron en un banco pulimentado que había al lado de la puerta. Molly tiró de un hilo suelto de su manga. Inclinado hacia delante, con la cabeza entre las manos, Reggie daba en el suelo golpecitos nerviosos con los pies.

–Debería haber buscado el cordón –murmuró.

–¿Qué?

–El cordón rojo. Mamá me lo envió para que lo pusiera en la cuna de Susan cuando nació. Se suponía que le traería suerte, pero lo perdí. A lo mejor por eso enferma ahora.

La sintaxis inglesa se le trababa, como le ocurría siempre que estaba inquieto.

Molly creía que eso eran supersticiones, pero quizá necesitaban algo que les diera esperanza.

–¿Crees que deberíamos rezar?

No sabía si seguía creyendo en Dios, en particular después de haber perdido a Jack. Pero ¿dónde más podía buscar un milagro?

Reggie le rodeó los temblorosos hombros con el brazo.

–Esperemos a ver el diagnóstico.

Finalmente apareció un médico con bata blanca. Se acercó a Molly y a Reggie con el brazo alargado y ambos se pusieron en pie. Su mirada no fue tan manifiestamente hostil como la de la hermana, pero aun así miró a Reggie con curiosidad.

—Señor y señora Edwardes. —Era una afirmación, no una pregunta—. Soy el doctor Knight. He echado un vistazo a la pequeña Susan.

Sus joviales palabras chocaron con el aire viciado. Una barba blanca de pocos días salpicaba la barbilla y la mandíbula del doctor. Tenía una mirada sin brillo.

—¿Es polio? —susurró Molly.

—Creemos que es posible. De momento respira sin asistencia, pero ha tenidos espasmos en los músculos y parece tener dificultades para tragar.

Molly sujetó con fuerza el bolso.

—Esta mañana le dolía la garganta y la cabeza.

No podía creer que hubiera pensado que Susan se estaba portando mal el día anterior. ¿Cómo diablos no se había dado cuenta de que estaba enferma?

—Sabremos más dentro de veinticuatro horas. Han hecho bien llamando a una ambulancia. El tiempo es primordial en estos casos.

—¿Y qué hacemos ahora, doctor? —preguntó Reggie.

El doctor Knight se metió las manos en los bolsillos de la bata.

—Váyanse a casa y cuiden de sus otros hijos.

—No tenemos más hijos —dijo Reggie.

Molly respiraba con ansiedad.

—Pues entonces vayan a casa y descansen —aconsejó el doctor.

Molly se sentó a la mesa de la cocina, mirando a Reggie, que intentó liar un cigarrillo varias veces para acabar tirándolo todo a la basura con gesto de asco.

—¿Por qué le dijiste al doctor que no tenemos más hijos?

Reggie se sentó. Apoyó la cabeza en los brazos y la miró con los ojos enrojecidos.

—Se refería a la casa, Moll. Ya te he dicho que buscaremos a Jack en cuanto podamos. Pero no entiendo que estés pensando en él cuando Susan está luchando por su vida.

Molly se llevó una mano al oído. Hablaba lentamente y en voz baja.

—He perdido un hijo y podría estar a punto de perder otro. Pero no voy a rendirme sin luchar por los dos.

Reggie alargó la mano para coger un jersey de Susan que había en la mesa. Se lo había tejido Molly. Se lo apretó contra la cara.

Molly oyó un sollozo ahogado.

28

A Jack le sorprendió lo mucho que echaba de menos a Rosie durante el servicio militar. Había chicas del WRAAC (Cuerpo Femenino del Ejército Australiano) en Swanbourne, por supuesto, con uniforme ceñido y sonrisa deslumbrante. Scotty y él salieron una tarde con dos, Raylene y Jenny. Después de varias cervezas Swan y unas cuantas ginebras, se dio un agradable y largo beso con Raylene en la entrada de la base, antes de que ella se fuera corriendo mientras se ajustaba el uniforme a toda prisa. Pero la trasladaron a Adelaida un par de días después, así que su flirteo no fue a más. Y la verdad es que solo estaba cumpliendo con una formalidad. Era a Rosie a la que seguía viendo cuando cerraba los ojos por la noche, y su voz la que oía si despertaba en las tranquilas horas de la madrugada.

En cuanto terminó la mili se alegró de volver a Highgate. Al principio, tras un largo y polvoriento viaje en un viejo camión y una comida de bienvenida con John y Kathleen, lo único que quería era un baño y la cama. Aunque vio a Rosie de refilón en la cocina, todavía no habían podido reunirse para hablar.

Pero a la mañana siguiente, cuando Jack abrió la puerta de su cuarto, oyó un crujido en el desván y se dio cuenta con placer de que Rosie debía de estar en su habitación. También se dio cuenta de que los Sullivan estaban hablando en la cocina. Bien. Por fin podría hablar con Rosie sin que los oyeran. Subió de puntillas la vieja escalera, evitando los peldaños que más ruido hacían.

Rosie también parecía deseosa de hablar con él. Apareció en la puerta, ya con el uniforme de criada y con un cepillo del pelo en la mano.

–¡Jack! –dijo en voz baja para que no la oyeran, aunque el tono era cálido y alegre.

Jack le dio un abrazo.

–Te he echado de menos –le dijo. Dio un paso atrás para ver mejor su aspecto cambiado–. Has crecido.

Ya se podía haber mordido la lengua. Era lo típico que decían las viejas. Pero ellas no lo decían en el mismo sentido que él. Rosie estaba un poco más alta, cierto. Pero también se había llenado. El pecho tensaba la bata blanca y la falda negra se le ceñía a las caderas. Jack tragó saliva.

–Yo también te he echado de menos. ¿Quieres venir al Coolbaroo esta noche? –susurró Rosie–. Namatjira estará allí.

Jack no tenía ni idea de quién era Namatjira.

–Sí, desde luego. Claro. ¿Te dejarán salir?

–El toque de queda ya no existe, recuérdalo. Los aborígenes ya no tienen que estar en casa a las nueve, gracias a Dios. –Rosie lanzó una rápida mirada escaleras abajo–. Sal a las ocho. Me reuniré contigo junto al Manchester Unity a la media.

–Estupendo. ¡Voy a sacar brillo a los botines puntiagudos!

Rosie le dirigió una rápida sonrisa y dio media vuelta.

Jack volvió a su cuarto. Se puso ante el espejo, fijándose en el flequillo y en las ropas de niño bien: los pantalones de sarga, la chaqueta cruzada azul marino y el polo blanco. Tenía que librarse de todo aquello. Nunca había bailado con Rosie. Merecería la pena vestirse para la ocasión. Quizá se hiciera con un tarro de Brylcreem para alisarse el pelo y se probara la cazadora de cuero que había comprado en el mercado. A Kathleen le daría un ataque si la viera. Seguro que lo acusaba de haber robado un banco para comprarla. Pero al menos tenía más musculatura desde que había entrado en el ejército, y había engordado un poco y perdido la horrible delgadez que lo había perseguido durante tanto tiempo. Dio un paso adelante y frunció el labio ante su reflejo. Perfecto. Toda la práctica ante el espejo del baño había merecido la pena.

Antes de atravesar Birdwood Park, Jack notó el retumbar de la música. Salía de la tierra y palpitaba a través de las suelas de sus zapatos: «Rockin' through the rye». Estaba deseando bailar con Rosie. Le gustaba llevar su propia ropa. Toda su vida había llevado uniforme: prendas usadas en el orfanato, un traje azul marino que le picaba en el barco, harapos en Bindoon, las elecciones de Kathleen cuando llegó a Perth y la ropa color caqui del ejército. Incluso el equipo del instituto le parecía un disfraz. Y más adelante le tocaría vestir los típicos colores de los abogados. Pero esa noche había elegido él mismo.

Llegó a los plátanos del final del parque y dobló por Bulwer antes de entrar en William Street. El ruido iba aumentando según avanzaba y vio la cola de gente que esperaba para entrar en el Manchester. Casi todos eran de su edad o algo mayores; había algunas parejas, pero también grupos de chicos y chicas que hablaban y reían. Había muchos aborígenes y también un buen número de blancos. A Jack le sorprendió la mezcla. No era algo que se viera a menudo en Perth, con su política de estricta segregación; tampoco lo había visto en Swanbourne, ya que los aborígenes estaban exentos del servicio militar.

Recorrió la hilera. ¿Cómo diablos iba a encontrar a Rosie entre tanta gente? Le pareció verla un par de veces, pero al acercarse, la chica que se volvió no era ella. En una ocasión, un chico blanco, fuerte como un toro, lo acusó de querer colarse y retrocedió. Y finalmente allí estaba. Sin el uniforme de criada, con tacones altos y un vestido amarillo claro, parecía tan glamurosa como una estrella de cine. Se había alisado el pelo moreno, que brillaba bajo las farolas y su piel cálida resplandecía. También se había hecho algo en los ojos. Parecían más oscuros y profundos de lo habitual. Jack sintió un estremecimiento de deseo. No podía creer que hubiera confundido a aquellas chicas vulgares con Rosie. Claro que en casa de los Sullivan parecía muy diferente, despeinada a causa del calor o mugrienta tras tirar la basura o sacudir alfombras. Jack silbó con fuerza.

–¡Jack, estás aquí!

–No me lo habría perdido. –Le puso la mano en el hombro–. Estás muy... limpia.

En el momento en que lo dijo, supo que había metido la pata. En su cabeza había titilado la palabra «despampanante», pero no había querido agobiarla, aunque seguro que se habría echado a reír. Pero ¿«limpia»? ¿En qué diablos estaba pensando? Rosie hizo una mueca y tiró de él hacia la cola. Jack también hizo una mueca. Quizá lo había perdonado.

Se unieron al ciempiés de personas que avanzaban por la acera.

Al acercarse al club, Jack vio un rótulo que pendía sobre la puerta: The Coolbaroo Club, escrito con sinuosas letras naranja. Debajo había una foto en blanco y negro de una urraca de elegante plumaje. «Come, bebe, baila y sé feliz», ordenaba.

Una vez dentro, la bulliciosa y colorida sala le recordó a Jack un caleidoscopio que tenía en Croydon cuando vivía con su madre y cuyas brillantes formas geométricas se disolvían y se formaban de nuevo sin esfuerzo. Casi todas las chicas llevaban vestido con falda de vuelo, como Rosie, y algunos chicos llevaban cazadora de cuero negro y vaqueros. Otros hombres iban con camisa, tirantes y sombrero. Y otros llevaban chaqueta deportiva, pantalón recto y corbata estrecha. No parecía importar la forma de vestir.

—Ese es Ronie Kickett —dijo Rosie, señalando al batería.

—Es bueno. ¿Y quién es la cantante?

—Gladys Bropho.

Jack miró a la mujer alta, vestida de rojo, que deslizaba notas líquidas en el micrófono.

—También es buena.

—Vamos a tomar algo.

Rosie condujo a Jack a una gran mesa que había a un lado de la sala, cubierta con un mantel turquesa, donde había botellines de Tizer, Passiona y Creaming Soda.

—¿No hay licores prohibidos? —preguntó Jack mientras hacían cola para pagar.

—¡No, señor! —respondió Rosie—. No quiero que me pille la policía. ¡Así que ni fumar ni beber!

Era agradable ver el recinto con claridad en lugar de tener que mirar a través de una nube de humo como en la mayoría de los bares que conocía Jack. Las paredes eran de color crema oscuro y las lamparillas de las mesas arrojaban una luz de color limón. Alguien había colgado una ristra de bombillas a lo largo de la pared; parecían pequeñas joyas y le daban a la sala un aire festivo. Además del batería había otros percusionistas en el escenario. Y un saxofonista que bailaba tan suavemente con su saxofón que parecían una pareja.

Rosie no parecía darse cuenta de cómo la miraban algunos aborígenes. Era una chica atractiva y era normal que la mirasen los hombres, pero Jack se dio cuenta de que lo incluían en el escrutinio. Se agitó en la silla, pensando en la foto de la urraca que había en la puerta del Coolbaroo y que simbolizaba la unión del blanco y el negro. Una actitud admirable. Aunque era posible que no gustara a todos los aborígenes. Sobre todo cuando los blancos les quitaban a las chicas.

Cuando acabaron la bebida, Jack tendió la mano a Rosie.

–¿Bailas?

Si lo iban a castigar, que fuera por algo serio.

–Me encantaría.

Rosie lo siguió a la pista de baile y bailaron al son de «Ready Teddy» y «Shake, rattle and roll» hasta que Rosie casi se cayó de la risa al ver los torpes movimientos de Jack. Durante un segundo evocó una escena, un momento en que estaba bailando con su madre. Rosie tenía el mismo cabello moreno y la misma gracia de Molly. Se preguntó si se habrían llevado bien. ¿Habría aceptado a Rosie si la hubiera llevado a casa? Rosie era muy guapa. Estaba seguro de que su madre habría aprendido a quererla, aunque al principio hubiera estado recelosa de su color.

Más tarde se sentaron en unas sillas de terciopelo rojo que había al fondo de la sala y bebieron gaseosa de color ambarino.

–Este sitio es bestial –dijo Jack, limpiándose la boca. En la última media hora nadie había hecho nada más amenazador que mirarlo fijamente. Bailar con Rosie lo había relajado. Le gustaba tener una razón para tocarla, a pesar de las fuertes y turbadoras sensaciones que le causaba–. Es mucho más divertido que cualquier otra sala de baile.

–Eso es porque nunca has ido a un baile de verdad, solo a esas cosas insípidas de los blancos. ¡No somos como vosotros, que parece que os hayan metido una escoba por el culo!

Jack se echó a reír. Rosie bailaba mucho mejor que él. Era raro verla tan confiada, en su propio ambiente. En casa de los Sullivan estaba en la sombra, era una oscura figura que limpiaba el polvo en la salita o tendía ropa en el jardín. Comía ella sola en la cocina mientras Jack se sentaba con Kathleen y John en el comedor, a la mesa de caoba que Rosie limpiaba y abrillantaba cada día. John lo comprobaba mirando si podía ver su reflejo en ella. Una pequeña mancha y a Rosie se la obligaba a repetir la faena. Pobre chica. Aunque a Jack lo habían tratado peor en Bindoon, al menos no había estado allí mucho tiempo. Rosie estaría con los Sullivan durante el resto de su vida laboral, a menos que alguien la rescatara.

Aunque se había abolido el toque de queda de las nueve de la noche, a los aborígenes no se les permitía andar por la ciudad a su antojo. Sabía que Rosie había tenido que caminar a veces siete kilómetros más para rodear la zona prohibida a los de su raza. Y en las raras ocasiones en que se encontraba con otras criadas aborígenes, no se les permitía hablar en su propia lengua. No era de extrañar que le gustara tanto el Coolbaroo. John caería sobre él como una tonelada de ladrillos si descubría a Jack tratando de incluir a Rosie en sus actividades. Incluso hablar con ella le estaba prohibido. Aun así, Jack tuvo que fiarse totalmente de Rosie el día que la araña de abdomen rojo le picó en Kings Park. Si no le hubiera impedido moverse, el veneno le habría circulado por todo el cuerpo y habría muerto.

Miró alrededor. Aquello era territorio de Rosie. Aunque se suponía que los blancos eran bien recibidos, seguía siendo un club aborigen. Se le encogió el estómago al imaginar que los Sullivan lo encontraban allí. Aunque John y Kathleen nunca irían a esa zona de la ciudad. Y sus amigos tampoco. Rosie y él estaban a salvo.

—Me alegro de que me hayas traído aquí —dijo—. Me gusta ver juntas a las personas blancas y de color.

Rosie enarcó una ceja.

—Quizá estén pensando que te has traído a la criada.

—Yo nunca te trataría así —dijo Jack, rascándose la piel seca de la cara interna del brazo.

–No. Tú me ignoras casi todo el tiempo.

–Tengo que hacerlo. Ya sabes que John se enfadaría si supiera que somos amigos.

–Y tú tienes que llevarte bien con él.

Jack no supo si se estaba burlando de él o no.

–Lo haré hasta que termine los estudios, Rosie. Cuando gane mi propio dinero, podré irme y buscar una casa para mí. –Parpadeó para alejar la repentina imagen de Rosie y él solos en el dúplex que alquilaría. Acostados en su propia cama, con la cabeza de Rosie sobre su pecho. O besándose... Reprimió la peligrosa imagen. Demasiado arriesgado pensarlo. Tosió–. Hasta entonces, sí, tengo que llevarme bien con él. Y además, ellos han sido buenos conmigo. Me tratan como a un hijo.

Se ahuecó el cuello de la camisa. Sabía que los Sullivan lo querían, estaban orgullosos de él. Había intentado con todas sus fuerzas ser el hijo que ellos querían. Pero nunca había dejado de desear que fuera su madre quien le preguntara cómo le había ido el día, o quien le acariciara el pelo cuando estaba enfermo. ¿Alguna vez llegaría a aceptar que era Jack Sullivan y dejaría de llamarse en secreto Jack Malloy?

Rosie dio un bufido.

–Pues a mí no me tratan precisamente como a una hija.

–¿Por qué iban a hacerlo? Trabajas para ellos.

Rosie adelantó la cabeza y el cabello negro le cayó sobre la cara.

–Ambos procedemos de hogares infantiles y perdimos a nuestras familias. ¿Cómo es que yo soy la criada y tú el hijo favorito?

–Yo no hice las reglas.

–Pero las obedeces.

–Ya te lo he dicho. Hasta que termine los estudios.

Jack no quería irritar a Rosie. Sabía que era afortunado. Debía mucho a los Sullivan y, por supuesto, no quería decepcionarlos. Habría podido seguir en Bindoon, enfrentándose a sabe Dios qué horrores. O estar muerto, como Sam. Pero para Rosie tenía que ser duro ver cómo a él lo favorecían y a ella la ignoraban... salvo cuando había algún trabajo que hacer. Y tenía razón, habían tenido un pasado parecido. En general, no era justo. Pero así eran las cosas. Al menos mientras siguieran viviendo bajo el techo de John Sullivan.

Tomó otro trago de su bebida y miró alrededor. De repente le resultó casi insoportable estar sentado al lado de Rosie. Respirar su perfume. Ver cómo se echaba el cabello hacia atrás. La banda se había reunido en la parte delantera del escenario y empezaba a tocar «Blueberry Hill», una de sus canciones favoritas.

–Vamos a bailar otra vez –dijo.

Era una pieza lenta. Podía abrazar a Rosie, acariciarle el pelo, susurrarle al oído. Quizá demostrarle lo mucho que ella significaba para él. Siempre que no se permitiera a sí mismo excitarse demasiado.

Se puso en pie y Rosie lo siguió algo más despacio. Pero en cuanto la rodeó con los brazos, y ella levantó la mirada hacia él, vio la ternura en sus ojos y sintió el latido de su corazón al estrecharla contra sí. Por una vez no se burlaba de él ni se reía de su forma de bailar. Quizá solo lo hacía para ocultar sus sentimientos. Pero ahora no intentaba esconderlos. Y Jack sintió un pequeño pinchazo de placer al ver su clara expresión de afecto. Durante un momento, se dio cuenta de lo fuertes que eran sus sentimientos por Rosie. ¿Se atrevería a esperar que ella sintiera lo mismo?

Pero en cuanto empezó a disfrutar de la música y del placer de estar tan cerca de Rosie, la banda desapareció.

–¿Qué pasa? –preguntó.

Rosie lo condujo a dos sillas que había al lado del escenario.

–Es la hora del Corroboree.

–¿El qué?

–¡Baile de verdad! –dijo Rosie sentándose.

Jack tragó saliva.

–¿Se supone que tengo que unirme?

Rosie se echó a reír.

–Pues claro que no. Tú mira. Conmigo.

Jack se sentó a su lado.

Aunque la última banda era de aborígenes, sus instrumentos eran los habituales: saxofón, batería, trompeta, y las melodías que tocaban estaban entre las diez más famosas del momento. Pero aquel grupo era distinto. Los fáciles ritmos de *swing* y *rock* fueron reemplazados por algo atávico y tribal. Rosie le dijo los nombres de los instrumentos: didyeridú, baquetas, hoja de goma. Sobre el fondo del escenario proyectaban una serie de imágenes de paisajes inhóspitos, de montañas desoladas que subían y bajaban en dirección a lagos de peltre; árboles de corteza blanca con ramas como plumas; matices violáceos y cielos turquesa.

En la sala se impuso un ambiente salvaje y Jack notó una sacudida en el cuerpo. Miró el rostro de Rosie. Se debía de sentir muy alejada de su gente en casa de los Sullivan. Al menos allí estaba con los de su misma raza. Alargó el brazo y la cogió de la mano. Nadie iba a censurarlo allí. Ella no intentó retirarla.

–Ahí llegan los bailarines –susurró.

Se oyó un rumor de pies que golpeaban el suelo al unísono y entró una hilera de hombres y mujeres aborígenes en cuclillas, perdidos en la música. Se habían pintado el rostro y los brazos de blanco y los hombres llevaban el pecho al descubierto. Ninguno iba calzado. Se movían con la misma facilidad que Jack había admirado en Rosie, aunque su baile no podía ser más diferente de los intentos de ambos por seguir el ritmo del *jive* y el *swing*.

—Llevamos bailando esta danza miles de años —dijo Rosie con expresión embelesada.

Jack deseaba que a él también lo mirase así. En aquel vibrante lugar se sentía un extraño en más de un aspecto.

Un hombre ya mayor subió al escenario con una tabla de madera pintada, de un metro de largo y cinco centímetros de ancho.

—¿Qué es eso? —susurró Jack.

El hombre empezó a girar la tabla, que llevaba atada a una cuerda y producía un sonido que vibró en la piel de Jack y le reverberó en los huesos. Se sobresaltó y Rosie lo miró.

—Lo siento, me recuerda algo.

—¿De Bindoon?

—No. —Jack carraspeó—. De mucho antes. El silbido de las bombas cuando caían. Había olvidado cómo sonaban.

Rosie le apretó la mano y señaló con la cabeza al hombre del escenario.

—Los hombres blancos lo llaman bramadera —dijo.

—¿Y no es eso?

—Bueno, en Australia no hay lugares especiales para que bramen los toros. ¡Ni siquiera hay toros!

—¿Y cómo lo llamáis?

Rosie se llevó un dedo a los labios.

—Es un secreto sagrado. Solo mi gente conoce su auténtico nombre.

—Oh, vamos, puedes decírmelo. —Jack le dio un pellizco en el brazo—. ¿Rosie-Preciosie?

—¡Ay! No, no puedo. Y no te burles de mí. Ni de mi gente. Yo no me burlo de tus tradiciones.

Jack se volvió hacia los bailarines, preguntándose si tenía alguna tradición.

El presentador subió al estrado, invitando a Namatjira a unirse a él. El hombre subió los peldaños. Era robusto y serio, con una maraña de pelo oscuro. La multitud gritó y vitoreó.

—Las pinturas que hemos visto al principio son de Namatjira —murmuró Rosie.

—¿Y están en venta? ¿Te gustaría tener una?

Rosie se echó a reír.

—Me gustaría, pero Kathleen tendría que añadirme un cero al sueldo. ¡Cuestan una fortuna!

—¿De veras? —A Jack le habían gustado las pinturas, aunque no podía decirse que fueran Constables—. Creo que prefiero ver esos paisajes en vivo.

—Yo también. Quizá algún día podamos ir al campo.

Jack le sonrió a Rosie. Debía de echarlo de menos. Y a su familia.

—Quizá lo hagamos. Estaría bien ir a un sitio distinto de Kings Park.

Y estar a solas con ella.

—¡Vayas donde vayas, encontrarás arañas de abdomen rojo dispuestas a picarte! —dijo Rosie, fingiendo que su mano era una araña que subía por el brazo de Jack.

Jack sintió un escalofrío y le volvió a coger la mano.

—Entonces tendré que llevarte conmigo, ¿no?

Namatjira pronunció un discurso sobre los derechos de los aborígenes, y luego alguien del club le regaló un carné de miembro vitalicio. El artista se quedó un rato en el escenario, firmando autógrafos. Jack advirtió que Rosie tenía ganas de subir, pero se quedó sentada, probablemente por deferencia a Jack. No intentó persuadirla, aunque después se preguntó si no debería haberlo hecho. Era una oportunidad preciosa de disfrutar de su cultura. Le apretó la mano y recibió una triste sonrisa en respuesta.

—Me habría gustado pedirle el autógrafo para mi madre —dijo—. Le encantan los cuadros de Namatjira. Pero ¿qué sentido tendría? No volveré a verla nunca.

Jack acarició el rostro de Rosie con su otra mano.

–Nunca pierdas la esperanza –dijo.

Rosie tragó saliva y asintió con la cabeza.

Cuando la danza terminó, volvieron a casa por calles oscuras, disfrutando del fresco y del suave olor a eucalipto. Se detuvieron al final de la calle para despedirse. No podían aparecer juntos en casa de los Sullivan. Jack rodeó a Rosie con un brazo y señaló el cielo nocturno. Era de un profundo azul oscuro, iluminado por el brillo lechoso de las farolas de Perth.

–Esa es la Cruz del Sur –dijo, mirando la resplandeciente figura que tenían sobre sus cabezas.

John se la había enseñado una vez y le había explicado cómo distinguirla de la Cruz del Diamante, que estaba a su derecha, y de la Falsa Cruz, un poco más allá.

Rosie asintió con la cabeza y ahogó una exclamación.

–¡El emú! –dijo, señalando al lado de la Cruz del Sur.

Jack siguió su mirada, pero no vio nada.

–¿Me lo enseñas? John no me ha hablado nunca de esa constelación.

–Bueno, no podría. Solo mi gente conoce el emú del cielo. –Inclinó hacia atrás la cabeza de Jack. Tenía la mirada soñadora–. Cuando lo vemos ahí, sabemos que han empezado sus danzas de cortejo y que pronto habrá huevos para recoger –dijo, mirando a Jack.

Jack se preguntó a qué se refería. Aunque le gustaba estar cerca de ella otra vez.

Rosie volvía a mirar al cielo, con expresión arrobada.

–La forma cambia según avanza el año. Más adelante, las patas del emú desaparecen. Es cuando el emú macho se sienta sobre los huevos para incubarlos. Cuando solo vemos el cuerpo, sabemos que el emú está cuidando de nosotros, manteniéndolo todo a salvo.

—Bonito —dijo Jack.

Rosie afirmó y volvió al presente.

—Será mejor que me vaya, se está haciendo tarde.

Jack la dejó ir a regañadientes. Se preguntó si no debería haberla besado. Y si ella se lo habría permitido.

La vio deslizarse por la puerta trasera, perfilada brevemente contra el panel de cristal. Sacó del bolsillo una cajetilla de Chesterfield y encendió un cigarrillo. Exhaló una voluta de humo en la oscuridad mientras pensaba en el Corroboree. Nunca había visto a Rosie tan animada como cuando veía danzar a los suyos. Estaba adorable.

Echó la cabeza atrás para mirar el espacio donde Rosie le había señalado el emú. Quizá fuera también una señal para ellos. Sabía que Rosie le tenía cariño; podía verlo en sus ojos. Y él quería cuidarla también... igual que el emú. Pero ¿cómo iba a salir bien tal como estaban las cosas en casa de los Sullivan? John se pondría hecho una furia. Y Jack no podía arriesgarse a que se enfadara con él cuando aún necesitaba su apoyo. Sería mejor que de momento Rosie y él siguieran siendo amigos. Aunque no podía imaginar un futuro sin ella.

Dio otra calada al cigarrillo. Apenas recordaba las estrellas del hemisferio norte. ¿No había algo llamado Orión? ¿Y el Carro? Lo que sí recordaba era contemplar el firmamento con su madre mientras ella le decía que detrás de las estrellas estaba el cielo... donde se encontraban sus abuelos y su padre. ¿Estaría ella ahora con ellos? ¿En el cielo? Pero eso estaba encima de Inglaterra, en una parte diferente del cielo. ¿Lo vería ella desde allí arriba? La garganta se le irritó al pensar en la posibilidad de que su madre estuviera en otra parte del cielo. Ridículo. Se secó los ojos con el dorso de la mano. Ella no estaba flotando en el éter; era más probable que estuviera hecha pedazos debajo de una tonelada de escombros en uno de los sitios bombardeados de Londres. Pero deseó con todo su corazón que hubiera conocido a Rosie.

Aplastó la colilla del cigarrillo con el zapato y se fue a casa, pensando en la versión que iba a contarle a los Sullivan de cómo había pasado la noche.

Rosie también estaba mirando las constelaciones por el pequeño tragaluz del desván. Recordaba la primera vez que su madre le había señalado el emú en el cielo, cuando era pequeña. Cuando aparecía en el mes de marzo, los enviaba a Alkira, a Cobar, a Darel y a ella a buscar los huevos que el emú anunciaba. Cuando los llevaban a casa, su madre los agujereaba para chupar el fluido y luego secaba la cáscara. Y después se sentaban todos alrededor para pintar historias en ellas.

A veces Rosie se sentía como aquella cáscara dura y vacía. Su corazón estaba perdido. Y a saber qué historia iba a poder pintar. Deseó que su madre estuviera allí ahora. ¿Cómo le aconsejaría que tratara a Jack? Hacía mucho tiempo que eran amigos. Le había encantado bailar con él en el Coolbaroo. Era maravilloso estar tan juntos. Pero nunca podrían tener una relación: si los Sullivan lo descubrían, la echarían de casa y ya no podría ver a Jack nunca más.

El corazón le dolía por Jack cuando este le hablaba de su madre o de la crueldad de los Hermanos. Anhelaba abrazarlo y que se sintiera mejor. Pero eso nunca ocurriría. Quizá fuera mejor seguir siendo amigos y no desear nada más. Era todo lo que ella podía esperar. Se haría vieja trabajando para los Sullivan, apenas tendría vida más allá de aquellas paredes, seguramente no volvería a ver a su familia.

Pero al menos seguiría viendo a Jack. Tendría que contentarse con eso.

QUINTA PARTE

1959-1962

29

Jack sabía que Kathleen se pondría nerviosa y así fue. Ya le había planchado dos veces la camisa y semanas antes había llamado por teléfono a la Universidad de Australia Occidental para saber el color de su muceta (morado) y comprarle una corbata a juego. Normalmente se habría mostrado contrario a tanta tontería, pero reconocía que para ella era un gran día. Cualquier madre habría estado orgullosa de la ceremonia de graduación de su hijo.

Y no solo era Kathleen la que estaba nerviosa. John había puesto el despertador una hora antes de lo normal, simplemente para poder lustrar él mismo los zapatos de todos, en lugar de confiarle la tarea a Rosie. ¿A qué venía la obsesión de la gente mayor por los zapatos brillantes? Cualquiera habría pensado que John había estado en el ejército durante la guerra, dada su pasión por el porte militar de su apariencia. Le recordaba a Jack los meses que había pasado en el ejército: interminables inspecciones del petate; el sargento mayor gritando que tenía que verse reflejado en cada una de las botas; horas planchando el uniforme y sacando brillo a los botones. Reprimió un recuerdo lejano sobre la cera Piccaninny que usaban en Melchet, con la cara de un niño negro en la tapa de la lata. No era de extrañar que no soportara acercarse a una plancha o a una lata de betún. Aunque tampoco iba a hacerle daño tener un aspecto elegante ese día. Sabía que le harían miles de fotos y que las elegidas serían colocadas en el alféizar de la ventana para que Kathleen les quitara el polvo y las admirara, junto con todas las demás que habían hecho a lo largo de los años. Más le valía lucir su mejor aspecto. Además, tendría que acostumbrarse a llevar aquella ropa formal cuando ejerciera de abogado.

Cuando Jack subió al Holden, consciente del nuevo traje que llevaba, miró hacia las ventanas de la casa. Una parte de él quería que Rosie lo viera tan elegante, pero ella no apareció. Tampoco había aparecido antes, cuando John estaba gritando en la salita que tenían que apresurarse y Kathleen respondía a gritos desde el dormitorio que no iba a maquillarse a toda prisa en el gran día de Jack. Se preguntó dónde estaría. Habían quedado en verse más tarde. Entonces le contaría cómo había ido todo.

Jack dejó a John y a Kathleen en la entrada de Winthrop Hall, discutiendo sobre cuáles eran los mejores asientos. Él estaría sentado en la tribuna con los demás, bajo los tubos grises del enorme órgano que ocupaba todo el fondo como si fuera una densa fila de eucaliptos. Esperaba que la ceremonia no se alargara mucho.

Una mujer de la tienda de ropa académica, con peinado a lo Marilyn Monroe y halitosis, lo ayudó a ponerse la toga. Jack apretó los puños para reprimir las ganas de alejarla. No solo era su aliento; seguía sin gustarle que lo tocaran extraños. Incluso ahora, los dedos grasientos del hermano Cartwright aparecían de vez en cuando en su mente. Cuando la mujer se acercó por tercera vez a ajustarle la corbata, retrocedió.

—Ya está bien, gracias —dijo, acercándose a un espejo.

—Muy elegante —dijo una voz tras él.

Pudo verla en el espejo. Peggy Arnold: piernas largas, rostro pálido, cabello rubio oscuro. Habían estado tres años en la misma facultad. Ella se juntaba con los otros niños bien. Jack siempre supuso que se consideraba por encima de él y de sus amigos.

Dio media vuelta y se hizo a un lado.

—Tú también estás muy bien.

—Gracias —dijo la muchacha, girando la toga frente al espejo. Parecía estar hecha de una tela distinta de la suya. Quizá se la habían comprado sus adinerados padres—. Qué pena que no nos podamos sentar juntos, yo estoy en la A y tú en la S.

—Sí. —Les habían dicho que se tenían que sentar por orden alfabético, él estaría entre Ronald Saunders, con sus muslos de jugador de *rugby*, y el rechoncho Charlie Symons, que tenía tendencia a sudar. Jack tendría suerte si no lo aplastaban entre los dos, y entonces Kathleen se quejaría de las arrugas de su toga—. ¡No importa!

—¿Qué tienes pensado hacer el año que viene?

Peggy seguía admirándose en el espejo, así que hizo la pregunta por encima del hombro. Jack carraspeó.

—He decidido que no me dedicaré a la abogacía. Ya me siento bastante estúpido con esta toga como para llevar peluca todo el día.

Peggy se echó a reír.

—Sí, tienes un aspecto un poco patoso.

Estupendo. Eso hizo mucho por su seguridad en sí mismo.

—Estoy seguro de que tú sí lo harías bien en un juzgado.

—Con lo que se pavoneaba ella...

Peggy dio media vuelta y le sonrió con suficiencia.

—Bueno, gracias sean dadas por los chicos anónimos. Alguien tiene que aprenderse todos los artículos y sentencias.

Jack levantó una mano para sujetarse el birrete y apartarse la borla de la cara. Peggy parecía seguir allí por algo. ¿Qué querría?

–¿Irás luego al baile?

Así que era eso.

–Puede que me acerque a echar un vistazo.

Creía que era su deber estar un rato, y además le evitaría la inevitable autopsia de los Sullivan.

–Bueno, pues guárdame un baile, cariño.

Peggy se fue hacia el vestíbulo, lanzándole una última mirada.

Jack se quedó mirando la puerta. Durante un segundo se preguntó cómo sería llevar a Peggy por la pista de baile. Harían una buena pareja. Ambos altos, rubios... y abogados en ciernes. Cómo les gustaría a John y a Kathleen que llegara a cenar con una futura abogada cogida del brazo.

El órgano empezó a tocar una pomposa fanfarria que Jack no reconoció mientras caminaba hacia su sitio con los demás. Se sentía desnudo en la tribuna. Mejor mirar al frente, tratar de no ponerse nervioso y esperar a que dijeran su nombre. Los apellidos A y B ya estaban alineados. Peggy Arnold le guiñó el ojo cuando pasó por su lado. La muchacha atravesó la tribuna, se detuvo brevemente a sonreír al público y luego estrechó la mano del rector. Todo el mundo la miraba.

En alguna parte del público estaban John y Kathleen. John estaría sonriendo ampliamente, con los zapatos lustrosos bien alineados en el suelo. Kathleen estaría rebuscando un pañuelo en su bolso. Durante un segundo, fantaseó con la idea de que Molly estuviera allí también, poniéndose en pie y vitoreando cuando él cruzara la tribuna, o saludando frenéticamente para llamar su atención. Sería como un pez fuera del agua. Él habría fingido estar avergonzado, pero en secreto estaría encantado del innegable orgullo materno. Notó un nudo en la garganta. Ella nunca sabría lo lejos que había llegado.

Habían llegado a la R. Jack sintió un pequeño sobresalto cuando los murmullos del público aumentaron. Se le había dormido una pierna y le hormigueaba cuando inició el camino hacia un lado de la tribuna, tratando de no cojear.

—Jack Sullivan.

Sintió una sacudida, incluso en aquel momento, cuando el maestro de ceremonias no dijo «Jack Malloy». Respiró hondo.

El rector era una enorme figura rellena, engalanado como un Thomas More moderno, con toga de terciopelo rojo y bonete. Tenía la mano caliente y una sonrisa más cálida aún. ¿Cómo se las arreglaba para que Jack se sintiera como la primera persona a la que saludaba cuando ya había estrechado cientos de manos?

—Muy bien, joven.

—Gracias, señor.

Jack se acordó de sonreír antes de alejarse a la seguridad del extremo opuesto del estrado, sujetando con fuerza el diploma. El redoble de tambores de su pecho se redujo a un golpeteo más lento y luego desapareció.

A pesar de su aversión a toda aquella pompa y ceremonia, Jack sintió la exaltación del triunfo cuando miró el grueso papel con relieves. ¿Quién iba a pensar que un niño asustado de un orfanato acabaría licenciándose en Derecho? Tenía que dar las gracias a los Sullivan. Aunque a veces le sacaban de quicio, creían en él. ¿Habría sido capaz de eso su auténtica madre?

Durante un segundo, se preguntó si Sam habría ido a la universidad si hubiera sobrevivido. Desde luego, era lo bastante inteligente. Y dispuesto. ¿Qué giro fatal del destino le había asegurado una plaza a Jack en una facultad de Derecho y a Sam una tumba en Bindoon? ¿Alguna vez vencería la culpa por haber escapado de la Ciudad de los Muchachos dejando a Sam allí? Apretó el diploma con más fuerza, haciéndole una arruga longitudinal. Aquello era para los dos, para Sam y para él, y para la amistad en ciernes que no había tenido la oportunidad de desarrollarse. Había estudiado Derecho por Sam. Ahora, finalmente, podría descubrir qué le había pasado realmente. Y denunciar a aquellos malditos Hermanos de una vez para siempre.

Más tarde posó delante de un tablero con libros fotografiados, un intento fallido de crear la ilusión de que estaba en una biblioteca. Sujetó el diploma con la mano izquierda y sonrió hasta que le dolió la mandíbula. Kathleen rondaba detrás del fotógrafo, sonándose la nariz, mientras John escrutaba la habitación, seguramente buscando posibles testigos de aquel momento de triunfo.

Jack tenía la intención de salir después con algunos amigos graduados, pero los Sullivan tenían otros planes. Habían reservado mesa en el Palace Hotel a las seis, y no más tarde, como él había esperado.

–Vamos, chaval –dijo John, dándole una palmada en la espalda–. Quítate la toga y el birrete, y vamos a celebrarlo.

Jack obedeció, preguntándose si después de todo no debería ir más tarde al baile de la facultad. Daría una excusa después de la cena, para escapar y reunirse con los colegas. Siguió a John y Kathleen al coche.

John empujó la puerta de cristal esgrafiado que había a un lado del ancho vestíbulo del restaurante para dejar pasar a

Jack y a Kathleen. Jack nunca había estado en un sitio tan elegante. John estaba tirando la casa por la ventana. Sonaba una música pasada de moda y la moqueta color granate era tan gruesa que se le hundían los pies. El personal, con uniforme blanco, se movía discretamente. Jack percibió un olor embriagador: una combinación de flores y comida cara. Se moría de hambre. Un sonriente camarero se acercó a ellos.

–Sullivan –dijo John, y los condujeron a una pequeña mesa cubierta con un mantel blanco almidonado y una complicada configuración de cubiertos.

Jack casi se cayó al suelo cuando un camarero retiró su silla en el momento en que iba a sentarse. John lo miró en ese momento y le guiñó el ojo mientras el mismo camarero desdoblaba su servilleta y se la colocaba reverentemente en el muslo. El camarero le dio a John la carta de vinos, pero este la rechazó.

–El mejor champán, por favor.

Jack se encogió ante el volumen de su voz, calculado sin duda para que lo oyera toda la sala. Se movió incómodo en la silla hasta que Kathleen lo miró ceñuda. Pinturas al óleo, seguramente copias, adornaban las paredes y una música romántica salía por los altavoces escondidos detrás de los macetones. Jack decidió no comentar nada. Kathleen y John habían invertido mucho dinero en su educación. Y aquello era importante para ellos. Y además, seguro que la comida estaba buena.

Cuando llegó el champán, John se puso en pie. Rezando para que no fuera a pronunciar un discurso, Jack miró el restaurante, contento de ver que la gente estaba demasiado ocupada comiendo para fijarse en ellos.

–Este es un gran momento para todos nosotros –proclamó John. La gente empezó a volver la cabeza para mirarlo. A Jack le ardieron las mejillas. Se hundió en su silla y enterró la cara en el menú–. Y un gran éxito para el plan de los niños inmigrantes. La educación y oportunidades que has tenido en Australia son insuperables. A saber dónde habrías terminado si no te hubiéramos rescatado.

Sí, del maldito Bindoon, pensó Jack. No de Inglaterra. Jack se había preguntado a menudo cuánto sabrían los Sullivan de la crueldad de los Hermanos. Desde el día en que Kathleen le había preguntado si le habían pegado, y él había asentido en silencio, el tema había permanecido cerrado. Era una piedra que nadie quería remover. John nunca había hablado de la vida en la Ciudad de los Muchachos, pero claro, ¿por qué iba a hacerlo? Bindoon había sido un peldaño en su trayectoria y no quería que se tambaleara. Y Jack había enterrado demasiados recuerdos bajo la losa para querer que saliera a la luz lo que había debajo.

John alzó su copa y Kathleen se puso en pie.

–Por nuestro hijo... ¡el gran abogado! –dijo y chocaron las copas.

Jack no brindó con ellos y apenas tomó un sorbo de champán. Estaba frío y burbujeante, como la naranjada Tizer, pero más claro, elegante y seco, aunque a John no le habría gustado describirlo así.

–Todavía no soy abogado –dijo en voz baja cuando John y Kathleen se sentaron.

–Sí, pero lo serás. Pronto te veremos en los tribunales.

Jack arrugó la frente.

–Ya os lo dije. No pienso especializarme en litigios.

John puso recto un cuchillo que se había ladeado un centímetro. Un músculo se le tensó en la mandíbula.

–Recuérdamelo otra vez, chaval.

–En septiembre empezaré a trabajar de pasante.

Kathleen tomó otro sorbo de champán. Tenía el rostro un poco sonrosado.

—Me alegro de que vayas a trabajar en Martin and Rowan. Elsie los contrató cuando Howard la abandonó y dijo que eran muy buenos.

Jack no tenía ni idea de quiénes eran Elsie y Howard, pero al menos Kathleen parecía pensar que estaba haciendo lo que debía.

—Gracias por todo vuestro apoyo. —Sonrió a los dos—. Ahora por fin podré investigar la muerte de Sam.

John se atragantó con el champán.

—¿Sam?

Jack miró a John a los ojos.

—Sí, Sam —dijo con firmeza.

¿Cómo se atrevía John a pronunciar el nombre de Sam como si hubiera olvidado quién era? Sabía muy bien lo que Sam había significado para él. Y si no se daba cuenta de que la muerte de Sam lo había obsesionado todos aquellos años, o era más estúpido de lo que Jack había creído, o ignoraba deliberadamente los indicios.

Quizá debería haber esperado a terminar de comer. Pero en algún momento tenía que decirlo.

—Es lo que me decidió a estudiar Derecho. La muerte de Sam siempre me pareció sospechosa. Ahora estoy en condiciones de averiguarlo.

John dejó la copa sobre la mesa con parsimonia.

—Aléjate de Bindoon, chaval. No quiero que te entrometas en eso.

Su voz era suave, pero Jack reconoció la fuerza que se escondía detrás. Se encogió de hombros.

—Es lo que hacen los abogados. Reparar los errores.

John se aflojó la corbata.

—Dedícate a cualquier otro caso, pero no a ese. Demasiado cerca de casa.

Kathleen jugueteaba con los cubiertos.

–Por favor, Jack.

No quería estropear la comida. Llegó un camarero con tres platos de sopa de champiñones y una cesta de panecillos. Les sirvió lentamente. La sopa relucía y el pan olía a recién hecho. A Jack le gruñó el estómago. Decidió que no era necesario tener aquella conversación en aquel momento. Pero no iba a dejar que le dijeran lo que debía hacer. Era demasiado importante. En primer lugar, Sam ni siquiera tendría que haber ido a Bindoon. En vez de recibir la cariñosa bienvenida de una familia, lo habían arrojado a las manos violentas de unos extraños. Jack no descansaría hasta que descubriera lo que realmente le había ocurrido a su mejor amigo... En el barco se llamaban entre sí «compañeros de fatigas». Procuraría no decirle nada a John en el futuro.

Cogió la cuchara y la hundió en el espeso y cremoso líquido del plato.

–Ya lo hablaremos más tarde –dijo.

–Buen chico –respondió John, mientras untaba mantequilla en un panecillo con movimientos enérgicos.

Jack se fue a casa con John y Kathleen para cambiarse antes de volver a Winthrop. Seguía sin haber ni rastro de Rosie. Quizá estuviera en su cuarto, como Cenicienta, anhelando ir al baile. Le habría gustado mucho llevarla con él. Lanzó una mirada nostálgica a los tejanos y la cazadora de cuero; ojalá no tuviera que llevar la indumentaria formal para el baile. Tendría que acostumbrarse a vestir así en el trabajo: los ternos estaban a la orden del día. Al menos podría fumar algún que otro Chester en la calle.

John le había prestado el Holden para la velada y Jack condujo por Mounts Bay Road con las ventanillas abiertas, disfrutando de la suave brisa que llegaba del mar y que le revolvía el pelo cuidadosamente untado con Brylcreem; ya se peinaría más tarde. Había pasado casi todo el día acicalado. Al menos ahora podía relajarse.

Cuando llegó al salón, mágicamente despojado de sillas y adornado con banderines y globos de colores, Scotty y Greg estaban al lado de la puerta, con sendos cigarrillos encendidos que brillaban en la oscuridad. No llegaron a abrazarse, pero se dieron palmadas en la espalda con gran entusiasmo.

–Ahora llega lo bueno –proclamó Scotty.

Jack sacó su cajetilla de tabaco y se acercó a Greg para que le diera fuego.

–Si llamas lo bueno a bailar... –Desde que había empezado a ir al Corroboree con Rosie, hacía ya mucho, los bailes de los blancos le parecían insípidos–. ¿Queréis una cerveza? –preguntó a los otros y los tres entraron en el recinto.

Mientras Jack hacía cola en la barra, sintió que le tocaban en la espalda. Dio media vuelta.

–¿Qué pasa con ese baile, Sullivan?

Era Peggy. Jack ni siquiera había pagado aún las cervezas.

–Lo siento, ahora estoy tomando unos tragos con Scotty y Greg.

Greg le guiñó un ojo.

–No te preocupes, Jacko. Yo las cogeré. Baila un *bop* con la adorable Peggy y ya te reunirás después con nosotros.

A Peggy se le iluminó el rostro y a Jack no le quedó más remedio que dejar su sitio en la cola y llevarla a la pista de baile, aunque al hacerlo le lanzó a Greg una mirada asesina. Greg se echó a reír.

Ni siquiera era un *bop*, era algo parecido a un vals, dada la lentitud con que tocaba la banda. Le sorprendió que nadie se quedara dormido de aburrimiento. Se puso a dar vueltas con Peggy tratando de no parecer muy incompetente.

—Esto es precioso —murmuró Peggy con el rostro enterrado en su hombro.

Llevaba un vaporoso vestido rojo y algo brillante en el cuello. Se había recogido el pelo en un moño en lo alto de la cabeza, de tal modo que sus orejas parecían más grandes.

—¿Cómo es que tenías tantas ganas de bailar conmigo? Apenas me has dirigido la palabra en tres años.

Peggy ladeó la cabeza y le sonrió con timidez coqueta.

—Eras tú quien guardabas las distancias. Llegué a la conclusión de que si no me acercaba yo esta noche, tal vez no volvería a verte nunca más. Era ahora o nunca.

—No soy un trofeo, ¿sabes? —dijo Jack.

Peggy se toqueteó el pelo.

Era raro bailar con otra chica. Peggy era un buen partido, sin duda. Salir con ella haría la vida de Jack mucho más fácil. Creía haber oído que su padre era juez. Seguro que su familia podía ayudarlo a ascender en la carrera jurídica mucho más rápido de lo que podría subir él solo.

Pero mientras la guiaba por la pista de baile, intentaba reprimir el recuerdo de la banda aborígen cuando tocaba «Shake, rattle and roll». Y la imagen de una chica con el pelo negro como la pez y risueños ojos castaños riendo y girando delante de él.

30

Molly se levantó y se frotó la espalda. Otra noche perdida escribiendo a Jack. Otra carta que se perdería o se despreciaría. Era duro seguir torturándose así. Habían pasado años desde que escribiera la primera carta.

Había ido a ver al doctor Lee cuando volvió a quedarse embarazada, para ver si podía ayudarla a ponerse en contacto con Jack, pero él le aconsejó que dejara de escribir. Quizá tuviera razón. Ahora tenía dos hermosas criaturas. Debería concentrarse en ellas. Jack no había contestado hasta el momento. Era obvio que no quería saber nada de ella. O eso o no había llegado a recibir las cartas. Fuera lo que fuese, era una causa perdida.

Una carta más y lo dejaría. Se preguntó si no debería incluir una foto. Aquella tan bonita que se habían hecho en la playa de Brighton a principios del verano podría ayudar a Jack a recordar la familia a la que aún pertenecía. Abrió el cajón y se puso a rebuscar. Finalmente encontró la foto. Reggie había pedido prestada una cámara Brownie y había hecho algunas fotografías. Esta era de los tres. Susan con aquel dichoso aparato ortopédico en la pierna, como siempre. Molly se preguntó si alguna vez vería cojear a Susan sin preguntarse qué habría podido ser en la vida. ¿Habría sido una buena atleta?

¿Habría ganado carreras cuando se celebraran competiciones ciudadanas? ¿Habría bailado aquel *rock* lento que llamaban *stroll* y que bailaban todos los chicos de su edad?

Estaba muy contenta de tener otro hijo. Aunque había sido un embarazo difícil, mereció totalmente la pena porque al final había dado a luz un niño perfecto, Peter. Molly había perdido a Jack y había permitido que Susan contrajera la polio. Peter era su última oportunidad de hacer las cosas bien antes de ser demasiado vieja para tener hijos.

En la foto llevaba su blusa favorita, la de milrayas lila, y el pelo alborotado por el viento. ¿Qué pensaría Jack de ella? Debía de parecer mucho más vieja de lo que él recordaría. Si su nueva madre era joven y encantadora, en comparación Molly parecería vieja y pasada de moda.

La foto estaba un poco sobreexpuesta, así que Susan y Peter parecían simplemente muy bronceados. Reggie no había hecho bien la foto. Había un vacío notable a la izquierda de Molly.

«Adjunto una foto para que nos veas a todos. Por favor, no creas que no tengo sitio para ti porque tengo otros dos hijos. Mira, podrías estar a mi lado. Pienso en ti todos los días».

Se frotó otra vez la espalda y releyó la carta. No tenía mucho sentido escribirla, ya que seguro que Jack nunca llegaría a leerla, pero no le gustaba que él pensara que su vieja madre no era capaz de escribir una carta decente. Enmarcó la última frase en su mente, cambió algunas palabras, respiró hondo y escribió:

«Si esta vez no tengo noticias tuyas, lo dejaré. Quizá te hayas mudado y no hayas recibido ninguna de mis cartas. O quizá es que quieres olvidar el pasado. Si ese es el caso, aceptaré de una vez para siempre que no quieres conocerme. No te culpo. Que tengas una buena vida, Jack. Te la mereces».

Luego firmó con su nombre: «Como siempre, tu madre que te quiere, Molly».

Jack leyó el documento con atención. Era largo y había docenas de apartados que comprobar. Había pensado mucho en el tema y había decidido que aquella era la mejor forma de hacerlo. No quería esperar años para comprarse un coche. Dios sabe que ya había esperado bastante. Todas aquellas tardes en que había tenido que pedir permiso a John para que le dejara el Holden y poder pasear a Peggy. Todas aquellas veces que John no se lo había dejado porque tenía una reunión de última hora en el ministerio. Demasiadas noches perdidas. Demasiada libertad perdida.

El contrato parecía estar en orden. Muchos de sus amigos lo habían comprado a plazos sin problemas, pero él tenía que asegurarse. Leyó el último párrafo, sacó una pluma del bolsillo de la chaqueta, asintiendo con la cabeza al vendedor, que se volvió en la ventana con una sonrisa profesional dibujada en el rostro.

Jack también le sonrió. Firmó con su nombre limpiamente. Su propio coche, al fin. Ni dejado ni prestado, sino comprado con trabajo duro y ahorros. Qué orgullosa de él habría estado su verdadera madre.

–Gracias, señor Sullivan –dijo el vendedor. Su voz tenía un ligero tono nasal. Debía de resultarle difícil evitar que sonara quejumbrosa–. Estoy seguro de que no lo lamentará.

Jack estrechó la mano que le tendía.

–Esperemos que no.

Siguió al hombre fuera de la tienda, hasta la zona de estacionamiento, donde esperaba el Ford Falcon. Era tan fabuloso como recordaba: azul claro con una franja blanca en forma de rayo en los laterales. Tenía antenas delante y detrás y las luces rojas traseras, en forma de cono, sobresalían como puntas de pintalabios. En el capó destacaba la figura de un halcón. Miró dentro: un asiento corrido de cuero gris, un delgado volante blanco y suaves alfombrillas color carbón en el suelo. Peggy y él lo iban a pasar bomba, aunque Rosie sería la primera a la que llevaría en aquel coche.

A mediodía llegó a la esquina de Vincent Street, donde lo estaba esperando Rosie, tal como habían acordado. Se había hecho algo nuevo en el pelo, parecía todo hinchado. El peinado le quedaba bien.

Se detuvo a su lado y bajó la ventanilla.

–Hola, guapa.

Rosie frunció los labios y subió al coche.

–Bonito trasto.

–¿Qué te has hecho en el pelo?

Rosie se rozó la cabeza.

–Me lo he cardado. ¿Te gusta?

Jack silbó. Rosie le dio un puñetazo de broma y se dejó caer en el asiento, sonriendo.

Accedieron a la autopista de Kwinana y Jack pisó el acelerador. Rosie bajó la ventanilla y sacó la cabeza.

–¡Te vas a estropear el peinado!

Rosie metió la cabeza y le hizo una mueca.

–Lo olvidé.

–Bueno. De todas formas tendrás que arreglártelo antes de que te vea Kathleen. ¿Dónde les has dicho que ibas?

–Al mercado. Será mejor que compre algunas verduras cuando volvamos.

–De acuerdo. Iremos por Canning Vale.

–Gracias. –Rosie acarició con admiración el asiento de piel y luego el salpicadero–. ¿Y adónde vas a ir ahora que tienes tu propio coche?

Jack frunció el entrecejo.

–Me he prometido ir a Bindoon en cuanto pueda. A ver qué puedo descubrir sobre Sam.

Notó que Rosie lo miraba.

–Eso no será fácil.

–Escribí a los Hermanos hace un tiempo, pero no me han contestado. Creo que tendré que aparecer sin anunciarme... Atacar por sorpresa.

Rosie bajó el parasol del copiloto y se miró en el espejo.

–Me daría apoyo moral que vinieras conmigo.

–¿Cómo?

–Tendrías que decirle a Kathleen que en Perth se han acabado las verduras y que tienes que salir de la ciudad a buscarlas.

–Eso no tiene gracia, ¿sabes? Puede que tú hayas conseguido tu libertad, pero yo aún estoy a la entera disposición de Kathleen. –Rosie se volvió a mirar por la ventanilla las acacias y los niaoulis que flanqueaban la carretera. También había eucaliptos y aquellos extraños arbustos de terciopelo–. ¡Además, a los Hermanos les encantará verme por allí!

–Pues entonces acompáñame solo en el viaje.

–Lo pensaré. ¿Y qué pasa con Peggy?

Jack frunció el ceño.

–No le importará.

Jack no le había contado a Peggy que Rosie y él eran amigos. Ella pensaba que Rosie era una criada. Y tampoco sabía nada acerca del pasado de Jack, solo parecía impresionada de que su padre trabajara en el ministerio. Era mejor dejar que pensara eso. John y Kathleen no querrían que supiera nada. Y los contactos de John, junto con los de Peggy, lo ayudarían en su carrera jurídica.

Buscó una emisora en la radio. No es que engañara deliberadamente a Peggy. Tenía que tener éxito en su carrera, por Sam. Cuanta más influencia tuviera, más probabilidades tendría de descubrir lo que había pasado. El fin justificaba los medios, ¿no?

De la radio brotaron una serie de crujidos. Subieron de volumen y luego se apagaron.

–Déjame a mí. –Rosie giró el botón hasta que encontró música. Era Ray Charles–. «Hit de road, Jack». –Rosie se echó a reír–. Es tu canción.

Jack sonrió.

Cantaron a coro un rato y luego Jack calló.

–Los Sullivan tienen que ir a no sé qué acto ministerial el sábado. Durará todo el día. Seguro que incluso parte de la noche. Iremos entonces. Te ayudaré a terminar las faenas de la casa.

–Trato hecho. –Rosie se había ruborizado un poco.

Jack subió el volumen de la radio y siguieron cantando.

Cuanto más subía Jack por la nacional Great Northern, más se le encogía el estómago. Cuando llegaron a las afueras de Bindoon, fue como si un grupo de *boy scouts* hubiera estado practicando nudos con sus intestinos. Y también empezaba a dolerle el pecho. Exhaló todo el aire de los pulmones. Rosie alargó el brazo para tocarle la mano.

–Gracias.

Se alegraba de haberla llevado con él, aunque eso hubiera significado una mañana de nervios esperando a que los Sullivan se fueran.

El coche traqueteó por el largo camino polvoriento. Jack tuvo que detenerse un par de veces para abrir y cerrar las cancillas para el ganado que bloqueaban el camino. Los sembrados y los prados no parecían haber cambiado: deprimentes y cerrados, y únicamente el extraño edificio en ruinas sobresaliendo en el paisaje. Unos puntitos lejanos sugerían que los chicos seguían trabajando el campo. ¿Por qué demonios nadie había cerrado aquel sitio? Miró la estatua de la colina. Jesucristo, perfilado contra el cielo, mirando implacable hacia el valle.

Recorrieron el camino flanqueado de árboles.

—¿Qué es eso?

Rosie señaló una serie de construcciones de piedra levantadas sobre rocas. No estaban allí en tiempos de Jack. Pero sabía qué eran.

—El vía crucis.

—¿El qué?

Jack cambió de marcha. Había olvidado lo empinada que era la colina.

—El último trayecto de Jesucristo. En teoría señalan las etapas de su padecimiento. Los chicos debieron de construirlas después de que yo me fuera.

—¿El padecimiento de quién? —dijo Rosie, en tono irónico.

Jack gruñó. Se preguntaba si Sam habría ayudado a construir aquello, si habría levantado las piedras con manos callosas que sangraban en los nudillos, si le habrían escocido las rodillas por la cal al mezclar el cemento. El hermano Cartwright solía referirse a los chicos como a pequeños soldados de Dios. Pero Jack había sido soldado en el ejército nacional y había sido una suave brisa en comparación con el infierno de Bindoon.

—Entonces, ¿cuál es el plan?

Rosie se recogió un mechón de pelo tras la oreja. Aquel día no se lo había cardado.

—Aparcaré aquí y luego iré al edificio principal.

Jack miró el reloj que llevaba en la bronceada muñeca. Casi lo cegó al reflejar la luz del sol que entraba por la ventanilla.

—¿Y luego qué?

—Supongo que miraré si alguno de los Hermanos de mi época está todavía por aquí. Han pasado doce años.

323

Jack se estremeció al detener el Falcon al lado del bajo edificio de estilo italiano. Rosie bajó del coche y se estiró.

–Me gustaría que vinieras conmigo –dijo Jack.

Quería cogerla del brazo, para que le diera valor y para dar a entender a los Hermanos que alguien se preocupaba por él, pero sabía los muchos prejuicios que tenían. Rosie estaba en lo cierto. Que ella fuera con él no serviría de nada.

–Ya lo hablamos, recuerda –dijo ella. Luego sintió un escalofrío–. Además, aquí hay *warra wirrin*.

–¿*Warra* qué?

–Malos espíritus, mala sombra. –Rosie miró a su alrededor con el entrecejo fruncido y luego le tocó el brazo a Jack–. Me preocupa lo que eso pueda hacerte.

–Guarda tu preocupación para chicos como Sam. –Jack dio un puntapié a una piedra del camino–. Me pregunto qué habrá sido de los otros.

–Es hora de que lo descubras. –Rosie alargó la mano–. Dame las llaves, Jack. Te desearé suerte desde aquí.

Jack subió la escalera de piedra hasta la enorme puerta principal y levantó y dejó caer una gran aldaba de hierro. Un sonido metálico resonó en el vestíbulo. Jack se mordió el labio.

Finalmente abrió la puerta un anciano con un ancho hábito negro y se quedó mirando a Jack, parpadeando desde la oscuridad del recibidor. Tenía un párpado caído y la calva cabeza cubierta de manchas de vejez.

–¿Sí?

Jack tenía la boca demasiado seca para hablar, pero tenía que parecer seguro de sí mismo. Se humedeció los labios.

–Soy Jack Malloy. –No tenía sentido decir Sullivan–. Fui uno de los niños de aquí. Me gustaría ver al hermano McBride si fuera posible. –Vaciló–. O al hermano Cartwright.

En su cerebro se abrió paso el recuerdo de los carnosos dedos del hermano Cartwright rodeando los suyos cuando ordeñaba las vacas.

El hombre abrió la puerta del todo, dio media vuelta sin decir nada y dejó a Jack en el umbral. El muchacho oyó los pasos del hermano que se alejaba y luego el sonido de una puerta que se abría y cerraba. El silencio lo invadió todo, arrastrando un débil olor a cordero hervido. Allí no había cambiado nada. Seguro que aquello sería la cena de los pobres muchachos.

Los pasos volvieron, esta vez de dos personas. Un hermano aún más viejo acompañaba al primero. Bajo, fornido y de aspecto agresivo. Encajaba mejor en un cuadrilátero de boxeo que en un seminario. El hermano McBride. Jack lo habría reconocido en cualquier parte.

—No sé si me recuerda. Soy Jack Malloy.

El hermano McBride lo miró con ojos acuosos.

Jack avanzó un paso. Era importante que le permitieran entrar.

—Les escribí hace algún tiempo, pero no me contestaron.

El hermano no respondió.

—¿Puedo pasar?

El hermano se encogió de hombros casi imperceptiblemente y echó a andar arrastrando los pies. Jack lo siguió, fijándose en el adornado entorno, que apenas había cambiado desde su época. Los altos techos, las pinturas al óleo y la madera reluciente. El olor a pulimento y a grasa de carne.

El hermano McBride lo condujo a una pequeña sala con las paredes encaladas. Al lado de la ventana colgaba un gran crucifijo de madera oscura. El aire olía débilmente a incienso. Jack se sentó en un duro taburete mientras el hermano McBride se acomodaba en un sillón de terciopelo verde, se metía las manos en las mangas del hábito y esperaba. Estaba claro que no iba a ponérselo fácil.

Jack carraspeó.

–Estuve aquí con un muchacho llamado Sam Becker. Murió hace unos diez años. –Hizo una pausa deliberada–. Era judío.

Jack se había preguntado muchas veces si la religión de Sam habría tenido algo que ver con su muerte.

El hermano lo miró sin parpadear. Ningún avance de momento.

Jack era consciente de su propia voz. Sonaba débil.

–¿Podría contarme cómo murió?

El hermano sacó una mano de la manga y cogió una hebra suelta del brazo del sillón.

–Fue hace mucho tiempo –dijo–. Un accidente. Becker estaba trabajando en la construcción de uno de los bloques de dormitorios. Se cayó del andamio. Se golpeó la cabeza contra una piedra y murió al momento.

Podría haber estado leyendo la lista de la lavandería, tal era el tono de su voz. Jack sintió una oleada de rabia, pero mantuvo la voz firme.

–Es difícil imaginar que algo así sucediera a plena luz del día –dijo, mirando amablemente al hombre. Era importante parecer inofensivo si quería que el hermano McBride le diera la información que deseaba–. Parece raro. Sam era muy consciente del peligro. No era temerario ni imprudente.

Sin respuesta. ¿Le quedaría al hermano McBride alguna pizca de humanidad?

–Soy abogado –dijo Jack. Si lo pronunciaba con calma, podría parecer que le habían asignado aquello como un caso. Asustar al viejo bastardo para que revelara más cosas–. ¿Podría ver la documentación?

El hermano se frotó la nariz.

–Ya no tenemos los expedientes de ese periodo.

–Alguien tiene que conservar documentos relacionados con el incidente. Seguro que la policía tiene algo.

El hermano McBride estaba tirando de la hebra otra vez.

–No tiene sentido ir a la policía. Ya le he dicho que fue un accidente.

Jack sintió un agudo dolor en la mandíbula. Se dio cuenta de que había apretado los dientes en un esfuerzo por reprimir la furia que le bullía en las entrañas.

Presionó los nudillos contra el taburete en silencio. El chico rabioso que llevaba dentro quería dar un puñetazo tras otro al hermano McBride, hasta hacerle sangre en la bulbosa nariz y llenarle el rostro de moratones negros. Quería verlo temblar, sollozar y jadear, quedarse sin aire para respirar. Quería hacerle tanto daño para que aquel hombrecillo asqueroso volviera a revivir la escena cada vez que cerrara los ojos, para que pasara el resto de su vida saltando cada vez que viera una sombra.

Pero el abogado que llevaba dentro sujetó al niño. No podía arriesgar su carrera antes de empezarla. Bindoon le había dado músculos, pero no le había robado el cerebro. Además, no se lucha contra la violencia con más violencia. Se lucha con astucia.

Respiró hondo y se puso en pie, manteniendo los brazos quietos con dificultad. Mantuvo un tono afable y deferente.

–Entonces, ¿podría enseñarme la tumba de Sam? Me gustaría presentarle mis respetos, ya que estoy aquí.

El hermano señaló por la ventana.

–Vaya a la parte de atrás del edificio y siga en diagonal a su derecha. El cementerio está a menos de un kilómetro.

Jack salió de la habitación sin decir nada más.

Recogió a Rosie por el camino y le contó la visita. Cuando atravesaron los ornamentados jardines, donde las plantas languidecían bajo el calor de primera hora de la tarde, Jack se sintió exhausto. No sabía por qué había pensado que conseguiría algo yendo allí. El hermano McBride ya era un bravucón en sus tiempos: ¿por qué pensaba que podría haber cambiado? Sabía por sus estudios de Derecho que la tendencia criminal tiende a permanecer en la gente durante toda la vida. Aun así, había contemplado la posibilidad de que el hermano se hubiera reformado durante su ausencia.

El paseo hizo poco por calmarlo y Jack seguía furioso cuando llegaron a una zona cubierta de maleza en la que sobresalían algunas lápidas. La palabra «cementerio» le quedaba bastante grande. Apartó unas plantas trepadoras que habían cubierto una tumba. No era la de Sam. Esta la encontró en un rincón de la pequeña parcela. «Samuel Becker», decía con letras sencillas. «1935-1949. Descanse en paz».

Jack inspeccionó por encima la descuidada tumba y arrancó las malas hierbas y las caléndulas, rascando la dura piedra con las uñas. Luego cogió una piedra y la tiró entre la maleza. «Descanse en maldita paz». ¿Qué paz había allí para un chico que había sido humillado y maltratado? Abandonado y medio muerto de hambre. Tratado como un animal. Cuyas halagüeñas esperanzas habían sido borradas junto con su vida por las mismas personas que deberían haberlo protegido.

–Para. –Rosie le pasó los brazos por los hombros y Jack se dio cuenta de que estaba temblando–. Esto no te hará ningún bien.

Jack la apartó moviendo los hombros. Tenía que hacer algo. Se metió entre la maleza, apartando arbustos y aplastando tallos. Finalmente encontró la piedra, medio enterrada en el suelo rojizo. Volvió jadeando a la tumba de Sam y la colocó encima de la lápida.

–¿Qué haces? –preguntó Rosie mirándolo de hito en hito.

Jack apartó una mosca que revoloteaba alrededor de su cabeza.

—Es lo que hace el pueblo judío para honrar a sus muertos. Lo leí en alguna parte.

—Pero tú no eres judío.

—No, pero Sam sí lo era. Es una señal de respeto.

Rosie se sentó en el suelo y cruzó las piernas.

Jack se arrodilló a su lado, esperando a que la sangre dejara de zumbarle en los oídos. Poco a poco percibió otros sonidos. Unos débiles chirridos sugerían que alguien estaba trabajando lejos de allí. Más cerca oía el zumbido agudo de los mosquitos y el bordoneo de las abejas. Le rozó brevemente la mejilla a Rosie y ella sonrió. Ojalá su yo de doce años hubiera sabido que volvería a Bindoon tantos años después con una chica guapa: feliz, triunfante y seguro. Durante un segundo, un joven revoloteó en algún rincón de su conciencia, con los pies desnudos sangrando, la ropa harapienta, el rubicundo rostro sucio de tierra y las manos cubiertas de ampollas. Entristecido a causa de su madre, pero esforzándose por ser un hombre. Y agradecido al amigo mayor y más fuerte que raramente se apartaba de su lado. Ayudó a Rosie a ponerse en pie y volvieron al coche.

—¿Y ahora adónde vamos? —preguntó Rosie cuando Jack condujo hacia el camino.

Tenía que irse de Bindoon cuanto antes. A fin de cuentas, solo había ido allí por Sam. Tenía que haber una forma de descubrir qué le había pasado realmente a su amigo. Se negaba a dejarlo enterrado allí sin más.

—Vamos a la comisaría de policía.

—¿Aunque el hermano te ha advertido que no lo hicieras?

Jack apretó con fuerza el volante.

—Sobre todo porque el hermano me ha advertido que no lo hiciera.

Rosie echó la cabeza hacia atrás, dio un puñetazo al aire y lanzó un grito.

31

Cuando Jack se apeó del coche, el sol le abrasó la cabeza y el suelo le quemó los pies, incluso a través de los zapatos. Pero los pensamientos que bullían en su cerebro aún lo calentaban más. No podía ordenarlos como debería hacer un abogado. Por el contrario, quería golpear con los puños la pared de la comisaría de policía, romper en pedazos expedientes e informes, borrar toda la suciedad, las mentiras y la suficiencia para llegar finalmente a la verdad.

Pero cuando entraron en el edificio, sintieron una ráfaga de aire frío. Jack respiró hondo y la frialdad calmó su mente. Aún le temblaban las piernas y el corazón le latía a mil por hora, pero al menos empezó a pensar con más claridad. Le dijo al sargento de recepción que quería hablar con alguien sobre una antigua muerte que se había producido en la Ciudad de los Muchachos. Los dejaron esperando en una pequeña sala con las paredes pintadas de beis y una ancha mesa de madera oscura en un extremo. Se sentaron en sillas de madera y escucharon el lejano sonido de las teclas de una máquina de escribir. Jack echó la cabeza atrás. Una telaraña vieja y gris se extendía como una hamaca en un rincón de la sala. Encima de ella, inexplicablemente, había una huella dactilar de color rojo sangre.

Por fin apareció un hombre alto en la puerta, con camisa azul y manchas de sudor en las axilas. Le estrechó la mano a Jack y le indicó con un gesto que se sentara. Miró a Rosie de reojo, pero la ignoró.

—¿La chica podría esperar fuera?

—No, no puede. —Jack reprimió otra oleada de cólera.

—Bien, ¿en qué puedo ayudarlo? —dijo, dirigiéndose únicamente a Jack.

Jack puso las manos sobre la mesa. Estaba furioso por la grosería con que aquel individuo trataba a Rosie, pero tenía que concentrarse en lo principal.

—He venido a preguntar por una muerte acaecida en 1949. Samuel Becker. Vivía en la Ciudad de los Muchachos.

—Pero eso fue hace doce años. ¿Y qué tiene esto que ver con usted?

—Soy abogado de Perth —respondió Jack, consciente de que su voz sonaba áspera. Se inclinó ligeramente hacia delante—. Pero también fui un niño inmigrante. Pasé algún tiempo en la Ciudad de los Muchachos. Sam era amigo mío.

El policía se subió las gafas por la nariz, pero el gesto no consiguió ocultar la mirada acerada que dirigió a Jack.

—Veré qué puedo hacer.

Salió de la habitación, dejando la puerta abierta. Jack miró a Rosie, que se encogió de hombros. Jack tabaleó con las manos sobre la mesa.

El agente volvió con un expediente de color crema. Se sentó pesadamente a la mesa, abrió la carpeta y pasó las hojas que había dentro. Recorrió la última con el dedo hasta que llegó a una línea subrayada.

—Muerte accidental. —Levantó la vista—. Todo está en orden.

—¿Hay un informe médico?

El policía volvió a pasar las páginas.

–Sí.

–¿Podría darme el nombre y la dirección del médico que lo firmó? Me gustaría hablar con él.

–El doctor Munro ha muerto –dijo el policía, examinándose las uñas.

–Entonces, ¿podría ver el informe?

El policía cerró la carpeta.

–No, no podría. Es confidencial.

Jack se inclinó hacia delante.

–Tengo razones para sospechar malas prácticas en la Ciudad de los Muchachos. Samuel Becker era judío. Creo que eso tuvo algo que ver con su muerte.

El policía se puso en pie.

–Los Hermanos hacen un trabajo maravilloso en nuestra comunidad. Su reputación es intachable. No voy a permitir que los exalumnos –dijo, mirando con desdén a Jack– se entrometan en sus asuntos. Ahora, por favor, no me haga perder más tiempo.

Jack cogió de la mano a Rosie. El hombre lo notó y los fulminó con la mirada.

El resentimiento por la actitud del policía, tanto en relación con Sam como con Rosie, se apoderó de Jack.

–Esto no quedará así –dijo al salir de la habitación. Su voz sonó a metralla, incluso en sus propios oídos.

–Te has dado cuenta de que el policía *gubba* estaba mintiendo, ¿verdad? –dijo Rosie cuando estuvieron fuera de la comisaría.

–Ha dicho que todo estaba en orden.

Rosie dio un bufido.

–Me he fijado en su mirada. Furtiva. Señal segura de un mentiroso. Y no dejaba de mirarse las uñas. Definitivamente, tiene algo que esconder. Puede verse a un kilómetro de distancia.

—¿Y cómo lo demostramos?

Jack abrió la puerta del coche para que subiera Rosie y luego se puso al volante.

—Bueno, mi pueblo usaría un ensueño para seguir la pista del malhechor y luego le lanzaríamos flechas. Eso sería el final. Tu pueblo pospone las cosas durante demasiado tiempo.

Bajó el parasol del coche y se acicaló el pelo en el espejo. Jack rio amargamente.

—Puede que sea así, Rosie, pero los abogados tienen que seguir los conductos establecidos.

Rosie se encogió de hombros.

Jack condujo por la autopista Great Northern en silencio. Estaba furioso consigo mismo por no haber hecho más. De los Hermanos no había esperado mucho apoyo. Ahí no había habido sorpresas. Pero ¿la policía...? Sin duda tenían la obligación de investigar una denuncia. A pesar del comentario que había hecho a Rosie, ser abogado no le había servido de nada. Quizá debería actuar por su cuenta: escribir a todo aquel que tuviera alguna influencia. Tenía que haber algo. Apretó con fuerza el volante, redactando cartas mentalmente para periódicos y embajadas. Tenía que llegar al fondo de aquello, aunque solo fuera para su propia satisfacción.

Pero aquel día ya no podía hacer nada más. Rosie tenía que volver a casa. No podía arriesgarse a una reprimenda de los Sullivan. Recordó cierta vez que Rosie había llegado tarde al volver de Kings Park, muchos años antes. John se había puesto furioso con ella. Y ni siquiera sabía que había estado con Jack.

Había sido el día que habían estado en Kings Park y Rosie le había hablado de su familia. Debía de echarla mucho de menos. Tragó saliva. Ambos habían perdido a sus madres. A los dos los perseguían sus recuerdos. A veces se preguntaba si su tristeza era tanto por Rosie como por sí mismo.

A Rosie se le había levantado un poco la falda al subir al coche y, en contra de su costumbre, no se la había estirado. Jack miró sus suaves muslos y luego volvió a fijarse en la carretera, tragando saliva. Unas gotas de sudor se le deslizaron por la cara. El Falcon rugió cuando puso el pie en el acelerador. De repente, las pálidas piernas de Peggy perdieron su atractivo. De todas formas, sus modales remilgados también habían empezado a disgustarle. A pesar de las frustraciones del día, había disfrutado estando con Rosie otra vez. Su compañía le resultaba natural: no tenía que estar en guardia todo el rato, como le ocurría con Peggy, ni temiendo que se le escapara algo sobre Inglaterra y su madre biológica. Seguro que ella no entendería su pasado como Rosie.

Cuando la joven se había arrodillado a su lado, junto a la tumba de Sam, había sentido su cálido aliento en el cuello y había olido su dulce fragancia. Pero no había querido distraerse. Había ido allí por Sam, no por Rosie. Su autodominio, sin embargo, no había conseguido nada. Quizá habría sido mejor concentrarse en ella.

Cruzó Upper Swan Bridge, vagamente consciente de que el sol poniente doraba las aguas del río. Al llegar al otro extremo, estarían casi al mismo nivel que las copas de los eucaliptos, cuyas hojas habían adquirido un color verde botella por el polvo acumulado. Era como si se estuvieran trasladando de un mundo a otro.

Miró otra vez a Rosie y se fijó en cómo le brillaba la cara bajo aquella suave luz. La carretera era recta y apenas tenía que mover el volante. A la derecha había un área de descanso. Jack puso el intermitente y giró hacia allí. El Falcon se detuvo con un ronroneo.

Jack se volvió a mirarla.

—Gracias por venir conmigo. Ha significado mucho.

Rosie sonrió.

—Me alegro de haber ido contigo. —Jugueteó con un mechón de su cabello—. Aunque no entiendo por qué no has llevado a Peggy.

Jack tragó saliva.

—Peggy no me conoce como tú.

—Quizá no, pero es tu novia —repuso Rosie secamente.

Jack suspiró.

—Creo que solo he salido con Peggy porque pensé que podría ayudarme en mi carrera. —Sintió que le ardían las mejillas. Era horrible decirlo así—. Tengo que ser el mejor abogado posible para desenmascarar a esos Hermanos y cumplir la promesa que le hice a Sam.

Rosie se sorbió la nariz.

—Pero hoy me he dado cuenta de que no siento por Peggy lo que siento por ti. Ella y yo nunca fuimos amigos. Ya había tomado la decisión de romper con ella. Incluso cuando estoy con Peggy, es en ti en quien pienso todo el tiempo.

La verdad era que le resultaba casi imposible intimar con Peggy. Siempre era ella la que se acercaba físicamente. Pero en cuanto lo tocaba, los dedos del hermano Cartwright se introducían en su mente, aunque Peggy no se pareciera en nada a él. Jack solo se sentía relajado con Rosie. Y era raro: cuando estaba con Rosie, nunca pensaba en el hermano Cartwright.

Rosie volvió a sorberse la nariz, pero esta vez parecía más calmada.

Jack le cogió la mano.

—Pero tengo que saber qué sientes tú.

Rosie miró por la ventanilla.

—Sabes que me gustas, Jack —dijo suavemente—. Pero no podremos estar juntos mientras vivamos en casa de los Sullivan. –Cuando se volvió a mirarlo, tenía una expresión enigmática–. Y no quiero perjudicar tu carrera.

–Lo sé. –Jack le apretó la mano–. Confía en mí, Rosie. Tiene que haber una solución. No quiero hacerte daño.

Rosie asintió con tristeza.

–Pero ahora tengo que ir a casa o tendrás problemas. –El sol ya bajaba por el horizonte–. Ya hablaremos de esto más tarde, cuando tengamos más tiempo.

–Muy bien –dijo Rosie con voz apagada.

Jack encendió el motor y condujo por Perth a la luz del crepúsculo. Rosie y él tenían algo especial. Algo más que el lazo que sentían por haber perdido a sus familias. Siempre habían sido amigos, pero en lo más hondo ambos sabían que se estaba convirtiendo en algo más. Jack no podía imaginarse la vida sin Rosie y creía que ella sentía lo mismo.

Pero era complicado. Los Sullivan nunca aceptarían su relación. No podía salir con Rosie como salía con Peggy. Pero se había engañado a sí mismo con Peggy. Tenía que verla y romper con ella con amabilidad. Luego podría hablar con Rosie. Sin embargo, se recordó a sí mismo que aquel viaje había sido por Sam. Y ahí debían estar sus prioridades.

32

El señor Martin era una persona afable. Abría puertas para que pasara la gente, las cerraba suavemente y hablaba con voz tranquila, sin gritar nunca. Siempre tenía una expresión bondadosa, fueran cuales fuesen las circunstancias.

Excepto ese día.

Ese día abrió de golpe la puerta de su despacho y gritó el nombre de Jack.

—¡Sullivan! ¡Venga!

Todas las cabezas se levantaron.

Jack se puso en pie, volcando una taza de té que no se atrevió a limpiar en aquel momento. Anduvo inseguro hacia el despacho. El señor Martin estaba al lado de la puerta abierta, con el rostro colorado y las oscuras cejas formando una línea recta. Jack lo siguió al interior.

Su jefe rodeó a grandes zancadas el escritorio, sin indicar a Jack que se sentara, y agitó un puñado de papeles ante él.

—¿Qué diablos ha hecho usted?

Jack tragó saliva. Podía ver el membrete de Martin and Rowan en cada carta. Aunque no estaba lo bastante cerca para leerlas, adivinó a quién iban dirigidas: *The West Australian*, ABCNews, la embajada británica y el parlamento de Australia Occidental.

Y todas estaban firmadas por la misma persona: Jack Sullivan.

Tragó saliva de nuevo.

–¿Cómo las ha conseguido? –dijo. La mejor defensa era el ataque.

–Eso no le importa. ¿Qué demonios creía que estaba haciendo al escribir a todas esas entidades utilizando nuestra dirección?

–Pensé que así tendría más peso.

–¿Más «peso»? ¿Tiene usted alguna base legal para obrar así?

–No, señor.

–¿Las he autorizado yo? ¿O alguna otra persona de este bufete?

–No, señor.

–Entonces, ¿qué demonios creía que estaba haciendo?

El señor Martin se sentó pesadamente en su silla y dejó los papeles sobre la mesa. Su mirada seguía fija en el rostro de Jack. El joven también se sentó, aunque no lo habían invitado a hacerlo. Puso las manos sobre el escritorio.

–Mi amigo Sam murió en Bindoon en misteriosas circunstancias. He hablado con los Hermanos y con la policía, pero mantuvieron la boca cerrada. Tengo que encontrar la manera de hacerlo más formalmente.

–Pues entonces hágalo por los canales oficiales. No nos meta a nosotros en este asunto –dijo el señor Martin mientras tocaba las hojas con el pulgar.

–Lo he intentado. Mi padre adoptivo trabaja para el Ministerio de Inmigración, pero también me ha aconsejado que deje el caso. No sabía qué más podía hacer.

El señor Martin suspiró.

–¿Por qué no me preguntó, Jack?

Jack se rascó el brazo por encima de la chaqueta.

–Lo siento. Sé que debería haberlo hecho. Pero es que estoy cansado de que me pongan trabas. De darme cabezazos contra la pared. Cada vez que pregunto a alguien oficial, elude el tema. Parece que soy el único que trata de hacer algo. Al final, corrí ese riesgo. Pensé que las cartas con el membrete podrían animarlos a contestar. –Bajó la vista a la moqueta morada–. No creí que se las devolverían a usted.

–Está claro que no. –El señor Martin aún parecía furioso.

–Señor, por favor, explíqueme cómo han acabado en sus manos.

El señor Martin se acarició la punta del bigote.

–Proceden del Ministerio de Inmigración. Debieron de enviarlas los destinatarios a los que escribió. Parece que ha hecho enemigos en las altas instancias.

–Eso he pensado. –Jack carraspeó–. Hay muchachos en Bindoon a los que obligan a trabajar descalzos de sol a sol. Los Hermanos nos pegaban con el látigo. –Ni siquiera ahora era capaz de hablar del otro tema.

El señor Martin no dijo nada y Jack apretó con fuerza el borde del escritorio.

–La muerte de Sam no fue un accidente. Alguien debería cerrar ese lugar. Se suponía que éramos la reserva genética blanca, la brillante juventud de Inglaterra que había venido a Australia cuando nos necesitaban. Y en lugar de eso, nos trataron peor que a animales.

–Está bien, Jack. Sé que lo pasaron mal. Pero esa no es la forma de afrontarlo.

–Entonces, ¿qué hago?

Jack sabía que no estaba siendo muy profesional al gritar así. Pero la furia le hervía por dentro otra vez. Lo había intentado con todas sus fuerzas. Por Sam. Por los otros chicos. Por él mismo. ¿Por qué nadie escuchaba?

El señor Martin suspiró.

—No lo sé. Parece que hay alguien del más alto nivel que tapa todo esto. No tenemos una orden judicial para investigar y si ninguna de las entidades con las que ha contactado usted va a cooperar, entonces estamos en un callejón sin salida.

Jack se frotó la barbilla.

—No puedo rendirme. Pero siento haber involucrado a Martin and Rowan en esto.

—Yo también lo siento, Jack. Podríamos haberlo despedido. Pero no quiero perderlo. Exceptuando este momento de locura, lo está haciendo muy bien. Le deseo suerte en su investigación.

El señor Martin se puso en pie, rompió las cartas por la mitad y las tiró a la papelera.

Jack salió del despacho con las piernas temblorosas. De momento, el asunto quedaba en suspenso.

Pero estaba decidido a vengar la muerte de Sam. Y conseguiría justicia para todas las víctimas de los Hermanos, pasadas y presentes, incluido él mismo.

Aunque le llevara el resto de su vida.

Reggie estaba tendido en el sofá de nailon marrón, con un niño en cada brazo. Susan se había quitado el aparato ortopédico y lo había dejado fuera de la vista; tenía las piernas encogidas sobre el cojín. Peter tenía el pulgar en la boca y le acariciaba el pelo a Reggie.

—Eh, no hagas eso, Peter. Ya te lo he dicho.

Peter le acarició el pelo a Susan.

—¡Ay!

Molly asomó la cabeza por la puerta de la cocina.

—Estaos quietos los dos. Reggie, haz el favor de controlar a tus hijos.

Entró en la salita quitándose el delantal, se derrumbó en un sillón y recogió un ovillo de lana del suelo.

–Ya lo hago. –Reggie sacudió suavemente los hombros de Susan y Peter–. Ya está bien, los dos. Vamos, va a empezar ya.

Se levantó, quitándose de encima a los dos niños, y pulsó el botón de un pequeño televisor con armazón de madera. Se oyó un zumbido y apareció una imagen borrosa. Reggie movió la antena. La tormenta de nieve fue reemplazada por el logotipo de ATV, seguido de una serie de estrellas. Luego la pantalla se iluminó con fuegos artificiales. Subió el volumen y la conocida tonada resonó en la habitación. Los niños se irguieron con satisfacción. Aparte del ruido de la tele, lo único que se oía era a Peter chupándose el dedo y el tintineo de las agujas de punto de Molly.

Siempre veían juntos la primera parte de *Domingo Noche en el London Palladium*. Era su programa favorito. Reggie había prohibido *The Black and White Minstrel Show*, así que era el único programa que veían en familia, aunque a los niños les dejaban ver *Blue Peter* a la hora del té, si habían sido buenos.

El programa empezó con unas chicas bailando. Sus brillantes trajes de baño y largas piernas provocaron un fuerte resuello detrás de las agujas de punto. Entonces apareció Bruce Forsyth y presentó la actuación de un mago. Susan y Peter estaban en éxtasis. Cuando apareció Adam Faith cantando «Lonesome», todos cantaron a coro.

–¿Cuándo vas a cantar en el Palladium, papá? –preguntó Susan.

Reggie se echó a reír.

–Espero que pronto, princesa.

Molly levantó los ojos de las agujas.

–Eso dispararía nuestros ahorros.

Reggie hizo una mueca. Todavía no había ahorrado mu-

341

cho dinero. El alquiler del televisor costaba un pico, pero tenía que ver aquella clase de programas para investigar. Era importante saber qué cantaba la gente, cómo se presentaban, cómo bailaban. Desde luego, él podía hacerlo mejor que aquel Faith de cartón, que no parecía capaz de cantar y moverse al mismo tiempo. Si Reggie estuviera en el escenario, sería el amo del cotarro. Sacó pecho imaginándose en el Palladium y expulsó el aire cuando recordó que se trataba de ganar más dinero.

Seguía trabajando en Warlingham, pero hacía menos turnos ahora que había aceptado más contratos como cantante. Habían abierto un sitio nuevo en Croydon, el Fairfield Halls, y le habían ofrecido un sueldo regular como cantante secundario. Si jugaba bien sus cartas, estaría en el centro del escenario antes de darse cuenta. Derrick Morgan y Prince Buster estaban poniendo de moda la música jamaicana en Inglaterra. Había mucho dinero para ganar. Eso le gustaría a Molly.

Miró de reojo a su mujer. Estaba concentrada en el punto, un jersey para Peter, azul oscuro y con el dibujo de un tren rojo. ¿Parecía pálida? Últimamente parecía un poco apática. Se preguntó si algo iría mal. Esa noche la tenía libre. Le prepararía un cacao para variar y le diría que pusiera los pies en alto. Así se hacían las cosas.

Tras unos bailes más, salió un mago cómico que los hizo reír a todos. Después una joven cantó «Bless this house», haciendo que Molly se frotara los ojos. Pero a continuación anunciaron a Cliff Richard. Cuando sonaron las primeras notas de «The young ones», Reggie levantó a Molly del sillón, enviando las agujas por los aires, y bailó con ella mientras Susan y Peter aplaudían. Pero después, Molly se dejó caer en el sillón, apretándose el estómago y haciendo muecas.

–¿Estás bien, Moll?

Ella le dirigió una mirada acuosa.

—Sí, bien. Solo un poco hinchada, eso es todo.

Reggie volvió a mirar la tele. El programa casi había terminado.

—Bien, vosotros dos. —Dio un suave empujón a sus hijos—. Arriba y a prepararse para ir a la cama. Susan, mañana tienes clase.

—¿Tenemos que irnos? —gimió Susan—. Quiero verlos cuando saludan al final.

—Sabes que no puedes —dijo Molly—. Vamos, da un beso de buenas noches a tu madre antes de subir.

Susan y Peter subieron a rastras la escalera mientras Molly desaparecía en la cocina. Reggie oyó abrir y cerrar la puerta de un armario y luego el agua del grifo. Apoyó la cabeza en el sofá, tratando de encontrar un sitio blando entre los bultos. Iban a empezar las noticias. Tuvo que subir el volumen para eclipsar los sonidos que llegaban de la otra habitación. Finalmente volvió Molly con su cacao y un vaso de agua para ella. Volvió a coger las agujas de punto y se sentó a su lado en el sofá. Maldita sea. Había olvidado que tenía intención de preparar el cacao él.

Iba a preguntarle de nuevo si se encontraba bien, pero una noticia llamó su atención.

—Dicen que van a poner un cable, Moll.

Molly levantó la vista.

—¿Eh?

—Se llama compacto o algo así. El caso es que va a llegar hasta Australia.

—¿Australia? —El tintineo de las agujas se detuvo.

—Sí. Pronto podrás telefonear a Jack.

Molly se pasó la mano por los ojos.

—Estás muy equivocado. Ya no quiero ponerme en contacto con Jack.

—¿Y eso por qué?

Molly no quería mirarlo. Ahora estaba aún más pálida.

–He estado escribiéndole durante años. Enviando cartas a la Ciudad de los Muchachos y pidiendo a los Hermanos que se las remitieran a él. No te lo conté en su momento para que no te enfadaras. De todas formas, no importa. Nunca contestó. No quiere verme. Seguro que piensa que lo abandoné y no puede perdonarme. –Un largo suspiro pareció perforarle el corazón.

Reggie la rodeó con el brazo.

–Eso no lo sabes.

–Tiene que ser eso. O eso o la foto que le envié.

–¿Qué foto?

Molly se frotó la oreja izquierda.

–Una de los niños y yo. Aquella que hiciste en la playa el verano pasado con la Brownie de Lester. Puede que no le gusten los negros. O tal vez crea que he intentado reemplazarlo... aunque le expliqué que no. No lo sé.

Reggie volvió la cabeza. Todos aquellos meses de trabajo, corriendo de Warlingham al Locarno, y ella no se lo había contado. Podrían haberse ido de vacaciones con el dinero que habían ahorrado para ir a Australia, pensó, olvidando que habían gastado una buena parte en el coche y el televisor. Podría haber dejado el trabajo en Warlingham y dedicar más tiempo a la música. Quién sabe, a estas alturas podría ser famoso. ¿Por qué demonios había guardado el secreto todo aquel tiempo, haciéndole sentirse culpable, cuando había sido ella la que lo había decepcionado?

Retiró el brazo y se volvió para discutir con ella, pero Molly tenía los ojos vidriosos. No tenía buen aspecto, estaba claro.

Su indignación se convirtió en lástima.

–Lo siento –dijo.

–Yo también lo siento. Debería habértelo dicho. En su mo-

344

mento no quise que lo supieras, pero tendría que haberte dicho algo cuando empezó a extrañarme no tener noticias suyas. Saber que mi propio hijo no me quiere me ha estado reconcomiendo durante años.

—Vamos, eso no lo sabes. —La atrajo hacia sí—. En primer lugar, si no ha respondido, es posible que sea porque no ha recibido las cartas. Dices que les pediste que se las remitieran, pero quizá lo olvidaron. ¿Por qué no lo intentas una vez más?

—No. Ya he tomado una decisión. No voy a pasar otra vez por eso. Me basta con Susan y Peter.

Se levantó haciendo un esfuerzo y Reggie fue a abrazarla, pero ella se apartó.

—Me voy a la cama.

Reggie se estiró en el sofá y echó atrás la cabeza. No sabía qué le pasaba a Molly y no sabía cómo arreglar las cosas. Pero que lo ahorcaran si podía pensar en algo en aquel momento.

33

Jack abrió los ojos y estiró las piernas bajo la manta. Sábado. Qué felicidad. Podía ponerse de costado y seguir durmiendo si quería, o apoyarse en la almohada y leer toda la mañana. El día se presentaba ante él como una playa limpia: fresco y lleno de promesas.

Seguía siendo una novedad estar solo. Siempre había habido alguien con él: primero mamá; luego los chicos de Melchet; Tom, Bert y Mattie en el barco; los internos de Bindoon; los otros soldados durante el servicio militar, y luego Kathleen y John.

Aguzó el oído. Oyó el ruido lejano del tráfico y el ocasional llanto de un niño de algún piso inferior del edificio. Pero nadie discutía, nadie le gritaba que se levantara, ni llamaba educadamente a la puerta con alguna que otra estupidez. Un lugar propio. Soledad. Toda la vida había esperado a tener mañanas como aquella.

Cuando se había ido de casa de los Sullivan, Kathleen no dejaba de aparecer con comida. Al principio no le había gustado, pero cuando Rosie le contó lo triste y sola que estaba Kathleen sin él, se le ablandó el corazón.

–Eres bienvenida siempre –le dijo a su madre adoptiva, tragándose el nudo de la garganta al ver sus ojos llenos de lágrimas.

Le había dado una llave para que pudiera cocinarle alguna cosa si trabajaba hasta tarde. Y si alguna vez necesitaba huir de John, sabía que podía ir allí. Jack sabía que Kathleen lo adoraba y él había llegado a quererla con los años. En su corazón había sitio para dos madres.

Se preguntó qué estaría haciendo Rosie. Kathleen tenía ahora más aparatos electrodomésticos, una lavadora nueva y la aspiradora eléctrica, así que el trabajo pesado se había reducido. Y, por supuesto, Rosie aseguraba que la marcha de Jack había aligerado aún más sus obligaciones.

—Ya no tengo que limpiar tu basura *noorti* —se había burlado, agitando un plumero ante él.

Jack se había echado a reír. Kathleen siempre había prohibido a Rosie que pusiera los pies en su cuarto. Él se limpiaba su propia basura *noorti*, aunque a menudo sospechaba de la intervención de Kathleen al volver de la escuela y encontrar sus pertenencias cambiadas de sitio y un olor distintivo a pulimento en el aire. Al menos eso se había terminado ya.

Sentía pena por Kathleen. Se había aferrado a él todo el tiempo que había podido, pero al final incluso ella había tenido que reconocer que Jack necesitaba independencia.

Jack sintió el estómago vacío, pero no quería moverse. Quizá se llevara el cuenco de cereales a la cama, otro lujo. Y si derramaba leche en la colcha, nadie lo reñiría.

Abrió la nevera: una pastilla de mantequilla, un tomate medio pocho que había rodado hasta el fondo y una botella de leche, con una capa de crema amarillenta en el gollete. La olió. No olía muy bien, pero merecía la pena arriesgarse. El paquete de cereales estaba encima del frigorífico, donde lo había dejado la noche anterior. Ahora que lo pensaba, últimamente se atracaba de cereales. Pero lo llenaban y tenían muchas vitaminas. Durante la guerra, él y su madre comían copos de trigo. Recordó que los comía bajo la mesa con ella

347

durante los bombardeos. Aunque los cereales de ahora eran diferentes, mejores aún, le seguían recordando aquella época.

Tras utilizar el último cuenco limpio para el desayuno, decidió abordar los cacharros sucios que se habían acumulado durante la semana. Le gustaba disfrutar de un desayuno cocinado todas las mañanas, pero entonces descubrió que la yema de huevo seca tenía la consistencia del cemento. Y tardó una eternidad en rascar los pegotes de color naranja oscuro que habían dejado las judías cocidas. Había cinco tazas de té, todas medio llenas, con diferentes cantidades de suciedad. Kathleen se horrorizaría. En casa de los Sullivan nunca había tomado «comida instantánea».

–Estás creciendo, necesitas alimentarte bien –decía Kathleen.

Había dado por supuestos los pasteles de pescado y las tartas de melaza, el pollo asado y los pasteles de mermelada. Rosie había aprendido a preparárselos cuando empezó a trabajar para Kathleen en la cocina. Él nunca se había dado cuenta del tiempo que costaba hacerlos ni del desorden que dejaban detrás. Y eso con la comida básica.

Cuando terminó de fregar, recorrió la salita recogiendo ropa tirada y poniéndola en su sitio. Luego se quedó mirando por la ventana. Cogió un ejemplar de *Oliver Twist* de una estantería. Esperaba que leer a los clásicos compensara las lagunas de su educación, pero las aventuras de Oliver no le apetecían nada aquel día. El tictac del reloj resonaba en la habitación. El ambiente tranquilo lo envolvía como una manta. Quizá necesitara algo de compañía después de todo.

Se acercaría a casa de los Sullivan. No los había visitado hacía ya cierto tiempo. Quizá Rosie se dejara convencer para salir por la tarde. Y Kathleen estaría encantada de verlo. Y John también, seguramente, aunque lo demostraba de forma diferente. Jack cogió el abrigo y salió de casa.

El dúplex estaba en Mount Lawley, a poco más de un kilómetro de Highgate, una de las razones por las que Jack lo había alquilado. El barrio era anodino: bloques de viviendas de color crema, casi todos habitados por trabajadores de Perth como Jack, unas pocas casas unifamiliares, que se erguían altaneras con el césped bien regado, y una zona de viviendas periféricas. Había un autoservicio solitario, un par de tiendas de alimentación... y el cine Astor, por supuesto, en el cruce de Beaufort Street con Walcott. Una vez había llevado allí a Rosie. Se habían sentado en la última fila, donde nadie pudiera verlos, y habían visto *Matar un ruiseñor*, con Gregory Peck en el papel de Atticus. Jack se había sentido tan inspirado por la integridad del abogado que no se había dado cuenta de que Rosie lloraba en silencio a su lado. Solo se había vuelto hacia ella para cogerle la mano cuando Rosie había dejado escapar un sollozo audible en el momento en que los espectadores se enteraban de que habían disparado a Tom Robinson.

–Las cosas están cambiando, Rosie –le había dicho al salir del cine, haciendo caso omiso de las miradas curiosas–. Mira el movimiento por los derechos civiles en Estados Unidos. Los negros de allí ya han tenido bastante. Kennedy se lo está tomando en serio. Es solo cuestión de tiempo que Australia siga el mismo camino. Ya verás.

–Quizá –respondió Rosie con una ligera mueca–. Pero alguien tendrá que decírselo al señor Sullivan.

Jack dobló por Grosvenor Road. Aunque había vivido allí catorce años, era como si lo viera por primera vez: la calle jalonada por las acacias, los limpios cuadrados de hierba, unos más cuidados que otros; los flamantes Fords y Holdens de los caminos de entrada. En una esquina, una mujer de mediana edad con una compacta permanente gris podaba rosales mientras su marido lavaba el coche. Más allá, una anciana hablaba por encima de la valla con su vecina, también anciana. Vestían blusas de color crema muy parecidas, así que daba la impresión de que se estaban mirando en un espejo. Jack se dio cuenta de lo seguros y formales que parecían los vecinos, comparados con la población más joven de su edificio de apartamentos. Pensó en su vecino Dan, que estaba todo el día escuchando «She loves you», tanto que Jack hasta oía la canción en sueños; y en la joven pareja del fondo del pasillo, que todos los días salía del edificio en motocicletas iguales y con idénticas cazadoras de cuero negro. Incluso lo habían invitado a algunas fiestas.

Recorrió andando el camino de entrada y llamó a la puerta. No le gustaba usar su llave ahora que ya no vivía allí, aunque Kathleen había insistido en que se la quedara. Fue Rosie quien abrió y puso los ojos como platos al verlo. Lo condujo hasta la salita, donde los Sullivan estaban sentados en el sofá verde, compartiendo un ejemplar de *The West Australian*. Había dos tazas de té en la mesita de roble y los restos de una bandeja de galletas Anzac.

–Qué bonita sorpresa –dijo Kathleen, dejando a un lado el periódico.

John se levantó y dio un paso al frente para estrechar la mano de Jack.

–Me alegro de verte, chaval. Esto le va a alegrar el día a Kathleen.

Jack le sonrió.

–¿Te quedas a comer? –preguntó Kathleen, dándole un fuerte abrazo y apartándole un mechón de pelo de los ojos–. Tenemos de sobra, ¿verdad, Rosie?

–Sí, señora.

Rosie tenía la mirada gacha. Parecía haberse hundido entre las sombras.

–Pues ven a tomarte una cerveza –dijo John, abriendo camino.

Jack lo siguió al porche, mientras Kathleen subía a cambiarse y Rosie volvía a la cocina.

Jack había olvidado lo bien que sabía el pastel de carne y patatas. Sobre todo cuando iba seguido por la famosa tarta de manzana y natillas de Kathleen.

–¿Qué tal el trabajo? –preguntó John, dando sorbos a su segunda cerveza.

Alargó la mano para poner recto un tenedor que había osado ladearse en la mesa.

–Sigue bien. El señor Martin me ha puesto bajo su égida. Me ha dicho que va a proponerme para un ascenso –dijo Jack, mientras se enderezaba la corbata.

John le dio unas palmadas en la espalda.

–¿Has visto, Kath? Nuestro chico va a llegar a lo más alto.

–Eso es difícil. Pero lo estoy haciendo bien.

A pesar del tiempo transcurrido, ninguno pronunció el nombre de Bindoon. Ni el de Sam.

–¿Café, Jack? –dijo Kathleen.

–Sí, gracias.

Kathleen llamó a Rosie, que recogió los platos y luego sirvió una bandeja con café y una jarrita de leche. Al ponerle la taza, rozó con el brazo a Jack. A este le tembló la boca a causa del esfuerzo que hizo para no volverse y sonreírle. El roce le produjo una descarga en todo el cuerpo.

–Vamos a llevarlo al porche –dijo Kathleen–. Hace un día precioso.

–Id delante –dijo Jack–. Yo voy al baño.

Se aseguró de que los Sullivan estuvieran ya sentados antes de asomar la cabeza por la puerta de la cocina.

Rosie estaba en el fregadero con las manos metidas en el agua jabonosa. Llevaba el uniforme blanco y negro de criada, y el pelo le brillaba bajo el sol que entraba por la ventana. Jack se acercó de puntillas y le rodeó la cintura con los brazos, enterrando el rostro en su hombro. Era cálido y firme; la sedosa tela le ceñía las carnes prietas. Rosie se volvió a mirarlo. Jack la besó y aspiró el suave aroma a manzanas de su boca.

—Te echo de menos.

—Yo también.

Volvió a besarla y le acarició el pelo. Estaba guapísima. Se alegraba de haber dejado a Peggy por ella. Aunque tuvieran que seguir viéndose en secreto.

Los dos se sobresaltaron al oír un estrépito tras ellos.

—¿Qué coño estáis haciendo?

Las palabras sonaron lentas y espesas. Rosie se puso tensa, todavía en los brazos de Jack, y este enterró brevemente la cabeza en el hombro de la muchacha. Tantos años de sigilo y al final lo había estropeado todo.

Se volvió para encararse con John. Si la situación no hubiera sido tan grave, habría sido casi cómica. El rostro de John pasaba del blanco al rojo, como si alguien pulsara un interruptor. Llevaba una taza de café en la mano. El platillo estaba hecho añicos en el suelo.

—Así que porque te has ido de casa, crees que puedes volver y meterle mano a la criada, ¿eh?

Lo único que tenía que hacer Jack era decir que sí. Le echarían un rapapolvo, seguro, y John haría algunos comentarios groseros sobre contener la braqueta y buscar una chica de su propia raza. Al cabo de un rato, eso habría sido todo. Sabía cómo pensaba John.

Se apartó de Rosie, pero notaba que ella lo miraba. Aunque Jack no se atrevía a devolverle la mirada, sabía cuál sería su expresión. Si no daba importancia al incidente, como pedía el sentido común, sería como negar a Rosie. Quería a aquella chica. Sabía que ella también lo quería a él. Era demasiado valiosa para descartarla como si fuera una fulana barata. Tenía que hacer lo que debía. Y después de tanto tiempo, sería un alivio hacerlo.

Miró a John a los ojos.

–No, no es eso. Rosie y yo estamos prometidos.

Oyó a Rosie respirar hondo, pero no apartó los ojos de John. Mirar a otro lado habría sido un signo de debilidad y no podía arriesgarse a una cosa así.

–¡Prometidos! ¡Maldito idiota!

El grito de John atrajo a Kathleen, que abrió la boca horrorizada al ver la escena.

–¿Qué diablos está pasando?

–Este tarado cree que puede casarse con la criada.

–¿Es cierto eso, Jack?

La cara de pánico de Kathleen era más difícil de soportar que la incandescencia de John.

–Llevamos tiempo enamorados.

–Así que por eso querías mudarte. Para poder dedicarte a tu sucia aventura en tu propio terreno –dijo John, echando chispas.

–No, no fue por eso. Yo no trataría así a Rosie.

–¿Jack? –Kathleen le puso la mano en el hombro–. Dime que no es cierto.

Jack se quedó callado.

–No nos hagas esto. No, después de todo lo que hemos hecho por ti.

–Lo siento, Kathleen. No te haría daño por nada del mundo... pero estoy enamorado de Rosie.

–¡Tú! –John fue hacia Rosie como si quisiera golpearla y ella se encogió. Pero no era violencia lo que John pretendía–. ¡Zorra intrigante! Empaqueta tus cosas. Te daré el sueldo de una semana.

Rosie no se movió.

Jack se puso a su lado y rodeó con un brazo sus hombros tensos.

–Está bien. Lo he dicho en serio. Vamos a casarnos. Podrás vivir en el dúplex conmigo como mi esposa. John no puede impedirlo.

No debería haber dicho aquello.

La furia de John saltó sobre él desde el otro extremo de la cocina.

–Te rescaté de Bindoon. –Cada palabra era un grito. Incluso a pesar de su horror, Jack acusó la palabra «rescatado». Así que John sabía lo que ocurría allí–. Te convertí en mi hijo. Gasté dinero en tu educación. Te hice abogado... –dijo. Jack no replicó que estudiar Derecho había sido elección suya– para que ahora quieras casarte con esa maldita negra del peor barrio de Bourke. ¿Estás loco? Te echarán del bufete, todos los que te conocen te rechazarán. Y tus hijos... –añadió John, estremeciéndose visiblemente– serán mestizos. Es as-que-ro-so. Tú eres as-que-ro-so –terminó, dando puñetazos en la encimera con cada sílaba que pronunciaba.

Jack respiró hondo.

–Rosie significa para mí mucho más que cualquier trabajo.

Kathleen lanzó un sollozo.

John dio un paso adelante con el puño levantado. Jack se mantuvo firme. Que John le pegara, si eso lo hacía sentirse mejor. No le haría ningún bien a su causa.

Pero John no llegó a tocarlo. Fue su propio pecho lo que golpeó. De su boca brotaron leves jadeos. Tenía el rostro brillante de sudor. Cayó lentamente de rodillas.

–¡John! –Kathleen corrió hacia él y trató de desabrocharle el botón del cuello de la camisa, pero John no se movió.

Jack se dio cuenta más tarde de que debía de estar muerto antes de llegar al suelo.

Kathleen se quedó muda de la impresión. Rosie estaba sollozando y Jack trataba de mantener la mano firme para poder marcar el triple cero.

Los médicos confirmaron el ataque al corazón. Preguntaron si John había tenido algún indicio, pero Kathleen negó con la cabeza. Solo alguna indigestión, que era de esperar en un hombre de su edad, sobre todo después de los copiosos almuerzos ministeriales que tomaba a menudo. Había dejado de jugar al *rugby* hacía años, alegando miedo a lesionarse, y como resultado había ganado peso.

Pero nadie mencionó la terrible impresión de la supuesta traición de Jack ante todo lo que John quería. Jack se preguntó si Kathleen podría perdonarlo alguna vez.

Los días siguientes fueron una borrosa sucesión de visitas: empleados de pompas fúnebres, médicos, amigos y colegas del ministerio. Kathleen los saludaba con la cara pálida y los labios petrificados. Cuando Jack recordaba esos días, se sentía como dentro de un torbellino.

Kathleen le dejó organizar el funeral. Hizo algunas peticiones personales de himnos y lecturas, pero el resto lo dejó en manos de Jack, al parecer con el deseo de pasar con él el menor tiempo posible. Estuvo a su lado en la iglesia, tiesa como un palo con su traje negro y su sombrero de casquete, pero se negó a que él la cogiera del brazo y tampoco aceptó el pañuelo que le ofreció.

Las necrológicas fueron efusivas: John había sido un ejecutivo muy respetado que había trabajado sin descanso para el Departamento de Inmigración. Su contribución al movimiento Australia Blanca había sido admirable; había desempeñado un papel muy importante en la llegada de niños inmigrantes en una época crucial de la historia de la nación.

Incluso había adoptado a uno de ellos, un gesto loable, y había desempeñado un papel clave en la reducción de la población indígena.

Incluso Jack empezó a creerse los elogios, pese a ser consciente de la faceta menos admirable de John: cerrar los ojos ante la crueldad de los Hermanos; tratar de impedir que investigara la muerte de Sam; no reconocer que a Rosie la habían arrancado de su familia. Y, sin embargo, lo que había dicho aquella tarde fatal era en parte verdad: John lo había rescatado. Le había dado oportunidades que superaban sus sueños más extravagantes. Jack siempre le estaría agradecido por eso. Y aunque siempre se sentiría culpable por el papel que había desempeñado en su muerte, una pequeña parte de él se sintió aliviada porque ahora le resultaría más fácil descubrir qué le había ocurrido a Sam.

Jack volvió a vivir un tiempo en Grosvenor Road, mientras que Rosie se fue a vivir al dúplex. Allí la gente era más tolerante, y verlos juntos habría sido demasiado para Kathleen.

–Pero ¿cómo estás tan seguro de que estoy preparada para casarme contigo? –le había preguntado Rosie con las manos en las caderas y las cejas arqueadas–. Seguro que estarías mucho mejor con Peggy la Repipi.

Jack se estremeció. A veces Rosie fingía estar celosa, pero sabía que confiaba en él completamente.

–De acuerdo, volveré a dejarte con Kathleen. Podéis envejecer juntas.

Rosie hizo una mueca de horror.

–Muy bien. ¿Dónde está el anillo?

Jack se echó a reír.

–En camino. Mientras tanto, puedes pegarte la gran vida en Mount Lawley.

—Y puedo fingir que soy la criada, si alguien pregunta qué estoy haciendo aquí.

—Bueno, supongo que te irás acostumbrando a tu futura casa.

Jack ganaba lo bastante para dar a Rosie dinero para los gastos de la casa y compensarla por la pérdida de su sueldo. Kathleen no comentó su ausencia.

Jack estaba muy contento por haber preferido a la cálida y adorable Rosie antes que a la fría y ambiciosa Peggy. No era una competición. Nunca lo había sido. Su chica era Rosie. Afrontaría cualquier cosa con tal de tenerla a su lado.

34

Molly se puso colorete en las mejillas ante el espejo del lavabo. Últimamente estaba muy pálida. Al menos podía darse cierta apariencia saludable con el pequeño frasco de crema roja. Miró en el fondo del armario del baño en busca de su maquillaje de invierno. Había leído en una revista que si te pones un color claro bajo los ojos, desaparecen las ojeras. Se puso el maquillaje suavemente y dio un paso atrás para comprobar su reflejo desde el otro extremo del cuarto. Mejor, sí. Pero el cansancio aún asomaba a sus ojos y la piel de encima estaba tan arrugada como las vendas de crepé. Siempre estaba cansada, dormida cuando Reggie volvía del Locarno. Claro que era la primera en levantarse por la mañana para atender a los niños mientras él seguía durmiendo. A veces se preguntaba si alguna vez estarían en la cama al mismo tiempo.

Como se había quedado sin pintalabios, se puso algo más de colorete en los labios. Seguro que las otras mujeres tendrían un aspecto glamuroso. No quería que Reggie quedara en mal lugar. Pero incluso arreglarse la dejaba agotada. Aún le quedaban en el frasco unas gotas del perfume de lirios del valle. Se lo puso tras las orejas y luego se asomó al cuarto de los niños para ver si Susan ya se había despertado de la siesta.

Si la niña iba a quedarse despierta hasta tarde, como Reggie había insistido, antes tenía que descansar.

Susan estaba sentada en la cama poniéndose el aparato ortopédico en la pierna. Molly la había obligado a ponérselo sola en cuanto había tenido edad para ello. Por el tiempo que había pasado en Warlingham, sabía lo fácil que era dejar que otras personas hicieran las cosas por ti. Y lo importante que era ser independiente. Pero Susan siempre cojearía. Toda su vida.

Molly había intentado borrar de su memoria todos aquellos cuerpecitos atrapados en los pulmones de acero que silbaban como serpientes. Los niños tenían que correr, perseguir balones, bañarse en los ríos y subir a los árboles, no estar encarcelados. Susan nunca jugaría como los otros niños, pero al menos no estaba en una caja de metal.

Molly había ido al hospital casi todos los días cuando Susan estaba enferma, a pesar de que no la dejaran visitarla porque estaba embarazada de Peter. La enfermera jefa ni siquiera permitía que Susan tuviera a Winnie, su osito de peluche favorito. Molly le dejaba breves cartas en recepción, llenas de dibujos y muchas xxxx, para que supiera que su madre seguía preocupándose por ella. En lo más hondo, aún sentía el dolor de aquellos meses lejos de la hija que casi había perdido, y el que todavía experimentaba por el hijo al que ya casi no tenía esperanzas de volver a ver.

–¡Molly! ¡Susan! ¿Estáis listas? –gritó Reggie.

–Ya vamos. –Molly le hizo señas a Susan–. Date prisa. Papá está esperando.

Susan la siguió escaleras abajo. Se había recogido los rizos oscuros con una cinta roja y tenía los ojos castaños dilatados por la emoción.

La anciana señora North, la vecina de al lado, estaba sentada en el sillón de Molly, con las gordezuelas piernas embutidas en hilo escocés estiradas ante sí. Peter estaba tendido en la moqueta construyendo un camión con piezas de mecano y apenas levantó la vista cuando Molly le dio un beso de despedida.

–Otra media hora y luego a la cama –dijo Molly.

–Lo que tú digas, querida –dijo la señora North, moviendo la barbilla para asentir.

–Muchas gracias. Siempre le estaré agradecida.

Cuando la señora North sonrió, se le dibujó un pequeño arco en la papada.

–Siempre es un placer. Peter y yo nos llevamos bien, ¿verdad?

Peter asintió, alineando dos barras perforadas de metal para colocarlas con sus respectivos tornillos.

Al ver a Molly y a Susan, Reggie hizo una ligera reverencia.

–Vuestra carroza espera, señoras mías.

–¿Vamos a ir en el coche? –preguntó Susan.

–No, he pedido un taxi –respondió Reggie–. Así os evito el largo paseo desde el aparcamiento.

Molly frunció los labios. El dinero era como agua en manos de Reggie. Alguna vez incluso había atracado la hucha de Susan.

Cuando el taxi los dejó delante del Locarno, Reggie las llevó dentro. Normalmente, no se permitía la entrada de niños en el club, pero Susan iba a quedarse entre bastidores para ver a Reggie, mientras que Molly se sentaría con el público. La horrorizaba estar sola en una mesa, tener que pagar su propia bebida, recordar que debía beberla a pequeños sorbos, para que le durase toda la noche, y tratar de ignorar las miradas curiosas de todas aquellas mujeres seguras de sí mismas y aquellos hombres vestidos a la moda.

Tras la presentación, Reggie salió y cantó «Catch a falling star». Molly había olvidado lo suave y cálida que sonaba su voz. Le aceleraba los latidos que sentía en lo más profundo del cuerpo. Cuando el público aplaudió y vitoreó al final, Reggie, con su brillante sonrisa, parecía más vivo de lo que lo había visto en mucho tiempo. Miró en la oscuridad hasta que la localizó y le guiñó un ojo. Molly tembló de placer. De tanto cuidar a Susan y a Peter, y la preocupación siempre presente por Jack, a veces olvidaba que también era esposa. Reggie era adorable. Quizá debería valorarlo más, pero es que siempre estaba cansadísima.

El público gritaba y golpeaba el suelo con los pies. Quería que Reggie volviera a cantar.

Pero en lugar de complacer a los espectadores, Reggie se coló entre bastidores y salió llevando a Susan en brazos. Un murmullo recorrió la sala.

Reggie la llevó hasta el micrófono y el público calló. Alguna mujer dijo «Aaah» y un hombre con brillantina en el pelo gritó «Hola, señorita», haciendo reír a la gente. Reggie se volvió hacia la banda y movió la cabeza. Detrás de él, Deelon comenzó a tocar la guitarra suavemente; Lester había cambiado las baquetas de la batería por escobillas, que producían un sonido más suave.

Reggie habló ante el micrófono:

—Esta es mi pequeña Susie. Ya hace rato que tendría que haberse ido a dormir. La he dejado quedarse porque es una ocasión especial. Pero ahora voy a cantarle una nana. Es una que mi madre me cantaba de pequeño en mi país. He tenido que cambiar un poco la letra. —Adoptó una expresión cómica y el público se echó a reír.

Molly pensó que Susan parecía un poco enfadada. Estaría furiosa porque su padre la trataba como a una niña pequeña. Además, Reggie la sujetaba como como si lo fuera. Susan estaría deseando retorcerse, sin duda, pero se limitó a cerrar los ojos y se acomodó en sus brazos. Molly tragó saliva.

Reggie cantó, muy bajito: «Cuando no estás conmigo y me siento triste, me gusta cerrar los ojos y pensar en ti». Nadie hizo el menor sonido. Molly notaba que la gente se estiraba para escuchar en la oscuridad. «Calma, pequeña, no llores, papá canta una nana jamaicana».

La voz de Reggie era puro susurro. Mecía suavemente a Susan mientras cantaba. Cuando terminó, estaba casi dormida.

Molly se enjugó los ojos con el pañuelo. Se había olvidado por completo del maquillaje.

35

Un mes después del funeral, Kathleen le pidió a Jack que la ayudara a ordenar las cosas de John.

—Voy a donar casi toda su ropa al Ejército de Salvación. —Su voz seguía sonando cortante—. A menos que quieras alguna cosa.

Jack negó con la cabeza.

Kathleen le pasó trajes y camisas, y él los metió en cajas. Jack pensó que aquella ropa reflejaba la vida de John: el discreto atavío formal del despacho; la ropa más elegante para las veladas; la vistosa ropa deportiva. Entre todos aquellos montones, estaría el traje que llevaba el día que había conocido a Jack en Bindoon; el bañador que se había puesto en la playa la Navidad en que le había enseñado a jugar al *rugby*; quizá incluso el traje que se había puesto el día de su boda con Kathleen. Y el pantalón y el jersey informales que llevaba el día que había entrado en la cocina para protagonizar un enfrentamiento inesperado.

Finalmente, toda la ropa estuvo empaquetada y las cajas alineadas en el vestíbulo, listas para ser recogidas.

—Justo a tiempo —dijo Kathleen—. Los Salvadores dijeron que vendrían esta tarde.

Jack asintió, frotándose la espalda.

Kathleen se volvió para ir a la cocina, pero se detuvo antes de entrar. Metió la mano en el bolsillo del delantal y sacó una llave.

—Por cierto, encontré esta llave en uno de los trajes de John. ¿La reconoces?

Jack cogió la llave y la levantó a la luz. Era diminuta y sin brillo. Frunció el ceño.

—No puede ser de una puerta. Es demasiado pequeña. ¿De alguna maleta?

Kathleen negó con la cabeza.

—Las llaves de las maletas están en el cajón de mi mesita de noche. —Calló un momento y recogió la llave de manos de Jack—. ¡Cajón! —dijo, echando a correr hacia el estudio de John.

No se abrió enseguida. Kathleen trató de girar la llave en la cerradura, la sacó y volvió a insertarla. Cuando tiró del pomo de madera, el cajón del escritorio se abrió. Lo sostuvo con la mano, sacó un puñado de papeles y los dejó sobre la moqueta para leerlos. Parecían documentos del trabajo.

—Habrá que llevar la mayoría al ministerio —dijo, retirándose un mechón de pelo de los ojos—. Otros los archivaré y otros irán a parar a la basura.

—Te ayudaré. —Jack se sentó con ella en el suelo, escuchando sus comentarios sobre los documentos y cartas que seleccionaba—. Basura... guardar... devolver... devolver... basura... guardar.

Jack cogió la papelera que había bajo el escritorio de John y siguió su ritmo, tirando o guardando el material, según lo que decía ella. Al cabo de un rato, cayó en la cuenta de que el movimiento y la voz se habían interrumpido. Levantó la vista. Kathleen se había sentado sobre los talones y estaba leyendo un papel de color azul claro.

—¿Qué ocurre? —Jack no supo descifrar su expresión.

Kathleen le pasó la carta y Jack le echó un rápido vistazo, luego se fijó con más atención.

«Querido Jack, te sorprenderá saber de mí después de todos estos años...».

Se le encogió el estómago.

Mamá.

Leyó hasta el final sin hablar, luego cogió las demás cartas de la pila y las leyó rápidamente. Estaban ordenadas por fechas y cada vez tenían un tono más desesperado... hasta que llegó a una carta fechada en diciembre de 1960, que terminaba así: «Si esta vez no tengo noticias tuyas, lo dejaré. Quizá te hayas mudado y no hayas recibido ninguna de mis cartas. O quizá es que quieres olvidar el pasado. Si ese es el caso, aceptaré de una vez para siempre que no quieres conocerme. No te culpo. Que tengas una buena vida, Jack. Te la mereces».

Del último sobre había caído una foto. Su madre, más vieja pero todavía con el pelo largo y rizado, y los ojos brillantes. Y un niño a cada lado. Jack oyó un gemido ahogado que brotaba de su propia boca.

—¿Jack? —Kathleen estaba blanca como la ceniza.

Jack se puso en pie. Temblaba de arriba abajo. Kathleen corrió a abrazarlo, pero él la apartó.

Kathleen lo miró a los ojos por primera vez en semanas.

—Lo siento mucho. No tenía ni idea de que John guardara todo esto.

Se tiró de los bordes de la rebeca hasta rodearse todo el pecho con la prenda.

Jack fue hasta el escritorio de John y dio un puntapié al cajón abierto, que tembló en las guías. Tiró del cajón hasta que lo sacó a la fuerza del escritorio y luego lo arrojó contra la pared.

Kathleen salió corriendo del estudio.

–Maldito John –le dijo Jack a Rosie cuando volvió al piso más tarde.

Andaba de un lado para otro mientras Rosie estaba sentada en el sofá gris. Rosie cogió uno de los cojines color turquesa. Había insistido en comprarlos porque decía que el sofá era muy soso.

–Quizá creía que te estaba protegiendo.

–¿Protegiéndome? ¿Dejando que creyera que mi madre había muerto cuando durante todo ese tiempo estaba desesperada por encontrarme? –dijo, golpeando el marco de la puerta.

Rosie soltó el cojín.

–¡No te precipites! Quizá pensaba que te estaba ayudando a sentir que pertenecías a este lugar.

Jack se puso a pasear otra vez.

–¿Y por qué iba a pertenecer a este lugar? ¡Yo tenía una madre en Inglaterra! Podría haber vuelto con ella.

Rosie se levantó y lo rodeó con un brazo.

–Pero tu madre biológica era pobre, ¿no? Nunca podría haberte dado lo que te dieron los Sullivan.

Jack se apartó de ella.

–Pero tampoco habría ambicionado tanto para mí. A veces creía asfixiarme bajo el peso de las expectativas de los Sullivan.

–Lo sé. –Rosie lo llevó suavemente al sofá y lo obligó a sentarse–. Pero si no hubieras estado con los Sullilvan, no me habrías conocido.

–Supongo que no.

Jack la rodeó con los brazos. Pensó en la última vez que había abrazado a Kathleen. Sus hombros eran huesudos comparados con los de Rosie. Quizá no debería descargar su rabia en Kathleen. Ella también se había llevado una decepción.

–Y podremos visitar a Molly cuando nos hayamos casado.

La primera reacción de Jack había sido salir a toda prisa para Inglaterra. Era vital que su madre supiera que no la había olvidado nunca. Que se había preocupado por ella. ¡Le habían dicho que estaba muerta! Pero quizá fuera mejor esperar. Cuando estuvieran casados, sería mucho más fácil para Rosie viajar con él.

Se soltó de Rosie y se quedó sentado y derecho.

—¿Cómo se atrevió John a robarme todos esos años, cuando podía haber visto a mi madre?

—¿Y cómo habrías ido a Inglaterra? John nunca te habría pagado el pasaje, y hace muy poco que ganas tu propio dinero.

Jack tragó saliva.

—Pero podría haberle escrito. Y contarle todas las cosas que quería que ella supiera. Que juego al *rugby*, que he hecho el servicio militar, que he ido a la uni...

Rosie se sorbió la nariz.

—... y has conocido a una chica maravillosa. —Se alisó la falda—. Puedes contarle todo eso cuando la conozcas.

Le puso una mano en la rodilla y le dio un apretón. Jack le cubrió la mano con la suya. Rosie le demostraba más su afecto desde la muerte de John. Y desde que había anunciado que iban a casarse. Siempre la había deseado, pero seguía resultándole difícil borrar el recuerdo de los dedos del hermano Cartwright. Le vinieron a la mente ahora, carnosos y grasientos. Se estremeció.

—Si no hubiera venido a Australia, no habría conocido al hermano Cartwright.

Rosie se agitó en el sofá.

—Pero los otros chicos sí. Y nadie los habría protegido.

—¡Nadie me protegió a mí! Vivir en la pobreza con mi madre habría sido infinitamente mejor que trabajar de sol a sol para ayudar a construir el maldito Bindoon. ¡Y no habría conocido a esos malditos Hermanos!

—Lo sé. Lo que te hicieron fue horrible. Pero si hubieras ido a Inglaterra, no habrías estudiado Derecho. De esta manera, podrás vengarte de todos ellos... si es eso lo que quieres.

—Parece que hasta ahora no he tenido mucho éxito.

—Pero lo tendrás. Te conozco. No te rendirás. Por mucho tiempo que pase.

Jack se golpeó el pecho con el puño.

—Por supuesto que no. Cumpliré la promesa que le hice a Sam.

—Y quizá... —dijo Rosie, acariciándole la mejilla; Jack no se había dado cuenta de que estaba húmeda—. Quizá haya sido mejor que tu madre no supiera por lo que estabas pasando.

Jack sacó del bolsillo la foto que Molly había enviado. Su sonrisa entre los dos niños.

—No, ella siguió con su vida. Se casó con un tipo, tuvo hijos...

—Podrás conocer a tus hermanastros cuando vayamos a Inglaterra.

—No estoy seguro de querer ir —dijo. Rosie enarcó una ceja—. ¿Dos usurpadores que han disfrutado del afecto de mi madre todos estos años?

Jack se rascó furiosamente la piel del brazo. El lugar donde había tenido el eczema de pequeño le seguía picando cuando se ponía nervioso. Así que mientras él trataba de hacerse a la idea de que su madre estaba muerta, ella había tenido otros hijos. Su madre había amamantado y querido a otros niños. Su madre les había cantado, leído, acariciado el pelo, abrazado. Los había querido tanto como lo había querido a él. Quizá más.

—Pero no dejó de intentar ponerse en contacto contigo. Mira todas esas cartas. No fue culpa suya que John las escondiera.

—No. —Jack se retrepó en el sofá—. Maldito sea John, maldito.

Rosie también se retrepó.

—¿Por qué no le escribes ahora? Las palabras se te dan bien. Cuéntale cómo te sientes.

Jack se puso en pie.

—Creo que queda alguna carta de correo aéreo de cuando escribí a la embajada británica —dijo, mientras recorría la habitación abriendo las puertas y cajones de los muebles.

Rosie se levantó.

—Dile que iremos a verla en cuanto nos casemos.

—Por supuesto.

Jack se apartó un mechón de pelo que le había caído sobre la frente. Rosie fue a la cocina.

—Y da gracias por poder ponerte en contacto con tu madre. Yo daría cualquier cosa porque mi familia asistiera a nuestra boda.

Jack le lanzó una mirada a Rosie. Pobre chica. Tanto alboroto por su madre y había olvidado lo mucho que ella echaba de menos a la suya. Encontró por fin papel y sobre, y se sentó a escribir a Molly.

Esa noche volvió a Grosvenor Road. Rosie lo había tranquilizado, como hacía siempre, y necesitaba arreglar las cosas con Kathleen.

La encontró en la cocina, cortando manzanas con aire ausente. No se dio la vuelta cuando él entró.

—Lo siento, Kathleen —dijo, poniéndole una mano en la espalda. La mujer continuó cortando manzanas, un poco más despacio—. Tú no tienes la culpa.

Kathleen soltó el cuchillo y se volvió a mirarlo. Su pelo parecía lacio, su mirada sin vida.

Jack la rodeó con un brazo y la condujo al porche.

—Tengo que terminar ese pastel de manzana.

–¿Un pastel entero solo para ti?

Kathleen se encogió de hombros.

–Las viejas costumbres nunca mueren.

–Puede esperar. –Jack la empujó suavemente hacia una silla de madera y luego acercó otra para sentarse a su lado–. Encontrar las cartas de Molly me ha causado una impresión brutal. Creí de veras que estaba muerta cuando John me enseñó aquel documento oficial –dijo, aunque no mencionó la pequeña llama de esperanza que nunca se había apagado del todo.

Kathleen hurgó en la manga de su rebeca.

–Yo estaba tan a oscuras como tú. –Sacó el pañuelo y se sonó la nariz.

–Lo sé. Rosie me ha reñido por haberte tratado tan mal.

Kathleen se sorbió la nariz.

–Es una buena chica. Pero es mi criada. Actuaste a mis espaldas. Los dos lo hicisteis.

Jack abrió los dedos de la mano que tenía en la rodilla.

–Te lo habría contado, pero me daba miedo la reacción de John. Y tenía razón, como se demostró más tarde.

–La impresión lo mató, Jack.

–Fue la gota que colmó el vaso, sí. Pero también hay que contar la bebida, los almuerzos copiosos, la falta de ejercicio...

Kathleen lanzó un tembloroso suspiro y apartó los ojos de él para mirar el jardín. Encima de la valla trasera había un estornino que se acariciaba la cabeza con pequeños movimientos.

Jack carraspeó.

–Rosie y yo queremos de verdad que vengas a nuestra boda.

Kathleen no se movió.

–¿Kathleen?

La mujer seguía mirando el pájaro, que había ahuecado las plumas y cantaba con un ritmo entrecortado.

Jack se llevó la mano al bolsillo y sacó un grueso sobre blanco. Lo dejó sobre el regazo de Kathleen.

—Aquí está tu invitación. No podemos obligarte a asistir. —Se puso en pie—. Pero me gustaría que mi madre estuviera en la iglesia el día de mi boda.

Kathleen no tocó el sobre.

—No estoy segura, Jack. Tengo que pensarlo.

Jack depositó un beso en su cabeza y se fue, mientras ella seguía mirando el jardín.

Las siguientes semanas fueron frenéticas. Mucha gente que visitar: el vicario, el organista, el sastre, además de su trabajo en Martin and Rowan. Pero nada de todo aquello podía ocultar el hecho de que Kathleen no le había comunicado su decisión. Cambiaba de conversación cada vez que él mencionaba la boda.

Pocos días antes de la fecha fijada, Jack apareció en el dúplex para decirle a Rosie que iba a hacer un viaje en coche.

—Voy a poner a prueba el Falcon.

—¿Qué? ¿Ahora?

—Necesito salir de Perth.

—¿Puedo ir contigo? —preguntó Rosie, que tenía un espejo en la mano y estaba probando diferentes peinados.

—Esta vez no. Haremos muchos viajes cuando estemos casados, pero este tengo que hacerlo solo.

—¿Y vas a estar fuera toda la noche? —dijo, recogiéndose el pelo por detrás y sujetándolo en lo alto de la cabeza.

—Tengo que hacer unos cuantos kilómetros.

—¿Y cómo sé que no vas a ver a alguna chica de por ahí? —Se soltó el pelo.

Jack cogió el espejo.

–Oh, por el amor de Dios, habría tenido que ligármela rápidamente. No he estado fuera antes, ¿verdad?

–No.

Rosie siempre reaccionaba mal cuando él se iba. Él lo achacaba al miedo a que la abandonase. Pero tenía que dejarla fuera de sus planes. Aunque esta misión era por ella, no debía revelarlo.

–¿No van los hombres aborígenes al bosque antes de casarse? –preguntó, restándole importancia al asunto.

–Sí lo hacen. Para demostrar su valía en el monte. ¡Pero ellos están seis meses! Si desapareces todo ese tiempo, cuando vuelvas me encontrarás casada con otro.

–Es solo un viaje de dos días. En tan poco tiempo, no podrás encontrar a nadie que te soporte.

Rosie agitó un dedo.

–Como quieras. Pero nada de chicas.

Jack le devolvió el espejo.

–Nada de chicas. Tengo más que suficiente con esta de aquí.

Al día siguiente, Jack puso en el asiento trasero del Falcon una bolsa con ropa para una noche. Salió de la ciudad y se dirigió al noroeste, siguiendo el curso del Swan hacia el interior, a través de fértiles valles salpicados de verdes y polvorientas allocasuarinas y altos eucaliptos. La carretera se empinaba al subir los Montes Darling y Jack recordó la historia que Rosie le había contado hacía muchos años sobre el Wagyl, cuando le había picado la araña de abdomen rojo en Kings Park.

Aquello lo hacía por Rosie, pero contarle el objetivo de su viaje solo habría servido para darle esperanzas. Era preferible que Rosie sospechara que tenía otra chica en alguna parte, aunque la idea fuera ridícula, a arriesgarse a decepcionarla si volvía con las manos vacías. Sujetó con fuerza el volante. Seguía llamando a todas las puertas que se le ocurrían para descubrir cómo había muerto Sam, pero hasta ahora nadie le había dado una sola pista; en esta misión tenía que obtener resultados.

Cuando llegó a la nacional Great Northern, pisó el acelerador. Allí se podía conducir durante kilómetros sin ver ningún coche, y eso encajaba con el ánimo de Jack. Era la ruta de Bindoon, y aunque no tenía intención de pararse, sintió una punzada de miedo al ver los rótulos que indicaban el desvío hacia la Ciudad de los Muchachos. No se sintió tranquilo hasta que estuvo a salvo en la carretera de Moora.

A media tarde llegó a su destino. Bajó del coche y estiró los brazos para aliviar la tensión. Ante él había unos edificios bajos y destartalados, rodeados por un bosquecillo de altos marris. Avanzó decidido hacia una pequeña capilla encalada y a la reunión que había convocado unos días antes.

El día de la ceremonia, Kathleen estuvo un rato sentada ante su tocador. Al final sacó un poco de colorete del envase que tenía delante. En los últimos días no había necesitado pellizcarse las mejillas. ¿Se ponía demasiado? No quería que la acusaran de ser una viuda alegre. Lo rebajó con unos polvos de maquillaje.

Al principio se quedó sorprendida al ver su propio rostro mirándola desde el espejo. Desde la muerte de John se había sentido como cubierta de vendas, igual que una momia egipcia. Le envolvían los pies, impidiendo que sintiera el suelo; le cubrían la cabeza, entumeciendo sus pensamientos; le rodeaban los miembros para que nadie pudiera tocarla y ella tampoco pudiera tocar a nadie. Incluso tenía una fina capa alrededor de las mejillas, los ojos y las orejas para que el mundo pareciera borroso y los sonidos se filtraran como si procedieran de muy lejos. ¿Se sentirían así todas las viudas?

La palabra «viuda» era extraña. Se parecía un poco a «ventana», aunque esta servía para ver el exterior; ser viuda solo servía para ver el interior. El interior de la propia cabeza, donde día y noche sonaban pensamientos turbadores.

Buscó en el cajón el pintalabios de Elizabeth Arden. John había dicho que le quedaba bien.

Aunque siempre había detestado los modales dominantes de John y su falta de comprensión, con los años se había dado cuenta de que aquella actitud tenía mucho que ver con su incapacidad para tener un hijo. Cuando Jack llegó a sus vidas, John había cambiado. Le había enseñado a jugar al *rugby*, lo ayudaba pacientemente con los deberes, le explicaba incansablemente la política australiana a la hora de cenar.

Pero Kathleen no podía olvidar los tristes rostros de los chicos de Bindoon. Eran los Hermanos, no John, los que maltrataban a aquellos muchachos, pero John sabía lo que ocurría y no había hecho nada para evitarlo. Estaba demasiado intimidado por el ministro como para intervenir, demasiado encantado con su forma de vida y sus ascensos.

Y Kathleen sabía que ella tampoco había hecho nada. Se había dado cuenta de que aquellos niños eran víctimas, pero no había dicho nada para poder quedarse con Jack.

Tanto su marido como ella eran culpables.

Se repasó las cejas con un lápiz marrón y volvió a mirarse en el espejo. No quería extralimitarse, aunque le resultaba extraño que no hubiera nadie allí para criticarla.

—Pareces una puta, Kath —le había dicho John un día que se aplicaba kohl para que los ojos parecieran más grandes, como los de Audrey Hepburn. Se lo había quitado rápidamente.

Recuperó el lápiz de kohl, que estaba al fondo del cajón, donde lo había escondido aquel día. Esconder cosas en los cajones. John y ella lo habían hecho a menudo. Ella su diario. Él sus documentos privados. A Kathleen le temblaron las manos al recordar las cartas de la madre de Jack.

Se inclinó otra vez hacia delante. Maldito John. Se iba a pintar los ojos. Cuando el temblor de sus manos hubiera parado.

Sin saber por qué, volvió a pensar en el hombre de William Street, el de la noche de la victoria. Pensaba en él de vez en cuando. Se preguntaba si las cosas habrían sido diferentes si hubiera tenido una aventura con él, o si hubiera dejado a John. Pero entonces no habría tenido a Jack. Y era posible que tampoco hubiera tenido un hijo propio.

Se aplicó el lápiz de ojos y luego buscó el sombrero de casquete que se había comprado el día anterior en Ahern, cuando por fin había decidido aceptar la invitación. Tenía un velo que podía cubrirle la parte superior del rostro, lo cual resultaría útil si se le corría el kohl. Una última mirada al espejo. No parecía tan demacrada con la blusa azul eléctrico. Le había prestado a Rosie su viejo vestido de boda, de seda *shantung*, que había guardado por si tenía una hija.

Jack estaba en la puerta con su traje nuevo.

–El coche está aquí.

Kathleen tragó saliva.

–Vamos. –Se cogió del brazo de su hijo y se fueron juntos a la boda.

Dos días después de la ceremonia formal en St Alban's, Rosie, Jack y Kathleen fueron a Kings Park a celebrar la ceremonia noongar. Rosie le había dicho a Jack que tenía que encender una hoguera ceremonial para abrir la puerta y que sus antepasados pudieran pasar. Mientras sujetaba la parpadeante vela, Jack recitó una silenciosa oración de agradecimiento para que Molly estuviera viva y bien de salud. Guardaba sus cartas bajo la almohada, como haría un niño. No había tardado en aprendérselas de memoria. Menos mal, porque sus lágrimas habían emborronado la tinta.

Había escrito la respuesta una y otra vez. Pero al final había decidido que no sería justo para Kathleen enviar tan pronto la carta, por si Molly decidía tomar un avión para asistir a la ceremonia. Así que había depositado el sobre azul en un buzón cuando hizo el viaje desde Perth. Las cartas aún tardaban semanas en llegar a Inglaterra. Cuando Molly la recibiera, Rosie y él ya estarían casados.

Cuando la hoguera se apagó, una columna de humo se elevó de las cenizas. Jack observó a Rosie cuando aparecieron cuatro figuras fantasmales caminando hacia ellos, como si hubieran surgido de la niebla. Una mujer de mediana edad con el rostro ajado y el pelo gris, flanqueada por dos muchachos con la indumentaria tradicional noongar y una chica un poco más joven que Rosie. Nada de antepasados. Seres humanos vivitos y coleando.

–¡No me lo puedo creer! –gritó Rosie, echando a correr hacia ellos–. Mamá... Alkira... Cobar... Darel.

Jack reprimió las lágrimas. Esta vez había conseguido su objetivo.

–Mi regalo de boda, señora Sullivan.

Al principio había detestado la idea de que Rosie adoptara el apellido que asociaba con John. Pero Rosie lo conocía como Jack Sullivan, así que al final acordaron juntos que sería su nombre de casados.

Jack había ido hasta Mogumber el día de su viaje y había utilizado todos sus conocimientos legales para seguir la pista de la familia de Rosie. Y luego había ido hasta Narrogin para recogerlos. Se habían alojado en una casa de huéspedes hasta el día de la boda.

Jack le tocó el brazo a Rosie.

–Ninguna chica debería casarse sin tener a su familia cerca para apoyarla.

Y ningún chico tampoco, pensó.

«Estoy casado, mamá. Yo. El canijo de Jack Malloy es marido».

Cómo deseaba haber seguido teniendo ese apellido.

36

Cuando Molly llegó a la consulta del doctor, le dolían todos los huesos.

—¿Por qué no ha venido antes? —la reprendió el doctor Cole mirándola con severidad por encima de las gafas.

—¿Habría podido curarme?

El doctor esquivó su mirada.

—Podríamos haberle dado algo para el dolor.

Molly se agitó en la silla.

—La aspirina lo remedia bastante.

El médico sacó un pequeño cuaderno y garabateó en él.

—Tendremos que esperar a ver los resultados de las pruebas, pero mientras puedo darle algo más fuerte que la aspirina.

—Gracias.

Era consciente de lo débil que sonaba su voz. Cogió la receta, se la guardó en el bolsillo del abrigo de cuadros y salió de la consulta.

Al sentarse en el autobús que la llevaba a casa, haciendo una mueca en cada bache y sacudida, se preguntó cómo iba a contárselo a Reggie. Se enfadaría al saber que había ido al médico en autobús cuando él podía haberla llevado en coche y acompañarla a la cita. Pero aún se pondría más furioso al saber que le había escondido los síntomas todos aquellos meses. Podía oír su voz: «¿Por qué demonios no me lo contaste, Moll? ¿Crees que tengo telepatía?». ¿Y qué le iba a responder? ¿Que el dolor físico la distraía de la angustia de saber que Jack no quería verla? ¿Que nunca volvería a ver a su primogénito?

Mientras tanto, Susan y Peter se hacían mayores. Esto le producía consuelo y amargura al mismo tiempo. La segunda vez que fue madre, Molly era mucho mayor. Un día que estaba en la puerta de la escuela cuando salían los niños, oyó a un amigo de Peter gritarle que había ido a recogerlo su abuela. Peter la había abrazado como siempre, pero se había soltado más pronto de lo habitual. Molly sabía que aquello solo era el comienzo. Pronto querría volver a casa solo, y cuando Susan fuera lo bastante mayor para salir con chicos, encontraría excusas para no presentárselos a Molly. No tendrían ese problema con el siempre juvenil Reggie, por supuesto. Quizá fuera más fácil hacerse a un lado y dejarlos seguir sin ella.

Se apoyó en el respaldo desgastado del asiento. Era el dolor quien hablaba, lo sabía. Y la desesperación ante lo inevitable.

Cuando Molly entró en casa, Reggie ya había llegado. Cogió una silla y se sentó con él a la mesa de la cocina.

—¿Un té? —Reggie se levantó a darle un beso y ya estaba buscando la tetera.

—Estaría bien.

Se quitó los zapatos y estiró las piernas, mirando a su marido con ojos que sabía que parecían agotados. ¿Era su imaginación o Reggie se había guardado algo en el bolsillo? La experiencia le había enseñado que no serviría de nada preguntar. Él se lo contaría a su debido tiempo.

Reggie echó agua hirviendo en la tetera, removiéndola como Molly le había enseñado muchos años antes. Luego cogió con la cuchara unas hojas molidas del paquete y añadió más agua. Del recipiente brotó la conocida fragancia. Ella lo miró con apatía mientras él ponía las tazas y abría el frigorífico. Estaba dejando que el té reposara, manteniéndose ocupado con la leche y el azúcar hasta que estuviera listo para servir. Molly sonrió para sí misma. Le había enseñado bien.

Como había predicho, cuando Reggie le dio la taza humeante y se sentó a la mesa con el suyo, ya estaba listo para contarle su secreto.

—Tengo noticias —dijo.

—Yo también, pero tú primero.

De nuevo aquel juego. Se alegraba del aplazamiento, aunque fuera corto. ¿Por qué iba a tener ganas de lanzar la bomba que destrozaría el mundo de su marido?

Pero Reg también tenía un bombazo. Sacó un papel plano del bolsillo. Era un sobre de correo aéreo. Qué raro. Ella había pensado en una factura y una confesión, incluso —siendo más optimista— en la esperada carta del agente, pero él parecía demasiado nervioso para que fuera eso.

—Ha llegado esta mañana. Tiene matasellos de Australia.

Molly se llevó la mano al pecho para reprimir el salto que le dio el corazón.

—Debe de ser sobre Jack —susurró.

Le zumbaron estruendosamente los oídos.

—No quería abrirla mientras estuvieras fuera, pero lo haré ahora. Por si son malas noticias.

Reggie la miraba de esa forma en que había empezado a mirarla últimamente. Como si fuera una paciente de Warlingham.

Molly alargó la mano.

—Yo la leeré.

Cogió el delgado sobre con dedos temblorosos, despegó la solapa y leyó en silencio. Luego cogió la taza de té y la tiró contra la pared.

—¡Molly! ¿Qué es?

—¿Cómo puede pasarme esto ahora? —dijo, mirando el líquido marrón que se deslizaba por la pintura de la pared.

—¿Qué? ¿Qué es? Cuéntame. ¿Qué dice? —Reggie estaba de pie, pálido, temblando.

Molly finalmente lo miró a los ojos.

—Es desesperante.

—Por favor, habla conmigo.

—Es de Jack —dijo débilmente—. Va a venir a Inglaterra a verme.

—¡Pero eso es maravilloso!

Molly apenas era capaz de pronunciar palabra.

—Sería maravilloso. Sería lo más maravilloso del mundo.

Cogió la cucharilla del té con aire ausente y se quedó mirándola. No podía recordar para qué servía.

—¿Moll? —dijo Reggie con amabilidad.

Molly arrojó la cucharilla.

—¿Cómo puede ser que el día que descubro que mi hijo me ha encontrado y que finalmente vendrá a verme, después de todos estos años... —dijo, sin molestarse siquiera en ocultar su amargura— sea el día en que he descubierto que no viviré para verlo?

37

Kathleen quitó el polvo a la fotografía y volvió a colocarla cuidadosamente. No podía creer lo bien que le quedaba a Rosie su vestido de boda. Nunca se le había ocurrido pensar que Rosie y ella tuvieran una talla parecida. Ni había pensado nunca que alguna vez la relacionaría con el papel de esposa, una esposa como ella. Quizá Pete Seeger tuviera razón. Cuando Jack se mudó a la casa, siempre ponía en el tocadiscos «To Everything There is a Season». Hay un tiempo para todo.

Lo primero que había hecho Kathleen tras perder a John había sido librarse de aquellos horribles patos de la pared de la cocina. Se había subido a una silla y los había arrancado uno por uno. Había comprado algo de pintura para tapar las marcas que habían dejado y luego había pintado el resto de las paredes del mismo color. Pero no había cambiado nada más.

Echaba de menos a John más de lo que esperaba. El vacío le recordaba la época de la guerra, antes de la llegada de Jack, cuando John pasaba largas jornadas en el ministerio. Quizá debería buscarse un trabajo otra vez, aunque la pensión de John la había dejado bien provista. Pero pronto habría nietos a los que cuidar, suponiendo que Jack y Rosie no se quedaran en Inglaterra para formar allí una familia. No soportaba la idea de que Molly le robara aquella alegría, aunque Dios sabe que la otra mujer merecía pasar tiempo con su hijo.

Reggie corrió las cortinas. Otro día gris. Molly había dormido mal y él había estado despierto casi toda la noche, pendiente de su respiración. Cuando era suave y regular, notaba que la tensión abandonaba su cuerpo. Cuando era áspera o se detenía, él también dejaba de respirar, esperaba a que volviera a ser rítmica y se relajaba de nuevo cuando lo era. Toda la vida se reducía a aquello: las entradas y salidas de aire que marcaban nuestra existencia. Molly había traído a sus hijos a este mundo, los había abrazado cuando habían respirado por primera vez; pensaba estar con ella cuando lo hiciera por última vez.

Molly había respondido a la carta de Jack, diciendo lo nerviosa que estaba por verlo de nuevo, aunque no le había dicho que estaba enferma. Estaba ansiosa por aquella visita, pero temerosa de que el tiempo y la enfermedad la hubieran transformado tanto que Jack no reconociera a la bonita madre que había sido. Jack no había dicho con claridad cuándo iría. Reggie tendría que encontrar la forma de telefonearle a Australia si no se ponía pronto en contacto.

Reggie bajó de la cama y se estiró, cuidando de no despertar a Molly. Tenía la espalda rígida por la tensión de toda la noche. Se estiró torpemente con un crujido de hombros y luego fue a la cocina para preparar el primer té del día.

Pronto tendrían que ingresar a Molly en el hospital. El doctor Cole les había dejado a ellos la decisión de indicar el momento. Si hubiera sido por Reggie, la habría tenido en casa hasta el final, pero no era justo para Susan y Peter. Ya habían visto demasiado del lento deterioro de su madre: la piel estirada, el pelo ralo, los huesos que le sobresalían. La abuela de

Reggie había muerto en medio de grandes dolores, y todavía recordaba su sufrimiento. Tenía que protegerlos, a ellos y a Molly, de las últimas humillaciones de la muerte, con su podredumbre y sus jadeos. Mejor que la recordaran tal como estaba ahora, antes de que el horror fuera demasiado vívido.

Al echar la leche en su té, «a la inglesa», se dio cuenta de que le temblaban las manos.

Rosie colocó las prendas en la cama: un grueso jersey de cuello cisne, de color naranja; una rebeca de lana gruesa de color verde claro; un suéter ceñido de color morado. Primero irían al continente europeo y luego a Inglaterra. Rosie había supuesto que Jack querría ir directamente a Londres para ver a su madre biológica, pero de repente se había vuelto reacio. A Rosie no se le ocurría por qué lo retrasaba después de tanto tiempo. Después de todos los problemas que ella había tenido para encontrar a su madre, ¿cómo es que ahora él no quería ver a la suya? Lo único de lo que no paraba de hablar era del frío que iba a hacer. Ni que fueran al Polo Norte. Aun así, estaba bien tener ropa nueva. Había recorrido todo Perth para comprar los jerséis. Jack y ella habían quemado ceremoniosamente su uniforme de criada antes de la boda. Ahora solo esperaba que le cupiera todo en la maleta.

Inglaterra. Esperaba el frío y también la lluvia, desde luego. Las calles grises, los hombres con bombín y traje, y las mujeres con el mismo aspecto que la reina Isabel. ¿La entendería la gente cuando hablara? ¿Qué les parecería que una chica aborigen entrara en sus tiendas y visitara sus restaurantes? Puso unos pantalones de cuadros sobre la cama. No debía pensar así.

Peter se arrodilló en la litera de Susan y pasó los dedos por el alféizar de la ventana hasta que encontró la superficie fría y rugosa de la caracola. Se la llevó al oído. Sí, el sonido del mar seguía allí, como una persona que respirara con ruido. Los otros ruidos de la habitación desaparecieron, el tictac del reloj y el repiqueteo de la lluvia en los cristales. Su mundo era el mundo de la caracola.

Aquel día en la playa había sido la última excursión que habían hecho juntos. Susan y él habían montado en burro, balanceándose sobre el cálido lomo del animal mientras papá hacía fotos. El burro de Susan era más lento que el suyo. Luego habían corrido por la playa en busca de mamá. Entonces Peter había encontrado la caracola, medio oculta por unas algas. No había querido tocar las algas, pero papá se había reído de él y las había agitado ante su cara.

–No seas tan miedica –le había dicho. A veces papá utilizaba esas palabras raras–. ¡La gente pensará que eres un niño de mamá! –Peter no sabía lo que era un niño de mamá, pero papá no lo había dicho con simpatía.

–No soy un niño de mamá –había respondido Peter–. ¡Soy un niño de papá!

No sabía por qué, pero papá se había doblado por la cintura, riéndose a carcajadas, casi sin aliento, al oír aquello. Hacía mucho tiempo que no emitía un ruido como aquel. Peter había corrido hacia su madre para enseñarle la caracola.

Quizá se la llevara al hospital para consolarla.

Aunque Jack no quiso que Kathleen los llevara al aeropuerto por el nerviosismo que podía producirle, al final fue todo la mar de bien. Kathleen dejó el motor en marcha mientras abría el maletero para que sacaran el equipaje y luego dio un rápido abrazo a Jack y a Rosie. Al momento siguiente, las luces traseras del Holden desaparecían por la carretera.

–Podría haber sido peor –dijo a Rosie.

Rosie cogió su maleta, haciendo una mueca a causa del peso.

–¿No la has visto llorar?

–No. ¿Por eso no ha querido quedarse?

–¡Por favor! –Rosie dejó la maleta en el suelo–. Le has dicho el nombre de nuestro hotel, ¿verdad?

Jack frunció la frente.

–No estoy seguro.

–Tendrás que llamarla después. Ahora haz algo útil y busca un mozo.

Jack dejó su maleta para hacer lo que ella le había pedido. Esperaba que Rosie y él estuvieran bien en el avión. Era una gran aventura para los dos. Cruzarían el océano Índico mucho más rápido que el *Asturias* siglos antes. Pero no era el viaje lo que le preocupaba. Era el motivo por el que lo hacían. Ahora que se iban de Australia, se daba cuenta de que todavía no estaba preparado para reunirse con su madre: la perspectiva era demasiado grande, demasiado sobrecogedora. Se alegraba de que antes pasaran por París. Le había prometido a Rosie una luna de miel. Seguro que no era egoísta disfrutar de los primeros días de matrimonio en una ciudad tan romántica. Después ya tendrían tiempo de sobra para ver a Molly.

A veces, cuando el dolor la despertaba, Molly imaginaba que estaba de nuevo en Warlingham. Los ruidos del hospital no habían cambiado: el tintineo de las cuñas y el chirrido de los carritos, los suaves murmullos de las enfermeras del turno de noche, el inhumano zumbido de las máquinas.

Los olores también eran similares. Un tufillo a desinfectante o a orina podía transportarla a aquellos días con mucha más fuerza que cualquier ruido, aunque los olores más sutiles del presente habían reemplazado el inconfundible hedor a ácido fénico y lejía.

Se recostó en las almohadas. Quizá Jack llegara pronto. No había planeado que él la viera así. En sus sueños, ella siempre era joven y elegante, la madre que él había conocido de niño, y no aquella frágil mujer en un cuerpo deteriorado. ¿La reconocería incluso así? Ella sí lo reconocería a él. Estaba segura.

Molly cerró los ojos y se adormeció. Volvió a tener la visión. Frente a ella había una verja grande de hierro negro, parecida a la que el doctor Lee había ordenado quitar en Warlingham. En el parque solo quedaba un tramo, para recordarles que el hospital había sido en tiempos una prisión. Pero esto no era Warlingham. Grandes columnas de niebla giraban alrededor de la puerta, pero no había un suave césped verde, ni parterres de flores. Solo una figura sombría en la distancia. Se acercó a mirar. La figura sonrió animosamente. Se parecía vagamente al muchacho que había visto una vez cuando el doctor Lee trataba de convencerla de que Jack estaba muerto. Pero la figura era más alta. Jack tendría ahora veintiséis años. ¿Sería él?

Molly asió los barrotes de la verja y la sacudió. Ninguna respuesta. La sacudió con más fuerza. Tenía que salir. El sol le calentaba la espalda; sabía que el brillo y la comodidad estaban detrás de ella. Pero no quería volverse. Todavía no.

—¡Jack! —gritó con una voz que le salía de lo más hondo. Era el grito de su alma—. ¡Dejadme ir con él! ¡Es mío!

La figura se acercó.

Apretó los barrotes de la verja con ambas manos, clavándose las uñas en las palmas. Los sacudió hasta que no le quedaron fuerzas. Pero la única que se movía era ella; las puertas no se movieron ni un ápice.

A Kathleen le sorprendió oír aquella voz extraña en el teléfono. Aunque entre los crujidos de la línea y el acento, era difícil entender lo que estaba diciendo.

–¿Quién es?

–Soy el padrastro de Jack, señora.

–No parece usted inglés.

–Soy jamaicano. Hoy por hoy, inglés y jamaicano... ¿Podría hablar con Jack, por favor?

–¿Jack? No, está de luna de miel. No sabía que la madre de Jack se hubiera... bueno... que estuviera casada. –¿Se lo había contado Jack? Seguro que sí. Pero mejor que el marido de Molly creyera que no. No quería que él pensara que condenaba el mestizaje. No todos pensaban como John–. Su hotel... un momento... debo de tenerlo por aquí. –Fue a dejar el teléfono para buscar el nombre y entonces se acordó–. Lo siento... creo que no me dio el nombre. Está en París. ¿Puede localizarlo? Oh, estimado señor. Lo siento muchísimo... Sí, por supuesto, en cuanto se ponga en contacto le diré que lo llame enseguida... Sí, tiene su dirección. La de las cartas de su esposa. Él lo sabe... Espero que llegue a tiempo... Gracias. Adiós.

Kathleen atinó a poner el auricular en la horquilla antes de que se le doblaran las piernas a causa de la conmoción.

Aquella sensación que ya no desaparecería había empezado durante la clase de matemáticas. Susan estaba copiando unas sumas que la señora Turner había escrito en la pizarra con su apretada letra cuando el estómago le dio un vuelco. Un poco antes había estado mirando por la ventana, preguntándose por Jack, como siempre, y cuándo iba a visitarlos su misterioso hermano mayor. De repente, pensó en lo difícil que tenía que haber sido para su madre cuidar de Peter y de ella mientras Jack estaba en paradero desconocido. Quizá mamá se había sentido culpable todo ese tiempo.

–¿Te encuentras bien? –le preguntó Alison Lucas, que se sentaba a su lado.

–La verdad es que no –dijo Susan, dejando a un lado el lápiz.

–¿Qué pasa?

–No lo sé. –Susan no quería llorar.

–Muy bien. Solo preguntaba.

Alison dio media vuelta para afilar el lápiz en el sacapuntas del tintero, aunque se suponía que no podían hacerlo, pero Susan sabía que solo quería fingir estar ocupada.

Necesitaba encontrar una oferta de paz o Alison estaría enfurruñada todo el día. Pero no era fácil describirle aquella sensación.

–Es como si tuviera un gran agujero dentro de mí.

Alison se volvió hacia ella.

–Si tienes hambre, tengo una manzana en la bolsa. Podrías levantar la tapa del pupitre y comértela.

–No es eso –respondió Susan, y añadió a continuación–: pero gracias de todas formas. –Se llevó los dedos al estómago y lo frotó–. Es más que un vacío, tengo náuseas.

La señora Turner paseaba por el aula comprobando las sumas. Los alumnos la consideraban la geometría personificada: su cuerpo era como un triángulo isósceles con una cabeza pequeña y anchas caderas, y sus brazos se curvaban en ángulo recto. Susan inclinó la cabeza sobre su libro y vio que Alison hacía lo mismo. Esperaba que Alison se quedara callada un rato. No conseguía hacerle entender qué sensación tenía, ni siquiera lo entendía ella misma, pero sabía que tenía algo que ver con mamá. Tomó la decisión de repente.

–Creo que voy a vomitar –susurró.

Alison levantó la mano.

–Seño. –La señora Turner se dirigió hacia ellas–. Susan Edwardes va a vomitar.

La señora Turner se plantó ante su pupitre de un salto y puso la mano en la frente de Susan.

–Muy bien, rápido, niña. A la enfermería.

Susan retiró la silla y salió cojeando del aula.

Pero no fue a la enfermería. Recorrió el pasillo cojeando, salió por las puertas dobles del final, cruzó el patio y llegó al campo. Alison y ella habían visto un tablón suelto en la valla, cuando estuvieron allí en el recreo, leyendo un ejemplar de *Jackie* que Alison le había birlado a su hermana mayor.

Susan cruzó el campo sin que nadie le gritara que se detuviera, a pesar de que su torpe forma de andar se reconocía al instante. Llegó a la valla que recorría como una rígida cortina gris el borde de la hierba y la golpeó con cuidado para localizar el sitio. Al cabo de un minuto, empujó la tabla suelta y pasó por el hueco, volviendo a ponerla en su sitio para no dejar rastro de su fuga. Luego fue cojeando por Glynn Avenue hasta la parada del autobús.

Susan había estado antes en el hospital, por supuesto. Los recuerdos del Waddon Fever Hospital nunca la habían abandonado: el gramófono en un rincón de la sala tocando una y otra vez la «Canción de Vilia», de *La viuda alegre*; leche sin azúcar con sabor metálico de una jarra esmaltada y descascarillada; las cartas de mamá con sus pequeños dibujos y besos; la sensación de estar atrapada en el pulmón de acero...

Después había ido con mamá a Rochampton, como paciente de día, cada vez que tenían que ponerle un nuevo aparato ortopédico, pero nunca había estado en St Helier. Sabía que tenía que coger el autobús 157. Lucy Phillips había visitado allí a su padre una vez y había cogido ese autobús desde la escuela. El autobús la dejó en Wrythe Lane, a unos metros del hospital. Fácil.

Nadie la detuvo en los pasillos. Mamá estaba en la C5. Se lo había oído mencionar a su padre. Siguió los rótulos y allí estaba mamá, tendida de lado en una cama de metal y cubierta por una fina manta rosa. Como estaba dormida, Susan se sentó en la silla que había al lado de la cama y se quedó mirándola hasta que despertó. El rostro de mamá parecía el de esas momias egipcias después de quitarles las vendas: amarillo y hundido. Seguro que aquella extraña figura no podía ser su madre. Pero cuando la figura se movió, Susan sintió un gran alivio al ver los familiares ojos verdes que la miraban, aunque estuvieran más vidriosos de lo que recordaba.

–Hola, mamá.

–Susan. –Los labios de mamá encuadraron la palabra.

–Lo siento, ya sé que no debía venir. Papá dijo que aquí no dejan entrar a los niños, pero tenía que verte.

Molly tiró de la manta con sus delgados dedos. No dijo nada.

–Mamá... –¿Cómo iba a expresar Susan esa cosa que la había estado reconcomiendo toda la mañana? Cogió la mano de su madre y sintió una ligera presión en la suya. Apenas un roce, la verdad sea dicha. Las emociones le salieron en tropel–. Solo quería decirte que eres la mejor madre del mundo.

A su madre le temblaba el rostro. Susan buscó una enfermera con la mirada. ¿Estaría sufriendo alguna especie de ataque? Mamá había vuelto la cabeza hacia la mesita que había al lado de la cama. Quizá se refería a eso. Susan la abrió y buscó con los dedos hasta que encontró una forma metálica. La sacó. Era la foto que había hecho papá con Peter y ella en la playa, el día que habían montado en burro. La levantó para enseñársela a su madre, que le indicó por señas que se la acercara, hasta ponérsela delante de la cara. Se estiró y posó los labios sobre la imagen de Susan.

–Disculpa –dijo una voz–. Tienes que irte; ya sabes que no es la hora de las visitas. Y además, no se permiten niños en las salas.

La enfermera se inclinó sobre ellas. Un mechón de pelo grasiento se le había escapado de la toca y le caía como un péndulo sobre los ojos.

–Perdón –dijo Susan.

Esperaba quedarse más tiempo, pero al menos le había dicho a Molly lo buena madre que era. Por si creía no serlo.

La enfermera se sorbió la nariz.

–Despídete de ella y vete.

Susan miró a su madre, que tenía las mejillas húmedas y seguía sujetando la foto. Susan le dio un beso en la cabeza.

–Adiós, mamá. Te quiero.

–Yo también te quiero.

Las primeras palabras que había pronunciado mamá. Y las mejores.

Rosie asió el pasamanos de madera con la izquierda y el brazo de Jack con la derecha. Luego se echó hacia atrás, tratando de mantener el pecho lo más alejado posible del metal marrón. Desde el suelo, la construcción parecía un gigante con las piernas abiertas. Desde arriba, había unas vistas del mundo que nunca habría imaginado. En el avión, las cosas se veían demasiado lejos; se había cansado de los kilómetros de océano y de las diminutas agrupaciones de campos y casas. Al final, Jack había intercambiado el asiento con ella, ya que estaba casi todo el rato dormida al lado de la ventanilla. Pero aquí era diferente: las copas de los árboles parecían una piel verde y las fuentes echaban agua como cascadas en miniatura. Podía ver edificios con cúpulas en el tejado y coches como perlas rectangulares en un largo collar. El suelo latía de vida. Y ella podía verlo todo como si fuera un águila volando en círculos.

—¿Qué te parece? —dijo Jack.

—Creo que es lo más cerca que he estado de ser un pájaro.

—Apuesto a que nunca creíste que verías algo así.

—No sabía que existía, así que ¿cómo iba a pensarlo? Además, Uluru es mucho más grande. Y ha estado allí desde el principio de los tiempos.

—Punto para ti. Es una perspectiva interesante.

—Hace que te des cuenta de lo pequeños que somos todos.

Había pensado eso mismo en el avión, en que la gente se volvía invisible cuando estabas en el aire. Desde allí, los hombres y mujeres parecían juguetes, como si sus esperanzas, sueños y preocupaciones no existieran. Y si existían, como si pudieran resolverse con un gesto de la mano.

—¿Por dónde queda Inglaterra?

—Humm... —Jack se volvió y señaló—. Por allí, creo.

Rosie se puso de puntillas mirando en la dirección que había dicho Jack y cerró los ojos. Cogió la mano de Jack. Dejó que el sol le diera en la cara y que la brisa le alborotara el pelo. Su espíritu vagaba libre, explorando senderos y laberintos sinuosos, viajando arriba y abajo, cerca y lejos hasta atrapar el ensueño. El ensueño giraba en la oscuridad. Zarandeaba su mente y agitaba su cuerpo.

Estaba volando sobre el paisaje, siguiendo el curso del río que serpenteaba por la tierra marrón. Descendió en picado sobre parcelas salpicadas de diminutas vacas y ovejas, y planeó sobre ciudades atestadas de tejados grises. Los lagos reverberaban debajo de ella y veía caminos que parecían cintas llenas de largas hileras de coches.

Una ráfaga de aire la empujó hacia arriba; se dejó llevar por su aliento cálido mientras subía en espiral a través de capas de calor y luz, hasta que el mar fue un espejo ondulado bajo ella. Planeó sobre el mar hasta que le dieron la bienvenida unas grandes colinas blancas y un mantel de campos. Luego se vio volando bajo, más bajo, hasta que pudo distinguir los diferentes colores de los edificios, los niños en el patio de la escuela, las mujeres que tendían la ropa en sus minúsculos patios verdes.

Luego más bajo aún, hacia un edificio de cemento con miles de pequeñas ventanas. Una de ellas estaba abierta entró volando, recorrió los largos pasillos, pasando por delante de puertas que conducían a habitaciones que parecían cuevas. Se dirigió a una de ellas y sobrevoló unas estrechas camas de metal rodeadas por cortinas azules. La última cama atrajo su atención: una mujer mayor yacía dormida con un camisón blanco, los rizos grises desperdigados sobre la almohada, la boca ligeramente abierta. Una pequeña serpiente de plástico salía de su brazo.

Rosie abrió los ojos de golpe.

—Tenemos que ir a Inglaterra ya —dijo—. Tu madre te necesita.

Rosie y Jack dejaron el equipaje en el hotel New Addington y Jack pidió al recepcionista que les llamara un taxi. Le dio la dirección que aparecía en las cartas que mamá le había enviado con su cuidada caligrafía.

Mientras el taxi recorría las calles, miró por la ventanilla. Se preguntaba si reconocería alguna calle o edificio de la ciudad de su infancia, pero, o bien Croydon había cambiado mucho con las reconstrucciones de posguerra, o bien los años pasados en Australia lo habían borrado de su memoria y nada le resultaba familiar. Rosie miraba por la otra ventanilla. Llevaba un suéter morado y una falda gris. Menos mal que le había hecho caso en lo de la ropa de abrigo. Su hermosa piel morena empezaba a parecer pálida y mate.

Jack se rascó la mano. Qué incordio que el eczema hubiera aparecido otra vez. Esperaba que sus hijos no lo heredaran.

El taxi se detuvo.

—Ya hemos llegado. —El taxista habló por encima del hombro. Jack había olvidado cómo hablaba la gente de allí, brusca y cordialmente al mismo tiempo. Salió y sujetó la puerta para que bajara Rosie—. Serán tres libras diez.

Jack le dio un crujiente billete de diez, uno de los muchos que había sacado del banco antes de emprender el viaje. El hombre chasqueó la lengua y puso una tonelada de calderilla en la mano de Jack. Maldita sea. Iba a sonar como un tren cuando saludara a su madre.

—Un momento —gritó Rosie. El taxista estaba a punto de arrancar—. ¿Puede esperar un poco, por si no hay nadie en casa?

El conductor asintió con la cabeza.

Jack tenía la garganta seca. Intentó humedecerse los labios, pero la lengua también estaba seca. Miró a Rosie, que estaba observando la pequeña casa que tenían delante. Era muy diferente del hogar de Kathleen y John. Dirigió una mirada tranquilizadora a Rosie y llamó a la puerta.

La abrió un hombre alto y negro. No podía ser. Jack debía de tener mal la dirección.

—Le ruego me perdone, señor. Estaba buscando a la señora Molly Edwardes.

−Jack. Gracias a Dios.

Jack retrocedió, atónito.

−Sí, pero... ¿quién es usted?

−Soy Reggie. El hombre que ama a tu madre. ,

A Jack le dio un vuelco el corazón.

−Estamos perdiendo tiempo −dijo Rosie−. ¿No es así?

Reggie la miró como si acabara de darse cuenta de que estaba allí.

−Tiene razón −dijo−. Está en el St Helier Hospital. Os llevaré allí en el coche.

Jack despidió el taxi y Rosie y él subieron al coche de Reggie. Mientras recorría las calles grises, Reggie hablaba con Jack:

−Todo ocurrió muy rápido. Intenté ponerme en contacto contigo, pero tu... −Se detuvo, buscando la palabra correcta−. Bueno, la señora Sullivan me dijo que os habíais ido a Francia. Menos mal que recibiste el mensaje.

−No lo recibimos −dijo Jack. Qué egoísta por su parte, olvidarse de forma deliberada de dar la dirección a Kathleen para proteger su intimidad. Y qué cobarde entretenerse en Francia cuando tendría que haber ido directamente a Inglaterra. Menos mal que Rosie había intuido que Molly estaba enferma−. Mi mujer sugirió que viniéramos. −Se rascó el brazo con frenesí y sintió la mirada cortante de Rosie−. ¿Está muy enferma, mi madre? −Incluso ahora le parecía extraño pronunciar la palabra.

Reggie asintió. Luego volvió la cabeza con brusquedad para mirar al frente.

Al llegar al hospital, Reggie dejó a Jack y a Rosie en la entrada y fue a aparcar el coche.

−Sala C5 −gritó por la ventanilla.

Corrieron por un frío pasillo de techo abovedado y puertas de madera cada pocos metros. La sangre que zumbaba en los oídos de Jack se oía más que sus pasos. Le costaba respirar.

–Ahí hay un rótulo que señala el bloque C –dijo Rosie. Doblaron a la derecha por un largo pasillo–. C4... –Cruzaron una puerta doble tras la cual vieron una multitud de enfermeras y pacientes–. Aquí es.

Otra serie de puertas. Empujaron una para entrar. Jack inspeccionó la sala. Diez camas. Mujeres ancianas con chaqueta de pijama color pastel y permanentes grises o lacios cabellos grasientos. Por supuesto, mamá tenía que haber envejecido. Anduvo lentamente por delante de las camas, fijándose en los nombres: señora E. Green, señorita Marlow, señora Bednow... ¿Qué estaba buscando? ¿Malloy? No, Edwardes, eso era. Finalmente encontró el nombre, garabateado en el gráfico sujeto con un clip a un barrote de metal. Pero en lugar de ver a su madre, lo único que encontró fue una cama vacía, con las sábanas y las mantas tan lisas y ordenadas como si nunca hubiera estado ocupada.

–Hemos llegado demasiado tarde –susurró, enterrando la cabeza en el hombro de Rosie, aturdido por la impresión.

Rosie lo apartó suavemente.

–Puede que no sea lo que piensas –dijo–. Vamos a preguntar a la enfermera. –Hacia ellos avanzaba una figura de aspecto importante con un uniforme almidonado.

Jack no podía moverse; no podía hablar. Rosie lo hizo por él:

–Disculpe. Estamos buscando a la señora Molly Edwardes. Esperábamos encontrarla aquí.

–La han trasladado –dijo la enfermera, mirando fijamente a Rosie–. C6. Al fondo del pasillo a la izquierda.

–Gracias.

Rosie le cogió la mano a Jack, que recobró la solidez de las piernas. Corrieron juntos, oyendo resonar sus pasos, hasta que llegaron a la otra sala.

El tiempo se contrajo. Jack volvía a ser un niño aterrorizado que al volver de la escuela buscaba un edificio y una madre que la guerra le había arrebatado.

–¡Mamá! –había gritado aquel horrible día que cayó la bomba. Fue la palabra que surgió de nuevo de su boca al ver la frágil figura de la cama.

La figura se movió. Mamá alargó los delgados brazos, que temblaron a causa del esfuerzo.

–Estoy aquí, Jack.

Lo estrechó contra su cuerpo en un fuerte abrazo, como solía hacer cuando estaba asustado por los ataques aéreos. Jack percibió la débil fragancia a lirios del valle. Se sintió más seguro y más triste que en los últimos veintiún años.

–Estoy aquí, mamá –dijo–. Estoy aquí.

Epílogo

16 de noviembre de 2009

Jack se frota los ojos. Ha sido un largo vuelo para los tres desde Perth a Camberra. Pero no se habría perdido ese día por nada del mundo. Ha trabajado mucho para obtener justicia. El Parlamento está atestado de gente. Lleno de personas como él, procedentes de toda Australia. Ve a un hombre de complexión robusta, con los labios apretados como si quisiera amordazar sus emociones. Y una mujer con el pelo corto y ojeras como hamacas cuya expresión es el vivo retrato de la tristeza. Mira alrededor y encuentra la mirada de Rosie, que le dirige una sonrisa de ánimo.

Al final, Kathleen se había sentido demasiado débil para acompañarlos. Jack la había visitado en la residencia la víspera del viaje.

—¿Disculpas? —murmuró, con los ojos azules despejados por una vez, mientras yacía en la cama, una figura diminuta en la pequeña y limpia habitación.

Jack le apretó la mano.

—Los primeros ministros de Australia y Gran Bretaña van a pedir perdón a los niños emigrantes. Los Gobiernos se declaran responsables.

Kathleen suspiró.

–Gobiernos, sí... pero las personas también –hablaba con lentitud y pesadez.

Jack se inclinó sobre el colorido edredón.

–¿Te refieres a John?

Kathleen tragó saliva.

–Pagó su deuda.

–Sí.

Kathleen luchaba por incorporarse en la cama.

–¿Y yo?

Jack dobló la almohada para que se apoyara.

–Tú solo hacías lo que te decía. Lo hiciste lo mejor que pudiste.

A Kathleen le tembló la boca.

Estaba claro que Jack no la había tranquilizado lo suficiente. Se pasó el dorso de la mano por la cara. Era ridículo que aún se sintiera nervioso después de tanto tiempo.

–Kathleen, has sido una madre maravillosa. Y también la mejor abuela. Nadie podría haber hecho más.

La enfermera de la residencia le había advertido que Kathleen tenía el corazón delicado. Era importante que le contara esas cosas ahora.

Cuando una sonrisa de agradecimiento iluminó el rostro de Kathleen, Jack recordó de pronto la adorable mujer joven que había sido en otros tiempos, la mujer tan ansiosa por criar a un niño que había invitado a un huérfano a su casa. Y lo había querido durante el resto de su vida.

Se hace un silencio repentino cuando Kevin Rudd sube a la tribuna. El primer ministro trastea con el atril, mira a la multitud y luego habla en medio del silencio:

–Reconocemos el particular dolor de los niños traídos a Australia como inmigrantes... despojados de vuestras familias, despojados de vuestra patria, tratados no como niños inocentes, sino como mano de obra infantil.

»Se os dijo que érais huérfanos y os trasladaron aquí sin el conocimiento ni el consentimiento de vuestros padres. Ante todos vosotros reconocemos que se os contaron mentiras, que se contaron mentiras a vuestros progenitores, y reconocemos el dolor que esas mentiras os causaron durante toda la vida.

»Os separaron de vuestros hermanos y hermanas en el puerto y os transportaron solos y desprotegidos hasta los rincones más remotos de una tierra extraña... Ante todos vosotros reconocemos hoy que las leyes de nuestra nación fueron injustas.

»Y por todo esto, os pedimos perdón».

Jack inclina la cabeza para ocultar las lágrimas. Al lado de Rosie está la hermana de Sam, de pelo cobrizo y con las gafas de sol en la cabeza. Se estremece como si hubiera estado llorando mucho tiempo. Mucho después de la muerte de Sam, se puso en contacto con Jack porque quería ver la tumba de su hermano. Jack la recogió en el aeropuerto de Perth y la llevó a Bindoon para que pudiera poner sus propias piedras junto a las que había puesto él durante todos aquellos años. Estaba horrorizada por la forma en que había muerto Sam. Era cuestión de justicia que hubiera vuelto un día como aquel para oír las disculpas.

Jack no llegó a descubrir si la muerte de Sam fue un asesinato o solo un lamentable accidente. Ni siquiera con su habilidad jurídica fue capaz de conseguir nada de los Hermanos y la policía, que cerraron filas ante la investigación. La culpa aún lo tortura de vez en cuando. Pero ha honrado a Sam de la mejor manera que ha podido, disfrutando al máximo de la vida. Y significa mucho para él que la hermana de Sam esté allí para la petición de perdón.

Pero Jack ha desempeñado un papel importante en la campaña por sacar a la luz la verdad sobre los niños inmigrantes, tal como había jurado. Al final, localizó una organización británica y la ayudó a investigar lo que había ocurrido en Bindoon. El mundo conoció por fin la historia no contada de todos aquellos niños inocentes.

La tumba de Sam está bien atendida ahora y Rosie y él la visitan a menudo, con sus hijos y nietos. Y también viajan a Inglaterra todos los años para ver a Reggie, Susan y Peter.

–Esto es por ti, mamá –susurra–. Y por ti, Sam.

Y Rosie, su todavía preciosa Rosie, le aprieta la mano.

24 de febrero de 2010

Reggie alarga un dedo nudoso para encender la radio. Esto ha tardado una eternidad en llegar y no quiere perdérselo. Mira la vieja foto de Molly sobre la repisa de la chimenea y desea por milésima vez que ella esté allí, sobre todo este día.

–Y ahora conectamos en directo con el Parlamento, donde Gordon Brown está hablando –dice la voz del locutor. Reggie se endereza y escucha el tono ronco escocés.

–A todos aquellos niños emigrantes y sus familias, a los que están hoy aquí con nosotros y a los que están desperdigados por el resto del mundo, a todos y cada uno de ellos les digo hoy que lo sentimos profundamente. Que fueron abandonados.

»Lamentamos profundamente que se les enviara lejos en el momento en que eran más vulnerables. Lamentamos que en lugar de cuidarlos, este país les diera la espalda, y lamentamos que las voces de esos niños no siempre fueran escuchadas y que no siempre se atendieran sus gritos de ayuda.

»Lamentamos que haya tardado tanto en llegar este importante día, así como la disculpa total e incondicional que justamente merecen».

Reggie mira de nuevo la foto de Molly en la chimenea. Su cabello oscuro y rizado y sus sonrientes ojos verdes. Su frágil rostro que todavía añora tener entre las manos, para besarlo hasta extinguir el dolor de todos aquellos años, separada de su primer hijo.

Luego levanta una taza de té, hecho de la manera que Molly le enseñó tantos años antes, y brinda ante su foto.

NOTA DE LA AUTORA

En 2010 me encontraba en la cocina, ocupada en los quehaceres domésticos mientras escuchaba las noticias de Radio 4 cuando un tema hizo que me detuviera en seco. El entonces primer ministro, Gordon Brown, estaba pidiendo perdón a un grupo de adultos que de niños habían sido enviados a Australia en nombre del Gobierno británico. A los niños se les había dicho que sus padres estaban muertos, cuando en realidad muchos de ellos estaban vivos. Mi primer pensamiento fue que era un relato sorprendente. El segundo que podía dar pie a una historia con fuerza.

Llevaba algún tiempo buscando un tema en el que basar una novela y este despertó mi compasión y mi imaginación. Me hice con un ejemplar del libro *Oranges and sunshine* (título original, *Empty cradles*) de Margaret Humphries, que me proporcionó información más detallada sobre las historias de los niños emigrantes. Hay una película excelente basada en el libro, protagonizada por Emily Watson (titulada también *Oranges and sunshine*).

Orphans of the empire de Alan Gill me dio el contexto histórico de esta desgarradora historia. Descubrí que Gran Bretaña había estado «exportando» ganado humano a Australia durante mucho tiempo. Empezó con presidiarios en el

siglo XVIII, cuando se fundaron las primeras colonias peniten-
ciarias, y terminó con los niños emigrantes de finales de los
años sesenta, cuando la cambiante actitud social de una época
más ilustrada acabó finalmente con todo aquello. Se estima
que en total se enviaron a Australia unos 150 000 niños, alrededor de 10 000 desde 1947. Lejos de vivir la maravillosa
vida que les habían prometido, los enviaron a vivir en condiciones infrahumanas, sin apenas educación, sometidos a
duros trabajos y, en ocasiones, víctimas de abusos sexuales.
Gran Bretaña es uno de los pocos países del mundo que ha
exportado a su población joven de esta forma.

Las disculpas tardaron cuarenta y tres años en llegar. La
transcripción al completo de los respectivos discursos de Kevin Rudd y Gordon Brown están disponibles *online*:

https://tinyurl.com/kevinruddapology; y https://tinyurl.
com/gordonbrownapology.

Pero caí en la cuenta de que los libros ya no podían contarme más. Necesitaba hablar con algunas de las personas
que habían pasado por aquella experiencia. Un anuncio que
publiqué en un boletín informativo australiano me puso en
contacto con Joan Thorpe, que ahora ya ha cumplido los
noventa años. Thorpe había viajado en el SS *Asturias* como
niñera en 1947. Intercambiamos correos electrónicos y hablamos por teléfono. Muchos de los detalles de la historia de
Jack me los proporcionó Joan.

Betty Tredinnick vivió cerca de Croydon. Su padre había sido
tendero y durante los bombardeos aéreos guardaba debajo de
la cama el material pirotécnico que vendía. Ella me proporcionó algunos de los detalles de la época de la guerra en Inglaterra.
También John y Pauline Montgomery me dieron información.
Pauline había sido ingresada de niña en el Waddon Fever Hospital y sus experiencias me proporcionaron el fondo necesario
para la terrible hospitalización de Susan a causa de la polio.

Me sorprendió mucho descubrir que por aquella época algunas instituciones locales y estatales del Gobierno australiano y algunas misiones eclesiásticas, avaladas por una ley del Parlamento, secuestraban niños aborígenes a sus familias. Cientos de ellos, conocidos como «la generación perdida», fueron secuestrados entre 1905 y 1969, aunque en algunos sitios siguieron llevándose a niños mestizos en los años setenta. Al parecer, era para animar a los aborígenes a «desaparecer» como raza. Esta práctica es el tema de la película *Generación robada* (2002), protagonizada por Kenneth Brannagh. El 13 de febrero de 2008, Kevin Rudd también pidió perdón a «los pueblos indígenas de este país, las culturas más antiguas y permanentes de la historia humana».

La investigación me llevó a artículos de periódicos, páginas web y narraciones personales, y todos y cada uno revelaban diferentes historias sobre niños inmigrantes, y todas aumentaban mis simpatías y mi indignación. He hecho que Jack sea «rescatado» por los Sullivan porque creo que eso da pie a una historia más compleja y en última instancia estimulante. ¡A los autores de ficción se nos permite hacerlo! Pero el personaje no sale ileso, y aunque su experiencia en Bindoon es afortunadamente breve, deja profundas secuelas.

Soy muy consciente de que hubo otros que no tuvieron tanta suerte, otros cuyas vidas quedaron horrible e irrevocablemente destrozadas por la experiencia. Por supuesto, esta novela no puede curar su terrible pasado, pero espero que desempeñe un pequeño papel en un futuro que les haga justicia.

AGRADECIMIENTOS

Son muchas las personas que me han ayudado a escribir esta historia. Unas estuvieron conmigo durante todo el viaje, otras me acompañaron en cortos tramos, cuando necesitaba la ayuda de un especialista. Doy las gracias a todas y cada una de ellas por su amabilidad y su tiempo. Me he esforzado por mencionarlas a todas, pero si me he dejado a alguna en el tintero, le pido perdón. Es debido a mi falta de organización, no a ingratitud.

Inglaterra

Ann Williams, mi maravillosa agente, por su perspicacia y apoyo.

Sherise Hobbs, mi adorable editora de Headline, por sus sabios consejos. También Emily Gowers y Jane Selley, por su inteligente ayuda.

Stephanie Norgate y Jane Rusbridge, por su increíble generosidad, su tiempo y sus valiosos consejos.

Lucy Flannery, por su entusiasmo y experiencia.

Jacqui Pack, por su paciencia y gran ojo para el detalle. Kate Lee, por su ánimo y ayuda.

Mis grandes profesores y colegas del taller de la Universidad de Chichester, por su apoyo: Dave Swann, Karen Stevens, Stephen Mollett, Jac Cattaneo, Mel Whipman, Paul Newton-Palmer, Glen Brown, Richard Buxton, Morgaine Davidson, Hannah Radcliffe, Gina Challen, Kate Tym, Jordan Williams, Alex Churchill-Fabian, Miranda Lethbridge, Raine Geoghegan y Corrina O'Beirne.

Mis «chicas del club del libro», por su amable interés y por ser mis mejores lectoras: Alex Burn, Anne Hudson y Julia Arthurs.

Jude Thompson, Judith Hepper, Brigid Fayers, Ben Greengalgh y Jenny Alexander, los primeros lectores, que me dieron una información muy valiosa.

Sue Greenhalgh, Nicola Kingsley, Libby Morgan y Barbara Murray, por su interés y su estímulo.

Betty Tredinnick, Pauline y John Montgomery, por compartir sus valiosos recuerdos de Croydon durante y después de la Segunda Guerra Mundial.

Lily y Kay Stewart, ¡por la ayuda lingüística!

Australia

Los difuntos Lynn y Laurie Champniss, por su ayuda con la geografía, la flora y la fauna de Perth. Lamento muchísimo que no puedan ver la novela por la que tanto interés mostraron.

Ross Isles, amante del campo, por revisar amablemente la escena de Kings Park.

Catherine Parry, administradora y ayudante técnica del Kings Park de Perth, por su experto conocimiento de las flores de los años cincuenta.

La sorprendente Joan Thorpe (de soltera Mapson), por todos sus correos y por creer en mí durante tanto tiempo.

Michael Tubbs, por hablarme de su experiencia como emigrante en Australia.

Phillipa White, Frankie Atkinson y Bernadette Bowey Hills, por su amable ayuda.

Los maravillosos periodistas de *The West Australian* (cuyas señas he perdido, por desgracia), por ser tan generosos con su tiempo y con sus consejos.

Esta primera edición de *Un océano entre nosotros*
de Gill Thompson se terminó de imprimir en
Grafica Veneta S.p.A. di Trebaseleghe (PD)
de Italia en noviembre de 2021. Para la
composición del texto se ha utilizado la tipografía
Sabon diseñada por Jan Tschichold en 1964.

Duomo Ediciones es una empresa comprometida
con el medio ambiente. El papel utilizado para
la impresión de este libro procede de bosques
gestionados sosteniblemente.

Este libro está impreso con el sol. La energía
que ha hecho posible su impresión procede
exclusivamente de paneles solares.
Grafica Veneta es la primera imprenta
en el mundo que no utiliza carbón.